知音动漫图书 · 漫客小说绘
ZHI YIN COMIC BOOK 以梦想之名 点燃阅读

我们的秘密

Our secrets

2

王巧琳 著

中国致公出版社　知音动漫

知音动漫图书 · 漫客小说绘出品

目录

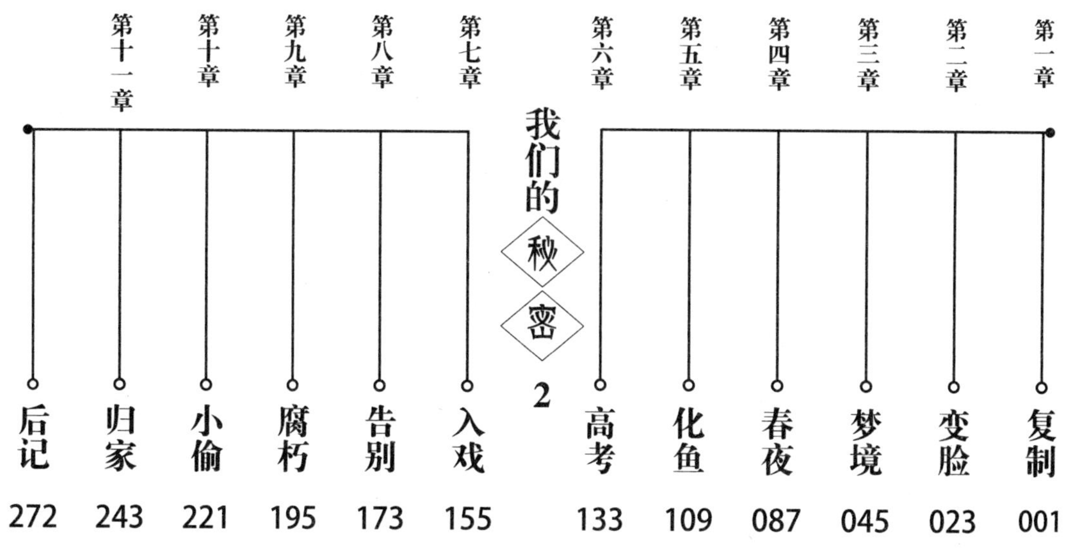

我们的秘密 2

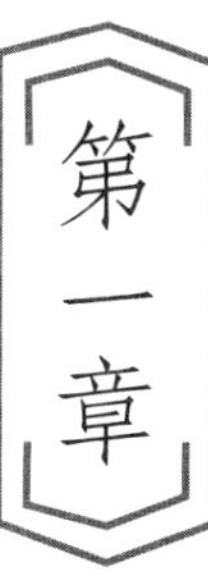
第一章

复制

眼前的场景令在场的所有人都觉得有些诡异。

几个孩子有着完全不一样的长相，打扮却如出一辙。他们穿白衬衫，戴黑帽子，就连表情都差不多。他们的谈吐、说话的频率和看人的眼神像是排练好的一般。

在门被推开的那一刻，看到这一幕的人都忍不住觉得有些许诡异。

1

一天前。

窗外下雨了，天色灰蒙蒙的，潮湿而寒冷。雨水滴滴答答，速度缓慢，却又没完没了。

阿喜心里有些不安。她觉得最近赵央有点儿奇怪，很多细枝末节上的奇怪。比如，他明明在这个家里住那么久了，这几天却一副不大知道东西在哪儿的样子，与大家的沟通也变少了，大多数时候都一个人宅在书房里。总之，有些别扭。

一阵急促的敲门声打断了阿喜的思绪。她打开门，门外的人阿喜认识，是程小海学校的音乐老师刘芊芊。她似乎被这冷雨冻得够呛，懒得客套了，直接问道："赵老师在吗？"

阿喜还没回答，身后就传来了一声"我在"。

刘芊芊的眼里露出了见到救命稻草似的光，她朝着身后招手："快进来，快进来！"

这时，一个中等身材的年轻男子也进了屋，朝着赵央微微颔首。

"赵老师，我是刘芊芊。您还记得我吗？"说话间，刘芊芊的脸微微红了红。

"记得。"赵央没有迟疑，"小海还好吗？"

"这次不是小海的事……"刘芊芊指着身后的人道，"这位是成河中学的李海老师，具体的让他跟您说。"

这时，正在厨房忙碌的肥丁拿着锅铲走出来："有客人吗？需要一起吃饭吗？"

刘芊芊耸耸肩，笑着客气道："不用麻烦，我回去吃食堂就行。"

"好的。"肥丁挥着锅铲又回了厨房，一点客气都不讲的。

阿喜淡淡地道："茶还是咖啡？"

"欸，有咖啡吗？"刘芊芊喜出望外，"我要杯咖啡！"

李海："茶吧。"

阿喜没动，朝着赵央问："赵老师您呢？"

赵央的手指轻轻一动："咖啡。"

从前不需要问，赵央向来是喝咖啡的，家里的茶水都是委托人及其家属送的，他们三人都鲜少喝。

阿喜走进了隔间，一边烧水，一边竖起耳朵听外头的声音。现在有工作上门，她自然不会去砸研究所的招牌，只是……她得想好对策。

刘芊芊压低声音，问道："赵老师，小喜怎么也叫您赵老师啊？"从前明明总是一口一个"老大"地叫。虽然对别人都是一副高冷少女的样子，阿喜对赵央可是满眼崇拜……当然，她也崇拜赵央。所以他们这是吵架了？

赵央微微勾勾嘴角："长大了。"

"啥？"

"懂礼貌了。"

刘芊芊"扑哧"一笑，觉得赵央竟比从前幽默了些。

坐在沙发上的李海有些局促，他年纪不大，是成河中学高中组里最年轻的班主任。不过年轻人有年轻人的傲气，他发现求助的人看起来比他还要年轻，而且长得还挺帅，心里有些不是滋味，尤其是在看到漂亮的刘芊芊老师对赵医生一脸爱慕，还说什么没有他解决不了的疑难杂症时！不过，现在可不是嫉妒别人的时候。

他清了清嗓子说："赵老……赵医生，是我学生的事。"

事情要从几个月前说起。

李海带的是高一的普通班，教的是物理。

那天下午，刚从外地回来的他在办公室里看学生的成绩，一张试卷引起了他的注意。试卷上的署名他实在是太熟悉了，可这字迹以及这分数……

这名学生叫程星，是李海提起来就头大的问题学生之一，不仅成绩差，还是个坐不住的调皮小孩，说一句杠一句，还笨。对于这样的学生，李海觉得自己是真的管不了，他也不像一般老教师那么有耐心，所以基本上是持放弃态度。他们现在高一，李海只希望能熬到文理分班的时候别出什么岔子……

而此时，李海盯着这试卷，只觉得火气直往上蹿。

这程星居然找人代考！

教室里，李海的突然出现让躁动的教室一瞬间鸦雀无声，只有几个胆大的用余光偷瞥他的表情，大概猜测李老师什么时候回来的。

李海外出参加一个教师评选活动，因此好些日子没出现了，这次的月考他也没坐镇。估计也是因此，程星才有机可乘。不过这样有什么意义呢？即便是找人代考一次，也不能次次找人代考吧？那分数拿来也不是自己的啊！

李海并不知道他现在的表情有点儿吓人，不像平日里那个温和的年轻老师了。一股有些难言的火气在他身体内乱窜。他向来不觉得成绩是评价学生的唯一标准，但做人要是不诚实、弄虚作假，这个孩子的一生就完蛋了！

“程星！”李海敲了敲桌子，盯着趴在桌子上睡觉的男生厉声道。

“李老师。”一个声音轻轻从旁边响起，李海却不为所动，拿起教鞭，探出去，狠狠地敲了敲那睡着男生的课桌。教鞭脆生生地敲在上头，趴在桌子上的男生猛地被惊醒，茫然地抬起头来，和李海对视的那一刻，两人都有些蒙。

“对不起啊老师，我我我……我这就走！”那男生拔腿就跑出了教室。他不是程星，而是隔壁班的一个孩子，和他们班的几个男生关系好，常常跑到他们班教室里来。李海向来不赶人，因为并不算什么大事。

那程星呢？

“程星人呢？来没来上课？”李海加重了自己的音量，发现自己好似在咆哮。

众人抬头看着他，眼神里透露出一丝迷茫。而他这时注意到教室最边上站着一个男孩，用平缓而淡定的语气再次重复：“李老师。”

依旧是那个声音，但因语调的变化，听上去像是变了个人似的——沉稳、淡定，像是一个大人。还是那一样的五官，却好像因为表情的变化而发生了位移。还是那副身体，却好像骨骼都变得有些不一样了，看上去挺拔了一些。

怎么回事？

尽管李海才教了他几个月，但这几个月里，程星这孩子百十天如一日地令人头疼，三天两头和人打架、扯同班女同学的辫子、把年轻的代课老师气哭、损坏公物……

他这突然的转性让李海不仅不适应，还产生了一种不祥的预感。

"程星，你跟我到办公室来一趟。"

"好。"

他爽快和礼貌得让李海怀疑自己有斯德哥尔摩综合征。怎么回事？怎么这孩子一乖，他反而不适应了？不行，这孩子一定有什么阴谋诡计！

3

"老师，真是我自己做的。"

"你可拉倒吧，你物理什么时候超过过 30 分！"李海忍不住吐槽，见程星的眼神一暗，忽然又觉得有些抱歉，语气松软了些，"程星，这件事你只要老实交代，并且保证不再犯，老师就可以原谅你，就此翻篇，好不好？"

李海顺手扯过一张试卷，心一横。这卷子是他出差期间挨个挑题库出的，本来打算给学生做小测用，这下给程星用了，还真有些心疼。

"你当着我的面把这个做了。"李海把考卷往前一推。

程星抬起头来，眼神里有些委屈，但语气还是恭敬的："老师，您是不是怀疑我？"

这话说得……李海沉住气，摆出一张笑脸："不是这个意思，老师是想看看你的进步到底有多大。我这里刚好有一份题，我想试一下难度，你愿意帮我吗？"

程星看着李海，眉头微蹙，然后点点头："好。"

办公室的一角，程星坐得很直，坐姿标准得让李海都有些佩服。他认真地填好自己的名字和学号，开始答题。

李海盯着他的笔在纸上划动，眉头皱起来。

这字的确是他自己写的，可是如果这字是他写的，上一次考试鬼画符一般的字是谁写的？

“程星，你……练过字？”

程星正答题呢，见李海问他，抬起头来，不好意思地笑了笑：“老师，其实我没有特意练过，但好像只要认真点儿写，下笔重点儿，一笔一画来，没什么难的。”

没什么难的，听起来怎么这么奇怪呢？

“接着答题吧。”

这时，办公室另一位老师进来了，一看，“哟”了一声：“程星又留堂呢？这次又犯啥错啦？”

这位老师不是他们班的任课老师，但因为跟李海一个办公室，对这个令人头大的学生倒是眼熟。

程星不好意思地笑了笑，抬头看了看李海，眼神似乎在说：“老师您看，我这老被打搅怎么答题啊？”

李海心说从前考试都是你打搅别人啊，现在也怕被打搅啊，于是不管了，坐在对面，敲了敲桌子：“四十分钟考试时间啊。我给你掐着表。”

时间一分一秒地过去，女朋友杜娟本来和李海约好一块儿吃饭的，见他还没来接她，打了好几个电话来催，都被李海搪塞过去了，气得杜娟在那头骂他。

只剩不到九分钟的时候，程星交卷了。

李海扫了一眼，卷面基本写满，而且他中途居然也没抛硬币。话说第一次入学考试的时候，程星可是在考场上抛硬币引得校长都出面了。再后来他倒是没抛过，但是考完试后他曾异常得意地宣扬：“三长一短选最短，三短一长选最长，其他不会都选 C！”

不过即便是掌握了这套“玄学”，这家伙也很难及格。毕竟成绩这种事，三分天注定，七分靠努力，而程星小朋友天分不够，又不努力，偏偏运气还不好。

“慢着，你别走。”李海拿着试卷，眉头紧锁，叫住程星，“我把考卷给你批了你再走。”

程星愣了下，站定。

4

85 分。

这次李海不怀疑自己的眼睛看错了，因为他是一道一道批改的。

他回头看了看程星。没错，这孩子是程星，并且他没有双胞胎兄弟。李海吞了口口水，再次把程星从头到脚打量了一遍。

“怎么了老师？”

“你……你先走吧。”李海有些不知该怎么说，难不成是程星前两个月在扮猪吃老虎？

程星刚一走，李海就给程星的初中班主任打了个电话。那家伙是他的大学同学，刚好带的是程星的班。两人有次喝酒，说起程星等几个难搞的学生，两人可真是难兄难弟。

他跟对方说起这事儿，对方也跟他一个想法。

“不可能。”“抄的吧？”“怎么会？”“他肚子里憋啥坏水呢？”

其实李海从前也觉得没有孬学生，只有孬老师。但事实上，有时候真的是力不从心。当学生的时候是局中人，当变成局外人，站在讲台上看这帮孩子时，看到几个猴一般的孩子，真的是一个头两个大。

他也曾有过雄心壮志，但最后都被现实打败了。李海知道自己不是圣人，做老师他只能做到无愧于心。

但这次程星彻底激发了李海的斗志。他虽然不知道程星到底憋的什么坏水，但他一定要救这个孩子！

当然，不能太直接。于是李海干了一件比较难以启齿的事——跟踪。他想看看程星现在在和谁接触，有没有一些突破口。

程星的放学路线极其单一，和从前一样三点一线，只是第三个地方从游戏厅变成了图书馆。

这天，程星从图书馆出来天已经黑了。

他怎么这么晚回去？李海对程星极其好奇，好奇到生怕跟丢他，越跟越近，一边跟一边揣测各种可能性，以至于程星猛地刹住脚步，回头跟他撞在了一块儿。

“李老师。”

李海有些尴尬：“咳咳，好巧啊。”

程星脸上露出了一个“巧吗”的表情。

李海避开他的眼神：“你怎么这么晚才回去啊？”

“家里今天有客人。我在图书馆先写完作业。”

天地良心，是文曲星附在他身上了吗？

“写作业？”

“嗯。”

接下来，李海不知道说什么好了，师生间长时间地沉默，尴尬发酵。

李海决定“挽尊”：“那个，我是看你太晚回去了，有点儿不放心才跟着你的。”

“谢谢老师。”程星鞠了个躬。

李海险些惊掉下巴："那……我就先走了。"

"老师您不是不放心吗？"程星挠挠头，"我家还没到呢，还有两公里。"

李海："那……走吧。"

黑暗里，师生二人一前一后地走着。

李海想了想，还是忍不住喊了一声："程星！"

"老师，怎么了？"程星徐徐开口，他的声音有些微微沙哑，在寂静的暗夜里夹杂着一丝让李海觉得恐怖的感觉。这种感觉，说白了，就是"不是本人"的感觉。

"老师想知道，你最近有没有遇上什么特别的事。"

这个跟程星长得一模一样却完全陌生的小孩，到底是谁？他决定试探试探。

"什么事？没有。就是我妈最近关节炎又犯了。"

"哦。这样啊，那你要多关心你妈。"李海重新组织了下措辞，"就是说，有没有一些让你觉得很触动的事情？"

程星想了想，忽然道："李老师，我知道我从前是个令您不放心的学生。"

李海一愣，他……说什么？

"我做过许多错事。但您放心，我知错了。"

李海定住，等他说下去。

"我时时刻刻地忏悔着。"

"你说说，你做过什么错事？"李海稳定了情绪，心说，休想用这样的囫囵话来骗我！

程星沉默了一下，似乎这番对话让他有些尴尬。

"我从前爱扯女生的头发，好几次把女生弄哭。我还扎过您的车胎。"

李海心里"咯噔"一下，原来车胎也是你扎的啊！

"老师，真的对不起。我以后不会再那样了。那个，我家到了。"程星笑了笑，指了指弄堂里的一处老房子，"谢谢老师关心我！"

看着他慢慢走向那处灯火，影子在灯下被拉得老长，李海忽然打了个没来由的寒战。

5

李海始终相信，江山易改本性难移，不管程星到底是中了哪门子邪，迟早有露馅的时候！而且他缺的课和知识，哪里是几天就能补回来的？这次一定是他运气好！

就这样，李海等待着程星露出马脚或者暴露出本性，或者给他知道了程星其实有个性格迥异的双胞胎哥哥，一直都没有被认回来……

可又是一个多月过去了，程星依旧表现得体，期中考过后，就连他妈都扬眉吐气地来开了家长会。李海当然没敢问人家到底有没有个双胞胎哥哥，就算有，也不能几十天如一日地替弟弟上学吧？

可李海越来越觉得不对劲。

不仅仅是李海，身边所有人都觉得不习惯。这份不习惯里，不是见一个坏孩子改邪归正的喜悦和安慰，而是有一股莫名的诡异。尽管所有人都在说："多好啊，你看他现在这样多乖啊。总比原来的样子好吧，李老师您别瞎操心了啦。"

瞎操心？对，他是有点儿瞎操心了，就连程星的家长现在都是容光焕发。从前开家长会，哪次不是灰头土脸觉得脸上无光的？这样挺好的，真挺好的……

可是这样的自我催眠让李海越来越不安。他总觉得，程星不是以前那个程星了，尽管他还拥有过去的记忆，但他真的不再是程星了，他会是谁？李海觉得有些毛骨悚然。

女朋友杜娟听着李海说这些话，乐了："就是个熊孩子悬崖勒马的故事嘛。你是太带偏见了。"

李海不知该怎么说，他承认自己有偏见，这也是人无法避免的，可这感觉太诡异了。程星像变了个人，除了那副皮囊，里头的都不再是以前的程星了。

"不是程星能是谁？"杜娟喝了口咖啡，笑着说，"难不成是别人穿越过来啦？"

"有点儿像。"

杜娟打了他一下："李海，亏你还是个物理老师呢，居然还信穿越。"

李海不知道怎么解释，他不是觉得程星真的被人穿越了，而是觉得那种感觉可以这么形容而已。

杜娟这时忽然想起什么，压低声音问他："对了，李海，我前几天看新闻，看到了一个多重人格的案例。你说……"

李海眯起眼："多重人格？那他表现得也太不分裂了。"

"还有那种一个人格消灭另一个人格的事呢。很多精神病患者看上去都和正常人无异，但如果发作起来……蛮危险的。你记得前段时间上报纸的那个女孩方秋吗？"

"记得。"李海道，"说是她本来要自杀，但生出来的人格保护了她。"

"对的。那个人格倒是善意的，但如果程星也是多重人格的话……这个人格要是有别的目的，那就……"

李海心里"咯噔"一下，饭也顾不上吃了："我先去查一下。"

"喂喂喂！"杜娟气得说不出话来，今天可是他们的恋爱周年纪念日啊。

多重人格？之前程星身上没有任何征兆，如今这种情况……这个论断是眼下最有可能的。

李海先是做了一番功课，然后才上门找了程星的母亲。他话语委婉，但毕竟顶着“精神病”的名头，程星的母亲登时就炸了。

“李老师，你说话可要负责任啊！别把这精神病的污水泼到我们身上！我们有什么仇什么恨！”

李海有些百口莫辩：“程星妈妈，我真没有这个意思，只是担心程星……”

“担心程星？你别以为我不知道，他从前学习不用功的时候，你根本对他视而不见！现在来说担心是不是晚了点儿？”

李海语塞：“程星妈妈……”

“你不用跟我说了。”程星的母亲气愤道，“我们家星星有今天，完全是因为他自己醒悟，求上进，他没有什么心理问题！就算有心理问题，能让一个人变好的心理问题，也是好的心理问题！”

程星的母亲脸色极差，长期熬夜令她看起来十分疲惫，根本不想跟李海继续纠缠下去：“李老师，我警告你，你再说这种话，我就去告你诽谤。我们祖上没有人患精神病！你这样污蔑我们，什么居心啊！是逼我们星星转学吗！”

与程星的母亲无法沟通，李海便决定从程星下手。

某天放学后，他直接去找了程星。

图书馆里，程星读书的样子是真的认真，看得李海有些感动，不忍打搅。迟疑间，程星抬起头来，看到了书架边的李海：“李老师？”

既来之则安之，李海坐到他对面，看了一眼他手里的书：“看什么书？”

程星给他看了一眼封面，是一本最近很火的科幻小说，讲外星人的。

“老师找我有事吗？”

“有些话想跟你聊一聊。”

“哦好。”程星合上书，抬起头，认真地看着李海，“老师，您说。”

如此坦然，倒让李海有些语塞，毕竟他本来就不擅长和学生谈心：“老师是想知道，你……为什么突然……”

“突然改变是吗？”程星接过话匣子，似乎也陷入了思考，“其实我也不知道，就是突然有一个瞬间，觉得自己不能像之前一样了。”

“还有呢？”李海期待他多说点儿。

“还有什么？”

“为什么突然对学习和阅读感兴趣了，还把游戏戒了？”

程星摇摇头：“我真的不知道，好像就是突然有兴趣了。”

“这个突然是什么时候？”

程星想了想，摇摇头：“我不太记得了。”

“还有别的事忘记吗？”

“啥？”程星不太明白老师的意思，“老师是什么意思？是怀疑我失忆吗？”

李海不知道怎么说：“程星，这么说吧，老师只是好奇，你怎么突然像变了个人似的。”

“对。我也觉得我像变了个人，以前想不通的事忽然就想通了。”

“可是……”

“老师，您难道想我变回以前的样子吗？”程星笑起来，露出标准的八颗牙，眯着眼睛的样子像只纯良无害的小羊羔，可爱乖巧。

说实话，李海心里也没有答案。如果他本来不认识程星，他会很喜欢眼前这个孩子，乖巧、有风度，又好学。可是……差了一点儿真实感。

7

赵央全程几乎没有打断过李海的讲述，只在几个很微小的问题上问了一两句。

赵央微微启唇：“所以，您觉得他不是多重人格？”

李海猛地抬头——如果赵央同意他之前的猜测，他会觉得赵央不过如此。李海知道对方是个盲人，却总觉得他那双眼睛洞察力极强。

李海点了点头。这时，刘芊芊用眼神示意他继续说，李海正要补上一句，却听到赵央接着道：“还有别的案例对吗，麻烦您接着说。”

刘芊芊从李海的眼神里瞧出端倪，用眼神接着表示：“看吧，我没吹牛吧？”

李海顾不上肯定刘芊芊的花痴，接着道：“是的，我发现类似于程星的不止一个案例。”

虽然程星的变化疑窦重重，可连家人都拒绝操心，李海便觉得自己的操心显得多余了。而且如今程星表现得相当好，老是盯着他，倒有点儿执拗得宛若找茬儿了。

而新的发现源于一个巧合。

李海的姐夫是一名狱警，刚刚接收了一个未成年犯，有一次家庭聚餐后，他跟李海聊起了管区的事。

这个未成年犯可谓是程星加强版，程星再怎样也不过是犯点儿小错误、调皮捣蛋让人讨厌而已，未成年犯陈肖华却可以说是个小恶魔。他和程星年纪相仿，之前是一名职校学生，但因为多次进未成年犯管教所，学校已经将他开除了。

这已经是姐夫第四次监管他了。第一次是破坏公共设施，第二次是聚众斗殴，第三次是偷窃，这是第四次，性质更加恶劣，他刚从未成年犯管教所出去没几天，就在午夜抢劫了一个女孩，被一个老人阻止，失手将老人打到骨折——当然，是失手还是恶意就真不好说了。

陈肖华已经混得跟个老油条似的了。第四次进来时，也巧合地还有一个月满 16 岁，再怎样都是个未成年人，打不得，骂不得。他还笑眯眯地说："我不是故意的。"然后非常浮夸地表演痛哭流涕，"警察叔叔，我一定改。"上一秒眼泪掉下来，下一秒就露出一个狡黠得令人毛骨悚然的邪恶笑容。

与之前不一样，说到这里，李海看到面前的赵医生脸上的表情有了变化。他平和的脸上凝了冰霜，不知是不是错觉，李海总觉得赵医生的眼睛里闪过一丝寒光，嘴角也带有些许讥诮。

赵央淡淡评论道："被保护的恶魔。"

这的确是被保护的恶魔。李海并不是个理想主义者，他当然也希望这些坏到骨子里的小孩能够被好好教育，无论是孩子还是大人，都该为自己的行为负责任。但的确有许多孩子是需要被保护的。立法，并不容易。他同时也听姐夫说过另外一些孩子的案例，那些孩子是懂事的、知悔改的，他们是需要被保护的。

"但是这次他进来的第三天，忽然像变了个人似的。"姐夫一边点烟，一边说道。

"第三天？"李海好奇地问。

"对。"姐夫大刘警官的眼神有些意味深长，"最开始的时候，我跟你一样怀疑他又搞什么把戏，以为他在演。"

头两天还暴露恶魔本性的陈肖华，第三天忽然变了个人，最开始大家也没留意，只觉得他整个人怪怪的。直到有一天，陈肖华在管教所里和人起了冲突。一群血气方刚的孩子，个个都不是省油的灯，起冲突也是常有的事，尤其陈肖华，从前常常扮演的是挑衅者。但这一次，据在场的管教陈述，是陈肖华规矩地在糊纸盒子，另外一个男孩朝他吐口水。

这事儿涉及的就是以前的旧事了。那男孩之前在管教所的时候被陈肖华欺负过，于是这次他挑衅在先。但因为从前打不过，自然是试探为主，没料到陈肖华忽然之间就不接招了，于是他就此顺竿爬上，得寸进尺。而令众人奇怪的是，为什么陈肖华不接招了呢？

众警官对陈肖华也算是熟悉了，他就是个一点即着的炮仗，被不小心踩下脚都能暴跳如雷，连警官都敢吼，何况是一个一直被自己欺负的同龄人。而这场仗从头到尾他居然都没有动手，只是脸色沉郁，却没有了往常的杀气。

被拉到一旁去询问详情时，他沉默了良久说："这次我虽然没动手，但之前是我有错在先。"

这句话真的是叫给他做笔录的大刘一阵惊讶，惊讶之余却没感动，而是有种你这小恶魔葫芦里卖的什么药的感觉。

这件事毕竟不算严重，没过多久，那头就做好了心理建设，让另一个孩子过来道歉。那孩子有些蔫，别扭地硬着头皮跟陈肖华道歉，却不敢看他，大概是顾忌陈肖华名头大怕被报复。

万万没料到的是，陈肖华忽然鞠了个躬，毕恭毕敬、语气诚恳地来了句："是我应该向你道歉。而且也向警官们道歉，给你们添麻烦了。以后我一定会在这里好好学习，好好改造。"言语之恳切，态度之恭敬，真是令人瞠目结舌。

目睹此情此景，大刘的上级拍拍他的肩膀，轻声叮嘱："这几天，看着这孩子。"

8

真不能怪他们贴标签有偏见，陈肖华之前的形象太深入人心了，大家都是本着看似没救了还是要救他的无奈心态。这忽然之间的转性真是太反常了，不是不相信他的变化，而是头天还是个混世魔王的人第二天就这样了，怎么可能？！

"然后呢？"李海越听越激动，问道。

大刘笑了笑，接着说下去。

然后，更让人诧异的事发生了。接下来的几天，陈肖华不但没有"露馅儿"，反而不断地刷新了他们对他的"新认知"。他非常礼貌，并且……平和。从前不学无术、无恶不作的小魔王忽然变成了一个礼貌自持、知羞耻，并且求上进的……示范人物。

不仅如此，他之前和家人关系甚僵，说白了，陈肖华也不是自己长成那样的，而是跟他颇有些混蛋的"无为和放任"的父母有关。陈肖华原来对他父母，尤其是父亲怨念重重，每次父母来看他，他都跟吃了炮仗似的连带自己诅咒进去。但这一次，他在父母面前没表现出任何怨念，甚至还耐心地劝父亲不要再赌博。

除此之外，他原来在管教所里是个小霸王，没事就组织一群人欺压另一群人，怎么教育都没用，现在却用着原来的威信，组织了一帮孩子跟他一起好好学习天天向上。上回还偷偷带牌来消遣时光的他，居然一有空就往所里的图书馆里钻，没事就捧着本书读得如饥似渴……

李海想起，程星也是，从前能吸引他去图书馆的，可只有班上的漂亮女孩。

大刘不得不感慨一句："这孩子，简直乖巧懂事得像个三好学生！"

"姐夫……"李海忽然激动地抓住他的胳膊，"我想知道，他……他看什么书？"

大刘警官不知道李海激动的点在哪儿，有些莫名，嘀咕道："我还真没注意……"

"这么说吧，是什么类型的书？"

大刘陷入思考。

"是不是天体、物理学之类的？或者是科幻小说？"

大刘点点头："你怎么知道？"

李海喃喃自语："太奇怪了。"

大刘想明白了，李海带的不就是这个年纪的小孩嘛，估计是这个年龄段的孩子都对这种书感兴趣。

他猛一回头，就听李海神色严肃道："姐夫，我有件事麻烦你。"

大刘警官没想到，李海要找他帮的忙是带一张考卷给陈肖华做，一张高一的物理考卷。他可真不知道他这个妻弟脑子是不是进水了，教学生上瘾了吗，"魔爪"都伸到管教所来了……不过，他还是给了个面子。

话说，陈肖华初中的时候成绩虽算不上倒数，但也好不到哪里去。大刘警官虽是个公职人员，但对这帮孩子也是上心的，他们是有污点，但他也希望他们能在里头好好学习，重新做人，出去后就算不能成为栋梁之材，也不要再做害人之事。他对他们啊，是有感情的。所以，他也想搞清楚其中缘由。

陈肖华拿到试卷后，虽然有些迟疑，但还是表示自己会好好做题。两天后，大刘警官将陈肖华的试卷交到了李海的手上。

赵央的眉头微微一挑。

刘芊芊之前只听了个大概，这个细节并不知情，她有些诧异地问："李老师，你为什么让他做题？"

李海不急着回答，而是在等赵央。他差点儿也觉得自己疯了，这个试探，他希望有人能明白。

这时，一旁一直沉默的阿喜道："李老师是不是怀疑，这个陈肖华和程星一样，被某种东西……给附体了？""附体"这个词不合适，但她也找不到别的词了。

李海有些激动，看向阿喜："小姑娘你怎么知道？"

刘芊芊瞪大眼睛，惊呼："不会分数是一样的吧？"

分数倒是不同的，但也差不多了。程星的分数要更高一些，得分的题目是高一的内容，而陈肖华在这些上失分了，因为他没有上高中。

这个发现，让李海彻底推翻了之前怀疑程星多重人格的念头，觉得一切变得更加可怕起来。

眼前这个小姑娘说得对，他们究竟是被什么东西附体了？

赵央面色凝重，但他没有妄下定论，而是平静地接着追问："还有其他案例吗？"

9

没错，还有其他案例。

两个人还能说是诡异的巧合。但李海并不是相信巧合的人，他相信的是数据。于是他到处搜集资料，找到了更多类似于程星和陈肖华的案例，加起来有七个，都是未成年人，男女皆有，各种生活背景，大多数彼此不相识。

其中有一个案例是一位母亲在贴吧里的求助信，她的女儿原本不是沉稳的性格，相对活泼娇气，但忽然变得沉静下来，原本忽上忽下的成绩也开始稳定，让她觉得反常。

另外两个案例，一个是高三学生，一个是小学生。而最后一个案例是一对初中生，两个好朋友本来性格迥异，一个活泼一个内敛，但突然有一天，他们变得越来越像……父母开始还没留意，渐渐地发现他们越来越不对劲，每天穿一样的衣服，连讲话方式和语气都差不多，甚至……连考试成绩都一样！毕竟是眼皮子底下的对比，更惹眼。家长一开始还觉得只是巧合和朋友间的模仿游戏，但久而久之……

李海这时候打开手机里的一个视频，递给赵央，又收回来。他想起赵央看不见。

"放。"赵央却道，"阿喜会告诉我看到了什么。"

李海点开了视频。视频是他亲自拍的，他将几个孩子召集在了一块儿，包括请姐夫带来的陈肖华。视频里，孩子们安静地看着镜头，乍看之下面容迥异，可一分钟过去了，他们的行为虽然算不上完全一致，但无论是举止还是言谈，甚至是微表情，都无比相像。

刘芊芊捂住嘴，觉得脊背一凉。

"拷贝一份，发送到我邮箱。"赵央道。

李海点点头，关上手机，有些忧心地问："赵医生，这到底是什么情况？"

刘芊芊瑟瑟发抖："不会真像阿喜妹妹说的那样，被什么东西附体了吧？"

赵央沉思片刻道："更像是某种控制人的思维能力的东西，但不是什么牛鬼蛇神。李老师，既然您调查了，我还有几个疑问，除了那两个初中生好朋友，其他几个孩子之间并不认识是吗？"

"并不认识。"

"你刚才提到，陈肖华的事情发生在他再次进入管教所的第三天，而且他刚从管教所离开没几天。我想，我需要他在这段时间去过的地方的记录。然后，找到那个时间段里，这几个孩子和他重合的地点。"

"好，应该没有太大的难度。我让我姐夫去查一查。"李海会意，急着起身去办，忽然又回头，"赵医生，你有推断了，对吗？"

赵央不语。

李海见他淡定的表情，心里便觉得踏实了些。

"等我查到，立刻告诉你。"

李海和刘芊芊刚起身告辞，肥丁就从厨房里出来了："吃饭了！"

10

"刚才的案子我错过了，是又有什么怪事儿发生了吗？"肥丁边扒饭边问。

没人搭理他。

肥丁鼓足勇气："刚才那个女老师长得挺漂亮的，是谁啊？"

依旧没人搭理他。

肥丁觉得屋里静得可怕，只有筷子碰到碗碟的声音和细细的咀嚼声。

"肥丁，你厨艺真的不错。"赵央忽然抬头，朝着他来了句。

肥丁难得听到夸奖，瞪大眼。他怎么也给工作室做了不下百顿饭了，赵央怎么突然间夸起他来了？太反常了吧。

"那个……"

"食不言，寝不语。"阿喜忽然瞪了他一眼。

肥丁立马噤声，气氛不对，先撤退。

午后的气氛有些诡异。阿喜坐立难安。

赵央摸索着回到了屋子里，关上门的刹那，他目光一凛，看向书桌，随后迈步走过去，从旁边翻出合上的笔记本电脑，打开来。电脑显示屏上出现一排字："请输入密码。"他眉头一凛，向着黑暗处不耐烦地问道："密码？"

午后的天体研究所，叶明博士正在做数据分析。基地研究所是这两年科学院新建的，他们这个部门在科学界处境有些尴尬，对比受人关注的一些实用研究，外人觉得他们是在研究空气、破石头。不过叶明博士并不在乎，他对磁场和星体有着巨大的兴趣，脑子很灵，逻辑严谨，旁人都说他是在“为爱发电”，他也甘愿承认。有什么事比热爱更重要呢？能找到一份自己热爱的工作，已经很不容易了。

几天前，他收到了总部研究所的一份检测报告。

一年多前，一颗并不算大的陨石坠落在基地附近。因为个体大小不够，形态和数据分析都不算特别。陨石碎片被带回基地后，一直都没研究出什么名堂，也就此作罢了。当时这颗陨石被分析出来自一颗未命名彗星，科学家们起名叫 R300。

陨石落下的地方离基地很近，附近就是一个巨大的公园。刚好研究所在那里有一个磁场监控中心，几个月前，监控中心传来数据，说发生了一场诡异的能量聚变。布置的磁场监控显示有小范围的磁场振动，这引起了他们的注意。

这次会议是研究所的小范围会议，针对这颗小小的彗星残片进行了研究。这甚至引起了叶明一位老朋友的好奇。老于曾是叶明的短期同事，这家伙从前是搞心理学的，后来不知怎么的对天体产生了兴趣，来了研究所。不过，他很快就跳出去了。叶明一直不太欣赏老于，觉得他做事没定心，搞起研究来跟玩儿似的。不过，他给出的一点儿建议还是值得讨论的。老于说，他怀疑磁场的突然变化可能和这颗 R300 彗星有关。至于磁场空间改变带来了什么效应，他神神秘秘地指了下自己的脑袋：“精神世界。”

叶明这一次没敢忽视老于的建议，让下属的研究院和多个心理研究所达成了合作关系，其中也包括赵央的特殊人类研究所。

最近发生了太多奇怪的事了，多如牛毛，匪夷所思，但似乎没有造成太大的困扰。只是叶明强迫自己忽略自己的感受。

“叮——”突然响起的电话铃声打断了叶明的思路，他接起电话：“喂？”

11

赵央的书房里，门被锁紧。

坐在电脑前的他认真地看着屏幕，屏幕上，刚才已看过一遍的场景让他的表情慢慢变得凝重。他知道，这已经不是简单的心理症状了。

赵央的表情微微变化，他慢慢开口："你可以查一查那颗彗星，科学研究院的专网有，我告诉你账号密码。"

话音刚落，赵央脸上的表情变得有些不满，像是回答刚才的自己："怎么的，现在你是把我也当成你的眼睛了？"

几秒过后，他听到自己说："你不必把我当作敌对势力。"

这什么语气？他非常讨厌这个家伙用他的声音说出这种语气的话，又自恋又做作。不过，他现在不想和他争论这件事，办事儿要紧。

"看完了。"

那个声音没有说话，不过不用对方说，他心里已经有了推论，只是晚了一步。

那个声音给了他几秒钟的缓冲，然后道："我要出去打个电话。"

"凭……"话还没有说完，对方已经起身。

"我和叶明主任有过来往，交流起来效率高。"

话说得倒是有理有据，就是太过傲慢！

惴惴不安的阿喜其实一直都蹲在书房前。她听到书房的落锁声，怀疑赵央发生了什么。因为从前他从不上锁。

这时，门"吱呀"一声开了，阿喜心跳加速，心虚地盯着来人。

但他似乎并没有发现站在门边的她。

倒是肥丁这个笨蛋挠着头站在一旁，嘀咕一声："阿喜，你捉迷藏呢？"

赵央径直走到电话机的位置，习惯性地伸出手，却摸了个空。

电话机向来放在这个位置，家里两位已经习惯了为了照顾他把一切必用品归位，从不瞎挪动。他心思一动，明白是阿喜。

这时，手上多了点儿重量，是阿喜将电话递了过来，她有些生硬地解释："我刚找东西不小心碰翻了，顺手放在别的地方了。"她一边说着，一边迅速地伸出手指直插向他的眼睛，手指在几乎要碰到他眼珠的时候停了下来。

莫说是眼睛，就连他的睫毛都未曾有过细微扇动！看来是她多虑了。阿喜喜出望外，莫名觉得高兴，缩回手指，露出笑容。

这时，赵央语气奇怪地问了句："阿喜？"

"啊？"她如大梦初醒，还是个噩梦。

"话筒……给我。"

赵央给天体研究所打了个电话，但电话里有些说不清楚，他决定亲自去一趟研究院。

李海那边效率也很高，他在电话里语气激动地告诉赵央，的确有重合。那几个孩子在11月的某一天去了同一个地方。而这个地方正如他所猜测，是发现那块陨石的公园。

书房。

赵央关上门，向着阴暗处轻声说了句："你去吧。"

"我去？"阴影里的人坐在沙发上，用一种不满的语气道，"不是你更熟，效率更高吗？"

"别闹脾气了。"他在对面坐下来，一脸谈判的表情，"我想看看那颗陨石到底长什么样。还有，阿喜已经怀疑了。"

"怀疑？我之前可是按你的样子演的。"影子不爽道。再说，他也不想搞砸。他不想让任何人知道他有问题，包括阿喜。当然，这个家伙似乎和他想法一致。

"得。"他起身道，"有啥要交代的？"

"你足够聪明。我要交代的就是小心为上。"

"说了等于没说。"影子不屑道。

12

叶明所在的天体研究所里，阿喜正在向赵央描述这颗陨石碎片的样子。

就是这颗彗星？如阿喜的讲述，它看起来貌不惊人，只是一颗十分丑陋的石头。赵央不能盯着它看，因为他现在的设定是看不见的盲人。

"这颗陨石对磁场有过轻微的影响，但并不持久，而剩余的一些碎片，似乎在11月19日那天有过一次不平常的反应。"

赵央对天体是门外汉，不过简单的道理他懂。

11月19日，正是那群孩子同时出现在公园的那天。

叶明博士接着解释道："我不说复杂的。陨石除了影响磁场之外，这一次聚变，似乎是发射了某种信号，一种通过辐射进行的信号发射。那群孩子很可能是感染者。"

赵央心中一震："感染？精神感染？"

"没错。有效控制中枢神经，甚至大脑皮层，然后让那些受感染者按照一个范本进行工作。"

赵央喃喃道："就像灵魂复制？"

叶明沉默了一下，点了点头："没错。这种辐射像是一种范本，用一种神奇的方式感染着与之接触的人，然后所有被感染者照着这个范本开始改变，而这个范本不仅仅影响着被感染者的行为举止，还影响着思想和审美。而且，它还根据被感染者的路径发生改变，就比如这个陈肖华和程星，他们是高一学生，所以掌握的初中知识是完全一样的，但后期因为求学方向的不一致，拥有的东西就成了变量。不过，也是死板的。比如审美太过一致，行为模式也相对比较单一，容易被识破。”

阿喜听得毛骨悚然："那……现在在他们体内的还是他们吗？”

叶明也没办法给出答复，正像他们了解到的那样，这些孩子拥有着过去所有的记忆，也对自己非常了解，而不像是变成了另一个人，更像是转了性。至于还是不是本来的人，就得首先定义什么叫“本来”了，然后判断记忆和行为模式哪个更加重要。

“有成年人被感染吗？”赵央问道。

“暂时没有发现，辐射量比较微小，所以对成年人构不成太大的影响。还有，这颗陨石所在的区域已经被封锁了。”

“但是，它似乎是善意的，起码它给的范本……相对来讲，安全。”一旁一直听着的女助手道。

“不好说。或许目前只是一种试探。”叶明紧锁眉头道。

赵央沉默了一下。他心头莫名地有些恐慌。如果下次来的“信号”并不善意呢？这次是一个范本传染开来，那若是下一次是恶意，甚至影响力更加强大，让成年人也无法抵御呢？那样会是怎样的一场灾难？

他几乎能想象到，如果那个星球是一个与地球完全不一样的世界，发射这样对人类心智有影响的陨石信号，简直是将他们的星球复制到地球上！

阿喜留意到赵央的手攥成了拳头，似乎在极力克制自己的怒气。

“不过这些都不用太担心。首先信号返回需要很长的时间，真要有下一次的信号发射，起码是在几十年后。而且，这次的辐射可以被治愈。因为上一次聚变刚好发生在控制中心，数据全部被检测到了。我们可以模拟它，进行一次反向聚变，让感染者脱离控制，进行治疗。”

“治疗风险大吗？”阿喜问道。

“这个倒不大。感染期虽长，但毕竟这次的辐射信号微弱。虽然能有效控制中枢神经和精神体，但我们进行过一个案例模拟分离。具体步骤比较复杂，我就不跟你们详述了。总之效果不错，我们计划对感染者进行心理重建。到时候，就需要你们心理专家的帮忙。不过，我们不确定是否所有感染者包括他们的家属都愿意进行这样的治疗。”

赵央当然明白叶明博士的意思。他的眉头越拧越紧。

13

和叶明博士确认过后，通过私下的渠道，基本可以确定当日在公园的游客名单。

游客数量不少，因为当日刚好是周末，但好在并不是所有少年都受到了感染，最后确定的大概有二十余人，程度轻重不同。比较明显的是与范本反差较大的几人。大多数的感染者与家属惊恐之余决定进行治疗，但有两位表示了反对。

这两位是程星的母亲和陈肖华。

首先是陈肖华，似乎众人都不想去说服他变成原来的样子。毕竟曾经的他面目可憎，大多数人都认为他这样长大会成为社会的毒瘤。他父母对这件事并不关心，得到通知时，他父亲正烂醉家中，而母亲则半天拿不定主意，问了好几次大刘的意见。

说真的，大刘也给不出什么意见，只好保持中立。而陈肖华却说服了他母亲。

“妈，我真觉得我现在这样挺好的。如果这次的感染能让我做个好人，其实也不错。妈，我觉得做好人挺好的。”

而另外一边，李海多次上门找程星的母亲，苦口婆心地劝。程星的母亲永远都是一个态度：“李老师，你别劝我了。你从前可是瞧不上星星的，怎么现在倒关心起他来了？好了，我要上班了。你不用上课吗？”

最后，程星的母亲情绪崩溃地吼道：“李老师，我觉得现在这样很好！你凭什么说我们家星星不是他本来的样子！他本来很乖的！你根本不知道！现在这样，我省点儿心，不好吗？出去出去出去！”

他其实能理解程星的母亲，她一个人抚养程星长大，还有一个尚在读幼儿园的小女儿，经济压力很大。她对程星疏于管教，是因为真的需要养家糊口，力不从心。从前，她是很自卑的，每次开家长会都抬不起头，她的孩子一直让她很头疼。

李海最终被赶出了程星的家，而那个孩子就站在窗口，无声地朝着他摆摆手。那双从前总是弯着的、嬉皮笑脸没正形的眼睛里，闪过一丝光。那光让李海忽然后背一凉。

在程星身体里的人，究竟是谁？

大刘警官私下里跟李海说，他真觉得这样挺好的，要是科学家能研究出这种发射器，犯罪率指不定能下降不少。当然，这是做梦了。

但李海跟大刘持相反意见。大刘警官只看到了问题暂时得到解决，却没有看到新问题的产生。

那些依附在这些“乖巧”孩子灵魂里的“范本”究竟是一种辅助作用，还是一种主导作用？而更令人胆寒的一个问题是：“他们，还是他们吗？”

李海和大刘警官尚且持不同意见，业内对这件事开始关注之后，自然也展开了关于学术和道德的辩论，最后没有得出一个肯定的结论。只是上头还是给了个强制治疗的指令，毕竟即便是叶明博士也没办法说清这辐射的伤害有没有还是未知。

但不论如何，这件事算是了了。

14

“叮”，蛋糕出炉。

阿喜微笑着打开烤箱。这次的蛋糕总算像样了。她激动地跑到书房前，正要叩门。恍惚间，门缝间的一阵冷风阴森森地拂过她的心头。

门被风推开了，眼前的场景让她一时说不出话来。在那一瞬间，她想起一件被刻意遗忘的事。她浑身颤抖，蛋糕掉在了地上……

第二章

变脸

楔子

粉面妆，细长眉，瓜子脸。林珊望着镜子里的人儿，拿起一支樱桃色口红，轻轻地描。再加上樱桃唇，天鹅颈，梳妆完毕，令镜中人看起来更是无可挑剔。她微微一颔首，眼波温柔，朱唇轻启："真是……太漂亮了。"

1

此时的赵央正坐在咖啡馆里，单手轻轻搅拌着咖啡。

这是附近新开的一家网红咖啡馆，客人不少。

他是一个人来的。

他在等人。

先是闻到一阵浓烈的香水味，然后听到一个女子的声音，她像是捏着嗓子说话，声音里有些沙哑和造作："你就是赵央吧？"

似乎有什么东西在他面前晃了晃，风轻轻拂过他的鼻尖："还真看不见啊，可惜了哦……"

"您好。"赵央礼貌地回应，"程小姐是吗？"

那女人算不上漂亮，穿着一件红色的皮草，浓妆艳抹得有些过分，身材有些魁梧。

“是啊。”程小姐的语气有些别扭和傲慢，“刘伯母让我来的，具体的事她跟我说了一下。我的具体信息你也知道吧？”

赵央微微点了点头。

“天气阴沉沉的，搞得人心情不好。你们看不到的话会不会感觉不到啊？”

看不到也是可以感觉到的。赵央心里这么想，到嘴边却是：“对的。”

角落里坐着个姑娘，正一勺一勺地吃着奶油蛋糕，看起来很不高兴。她正竖起耳朵，听一旁的动静。

阿喜是跟踪赵央来的。赵央这段时间行踪不定，做事也有些古怪。再联想那个梦境，她实在是放心不下。尤其是听说他要一个人出去办点儿事。

什么事？现在好了，知道了，他是来相亲的。

这个发现让阿喜内心有些啼笑皆非的感觉，她一边愤怒地吃蛋糕一边想，别人家的蛋糕都怎么做的，她怎么就做不到这么好吃呢？

正值春节。

每次只有在过年的时候，大家才会觉得赵央是个凡人——他被催婚了。

众人觉得给赵央安排相亲，最大的问题在于他眼睛坏了。纵是他长得再好看，在人家三姑六婆的嘴里，也就是个残疾人。其次，虽然他搞了个研究所，但在三姑六婆的眼里，那就是个屋子而已，说是研究所，整个屋子就一小姑娘和一小胖子，再加赵央一个瞎子……研究啥？特殊人类？啥叫特殊人类？不就是精神病吗？还不如好好进个医院，做个治疗失眠和精神衰弱的医生。

三姑六婆现在没事儿也爱找赵央，问的问题都是那些“儿媳妇最近坐月子脾气很大”“孙子青春期叛逆怎么办”“最近老头儿有点儿奇怪，是不是外头瞧上哪个老太了”……赵央乐意一一作答。

至于要给他介绍对象，以他的脾气，自然是温和一笑，然后一句“不麻烦您”。但这一笑和一句婉拒落在瞎操心的三姑六婆眼里，就成了客气。

阿喜是没有家人的，加上还小，曾经因此发过一次飙，但因为肥丁说了一句“你不让老大相亲，难不成是想自己嫁给他啊”给臊红了脸。这话真是戳心窝子，惹得她几天没理肥丁。

但是赵央毕竟年纪到了。他脾气好，话又少，面对阿姨们的殷勤，根本不知道怎么拒绝。幸亏赵央虽没有明确拒绝，但也没有答应过。

那么，这次是怎么回事？阿喜越来越觉得不对劲。

耳朵边是她越来越不能忍受的对话。

“哦。我姑母说了，你眼睛是有可能复原的。不然，以我的条件，当然不可能过来跟你见面了。

“你知道我家里是做什么的吧？虽然是做服装生意的，但也算是书香门第，我家里说你家条件也还可以，所以我就说过来了解一下。而且我挺好奇的，你们那个特殊人类研究所，名字听起来奇奇怪怪的。我姑母是对你赞不绝口，不过啊，你们这个研究特殊人类不就是研究神经病的吗？”

阿喜捏着杯子，跟自己说，不生气不生气……幸亏这咖啡杯是陶瓷的，耐捏。

“哎，要不你跟我说说你碰上的那些事吧？我呢，有那么点儿兴趣。

“你那个工作室啊，我听说了，是没有正经执照的。如果我们能结婚，你到时候就来我爸爸公司上班吧，顺便把眼睛治好。我是问过的，你这种应该不至于遗传，但是看不见就是很麻烦啊。你生活能自理吗？”

这姑娘真是傲慢无礼得不得了！

偏偏赵央始终彬彬有礼，但凡那姑娘冒昧提问，也只是谦和回答，语气里竟瞧不出一丝情绪。

赵央怎么能被这么对待呢？他是那么好的人，却因为眼睛的问题，被摆在相亲市场的弱势群体里。这就算了，他明明那么厉害，帮助那么多人解决了心灵困境，到这个女孩嘴里却成了“没有正经工作”。

阿喜这一生气就喝多了水，这时不得不起身去洗手间。经过那红衣女人桌前，见她跷着二郎腿，坐在赵央面前口若悬河，阿喜控制住了自己一拳砸在桌子上的冲动。

她忍住了，想着再怎样也不能搞砸老大的相亲，只能用“他反正‘看’这个大姐也不过看个无礼的人”来安慰自己。

穿过一条走廊，阿喜走进了洗手间。

暖气开得很足，姑娘们都脱去了厚重的外套，露出小裙子来。阿喜穿着工装裤，第一次意识到自己穿得有些粗糙。女为悦己者容。她难道不也觉得赵央看不见才这么随意的吗？可万一哪天他突然看见了呢？然后他时隔这么多年，第一次看到长大后的阿喜，居然是这么邋遢的女子。

想着想着，阿喜叹了口气，一边洗手一边盯着自己的脸看。

这时，她忽然看到镜子里出现了一个女孩。她的五官简直太漂亮了，眼波流动，鼻梁高挺，脖子很长，穿着一件款式很特别的粉色旗袍。

似乎是意识到阿喜的注视，她通过镜子冲她笑了一下。这一笑，真是百媚生。阿喜作为女孩，都忍不住心动了一下。她侧过头正要看向旁边的小姐姐时，却见她已收好东西，低头背过身走了出去。

尤见她身形曼妙，一双小细腿下踩着高跟鞋，即便是背影，气质也是极佳的。

真好看，而且太有女人味了。阿喜不禁感慨。再看镜子里的自己，未褪去脸上的青涩，素颜胜在青春，但和浓妆艳抹的小姐姐比，真像是两个世界的人。

若是这样的女孩……和赵央面对面呢？即便是作为赵央眼睛的她，也不好意思骗他说对方不好看，配不上他吧。

阿喜笑了。她觉得自己心里好矛盾，既觉得应该让赵央匹配仙女级别的女朋友，又觉得那个人真出现的时候，她会心酸地哭鼻子。

手都快洗脱皮了。她转身走了出去。

通往大厅的是一条长长的地中海走廊，一个身穿白色裙子的女孩正在声音爽朗地打电话。对方似乎在逗她，她咯咯地笑骂："毛小军你迟到就迟到，还找借口……每次约好一起背题你就掉链子。得，今年研究生考试你还是放弃吧，姐先行一步。"

这时，女孩忽然抬起头来，与阿喜四目相对，轻扫而过时，微微一笑带过以示招呼。

阿喜眼中闪过一丝迷惑。这个女孩不就是刚才在洗手池边的女孩吗？怎么一转眼就换了套衣服？

不过值得一提的是，美女真是穿什么都好看，无论是粉的还是白的，都衬托得她更加娇俏。这般想着，阿喜走回咖啡厅，却发现赵央和那个红衣女子的位置空了。

人呢？阿喜一把捞过旁边的清秀小哥："麻烦请问一下，这桌客人去哪里了？"

"刚才买单走了。"

"一块儿走的？"

"没。"小哥狡黠一笑，"我刚才不小心打翻了一杯咖啡，刚好倒在那个阿姨的腿上，把她给气坏了。"

"阿……阿姨？"

"嗯，在我眼里，没礼貌的就是阿姨，有礼貌的都是小姐姐。"

"你是故意的？"

"嗯，我气不过她说研究所是研究神经病的。"小哥微微一笑，"你放心吧，赵医生不会跟她一般见识的。"

"你认识赵医生？"

"当然认识。"小哥笑着说，"我们老板是赵医生的粉丝呢。我还知道你是他的助手，叫阿喜。"他还压低声音说了句，"你比她好看多了！"

阿喜脸一红，正要告别离开，忽听到身后一阵尖叫和东西打翻的声音，回过头去，只见两道身影扭打起来。

小哥脸色一变，放下托盘便上前去。

阿喜愣了一下。

那扭打在一块儿的两个身影，一个粉，一个白，可不就是刚才她遇到的那个仙女小姐姐吗？

虽然不知道她们为什么互换了衣服，但只见那穿粉色旗袍的女孩狠狠地将白衣女孩摁在地上，并且不断地用手去挠她的脸，白衣女孩被挠得手足无措，只能尖叫着喊救命。

咖啡馆里乱成一锅粥，只听到那白衣女孩嘶哑着嗓门喊着什么。

粉衣女子尖利的指甲几乎要划破白衣女孩白嫩的皮肤，上前拉架的小哥被她一脚踹开，秉持着爱美之心人皆有之的阿喜没办法坐视不管，一个箭步上前，一系列动作行云流水，一下就控制住了那近乎癫狂的粉衣女孩，然后就听清了她嘴里喊的话了。

那声音嘶哑低沉，甚至带着些可怖："你是谁？为什么偷走我的脸？你为什么跟我长得一模一样？"

众人惊诧。

那地上的白衣女孩也一脸冤枉："你疯了吧？谁和你长得一模一样啊！"

阿喜一愣，手上一松，粉衣女孩又一个踉跄要扑过去。白衣女孩见状，几乎是一个箭步冲出了咖啡厅。小哥颇有牺牲精神，用身体挡住了门，颤抖着嗓音对着粉衣女孩喊道："女士，冷静！冷静！"

那女子见状，扑向玻璃窗，忽然浑身战栗地瘫坐在地上，然后捧住自己的脸大哭了起来："我的脸……我的脸……"

阿喜皱起眉头，心头一紧。这事，好像不简单。

"林珊，林珊……"

穿着粉色旗袍的这位叫林珊。阿喜用了大半天时间才稳定住她的情绪。但是她哭完之后，像是用尽了力气，只是抱着膝盖蜷缩成一团，沉默不语。

过了没多久，来了个男人，自我介绍说是林珊的朋友，姓周，叫周俊，关切之情溢于言表，长得也是仪表堂堂。

他耐心地蹲在林珊的面前，柔声细语地安慰她。然后过来跟阿喜和咖啡馆小哥道谢："抱歉。她情绪有些不稳定，刚才给你们添麻烦了。"

"不会不会。"小哥摆着手，"这是我们应该做的。"

"那既然没事的话，我先带她离开了。"

小哥有些胆怯地瞥了一眼一旁的林珊，此时她正将头埋在手掌间，像是把头埋进沙堆的鸵鸟。

"那个，周先生，我想，你朋友这个情绪状况，有点儿……"他忽然鼓足勇气，推了阿喜一把，"我这个朋友是开心理诊所的，鼎鼎大名的赵央医生的助手！"

阿喜没说话。她刚留意到一个细节，这个叫林珊的女孩应该就是她在洗手池边碰到的那一个。她根本就没和那个白衣女孩换衣服。她们根本不认识彼此。因为她当时看到的背影，林珊的小腿上有一小片蝴蝶纹身，但是白衣女孩的腿上空空如也。

可是……她看到的林珊跟她在镜子里看到的那一个完全不一样。

镜子里的是刚才逃跑的白衣女孩的脸，而林珊长得跟她几乎没有相似之处。那个白衣女孩五官精致，一笑倾城，而林珊有一张平庸的脸，塌鼻子，方脸型，虽然身材不错，化着浓妆，但确实不太好看。所以……她是幻想自己长着白衣女孩的脸？可脸被偷走了，又是什么意思？

周俊看了一眼阿喜，礼貌地拒绝了："不用了。她没有问题，只是这几天心情不太好而已。"说罢，上前去牵她的手，声音很温柔，关心和心疼溢于言表："别怕。我带你回家。"

似乎是他的话起了作用，将脸埋在手掌间的林珊缓缓抬起头来，满脸泪水："周俊，我的脸……我的脸……"

她的脸不好看，哭花了妆的样子有些滑稽，但她举止优雅，即便如此狼狈，仪态也保持得很好。她微微侧头的那一瞬间，阿喜只觉得脑子一瞬间空白了。

林珊很是崩溃，但还是顺从地跟着周俊起身："好，我跟你回家。"

这时，阿喜一个箭步冲到了他们面前，冷着脸，厉声道："你们先别走。"

咖啡馆里有一面小镜子作为装饰，就在刚才，林珊回头照镜子的那一瞬间，看到镜子里头的她——没有脸。

2

阿喜回到家的时候，赵央已经在书房了，听到她气喘吁吁的声音，眉头微微一皱："怎么冒冒失失的？"语气却不严厉。

"我、我……我刚才，在咖啡馆碰到一件事！"

"哦？你去咖啡馆了？"赵央明知故问。

阿喜愣了一下，算了，一会儿再跟他算这个账。她把在咖啡馆发生的事十分具体地描述了一遍。

“所以，他们不肯来？”赵央坐在沙发上，眉头挑起。

“不肯。”那个周俊非常斩钉截铁地表示林珊没有病，希望她不要挡道。

她又不是绑匪，当然只能让他们走。目送他们离开的路上，只见那周俊对林珊嘘寒问暖，为她开门，为她披上自己的厚外套保暖，十分绅士，似乎超出了普通朋友的关心。

小哥道：“小喜姐姐，你说这个男的是不是她男朋友？”

“啥？”

“可是两人也不般配啊？不过这个小姐姐的背影倒是蛮美的。对了，她为什么会去挠那个白衣服姐姐的脸啊？是因为嫉妒吗？”

嫉妒？如果只是嫉妒就去抓花路人的脸的话，这个世界得大乱吧。

肯定不止是嫉妒。

“老大……”

“如果真如你所说，那个男人是真的关心她，他会来的。”赵央道。

赵央的话说完了，阿喜却没动。

“阿喜，我要午睡一下。你帮我带上门好吗？”

阿喜“哦”了一声，走到门边，思忖了一下，然后原地踏了几步，把门关上了。

“阿喜？”

她不回答，沉默地盯着他。

“我能听到你的呼吸声。”

好吧。阿喜丧气地垂肩，失算了，忘了他虽然看不见，但嗅觉和听觉都相当灵敏。

“你这是怎么了？”

怎么了？她也不知该编个什么谎，但沉默让她觉得心虚，于是略带委屈地道：“相亲也不叫上我，你还把我当你眼睛吗？”

赵央笑了笑：“谁跟你说我是去相亲的？”

“啥？”阿喜一愣。

“我的‘相亲对象’好看吗？”

“不好看！一点儿都不好看！五大三粗的！长得像个金刚芭比！”阿喜对那女人生气，恨不得多埋汰她两句。

赵央哑然失笑：“小喜，所以你没看出，人家是男生？”

阿喜愣住了：“你……说什么？”

“对方是男生，是刘阿姨的一个远房侄子，有性别认知障碍，而且是个结婚狂。他不肯见任何医生，所以只能用相亲的方式把他约出来。”

“是个……男的？”阿喜瞠目结舌。虽然人家是金刚芭比，但好歹……还是比她有女人味的。

“嗯。我们这行，最难的就是让病人坐到我们面前，打开心房……”赵央的声音听起来有点儿疲惫，“还有事吗？”

“没有了。”阿喜道，这次她是真走出门外，“老大，我……”

她把心里头的困惑重新压回去，不知为什么，她开不了口。她心里有数，赵央根本就知道她想要问什么，只是似乎还没准备好他的答案。让他好好休息一下吧。

“林珊，林珊你开一下门！”

林珊一回到家里，就把自己关在了屋里，死活不肯出来。

周俊能听到她的哭声，压抑而嘶哑，像是有一根无形的丝儿在牵扯着他的神经，让他的心不由自主地跟着痛。

林妈妈在一旁默默地落泪，抬起头来问他：“周俊，怎么办啊……怎么办啊……”

周俊没有撒谎，他的确只是林珊的朋友，但是林妈妈早已把他当做女婿来对待了，只是林珊始终不肯接受他。

所有人都觉得周俊很奇怪，他多金且长相英俊，要什么样的女孩要不到，为什么偏偏对林珊情有独钟？若林珊长得漂亮也就罢了，可她除了身材还不错之外，连普通都谈不上，偏偏自信得要命……

自信本是好事儿，但过于自信就有些令人笑话了。林珊的表现，就仿佛她是一个百年难遇的大美女，她对美的追求和对自己的脸的尊重程度，简直成了一种奇怪的信仰。总之，有些一言难尽。

家里挂着无数张海报，都是娱乐圈里的顶尖美人儿。林珊就在一张梳妆台前，不停地打扮，不停地打扮……她说得最多的一句话，就是“我真好看”。

不过除了这件事之外，林珊除了性格有些清高，都还挺正常的。她是一个旗袍设计师，身材也好，驾驭旗袍不在话下。哪怕是不服她的人，也觉得她穿着自己设计的旗袍着实精妙，加上天鹅颈、水蛇腰和大长腿，从背后看，根本就是个背影杀手。只可惜了那张脸……

不过现在彩妆盛行，林珊稍微打扮一下，气质还是很加分的。如果她不要老是一副“天底下老娘最美”的姿态的话，其实也没什么。

“小周，”林妈妈有些浮肿的脸上满是担忧，“珊珊说，有人偷走了她的脸，是什么意思啊？”

周俊皱着眉头。

这时，屋里忽然传来一阵玻璃碎裂的声音。林妈妈惶恐地看着周俊，只见他立马急了："阿姨，有没有备用钥匙？"

屋子里的林珊浑身战栗，望着那破碎的镜子，她发出了一声凄惨的尖叫，痛哭失声。

这时，门被猛地撞击，周俊连踹三脚，终于把门给踹开了。他冲了进来，一把把她的手举起来查看，一旁的林妈妈见血差点儿没站稳，转身飞快地去拿来药箱。

林珊抬起那张没有血色的脸，眼中满是惶恐，耳边是周俊耐心而温和的声音："林珊，别急。你慢慢告诉我，发生什么了。"

"镜子……把镜子拿走……"

林妈妈一听，立马拿起扫帚，飞快地把镜子碎片扫走。林珊的卧室里有好多面镜子，她一面面地都收起来。

没有了镜子，林珊似乎平静了下来。她声音嘶哑地道："周俊，我看到一个女人，她和我长得一模一样。"

周俊一愣："然后呢？"

"她……偷走了我的脸！"她激动地双手发抖，"周俊，她偷走了我的脸！"

周俊第二天上午就到了研究所门口。

门口挂着喜庆的灯笼，开门的人是一个穿着粉色围裙的胖子，正拿着扫帚，大约在打扫卫生。

研究所有些老旧，但收拾得很干净。

"喝茶吗？"胖子问。

"不用了。"周俊有些局促，"我想知道，你们这儿是不是有个小姑娘，叫……叫阿喜。"

"哦？找阿喜？"胖子道，"阿喜出去买东西了。你在这儿等她一下？"

"好。"周俊有些局促地看了一眼表。

赵央坐在对面，自顾自地在读一本盲文书。而周俊所不能看见的门口，一个男人正探头探脑："这人就是那天阿喜说的那位吧？"

赵央一动不动。

那家伙脸埋在阴影里，背倚着墙，说了句："现在虽然看起来平静，但似乎内心诸多波澜，他刚才偷偷瞥了你几眼，似乎对你很是好奇。他对这个地方也很抵触，给他倒的茶水，好几次拿起不喝，似乎很是防备。他双手时不时紧握，还不住地抓挠自己的脖子。啧啧，这个家伙，心事很重啊。你真不打算开口问问他？”

赵央咳嗽了一声。周俊被吓了一跳，茶水漫溢出来。

“得，我这不趁着阿喜不在出来晃一下吗？你放心，关键时刻我闪得比鬼还快……”

话音刚落，门轴转动，那黑影果然闪得比鬼还快。

赵央淡淡地皱了下眉。

阿喜拎着两大袋东西，看到周俊时，并不意外。赵央说了，他会来的。

周俊已经站了起来，似乎根本不想耽误时间：“阿喜小姐，我有件事想麻烦您。”

“您请说。”

“那天，我朋友林珊冒犯了一个女孩，我想知道，你认识她吗？”

“不认识。”阿喜言简意赅地回答。

听到这话，周俊有些难掩的失望，但似乎也因此松了口气。他来之前，先去了一趟咖啡馆调监控，但是那几天监控刚好饱和，所以那一段根本没录下。咖啡馆的那个小哥倒是很热情地帮他回忆了一下当天的场景，但因为那个白衣女孩是一个人来的，她朋友似乎迟到了，只点了一杯咖啡，走的时候被吓坏了，跑得仓促，因此毫无线索。所以，小哥也只能表示，若是她下次再来，他一定联系周俊。

那会是什么时候呢？

“所以，我想要问问看，您有没有线索？”

“我不认识那个女孩。”阿喜看了一眼赵央，他似乎不打算插手这件事，“不过，我听到她打电话时提到了考研。我想，她可能是个研究生考试的应届考生。”

线索断了。

“请问，周先生您找她是为什么呢？”

“哦，林珊冒犯到她了。”周俊尴尬一笑，“我想给那个姑娘赔个礼。”

“林珊她还好吗？”阿喜问道。

“她挺好的。那我先走了。”

“周先生。”阿喜叫住了他，“如果有什么异常，您该正视林珊的情况。”

“她……她没事，没什么异常。”

没什么异常？阿喜觉得周俊这个回答就很异常，林珊已经莫名其妙到与路人厮打，并且情绪崩溃成那样了，还叫没什么异常？这些人是不是以为自己装作一切都没发生，就可以真的岁月静好了啊？阿喜有些恼怒。

“我们这里是特殊人类研究所。在我们眼里，没有真正的病人，只有需要帮助的困境里的人。”

“我知道。谢谢您了。但她真的没事。”周俊淡淡道。

那就没办法了。

阿喜目送着他离开，转身回到屋里：“肥丁，帮我查个信息！”

“啥？”

“帮我看看，研究生考试报名者里，有没有一个叫毛小军的。”

“什么小，什么军？”

“不知道。”然后她拿出画笔，开始回忆。

“然后呢？”

几分钟后，一幅简易的素描出炉，画中女子正是那天的白衣女孩，也正是林珊幻想中自己长着的那张脸。

“然后问她是不是认识画上的女孩。”

一旁的赵央微微一笑，似乎很满意阿喜的表现，却提出了新的疑问：“找到她，你打算怎么做？”

“根据我的分析，林珊跟这个女孩肯定有联系。”

“但根据你的阐述，她们肯定不认识。”

“我觉得林珊认识她。”阿喜虽然不敢肯定，但第六感觉告诉她就是这样，“甚至周俊也认识她。他根本不是想要道歉，而是想找到她。”

“似乎可以脑补一部悬疑爱情片。”一旁的肥丁插嘴道。

“所以你的分析是？”

“撇开周俊，女孩有可能是林珊生活中见过的人，她喜欢女孩的长相，便幻想自己长成了那女孩的样子。周俊也是知道的，他全然包容了林珊的想法。但是遇到正主时，一切谎言就崩盘了。林珊甚至发生了思想上的灾难性转变，当发现自己幻想的脸其实长在了别人脸上，她产生了一种自己的脸被偷走的错觉。”

“分析很到位。那你觉得，周俊为什么不肯带林珊来看医生？”

“可能是因为深爱着林珊，而对精神上的创伤有误解。”就像今天那个红衣女子一样，“所以很是抗拒吧。”

肥丁摇摇头：“但又不是视而不见就是真的没有发生过的。多少病人，就是因为家人的不理解和抗拒治疗才走上绝路的啊。”

肥丁不愧是肥丁，虽然不太确定对方是毛小军还是毛晓珺，又或者是毛军诨号毛小军，但他可真是个找人的高手，很快找到了目标，并且确认了对方的身份。

那个女孩叫刘笑笑，25岁，银行员工，今年打算考研究生。

她接到阿喜电话的时候，在那头表示："对对对，我还打算去一趟那个咖啡馆呢，上次咖啡钱都没给。只是这几天忙，抽不开身。再加上，我心里真的挺害怕的。那天你也看到了吧，那个女生简直是要杀了我一样。她是不是精神病患者啊？"

阿喜没回答她这个问题，而是约了她见面。

刘笑笑性格爽朗，立马答应了下来，并且表示次日下午就有空，她可以过来。

书房里，黑影慢条斯理地起身，对赵央道："明天，我去吧。"

"不行。"赵央拒绝道。

"喂，我也想看看仙女长啥样，你又看不到。"

"我怕阿喜看出端倪。"

"放心，我演瞎子演得不挺地道的？"

"……"

"你得习惯习惯。"

"没得商量。"

那黑影冒出一声冷哼，忽然从一旁甩出一张牌，朝着赵央飞过来。

"来。21 点。"

"不赌博。"

"这是竞赛。老规矩。"黑影从阴暗处露出脸来，那和赵央一模一样的脸上，神情却大不相同。他眼神清亮，表情里有一股少年气，和赵央的沉稳冷静大相径庭。

牌是特制的。赵央的手指轻轻摩挲。

二人的 21 点概率太随机，因此一人三副牌，但仅一副是自己的。共有一副明牌，双方掷骰子决定要子，另有一副不属于自己的暗牌，是为工具牌，规则也是牌的点数之和超出 21 点作废。21 点看似凭借运气，但其实跟概率学有关。

黑影手持牌，微微一笑："还要吗？"

"你不出老千就好。"

"别质疑我的牌品。"

"要。"赵央犹豫了一下。

这时，一阵气流袭来，赵央忽然觉得心头一凛。

一旁的黑影也为之一震，这一时都没地儿可闪。

那站在门口的人愣了一下，开腔："老大，你怎么一个人打牌啊？"

哦，是肥丁。他心里松了口气。

黑影淡淡一笑，亮牌："你输了。"

站在门口的是一位四五十岁的女士，她看起来有些憔悴。

“请问，你们谁是那位赵医生……”

“您好。我是。”赵央道。

“您好。我……我是替我女儿来的。她叫林珊……”

林女士的丈夫去世很多年了，她独自将林珊抚养成人。林珊从小品学兼优，一直都是她的依靠。这两天，林珊完全不肯走出房门，她很担心，想让林珊去看心理医生。但是周俊——她一直信赖的周俊是林珊从小到大的好朋友——表示现在看医生对林珊来说是个刺激，说林珊看的医生够多了，他会想办法的。

但那毕竟是她的心头肉啊。

而对于林珊现在的情况，林女士也有些不明白。明明一切都已经恢复正常了啊，可女儿怎么把镜子全部撤走，还不肯出来见人呢？而且，她只要一照镜子就崩溃……

这是为什么？她从前最喜欢照镜子了。毕竟林珊是自己的孩子，林女士即使不觉得林珊很漂亮，但也不至于是令人崩溃的长相。

听完林女士的话，唯一一个有效信息就是林珊曾看过医生。可阿喜一问，林女士就像说错话一样局促："哦，没有没有，就是之前心情不好看了下医生。"

果然，林珊身上一定发生过什么事，但周俊和林女士都三缄其口，选择逃避。

“阿姨。”阿喜掏出手机，将一张照片放大，“您认识这个女孩吗？”

那是刘笑笑的毕业照，巧笑倩兮，异常青春靓丽。林女士愣住了，她大惊失色："叶儿？不是不是……这怎么可能！"

叶儿？看来，刘笑笑是和这个叶儿长得相似，而林珊和叶儿之间到底发生过什么？

“阿姨，您先别急。这上面的女孩叫刘笑笑，她就在附近。而您女儿林珊，就是假想自己长着她的样子。”

看来，不是长刘笑笑那样，而是那个“叶儿”的模样。

林女士有些没缓过来神，她扶住门框，喃喃自语："怎么会……怎么会这样……明明都已经好了啊！怎么会这样啊！"

研究所里，林女士坐在沙发上，有些艰难地将深埋多年的秘密讲了出来。

林珊不是在晏城长大的，她们母女俩之前生活在一千公里外的一个小县城。当时，她们住在一个大院子里，女儿林珊有个最好的朋友，就是叶儿。

叶儿是一对卖煎饼的夫妻的女儿。卖煎饼的夫妻长得一般，众人都说怎么会生出叶儿这么漂亮的孩子，只怕不是亲生的。但两夫妻对这个孩子是真的好，所以邻居们也不过开开玩笑。

林珊特别喜欢叶儿，从六岁的时候叶家搬进这个大院子开始，两个小姑娘就形影不离。叶儿长得漂亮，也知道自己长得漂亮，从小就爱美。林珊有样学样，两个女孩好得跟连体人似的。虽然林珊长得不漂亮，但跟叶儿差不多高，又喜欢穿一样的衣服，背后看起来，还真像双胞胎。她们也是有缘分，从小学到高中，一直都是一个班。林珊脾气急，讲义气，替叶儿打过好几次架，而叶儿也是一有好东西就和林珊分享。

林女士说："当时，我女儿常常同我说，如果她长成叶儿那样就好了。叶儿太好看了，像她那么好看的女孩，值得得到天底下所有的好东西。她是羡慕的，但是不嫉妒，甚至带着些怜悯和心疼。叶儿很漂亮，但命途多舛，高中的时候她爸爸得病走了，那之后叶儿的性格就变得有些阴沉，一直是林珊陪着她。后来好不容易熬到毕业了……"

林女士有些说不下去，她捂住脸悲伤地哭了起来。

阿喜递过纸巾。

高考结束，两个小姑娘说要一起去旅行，去的地方也不远，家里就同意了。结果，两人在小旅馆里出了事。

当天楼下的商铺天然气泄漏，导致起火，又是旧楼，两个女孩被困在房里出不去，直到救援队来才把两人救了出去，虽然都没烧伤，但因为吸入二氧化碳过多，只有林珊被救回来了。

叶儿没了。

林女士到现在还记得，叶妈妈哭晕在尸体旁边的场景，几乎痛彻心扉。她也很疼爱这个孩子，也是拿她当亲闺女疼的。

可紧接着，醒来的林珊让林女士更加担心了。

她醒来的第一句话，问的是："林珊呢？林珊还好吗？我妈呢？我妈在哪儿？"

林女士几乎踉跄地扑到她面前："珊珊，我是妈妈啊。你问叶儿，对吧？"

林珊有些奇怪地看着她："阿姨，我问的是林珊啊。"

后来，医生诊断说林珊患上了创伤后应激障碍症。林女士也是第一次接触到这个词，说的是个体经历目睹或遭遇到死亡或他人死亡的威胁后，所导致的精神障碍。林珊的情况比较严重，但也可以理解。毕竟叶儿对她来说就像孪生姐妹一样，而她死在自己面前，林珊受到了极大的伤害。

林女士生怕触景生情，只能带着林珊离开了小镇，并且骗她说"林珊"还活着。其实也算不上骗，毕竟林珊确实活着。

那之后，她们来到了晏城。长达两年的治疗后，林珊渐渐接受了自己是林珊的事实，也选择性遗忘了“叶儿”这个人。对于林女士来说，这已经是最好的结果了。

一开始林女士每年都会回去一趟看望叶儿她妈妈，毕竟她面临了两次蚀骨般的失去。后来，林女士也不再去了。

但直到刚才，林女士才意识到，林珊的创伤还没有康复。

“我是有听说过，当时邻居们开玩笑说叶儿不是亲生的，是捡来的。”林女士道，“不过也没当真，是后来叶儿她妈妈跟我偷偷说的，希望我保密。”

那么，刘笑笑有可能是她的同胞姐妹。不知她们俩的父母，当年遇到了什么事，将这天使般的孩子给丢掉了。

阿喜自小在孤儿院长大，这一段话更是让她无比触动，尽管表面上没什么，但内心里早已涌起惊涛骇浪。

赵央懂，说：“阿喜，你去洗点儿东西给阿姨吃吧。”

“好。”她起身的一瞬间，眼泪哗地从眼眶里滚落。这么多年了，明明心脏已经够强硬了，但仍旧会有那么一瞬间软成泥。

赵央对林女士道：“林阿姨，我们可能需要知道更多细节。如果可以的话，我希望能对林珊进行面诊。”

“现在就可以！”林女士道，“真的。其实来之前，我和林珊沟通过了，她只是不敢出门，但是是她让我来找你们的。她说，那天在咖啡馆听到你和别人的谈话了，说你有很厉害的技术。她说，你可以帮她……把脸……找回来。”

林女士有些不好意思说下去，虽然有些病急乱投医的感觉，但她也着实没有办法。

“阿姨，我没有那个能耐。但您该知道，林珊现在的一切都是心理的投射。”赵央解释道，“我所做的一切，不是什么技术，只是帮助一个人更好地面对自己的内心。”

——内心的深渊。

只有直视内心的深渊，适应了黑暗，才能抬头看到满天的星辰。

果不其然，林珊格外配合地打开了房门，只是将脸用一块围巾紧紧地包裹着。

“珊珊，这位就是赵医生。”

“赵医生您好。”林珊的声音也有些憔悴，“我现在样子太难看了，抱歉。请问，您打算怎么帮我？”

这时，阿喜已经支开了林女士，示意赵央直接开始。

“林珊，你记得叶儿吗？”

“您……您说什么？”林珊愣了一下。

“叶儿。林珊，你回忆一下2011年的夏天，小旅馆里，一场大火。”

他的声音是有节奏感的，林珊只觉得眼前的灯忽然熄了一下，再次亮起时，她捂住自己的嘴，难以相信自己眼前的一切。

眼前有个女孩，正死死拽住她的胳膊：“林珊，我们可能要死了。”

烟雾很大，呛得她们说话都有些吃力。路也被堵死了，阳台上的火在慢慢地烧进来，门把手烫得不能挨手，叶儿将棉被打湿裹在两人身上。

可是……火太大了。

林珊：“别说傻话。你会活下去的！你一定要活下去！”

叶儿：“林珊，如果我们有一个人能活，一定不能忘记对方。”

叶儿转过身，看向林珊，眼神清亮：“林珊，记住，我是叶儿，我最喜欢吃芝士蛋糕，长大后想做一名旗袍设计师。我叫叶儿，出生于1993年9月17号。我很爱我爸爸妈妈，我也很爱你。林珊，记住我叫叶儿，我最喜欢的颜色是粉红色，我叫叶儿，我叫叶儿……你记住我的脸……我叫叶儿，你要活下去……你要……”还没说完这句话，她就一头栽了下去。

林珊发出了一声咆哮，哭得撕心裂肺。浓烟滚滚中，心弦像是绷断了！

阿喜能感受到那种崩溃。

催眠这个时候结束了，林珊的回忆也结束了。她瘫在那儿，失魂落魄。

阿喜走上前，轻轻地抱住了她的肩膀。

“我叫叶儿……”她听到林珊声如蚊蚋的呢喃，像是咒语一般。

“我叫叶儿。”

“我叫叶儿。”

她那张已没了神采的脸，不停地嗫嚅着。

阿喜明白林珊为什么会这样了。

5

根据阿喜的阐述，赵央已差不多知道了症结所在。

生死关头，那个让彼此记住自己的姐妹之话，让林珊几乎将最后看到和听到的一切，揉进自己的脑海里，甚至揉进了自己的生命里。尽管后续经过矫正，她接受了自己作为林珊的一切，但耳听为虚，眼见的，却依旧为实。

“该怎么做？”

“我们重塑一次当时的现场。”赵央道，“她必须面对她曾经遗忘的一切。”

“太残忍了。”阿喜坦言道。

“是啊，太残忍了。”赵央道，“但活下来的人必须面对残忍，才能更坚强地生活。”

“记得我们曾经帮过的那个老爷爷吗？”阿喜问道，“老大，为什么有些虚像该击破，有些却该保留呢？”

“心理学始终是为人服务的。其实说实话，如果没有这一次崩溃，我或许也会犹豫要不要让她知道真相。”赵央叹了口气，“但是，你没发现吗？林珊现在虽然接受自己是林珊，却完全按照叶儿的方式在活。她该有自己的人生。”

是啊。阿喜反应过来。穿旗袍，成为一名服装设计师，喜欢粉红色……她还记得第一次见到林珊的时候，她点了一块芝士蛋糕——这是咖啡馆小哥回忆的时候告诉她的。

重塑场景，需要刘笑笑的帮忙。毕竟这次催眠，需要篡改一定的内容。而有刘笑笑在，会让一切更加真实。毕竟这个女孩曾经差点儿被林珊伤害。

林女士有些担忧，她坐在工作室里，听着阿喜的描述，一直抹眼泪。

这时，门铃响了。

阿喜压低声音对林女士说：“阿姨，那个女孩来了。如果可以的话，我希望您不要透露叶儿跟她长得一模一样这件事，只说有点儿像就行。”

林女士愣了一下。

“她可能和曾经的叶儿一样，有一个很幸福的家。”

阿喜希望林女士可以理解。

“哈喽。”门开了，刘笑笑走了进来。

尽管答应了阿喜不要表现得失常，但林女士还是难掩自己看到刘笑笑这张脸时的激动，她的手微微颤抖，尤其在对方礼貌地叫她林阿姨时，有些不知所措。

“对不起啊，小姑娘……”她眼中有泪，仿佛看到叶儿长大的样子，漂亮、体面、礼貌、温柔，她捂住自己的嘴，生怕自己哭出来。

阿喜有些不知如何是好，这时，刘笑笑道：“阿姨，没关系的。我那天也就被吓到了一下，后来想了想，可能事出有因。”

女孩的理解和宽容，让林女士有些绷不住了，她失声痛哭。这下，反而是刘笑笑有些不知所措了，她也不知自己说了什么，让这位陌生的阿姨这么伤心。

“阿姨，您别哭。阿喜跟我说过的，我愿意帮忙。虽然不知道是以什么样的方式。”刘笑笑很善良，微笑的样子可真像个天使。

她看了阿喜一眼，温和一笑："阿喜妹妹，还没有感谢上次你帮我。我也是后来才知道，你是在孤儿院长大的。其实我也是。"

众人一愣。

"我五岁的时候才被我现在的爸爸妈妈领养。他们待我很好，但一直教育我，要懂得回报，哪怕是一个素不相识的人。我能有今天，就是陌生人愿意对我好。我虽然不知道林珊到底怎么了，但我想，我一定要帮她。"

"你……都知道？"阿喜有些吃惊。

"嗯。"刘笑笑点头，"没什么的，我爸妈拿我当亲生女儿对待。哎，你们这么看着我，是……"

既然知道，似乎没有太大的必要瞒着她了。对于后续如何帮助林珊，也不必拐弯抹角。

刘笑笑得知自己有个双胞胎姐妹，跟她长得几乎一模一样，叫叶儿。她比自己幸运一点儿，一出生就被送到了一个煎饼摊旁边，被一对慈眉善目的夫妻收养，而刘笑笑被路人送进了孤儿院。但她又比她不幸太多，十八岁，如花似玉的年纪，殒命火海。

刘笑笑的心情很是复杂。

"逝者已逝，生者当坚强。"她想了想说，"阿姨，林珊得走出来。"

阿喜看向赵央，她的能力只能到此为止了，至于专业领域，还是得由赵央来。

赵央说："发生改变的关键性事件，就是那次火灾。如果想要知道问题的症结，可能得回到当时的场景。"

"回到火灾现场？"林女士愣了一下，"这怎么可以！"

"不需要。"阿喜解释道，"普通的催眠就可以。笑笑，你愿意帮忙吗？"

重塑场景，催眠可能还不够，为了打破脑袋里的思维定势，需要一些更真实的触动。

林珊是在一个招待所的房间里醒来的。

她异常疲惫，不知今夕何夕，她看到有个女孩正坐在自己的床边。然后她看到了她的脸。

林珊有些迟疑："叶儿？"

对，是叶儿啊。她已经彻底想起她来了。她的心底有一股说不出的激动："叶儿！"

"叶儿"缓缓转过头来："林珊，毕业以后，你想做什么？"

"做什么……"她有些迷茫，"我不知道……"

"你曾跟我说过，你想有很酷的人生，你说你想做个导游，你还记得吗？"

"记得。对，我曾想过，做个导游，走遍全世界。"

话音刚落，忽然眼前火光一闪，巨大的烟雾弥漫进整个屋子。

"叶儿，快跑！快跑啊！"林珊快速起身，去开门。可门把手滚烫，几乎烫掉了她手上一层皮。

火蔓延进来，火舌像是要吞掉她们一般。

林珊护住身后的人:“快,往洗手间里躲!”她拉过一床棉被,拧开水龙头,将被子打湿,用棉被堵住卫生间的门，等待救援。

“你怎么办?”

“我没事!我没事!”

刘笑笑尽管不能看到眼前的场景，但她从林珊的举动里，看出了这个女孩为了叶儿几乎愿意牺牲自己的情谊。她忍住眼泪，按着赵央给她的指示说道：“林珊，如果我们只有一个人能活，不管是谁，都不能忘记对方。所以,”她咬着牙，“我先来。你叫林珊，你最喜欢的颜色是黑色，你不喜欢穿裙子，你很爱你妈妈，你想去读旅游学校，你想去环游世界。林珊，你出生于1993年8月，比我大一个月，你总觉得自己是我的姐姐，想要保护我，想要为我做任何事。林珊，我希望你记住你自己的脸。你在我心里，很好看！林珊！”

这时，林珊看到了一面镜子。那是她这段时间视为灾难的东西。镜子里，出现了一张让她有些陌生的脸——不算漂亮的一张脸，五官有些贫瘠，单眼皮，浓眉毛，有些方的颧骨，但是笑起来，有两个梨涡。

“林珊，我会记住你。不管我在哪里。”

那个声音好遥远，遥远到像从记忆深处破土而出，直蹿云霄。她忽然觉得一阵心绞痛，巨大的云将她托起。

叶儿就坐在她的旁边，笑着说：“林珊，别怕。”

眼前出现了好多个场景。

“珊珊，你记得啊，你就是最漂亮的。这个世界上审美又不是只有一种。你看国际上那些超模，哪个长我这样啊？我承认我漂亮，但是我漂亮得可像一个范本了，一点儿都不特别。”那个小仙女在她因为被人嘲笑而伤心的时候，这样安慰她。

“周俊，你再跟林珊讲话时口气与跟我讲话时不一样，我就再也不理你了。我们都是好朋友，你凭什么区别对待！我告诉你，但凡对林珊不好的人，都不可能成为我的朋友！”那个小仙女，在听到周俊对林珊不耐烦后偷偷去找了周俊理论。林珊都听到了。

“林珊，你看你身材就比我好啊。你看我，都没有胸……”那个小仙女在一起试衣服的时候，这样开玩笑道，还露出了一个失望的表情。然后两个姑娘笑成了一团。

“林珊，长大了，我们都会有自己的人生。但是，千万不能忘记彼此啊。”那个小仙女在填报志愿的时候,故意不告诉她自己填的城市,怕林珊为了迁就自己,填跟她一样的城市。

“我希望你能有自己的选择。我们或许会分开，但是我们也永远不会分开的。”

“亲爱的林珊，我希望，你能做最好的自己。”

“而我们，永远是最好的朋友。”

林女士担忧地看着女儿睡着的脸。

此时，林珊脸上的痛苦渐渐消散，似乎终于进入了正常的睡眠。

“赵医生，她……会好起来吗？”

赵央道：“等她醒来。如果不可以，我们再进行深度的治疗。”

林阿姨的手机响了，阿喜从旁边递过来，看到上面显示周俊的名字。

她接起来，“嗯嗯啊啊”几句，说林珊在家，也开始吃饭了，让周俊好好出差不用担心。

挂掉电话时，林阿姨忽然叹了口气：“周俊帮了我们家珊珊不少，但是他一直不让珊珊去看医生。所以，抱歉，这个事儿，我可能得瞒着他。”

林阿姨决定在招待所等林珊醒来，赵央和阿喜让她有事儿就给研究所打电话，遂告辞了。

走下楼时，阿喜皱着眉头问：“这个周俊也真是的，这不是讳疾忌医吗？如果早一些来，或许林珊也不至于……”

不至于过着叶儿想要的人生，而不是她自己的。

喜欢粉红色，想做一名旗袍设计师，喜欢吃芝士蛋糕……名为林珊，却把自己活成了叶儿的样子。

阿喜心里忽然“咯噔”了一下：“对了，老大，我有点儿不太明白。听林阿姨说，周俊从初中的时候就和林珊、叶儿一起玩，也是她们一起长大的好朋友。后来，叶儿走后，也是周俊一直照顾着林珊。但我一直在想，周俊喜欢的人，究竟是叶儿，还是林珊？”

“或许，是把林珊当作了叶儿的寄托。”赵央道，“你说得对，叶儿真的很漂亮，是大多数男生都会心动的类型。”

“老大……”阿喜一愣，“你怎么知道？”

赵央一愣，解释道：“哦……不是你们说的吗？”

虽然是这样，但赵央以前从不对这种事进行评价。

这么一个失神，她一个踉跄差点儿踩空，一旁的赵央忽然伸出手来捞了她一把：“小心点儿。”

阿喜的心怦怦跳，她站在那儿，看着赵央墨镜下的眼睛。黑黝黝的楼道里，他的眼睛里像是有光。

“好。”她听到自己的声音有些颤抖，“我会……会小心的，你……你也小心。”

6

刘笑笑并不是第一次来到这个小镇。二十多年前，她在这个小镇上出生，被她的父母遗弃，和她的姐妹分离，在这里，她长到了五岁。

她们生活在同一个小镇，却过着不一样的人生。

她无法想象，那五年里，她和叶儿或许曾擦肩而过。尽管那个姐妹已经离开这个世界，但现在知道了，还是让刘笑笑觉得温柔无比。

叶儿的妈妈一直一个人支撑着煎饼摊。她努力地独自生活，时间没有停在悲伤的七年前。

当她叩开那扇门时，虽然叶儿妈妈已被告知，却还是有些难以相信眼前所见，浑身颤抖地捂住自己的嘴。她知道眼前人不是叶儿，但是这个叫刘笑笑的女孩跟她的叶儿一样爱笑，还善良。

刘笑笑蹲在叶儿妈妈的面前，叫了声："妈妈。"

她在一个富裕的家庭长大，体面、温柔、有爱。叶儿虽在一个贫穷的家庭长大，也是一样的。

她们是双胞胎，她们有着不一样的命运，却一样的善良温柔。

周俊出差回到晏城，是两天后。

他听林妈妈说林珊开始吃东西了，心里很高兴，特意排了两个小时的队，买了一个网红芝士蛋糕去看林珊。他想，林珊一定会很高兴的。

林珊的屋子里，周俊第一眼就看到那些海报都被收起来了。林珊背对着他坐在书桌前。

"珊珊，我回来了。我给你带了芝士蛋糕。"

林珊没有说话。

"珊珊，你怎么不说话？"周俊笑着说，"我联系了一家布料店，你之前想要的几个绸缎布料，过几天就能寄到。"

沉默的间隙里，周俊似乎嗅到了一丝不对劲。他看着林珊的背影，忽然觉得有些陌生。

林珊缓慢地转过头来："周俊，我不喜欢吃芝士蛋糕，我也不想再做旗袍了。"

周俊的脸色瞬间苍白，手里的芝士蛋糕掉落在地上。

林珊盯着他，那张熟悉又陌生的脸上出现了悲伤的表情。

周俊瘫坐在地上，喃喃道："你把她……你把她怎么了……"

"周俊，你该走了。我不是叶儿，我是林珊。我和你一样很爱她，接受不了她的死亡，甚至哪怕可以，我愿意让她取代我活下去，可是……"

周俊忽然发出了歇斯底里的叫声，他捶打着自己的胸口："我不……我不……"

那场灾难里，走不出来的人，又何止林珊一个呢？

林珊泪如雨下，但她站了起来，微微一笑："叶儿肯定不希望我这样，也不希望你这样。周俊，你必须和我一起，醒过来。"

第三章

梦境

楔子

一间封闭的屋子里，周遭摆着几面多棱镜，折射出坐在正中央椅子上的女人的模样。屋顶是一盏白炽灯，发出刺眼的光，从她微微仰着的脸部照下去。这光线使得她苍白的脸更加憔悴，甚至多了几分诡谲。

“叮。”链条上甩出一个怀表，发出嘀嗒嘀嗒声。

那面色憔悴的女人盯着那表，眼神似乎越来越迷离。持表的男人穿着一身白大褂，坐在女人的对面。

女人闭上了眼睛。而这时，镜子里似乎发生了变化。坐在她对面的男人，也闭上了双眼。

怀表跌落在地，发出清脆的咣当声，却仍旧在嘀嗒嘀嗒地走着。

不知过了多久，一声警铃骤响，那躺在椅子上的女人大喘着气醒来。

“医生，祝医生！”她捂住自己狂跳的心脏，看到对面的男人也缓缓睁开了眼睛。

“我在。”

这位祝医生有着精致的五官，是个混血儿，即便人已过中年，却仍是英俊好看的，字正腔圆的中文，加上他温和的语气，让他在晏城心理中心很受欢迎。

安抚完患者，他走出那间屋子，助手迎上来：“Mr. Zhu，怎么样？”

“没问题。”他的嘴角慢慢勾起一丝得意的笑，“Eric，我们下午就进行多个实验吧。”

助手稍有些犹豫：“这么快吗？不用再做几个准备吗？”

祝医生摇摇头，有些傲慢地道：“浪费时间。你知道，如果实验成功代表着什么吗？我们将创造一个奇迹！Eric，到时候，别说是晏城人对我们奉若神明，就连整个世界……”

那双深邃的琥珀色眼睛里露出了狡黠而激动的光芒，向来举止优雅的Mr. Zhu讲得唾沫横飞：“这种事，一定要抢先，我们今天晚上就实验！”

夜里十点。

浓重的黑色裹着这间屋子，窗外斜进来的些微光芒，令镜子折出寒光，寒光反射出寒光，像是无数个斑点滋生。

斑点消失，世界重归静谧，那是比黑暗更浓郁的黑暗。

灯忽然被打开，依旧是那盏白炽灯，只是或许是因为在夜里，显得更加煞白。

屋中放着五把椅子。

而这时，祝医生推开了门。

跟在他身后的，是五个年龄、身份、容貌都不相同的男女病人。唯一共同之处，就是他们多少有些苍白憔悴的脸上有着浓浓的黑眼圈。即便年龄最小的那一个，也不例外。

这是一群被噩梦缠身的病人。

他们找到自己的位置坐下，几乎同时仰起头来。

“叮咚。”怀表打开。

站在中间的祝医生轻声念叨着只有他们几个听得清的词汇。

他们几乎同时闭上了眼睛。

“咣。”怀表再一次落地。

门口的Eric不停地踱步，墙上的钟好像走得特别慢。

屋外一轮月亮，光线惨兮兮地透过窗照进来，像是给地板铺上了一层冷冷的霜。

密室做得不错，隔音也很好，贴膜玻璃能让他看到里面的场景，但这个角度不算太好。Eric总觉得自己有幻听，他能听到里面五个人撕心裂肺的尖叫，像被什么追赶似的，可里头的五个病人，包括祝医生，都一动不动。

黑暗里的那一团灯光令黑暗显得更黑。

他的心揪了起来，他虽然接触催眠这么久，但总觉得这催眠密室里的场景，他盯久了会害怕。

噩梦是个什么东西？梦境到底是什么？千百年来，人们至今无法真正地解释它。而它除了夺走人的安睡，还能对人的神经，甚至……对做梦人以外的世界，产生什么样的影响？

Eric 不知道，他只是觉得背部越来越凉，即便是在寒冷的冬天，他仍感觉到自己的衣服越来越湿。

终于熬过了一小时，警铃大作的那一刻，椅子上的五个病人纷纷动了起来。

他感觉自己胸口的大石落下，冲过去打开了门。

不知为何，他感觉里头有一股风裹着寒流，刺激着他的皮肉，直达骨髓。

1

Eric 是第一次出现在特殊人类研究所。

他一直觉得赵央很可惜，如果他留在心理中心，现在应该不比祝医生混得差，不过当年具体发生了什么事，Eric 也不清楚，他来得晚，只知道赵央是个很有天分的心理医生，听说是因为一次事故，赵医生的眼睛看不见了，于是请辞了，自己开了个小诊所。虽然无论是官方还是民间说法，赵央仍旧在从事老本行，但在他们专业人士的眼中，这是个不入流的地方。赵央自然也在他们这个行业中成了个江湖郎中。

这几年，赵央在民间也算是小有名气。随着程小海的案子之后，他再次被心理中心的各位老师提起。除了夸，还有惋惜，当然也有瞧不上他的，祝医生就是其中之一。

祝医生有些傲气，又是名门出身，没有污点，对于他来说，赵央这样的医生不够格称之为医生。提起赵央，他总是一脸不屑。Eric 还听说，之前祝医生和赵央一起治疗过一个女孩。总之，两人的理念大不相同，产生过很大的争执。据说当年，心理中心管事的于博士偏爱赵央，最后采取了赵央的治疗方案，祝医生因此一直有心结。

Eric 知道，祝医生绝对不希望是赵央来帮他的。但是……他没人可找了。大概有点儿病急乱投医的意思。

半个月前，祝医生对五名噩梦缠身的患者进行了一次集体催眠，可祝医生再也没有醒来过。

一想到这里，Eric 不寒而栗。

毕竟是自家医生出了事儿，加上祝医生现在在中心也算是顶梁柱般的人物，大家都很着急。但于博士现在不在国内，晏城的几个医生都没办法唤醒他。众人只知道祝医生在做关于梦境的实验，但没人知道这实验具体的要素，包括他的助手 Eric。

赵央也明白。祝医生要保护自己的研究成果，但……这也意味着风险极大。

好比你设置了一个极其复杂的密码锁，你进去了，被锁在里头，外头的人没一个人知道这密码……

这几天，中心所有人都是愁云惨淡。消息自然是封锁了。晏城鼎鼎大名的心理咨询师在治疗过程中出事，这影响还是很大的。这几天围绕着他沉睡不醒的症状开了好几次会。众人皆不知如何是好。毕竟要治疗，人得醒着吧？基本的眼神交流得有吧？

唯一值得安慰的是，他的生命体征还算稳定。

只是若是长久不醒，后果就不好说了。

开会的时候，有人斗胆提了一句赵央，挨了批。都说赵央现在走了歧路，开了家在他们看来十分不正常的诊所，所谓研究，也都莫名其妙，很多缺乏理论依据。心理中心的人都不认为赵央能够解决这个问题，甚至说这次求助事关心理中心的尊严问题。因此，讨论分成了两派，最后这个会不欢而散。

Eric 不过是个医生助理，平时这种会议是没资格参加的，但这次他算是最接近事故核心的，知道得也算是最多的。

最后是祝医生的父亲，已经退休的老祝医师托他来找赵央。

此时，赵央已经听了个大概。

肥丁正在和阿喜准备晚餐，他忍不住轻声吐槽道："那老祝医生当年坑学长坑得还少吗？当年他还提议心理中心吊销学长的资格证呢，要不是于博士力保……这个时候，求人可以，自己来啊，这算什么！"

阿喜瞧了他一眼，心里也不舒服。就是嘛，既求助于人，倒不如多点儿诚意，派个助手来算怎么回事！

"所以……"肥丁暗戳戳道，"你说，这个小祝医生，到底什么情况？"

阿喜皱了皱眉。

她之前见过几次祝医生，对方看似谦和温柔，但骨子里总让人觉得无比傲慢，戴着一副金边眼镜，话倒是不多。阿喜见他的场合基本是业内的学术论坛和报告会。赵央这些年很少去，主办方偶尔看在于博士的面子上邀请赵央去，毕竟，赵央是曾经的业内泰斗最得意的门生。但赵央基本上都是派阿喜去。

这位祝医生确实是有资格的，这些年，他也专注于失眠症病人，深谙催眠术，后来出过一个报告，是关于"噩梦"对做梦者的精神影响。梦境本来就是一个比较深也比较难探究的领域。阿喜虽了解得不全面，但经历过小说家那个案子后，也算是对之有了一定的接触。造梦都能达到那样的程度，更不用说是患者本身的梦境了。

阿喜很少做梦，偶尔做噩梦，比如之前那个，她至今都没缓过来。而祝医生的几个患者都是噩梦缠身，没一个睡得安稳。祝医生对他们进行催眠，最开始是在辅助治疗失眠，但如今看来，并不止于此。

她眉头一动，想起一件比较可怕的事。

肥丁接着道："反正不管怎样，我觉得咱老赵可不能随便答应帮忙，这骄傲的父子俩总要付出点儿什么吧！不然当我们什么，招之即来的小鸡仔吗？喂，阿喜你这切的什么啊……我来我来……"

阿喜放下刀，悄悄到了门边。

此时的赵央依旧是冷静的，只是眉头微微皱了一点。

"Eric，我需要祝师兄这次实验的具体报告。"

Eric 一愣，支支吾吾。

赵央的眉头又皱了一点儿，问："所以，这次的实验并没有报告，对吗？"

Eric 咬着牙，叹了口气。

"那之前，你知道什么，你得告诉我，否则……"

Eric 犹豫了一下。

"否则我什么都做不了。"赵央斩钉截铁道，"只能请你回去告诉祝教授了。"

"这个事……"Eric 道，"虽然我是助手，但是知道得很少，我只能把我知道的一些情况告诉您。请您一定要保密。"

这时，阿喜忽然从门口出现，眼睛清亮的少女微微一笑："老大，我要旁听吗？"

Eric 一愣。

"嗯。"赵央指了指旁边的沙发，"Eric，我的案子从不对助手隐瞒。所以，如果你能接受的话……"

Eric 羡慕地看了一眼阿喜。同样是助手，他就没有这个待遇了。他虽然尊重甚至崇拜祝医生，但心里对他也有微词。做了这么多年的医助，他能感受到祝医生对他有所隐瞒，只拿他当助理，有时他甚至能感受到祝医生在防着他，似乎在担心他窃取成果，他能理解……毕竟在这种事上，抢先和独占很重要。

"是这样的……"Eric 清了清嗓子。

事情要从半年前说起。

祝医生接待了一名女病人，是一个睡眠障碍者。她的情况有点儿糟糕，来的时候已经好几天没能睡着了。当时祝医生对她面诊后，发现她精神状态虽然差，但逻辑思维能力正常，思维也清晰，家人也都表示她没有遇到什么特别的事，好像是突然睡不着的，也没有聊出什么值得深究的东西，怀疑是之前加班后压力导致的精神衰弱。祝医生为她开了安全剂量的安眠药后，让她先试试看。

对轻度的失眠来说，安眠药就能解决了，最怕的就是依赖。毕竟这东西相当于神经的麻醉剂，产生依赖后，神经就比较难以自主睡眠。

没想到，女病人三天后又来了。这次，她看起来更加疲惫，走路几乎都走不稳。

当然了，长时间不睡，精神撑得住，身体首先撑不住。

祝医生得知，安眠药对她毫无作用。

这下有些麻烦了，这女病人本是企业高管，也算是年轻有为，这样下去，别说位子保不住了，可能连命都保不住。

女病人自主求助意识很强烈，表示自己真的非常非常困，哭着说现在只想睡一觉，可闭上眼睛怎么都睡不着。

Eric 当时就在旁边，她有气无力的恳求，听着都觉得绝望和心疼。Eric 感觉她的精神就像一根紧绷的绳，如果再这样下去，很快就会绷断。

多少病人都是从失眠开始的啊。

祝医生思忖了好一会儿，决定用一个最传统的方法来缓解燃眉之急。

那就是催眠术。

传统的催眠术，学术名为 Hypnotism，源自古希腊神话中睡神的名字，是运用心理暗示和受术者潜意识进行沟通的技术，绕过表面意识进入潜意识里输入语言或肢体语言。不过这种睡眠又非睡眠的意识恍惚心理状态，始终带着一股神秘的色彩。早期的时候，甚至被称为江湖魔术，它甚至可以治疗各种无法解释的怪病，让人体达到某种非正常的极致。

有人说，催眠术是打开人心扉的钥匙。

开始的时候，祝医生并不知道自己能不能用这把钥匙打开这位女病人的心，只能说试试。

没想到，一切非常顺利。

在他的帮助下，女病人意识渐渐迷离，最终躺在椅子上睡着了。

祝医生让 Eric 保持安静，甚至更换了诊室，去别的屋子接待剩下的病人，只为了女病人难得的一次安睡。

这场安睡持续了将近一个半小时。女病人忽然从诊室里尖叫着冲出来，整个人披头散发，尤其恐怖。而更让人觉得恐惧的是她的尖叫声，撕心裂肺。

她做噩梦了，然后被吓醒了。

这次之后，女病人的失眠症状有所缓解，她能够自主入睡了，但是……情况却越来越糟。几天后，祝医生再次见到她，只觉得她的状态比之前还要差。之前主要是疲惫，现在却像一个被惊吓过度的人，整个人似乎承受不起一点点的大动静。女病人的丈夫告诉祝医生，他好几次差点儿被妻子梦中惊醒的尖叫吓死，有一次更是要命，她差点儿喘不过来气，一下子昏厥过去，得亏两人都没有心脏病，否则……后果不堪设想。

身负压力的家属也有些情绪崩溃，非说祝医生治坏了病人。

众人都知道，治不好还行，治坏了可不好说。祝医生自然不愿意被扣上这样的帽子。

他继续对女病人进行面诊。

这一次，是关于她的梦境。

女病人表达的这个梦有些模糊。或许是梦的逻辑性比较差，也有可能是醒来后有些记不住。总之，大致上就是有杀手在追杀她。但这个杀手是谁，长什么样，她记不清楚，只知道梦里她有一种濒死感，只能不停地逃。

原来只是睡不着而累，现在睡着了，她觉得更累。

祝医生认为这位女士一定在内心里有一个恐惧的点，或许她在现实中并没有在意，这份恐惧可能就藏在她的潜意识里。

正如人体有免疫力,精神上也有。或许是前段时间她无法睡眠导致了潜意识里的恐惧入侵。

他再次对她进行了催眠。这一次，是主导和观察性的。

女病人在他的辅助下入眠，然后被噩梦惊醒，为了保持噩梦的记忆性，他立马要求其讲述梦境，逐一进行分析。但这个过程有些烦琐，最后拼凑出来的场景也有些不伦不类。祝医生有些无从下手。

“直到有一次，”Eric 的脸色沉了沉，他吁出一口长气，“那天是个阴雨天，当时我不在现场，但回来的时候，祝医生非常兴奋，我问他是不是找到什么关键点了。”

祝医生没有回答具体的，他只是激动万分道：“我找到了，找到了！”

“找到什么了？”

祝医生还是没回答，他只是叮嘱 Eric 将下午所有的面诊都推掉，他要对这位病人进行一次全面的催眠。

这个行为有些反常，因为祝医生接诊的病人很多都是预约的，甚至有位高权重者的家属，但他似乎顾不上这些，只是沉浸在一份 Eric 从未见过的激动里，直接将门关上了。

那天，Eric 费了好大劲才把等候的病人安抚好，答应次日再面诊。

然后他回到了办公室。

他当时也是有些好奇的，忍不住走了进去，眼前的场景却让他有些吃惊。倒不是什么吓人场景，只是反常而已。他看到办公室里，女病人睡着了，而祝医生，也在她旁边睡着了。

Eric 不知道祝医生在搞什么鬼，有些不知所措，他不知该不该喊醒祝医生。这时，令他诧异的事儿再次发生。

在那安睡的二人，几乎同时发出了挣扎的声音，Eric 看过去，只见他们二人脸上都是因惊吓而紧蹙的眉头。

一旁的铃声忽然乍响，两人几乎同时睁开了眼睛。

Eric 吃惊不已，只见祝医生满头的冷汗，女病人亦如此。

祝医生起身，脚步显得有些沉重，他对 Eric 进屋的举动并没有太在意，本来 Eric 还担心自己挨骂呢。

然后，他念叨着一句话："差一点儿，就差一点儿！"

差一点儿什么？

3

"他找到了……一种平衡点。"Eric 道，"就是催眠和梦境之间的平衡点。我也说不清楚。"

赵央听明白了："你是说，他能够通过催眠感知到女病人的梦境，从而对她的梦境产生影响？"

"对。" Eric 没想到赵央这么快领悟到了，实在感到惊喜，当时他半天都没想明白呢。

"你说得差一点儿。" 阿喜思忖了下，"是在说，他差一点儿消灭了那个梦里的杀手？"

Eric 摇摇头。

"杀手即便在梦里被杀死，其实也没太大用处。"

本来就是虚无的东西，是根植在人精神世界的，应该来说，差一点儿，是指差一点儿看清对手，从而才能制定策略。杀死并不是釜底抽薪的办法，解决掉，消灭掉才是。

祝医生应该是想要和人梦境里的潜意识过招。

赵央的眉头紧紧皱在一起。

祝医生的野心远比他想象得要大。赵央知道这件事，似乎就是半年前，祝医生忽然从心理面诊转到了失眠科，原来他所处的科室要复杂全面得多。他应该是忽然找到方向了。

但是梦境本来就是一个比深渊还要深的东西。

Eric 接着说道："后来，祝医生就专注在噩梦研究上。他提交的申请批了下来，我们在工作室弄了一个催眠室，专门针对噩梦缠身的病人。祝医生很兴奋，尤其碰到症状严重的病人。这半年来，我们接诊了几百名病人，最后，祝医生重点择出了五个。”

Eric 从兜里掏出几张相片，上面正是祝医生出事的时候面诊的几名病人。

阿喜一边看向照片一面跟赵央汇报：“三男二女，最小的是一个男孩，七岁，年纪最大的是一位七十二岁的老太太。”

看不出有什么特别的。

“之前有出过什么情况吗？”赵央指的自然是现在这种情况。

“有过一次。”Eric 轻轻擦了擦额头上的汗，“在给这位老人……”

他指了一下阿喜刚才提到的年纪最大的老太太。

他的声音有些发虚，似乎这事儿光回忆就极其恐怖：“大概是第八次催眠的时候，祝医生曾发生过心肌梗死。”

Eric 虽从事的是心理治疗相关职业，但急救知识也会，祝医生的这种急性心肌梗死他还是能搞定，但当时……如果不是话说到现在这个分上，他根本不愿意再度回想，经历那一次，他自己都快需要心理疏导了。

当时的场景太恐怖了。

当日，警铃大响时，里头的人毫无反应。Eric 有些着急，打开密室的门进去，只见老太太安稳地睡着，而一旁的祝医生以一种极其诡异的姿势躺在地上，像一具尸体。

这不算什么，当 Eric 靠上前去时，更可怕的事情发生了。祝医生的身体忽然绷直，然后缓慢地起身。

他僵直的手忽然像被冰冻的鸡爪一般被猛地折弯！

而 Eric 看到他的脸……他那文雅而薄薄的唇，像是被什么力量用力掰开，并且似乎恨不得将它撕裂！

那一刻，Eric 差点儿夺门而出，不过很快理智战胜了恐惧，他飞速地冲到老太太面前，用力地摇晃她！

老太太的眼皮迅速地跳动着，Eric 顾不上那么多了，他用力地掐住老人的人中，一面拍打着她的面部……

“然后呢？”阿喜听得心惊肉跳，“醒了吗？”

算是有惊无险，随着老太太瞪大眼珠子，身后的祝医生忽然倒地，就此不省人事。

Eric 对他进行了心脏复苏，很快祝医生就苏醒了。

在他苏醒之前，Eric 问了老太太噩梦的情况，老人家支支吾吾，说是有个男人要把她绑到火堆上去烧掉，是祝医生救了她，她说她只记得自己躲在了床底下，床底有一股死老鼠的味道，其他的就有些不记得了。

祝医生虽醒了，对Eric的帮忙表示了有些敷衍的谢意，却似乎并不以为意。Eric因此很生气，认为这件事必须上报，他都差点儿心脏骤停挂掉了！可祝医生却一意孤行，要继续这个研究。

说起这个Eric很是来气。阿喜听得出他语气中的愤愤不平："为了一个研究，连命都不要了！"

一旁的赵央脸上露出思忖的神色，他沉默了会儿，问道："Eric，你说你不清楚祝医生的研究方向，也不知道所有病人的具体病例，对吗？"

"对。"Eric点点头，"麻烦就在这里，祝医生可能是怕自己的研究成果被盗，所以他什么都没有公开，这些病例都只在他的脑中。因为是梦境的缘故，甚至连受术者自己都不太能清楚表明自己做的是什么梦。"

这倒是符合祝医生的性格，他中学时就有过目不忘的记忆力，把病例存在脑中，自然比其他的方式更安全。

"他后来都近乎魔怔了！"Eric又气愤又惋惜地道。

只是……

"为什么要将五个病人一起催眠？"

Eric一愣："我不知道……或许是祝医生有野心，认为自己可以……穿梭在五个梦境？"

赵央陷入了沉默。这不合理，除非……

"所以，你认为祝医生是被困在某个病人的潜意识梦境里了。对吗？"

Eric点点头，又嗯了一声。

"所以，你是希望我们能够进去把他找出来？"

"自然的。"

阿喜正要开口，赵央抢在她前头开口道："可是，你也不知道进入的办法。"

Eric愣了一下："我只知道……祝医生找到了那个平衡……但是我的确不知道怎么进入。"

阿喜看向赵央，虽然不明白他为什么这么做，但还是闭了嘴。

"赵医生，您……有办法帮帮他吗？老祝医生都急坏了。"Eric心痛道，"您说，他……这么昏迷下去，也是很可惜的。"

赵央并没有明确答复Eric。待他走后，饭桌上，阿喜忍不住问道："老大，你怎么想的？"

"学长，你做得对！"肥丁开心地道，"那俩父子，就该吃点儿亏，谁让他们这么狂妄自大！"他说着又放下碗，认真道，"不过这个Eric……我听说祝医生对他不怎么样。今天看来，他连自己的研究都不让助手有知情权，恨不得独占……亏得这人，还这么担心他的死活。老大，可是这人为什么不醒啊？真被困在潜意识里?

“之前的催眠被叫停，随着潜意识主体的意识消亡，自然受潜意识影响的侵入者，也会随之醒来。”

而他却不醒，那只有一个可能。他被困在，患者和他共同的潜意识梦境里。

祝医生所在的潜意识梦境应该是依附患者而生的，所以最后虽抽掉了主体，但附体已经足够强大了。

“不过，你不是也会催眠吗？”

赵央想了想道：“我会的催眠术并不精湛，让受术者入眠倒是容易。可是……还是太危险了。”

在催眠中，催眠师进入的毕竟是别人的梦境，这是一件很危险的事。祝医生应该也知道，所以才设置了警铃，此外，Eric 其实也是这个研究中很重要的一环。

阿喜放下筷子，认真地道：“经历过洛熙那次，我觉得我可以。”

“不。梦境比起造梦，以及之前所经历的所有自主意识导致的幻觉之间最大的区别，在于梦常常没有逻辑性。它的危险性无法预测。”

阿喜想了想说：“我知道，我有时候也做噩梦，在梦里，恐惧似乎会被放大。前些天我还做了个梦呢。”

她苦笑了下。

肥丁问:“什么梦啊？哦,我想起来了,是不是你跟我说的,你梦见学长人格分……哎呀……”

桌子底下，肥丁的脚被猛踩。

“不就是个梦嘛，提一提，怎么了？”

赵央没有发表评价，只站起来道：“我先去书房了。”

4

书房的门被轻轻关上，黑影缓缓地现身：“拒绝了没？”

赵央不语。

黑影语气不屑地道：“祝师兄当年可没少落井下石，你要是还愿意帮他，那我真觉得你是个圣母。”

赵央在椅子上落座，沉默了良久。

黑影双手横在书桌上：“喂，你什么意思啊？”

“我没别的意思。只是作为一个医生，遇到患者只有能不能治能不能帮，没有选择。”

“我呸！”黑影不爽地道，“凭什么不能选择？为什么要助纣为虐？哦对了，敢情当时他拉踩的人只是我，跟你没关系是吧？现在倒是撇得干净。”

赵央摇摇头：“祝师兄人品性格虽然孤傲了些，也确实……不大讨人喜欢，但这些年他还是帮了不少患者的。”

“那你……”黑影一敲桌子，眼神变得寒冷尖锐，“你什么意思？你知不知道这件事的危险性？你想让阿喜去涉险？你知不知道……”

“我知道。”赵央打断了他的话，“我清楚得很。你能不能好好说话？”

“OK。”黑影义愤填膺地道，“我好好说话。你不担心阿喜是吗？看来祝医生不拿助手当回事，你也一样。”

赵央缓缓抬起头来：“我把阿喜当然不是当一回事了，我把她当作家人。”

黑影：“你……怎么的，我把她当成亲人！”

“我不想和你吵架。”

黑影：“你以为我想和你吵？你个臭瞎子。”

赵央有些无奈地摇摇头：“你能不能别总这么容易激动？”

“反正你绝对不能让阿喜掺和这事儿，你要去，随便你，最好你也被困在里面。”黑影双手抱在胸前，一脸的无所谓。

赵央道：“我困在里面，你好鸠占鹊巢？”

“什么鸠占鹊巢？”黑影吁出一口气，“你搞没搞清楚，是谁占谁的巢啊？”

门被敲响，黑影迅速消失了，赵央喊了声：“进。”

阿喜推开门，抬起眼睛看着他，犹豫了一下：“老大，有件事我刚没跟你说。刚才 Eric 给的五名患者里，有一位我们认识。”

赵央抬起头来：“谁？”

“洛熙。”她坦言道。

洛熙是不久前他们在海岛遇上的聋哑姑娘。她被一个深渊力所控制，内心有一个巨大的黑洞。当时为了救她，三人都费了很大的劲儿才让她从深渊脱离。只是不知道她当时是否已经在求助祝医生的帮忙了。

洛熙在某种程度上并不能算他们真正意义上的委托人，而是萍水相逢的求助者。可对于她，他们三人自然都有很深的牵挂。

“所以，洛熙还是长时间被噩梦所扰。或许，还是深渊？”

“不一定。”赵央道。

“我不明白，为什么祝医生会对五个人同时进行催眠？他真的能穿梭在这些不同的梦境中？”

赵央沉默良久，道：“有一个可能性，就是……这五个患者，他们在同时催眠的时候，有可能梦境交叠在一起。”

“做同一个梦？”

“应该说是一种梦境叠加效果。就像一个场景里，或许素不相识的五个人，每个人都有一条自己的行动线，或互不干扰，或互相影响。我想，祝师兄并不仅仅想要靠自己进入他们的噩梦来消除恐惧……而是……”赵央心里一凛，“而是想要操控恐惧。”

“他疯了吧？”阿喜凛声道，“这样有什么好处？”

“当然有。”赵央起身，不停地踱步，“五个噩梦里，当他发现恐惧无法靠他个人的力量消除，他想要把其他梦境的恐惧结合起来，逐一击破。”

也就是所谓的……以毒攻毒。

“这倒不失为一个办法，只是噩梦的邪恶程度有可能超乎他的想象。那是人心底里最深处的东西。”赵央皱眉道。

“老大，你是说……”

“他的意识被困在这团乱麻之中，如果不迅速出来，可能会被吞噬。”他心里一沉，“他就再也醒不过来了。”

沉寂的夜里响起了尖厉的电话铃声。

阿喜抬头看了一眼赵央，飞速地接起来。

“喂？什么？”

阿喜抬头道：“老大，医院打来电话说，老祝医生试图对这五名患者进行催眠，也陷入了昏迷。于博士已经买了机票，但可能要明天才到。”

赵央皱眉：“看来非去一趟不可了。”

两人刚出门，黑影从黑暗中浮现出来，暗骂了一句：“我真是服了！”

夜里的研究中心有些过于寂静，庞大的建筑显得有些肃穆。

这里的医生致力于精神领域研究治疗，是整个晏城人民心理健康的守护者。

曾经，这里是赵央的理想国。

尽管如今他看不见，但仿佛能闻到这里特殊的气味。

赵央看不见，可隐匿在身后黑暗中的黑影，却将一切尽收眼底。

如若当初未曾出事，或许，他也在此地办公，有自己的独立办公室。

他心里涌着一份说不出来的酸楚："呸，谁稀罕。"

电梯里，阿喜有些警觉地道："老大，我总觉得，有什么人跟着我们。"

"是吗？"赵央轻轻皱了下眉。

"可能是我眼花吧。"阿喜抬头看着他，"我们来了打算怎么做？"

"我总觉得，这事儿没这么简单。"

"你指的是……"

"Eric。"

此时的失眠诊室乱成了一锅粥，这件事没有对外公开，只有几名祝医生的同僚和当时的五名患者在场，老祝医生忽然昏迷之事，令众人乱了手脚。Eric 并不在其列。

打电话给赵央的是其中一名女医生周师姐，她的主攻方向是精神分裂症。这时，她见电梯里出来的人跟看到救命稻草似的。

"赵央你可算来了！"说着又朝阿喜牵了牵嘴角，有点儿苦涩，她现在真没什么笑的情绪。

"周师姐，情况如何？"

"小祝医生昏迷那么久，情况倒还算稳定，昨天夜里，心电图忽然紊乱。祝老这不是担心嘛，毕竟骨肉连心……他想要试试情况，可谁承想……"

这时，阿喜看到屋内老祝医生正捂着胸口坐起来，看到赵央进来有气无力地伸出手。

阿喜眉头一皱。不是说老头儿……也进去了吗？不过心里还是松了口气。

周师姐解释道："可能没说清楚，祝老的催眠没成功，不过他自己本身就有高血压，这几天为了祝医生的事又吃不下，所以……"

这时，还容不得赵央打招呼，那向来高高在上的祝老忽然翻身从病床上下来，甩开门生搀扶，跌跌撞撞地冲到赵央面前。

"小……小赵……你有没有办法，你有没有办法救犬子啊……"老人情绪激动地握住他的手，大概是这几日有些太劳心了，他像是老了好几岁，看上去尤其可怜。

此时，他哪里是什么位高权重的副院长，只是一个想救自己儿子的可怜人而已。

眼见赵央不说话，老祝医生哽咽着说："我本来想亲自去找你帮忙的，老于跟我说你肯定有办法，可是我怕你因为我之前的一些偏见……我……是我不对，我跟你道歉。"

"祝伯伯。"赵央扶着他坐下来，不知该如何开口，"祝师兄是在哪里进行的催眠？"

老祝医生抹干眼泪，领路带着二人来到了小祝医生的研究室。

里头正坐着的五位病人纷纷起身，其中，洛熙看到来人，眼睛瞪大，她虽发不出声音，却打着手语——“怎么是你们？”

阿喜冲她宽慰地一笑，然后听老祝医生介绍道：

“这五位就是犬子这段日子在治疗的几个病人。”

“Eric 跟我们提过。”

“小赵，你看不见，需不需要我跟你详细描述一下？”

赵央摇头：“没事，有阿喜在。催眠就是在这里进行的？”

“不是。”老祝医生轻轻地摁了一下书桌旁的开关，墙壁上洞开了一扇门。

赵央和阿喜都感觉到一阵寒意扑面而来。

5

大多数催眠需要在一个比较温馨的环境里，有助于放松受术者的心情，从而让紧绷的神经松懈下来。

可眼前的，绝对不是。

“很阴森，很黑暗。周遭摆着几面多棱镜。”阿喜轻声告知赵央，“是个很适合做噩梦的地方。”

赵央俯身，用只有阿喜听得清的声音问：“你能看到什么？”

“包括洛熙在内，我什么都没看见。”阿喜道，“看来，深渊的力量已经没有了。”

然而这一次没比深渊好到哪里去。

一旁的老祝医生蹒跚着脚步打开了正中央的灯，再次问道：“小赵，你有没有办法？”

赵央能感觉到非常微弱的光晕。

他不能让阿喜冒这个险！

“抱……”歉字尚未出口，门口忽然冲进一人，慌慌张张道：“祝老，祝医生……祝医生他出现了心律失常！”

老祝医生跌跌撞撞地跑出去。

一旁的监护室里，祝医生正躺在病床上，身上插着各种管。

此时的祝医生已经昏迷七天了，生命体征倒没有什么异常，心电图一直很稳定，可毕竟身处噩梦中，这一切都不过是时机未到而已。

五名病患，包括洛熙在内，也急匆匆地跑过去，大家都很担心他的安危。

没错，尽管这家伙在学术上骄傲，在竞争中有些没品，但他好歹也算医者仁心，也算是为了自己的理想才将自己困在一片未知的阴霾里。

心电图依旧紊乱着，稍微了解些的人，都明白这是噩梦在对他产生了巨大的影响。说白了，如果他在里头真出了什么事，他的肉身一样无法存活。

到时候，就不仅仅是昏迷不醒了。

他的心脏会停止跳动。

会死。

“怎么办？这可怎么办啊！”

一旁的阿喜忽然上前一步：“老大，我们可以试试。”

“阿喜！”赵央皱起眉头。

阿喜看着赵央的眼睛，她坚定地道：“我虽然不是什么心理医生，但受教于赵医生，也受恩于这里。赵医生经常跟我说，只要遇到困难，迎头而上，一定会有解决的办法。遇到病人也是，不管我们能不能做到，起码应当竭尽全力。”

阿喜知道，这是赵央做医生的准则，绝不说不。

她也知道他犹豫不决并非没有善心，而是在担心她的安危。她为这份担心感到高兴，这就够了。

她也想证明给这群人看，曾经让他们腹诽看不起的江湖医生也能解决他们解决不了的问题。尽管在某种程度上说，她在他们眼里只是一个还没有痊愈的病人。

那么，以毒攻毒，谁怕谁啊。

然后她微微一笑：“老大，你和我都比别人以为的要强哦。我信你，你也得信我。”

赵央起身，艰难地开口，却坚定地道：“好，我们试试。”

黑暗里的黑影用几不可闻的声音骂了句脏话，然后露出了个无奈的笑：“我就知道，这两个笨蛋。”

老祝医生已经顾不上担心儿子现在的心电图，他努力不让自己崩溃，一旁的周师姐也能感觉到这是一个争分夺秒的过程，但他们都不知道他将会怎么做。

“赵医生，是这样的。这个催眠术，虽然在场的几个医生都会，但还没有能成功进入的。之前祝医生也不知道是用什么方法，就连 Eric 也不知道。”周师姐皱着眉头，“所以……”

“师姐你放心，我不需要这个方法。”

赵央不知这样的决定到底对不对，但此时他站在这里，能感受到恶魔在招手。

恶魔仿佛扼着人质的咽喉，问他敢不敢过招。

他没什么不敢的，赤手空拳也不怕。

但若是要伤害他身边的人……他很犹豫。

“老大，我们都站在这儿了。”阿喜轻轻地握住他的手，“你放心，我不会很害怕的。虽然我也怕做噩梦，但什么场合我没经历过啊。那些都是虚无的东西，伤害不了我。而且我很放心，就算我真有什么，你一定、一定能想到办法把我弄出来。”

小小手掌的温度，抵达他的心。

哪怕只有万分之一的概率，他都不愿置她于危险之中。

阿喜接着说：“我们是亲人，是朋友，但也是搭档，是战友。”

“好。”赵央斩钉截铁道，“我们试试。”

一旁的周师姐正在打电话，几位病人已经各就各位，阿喜正在询问他们能记得的梦境大概。一旁的医生担心洛熙无法沟通，表示自己可以手语翻译，被阿喜谢绝了。

“Eric 怎么不接电话呢？”周师姐一边拨电话，一边苦恼地道。

“为何找他？”赵央问。

周师姐抬起头来：“Eric 虽然只是个助手，但他可是催眠上的大师。祝医生很多催眠上的技巧，还是他传授的呢。”

“什么？”赵央心里猛地咯噔了一下。

“我得把他叫过来，虽然不知道怎么进入，但好歹出来的时候，多一个有经验之人在场，你们也少点儿危险。赵央，你记住，虽然救人要紧，但请尽力而为，别把自己搭进去。”周师姐接着叮嘱道，一面低了低嗓音，“辛苦你了，谢谢你不计前嫌。”

“师姐，”赵央道，“现在派人去把 Eric 找到，别让他离开晏城。如果可以的话，把他带到现场。”

周师姐愣了一下：“什么？”

“我怀疑……”他淡淡地道，“他和祝师兄这次出事有关系。”

这时，阿喜已经问完了所有人的情况，过来跟赵央汇报。

五名病人，除了他们比较熟悉的洛熙之外，七岁的小男孩含糊地表示自己被困在一个满是怪兽的房间里，他逃不出那个房间，那些怪兽可能是恐怖玩偶的化身，为首的是一条绿色的毛毛虫。听起来倒不怎么恐怖，但在七岁孩子的眼里，全是惊恐。他告诉阿喜，这条毛毛虫还长着腿，在某种程度上，还有可能变成手持匕首的蜈蚣，手下的恐怖玩偶稍不听话就会被它肢解。

第二位是中年的化学老师，他梦里的主体跟自己从事的职业有关。阿喜听完描述倒不觉得恐怖，而是有些恶心。类似于僵尸和被化学试剂毁容的人群，他的幕后黑手是一个人头章鱼身的怪女郎，每只触角上都有一瓶致命的试剂，随时可能要折磨他和杀死他。

第三位也是一名男性，是一个二十七岁的白领，他无法概括自己的梦境，只能说他所目及的一切，甚至是一张椅子，都有可能变出触角来攻击他。在这个集体梦境里，他甚至也被其他人的梦境怪物所攻击。

第四位是之前 Eric 曾提到过的老太太，老太太的对手就比较具象和现实，是一个雨夜的变态杀手，头戴鸭舌帽，专门割人舌头。老太太做这个梦的时间长达三十多年，这个杀手一直在梦中追杀她。

第五位就是洛熙。这一次洛熙碰到的不是深渊那样的场景，而是一场浓雾。她无法描述浓雾中的怪兽的样子。或者说，浓雾本身就是怪兽。

“如你所料，他们五个人能记得的梦境，都是各自为伍的，但背景的确都是一个，而且区间不大。按照他们的描述……”她低头看向自己所站的地方，“很像这个心理中心。包括邹老太太，梦里的杀手最开始追杀她的时候场景并不固定，后来在祝医生的帮忙下，场景被迁移到了这里。”

“明白了。”赵央心猛一跳，“看来是祝师兄将这五人的梦境吸收进自己所熟悉的场景里，这样方便操控，再借助其他噩梦的力量……来将它们一一制服。”

而此时，在他的规划里，那个因梦境而产生的心理中心建筑，将成为关押这些潜意识里的邪恶力量的住所！

这个想法确实很妙！

“洛熙表示没有当初深渊那么可怕。但是梦里，她似乎并不比面对深渊轻松。”阿喜接着说。

自然的。赵央想。

梦境会把人的一些感官放大，甚至蒙蔽逻辑思维能力，即便是非常无理取闹的一些恐怖景象，在梦里也无法辨别。所以，那些能在梦里意识到自己是在做噩梦的人，都相当强大。

“而且，按照洛熙的说法。”阿喜想了想说，“这个梦，有好几层。”

赵央陷入深思。

很多人即便最初的时候能够辨别，但若无法醒来，则会陷入梦中梦。

一环套着一环，你以为自己从一个荒诞的梦境里脱身了，醒来下意识会觉得自己面对的是现实，因此第二个荒诞场景来临的时候，会击溃心理防线。如此往复，总有一个噩梦能困住你。

6

此时，五名患者已在老祝医生的指挥下分别躺在了椅子上。

一旁的多棱镜照着他们的身影。

身影交叠着身影。

从阿喜的角度看过去，镜子里正出现无数个赵央，她的内心莫名地咯噔了一下。

除了顶光，镜子的其他区域陷入昏昧。

不得不说，她心里陡生出一股寒意。

“按照你的描述。”赵央道，“这些多棱镜可能就是辅助祝医生，将患者的梦境连接在一起的工具。”

他低声呢喃：“梦境折射着梦境，并且吸收着梦境……阿喜，他们有没有提到，事发的时候他们在梦里醒过几次？”

“嗯，这个我问了，但每个人的答案不一样。”

“克制力的区别。”赵央想了想，忽然朝身后道，“有没有心理中心的构造图纸？”

周师姐马上派了一个医生去找图纸。

“来不及了，给我纸笔。”

赵央虽然看不见，但这栋老建筑他再熟悉不过。

笔尖触碰纸张，轻轻划过，夜里静得可怕。

“这里一共有二十七个房间，总共四层，还有地下室。”赵央一一画着，“这背后早年是一个疗养院。现在病人都已经被转移到西山的新院区，但早年间，这里的构造是这样的。”

他一一画着，阿喜目不转睛地记着。

“虽然我不确定，梦境里的背景就是这个。但有备无患，你且记住这张图。”

他忽然在图上的一个位置轻轻一点：“这个地方，有一个秘密的储藏室，很多医生都不知道。如果……我是说如果有这么一个地方，你记得去找一找。祝师兄在梦境里迷失方向，很大程度就是乱了心智，但看他现在的情况，还不至于完全失控，有可能找到了一个躲藏的地方。找到他，带他出来。”

“嗯。”

“阿喜，我虽作为催眠师，但这个梦的主体并不是我。我无法操控这件事。所以，你一定要葆有一个念头——无论发生什么，随时醒来。警铃声可以起到一个辅助作用，千万不要贪心。不管是什么东西，都不要绊住你醒来的脚步。”

赵央继续交代：“潜意识里流逝的时间和我们现在的时间，可能完全不一样，有可能在那里感觉时间很漫长，也有可能不过一瞬间。而且，这与之前洛熙的情况也不一样。深渊只是部分意识让你看到，而噩梦会整个包围你。另外，我没办法跟你保持联系。但你要明白，你虽是入侵者，梦的主体不是你，你只是梦的一部分。你可以拿到主动权，用你的意志力去控制它，甚至去幻想它。”

“也就是说……”她笑着道，“我可以操控梦境，自己制造梦境。老大，你放心啦，我天不怕地不怕。刚才听他们所描述的，我觉得是小案子啊。”

“梦里一切感官都会被放大。祝医生肯定也是以为自己不会被吓到，才导致了这样的结果。”

“放心，我胆子肯定比他大。”阿喜笑着说，“而且，我知道如果我被困住，你肯定会想办法救我的。”

这样的安全感让她笃定。

而也是这样的安全感，让赵央心里多了一枚砝码。

接下来，赵央对五人进行了新一轮的问询，对每个人梦境中的“邪恶势力”做出了一个分级和应对策略。总而言之，要善于利用梦中的工具进行反击，利用其场景进行躲避。这些都还好说。

“至于这绿色毛毛虫，我就不多说了。”赵央道。

阿喜咳嗽一声：“幸好我小时候抓虫抓得多。”

“麻烦的就是这浓雾。”赵央道，“看不见的时候，才是最恐惧的。”

“老大看不见却如此勇敢。”阿喜道，“我也是不怕的。”

“浓雾里的东西一定要留意。”赵央道。

“放心。末日电影我也没少看。”阿喜道，“我就当它是个雾霾，屏住呼吸就好。”

胆可真够大。赵央心说。

“事不宜迟。”他道，“地图记住了吗？”

“记住了。”

“那我们开始吧。”

周师姐按照要求将密室的门关上。站在单面镜外，她和老祝医生都捏着一把汗。

阿喜躺在新增的一张床上，一旁的洛熙伸出手来，惴惴不安地握住了阿喜的手。

她放慢了语速，用唇语告诉她：“放心，不要怕，我会保护你的。”

另外一只手，握住一旁的那个七岁的小男孩。

她侧过头，看向他："有姐姐在，姐姐很厉害的，会在梦里帮你打怪兽。"

然后她朝着赵央道："老大，开始吧。"

一颗银色的球体从他掌心滑落。

在寂静空间里，发出了清脆的当啷声。

它有节奏地摆动着。

一旁的古老时钟，发出了指针沉重的走动声。

嗒、嗒、嗒……

她眼前的赵央忽然重影，她仿佛看到了他身后黑暗里跃出一道黑影，扑向他。

她仿佛听到另一个声音："你是不是疯了！你知不知道这有多危险……快把她弄醒……快……"

银色球体滑落，却不知为何没有听到任何声音。

那争执声也变得闷闷的，她听不见了。

"老大……"阿喜陷入了昏睡中。

7

银色球体恢复下坠。

赵央睁开眼睛。

脑电波监测仪连接着几位受术者，图线微微波动。

周师姐在进去前问赵央需不需要她在身边暂时当下助手，她是知道阿喜在赵央身边一直担任的角色的，此时阿喜正在受术中，赵央眼睛又看不到，要怎么看图线来应对呢？

不过，赵央笑着婉拒了："不需要，谢谢师姐。"

周师姐有些狐疑，但知道赵央性格并不莽撞逞强，他一定有他的办法。

催眠室外，几人焦灼等待着。而里头的赵央背过身去，眉头微微一皱："怎么样？"

黑影背靠着墙体，此时显出身形，嘴角是一个嗤之以鼻的笑："怎么，现在倒轮到我上了？"

赵央不语。其实如果知道祝医生进入梦境的办法，他根本不可能让阿喜冒险。

黑影虽语气傲娇，但目光却紧紧盯着脑电波图，嘴上仍骂了句："反正她要是出了什么岔子，我是不会放过你的。”然后才说，“还算平缓，中间有几次幅度比较大的波动，但很快平稳了。这丫头……”

他露出个自豪的笑：“出色。”

外头不过几分钟光景，事实上，阿喜在梦里的时间刻度全然不同，她感觉已过了许久。

此时的她正手持一把巨大的剪刀，大汗淋漓。周遭的地上铺满了断裂的动物残肢，截断处正冒着血丝气泡，狼藉又可怖。她面前是一个面目可怕的人头章鱼身的怪物，触角舞动着朝她攻击，被不断地剪断触角后，又在几秒钟内重新长出来。

这场面一开始看着可怕，但持续了几分钟后，阿喜觉得自己像个机械作业的工厂女工——她不会被吓死在梦里，她会累死在这里！

于是在章鱼人要进行下一波攻击前，她伸出一只手掌：“等一下！”

触角还真的奇迹般地定住了，还发出了“唔”的一声。

阿喜大口喘着气，借着这个机会恢复点儿体力，抬头道：“你的招式能不能换一下？而且我刚说了单挑，要公平，你这叫单挑吗？”

那章鱼人愣了一下。

“等会儿。我们换个思路。你做的那些东西对我造成不了伤害，你气急败坏也没用。这样，咱们用别的方式吧？让我想想！”

阿喜翻了个白眼，朝着旁边勾了勾手指。角落里红木板凳的腿动了起来，“吭吭哧哧”地跑过来在她脚边停住。阿喜一屁股坐上去，接着大口喘气，一抬头就见这章鱼人还在叽里咕噜。

行，算中场休息吧。

不久前，按阿喜的感觉应该是一小时前吧，她在这个梦里有了意识后的第一个场景，是进入了小男孩描述的都是玩具的房间。小男孩还惶恐地告诉她，玩具会杀人。据他的描述，这群玩具服从于一条绿色毛毛虫。

阿喜第一眼看到的就是绿色毛毛虫正一脸严肃地准备肢解一个芭比娃娃。说实话，有些好笑，但当下的氛围——阴冷昏暗的小屋还真渲染得像恐怖片似的。

幸亏阿喜心理年龄成年了，而且……她小时候也干过拆解玩具的事——那时的她倒不是出于什么可怕残忍的心态，而是好奇玩具的内部构造。所以，她觉得这事儿也没什么可怕的。于是她上前一步，蹲下来，盯着那正在手术的“毛毛虫医生”。

芭比娃娃发出惊恐的叫声，眼见毛毛虫手起刀落，阿喜忽然“哎哟”一声。毛毛虫抬起头来，脑袋忽然放大，那豆大的眼里露出狡猾残忍的光来。

阿喜还来不及说话，四肢忽然就被紧紧控制住，脚下一空。

“喂喂喂！”

她低头一看，抬起自己的是一堆奇奇怪怪的玩具。这些玩具都是拼接过的，青蛙身人头、蜘蛛人身大猩猩头、小鸡头盆栽体……还有蛙人？蜘蛛猩猩……鸡米花？

然后阿喜就被送上了手术台。

这下她稍微有些头大了。

蜘蛛猩猩吐出的丝儿将她捆得严严实实，鸡米花发出尖叫鸡的声音，像是某种仪式的配乐，而蛙人严阵以待，那张脸好像在哪儿见过。

毛毛虫咧开嘴来，发出嘶哑的声音：“手术开始！”

白炽灯忽然亮起，照得阿喜差点儿眼瞎，她能感受到银光在面前一闪。她睁开眼睛，瞧见毛毛虫举着刀，正要朝着自己的腰部下手。

“慢着。”

毛毛虫手里的刀一顿，抬头看她。可惜毛毛虫眼珠子太小，阿喜没办法分辨它的眼神。

“医生，我这是得了什么病？”

毛毛虫不答，再次要下手。

“那我能不能挑一下我的下半身啊？”

毛毛虫的小眼睛呆了一下。

阿喜眨巴了一下眼睛：“我想要章鱼的下半身。”

毛毛虫“唔”了一声，似乎在怀疑，然后环顾了一圈四周，摇摇头——没有章鱼。

“我知道哪里有。”阿喜说，“既然要做拼接手术，那就做最好的，我就想要章鱼的。这样吧，你们松开我，我们一块儿把那章鱼给捉了，如何？”

“嗖”的一声，一群玩具发出嘈杂烦乱的金属碰撞声。阿喜侧头看去，这是在聚首开会呢。

紧接着，手腕上的丝儿一松。她轻吐一口气，坐了起来。

这时，一旁的毛毛虫见她逃脱，忽然脸色一凛，朝着她就要喷射绿色汁液。

阿喜有些不耐烦地比了个暂停的手势：“看到了吗，我是个大人。”她撇撇嘴，“玩具吓唬不了大人。”

剩下的玩具龇牙咧嘴地露出凶相来，手里都多了一把大剪刀，咔嚓咔嚓响。

阿喜轻蔑地“切”了一声：“这样吧，想证明自己就跟我来。”她起身，朝着身后的玩具道，“去隔壁房间，跟大人的恐惧比一下。如何？”

阿喜明白，这是对玩具的恐惧导致的幻象化身，她不恐惧，因此这些玩具的恐惧性也会消亡。她只要坚定这个认知就可以。

门开了，走廊里的气氛显得更加阴气重重。

有那么一瞬间，阿喜都有点儿觉得这氛围过于逼真了，她重新提醒了自己一遍——没事儿，这是梦。

除了她出来的这扇门，其他的区域都被黑暗笼罩着，身后刚才还面目狰狞的玩具们似乎也有些恐惧。她往前走了一步，黑暗像是一阵黑色的烟雾，为她的脚步让出一点儿清晰的区域来。

正当她抬起头来时，听见了门轴转动声、玻璃制品碰撞声和化学试剂发出的吓人的化学反应声。

站在试剂台前的是一位妙龄女郎，戴着一副金边眼镜，看起来还挺有气质的。不过，她缓慢地抬起头来的那一瞬间，阿喜看见她手里的试剂冒出黄色雾气，随即闻到了一股刺鼻的味道。而那女郎透过试剂瓶，朝着她露出了一个诡异的眼神，手掌忽然变成了章鱼的触须。

没错了，阿喜心头一震，这位女郎就是化学老师的心魔了。

这时，章鱼女郎将试剂朝着她的方向泼来，阿喜猛地往旁边闪。身后的蜘蛛猩猩来不及躲避，被那黄色液体浇了个满身，发出凄厉的惨叫——强烈的化学试剂让其瞬间腐蚀融化！

阿喜抬头，见那章鱼女无数的触须上握着无数个瓶子。

“这是王水，是用盐酸和浓硝酸铵三比一的体积比混合而成的，是少数几种能够溶解黄金的液体之一。它之所以叫王水，就是因为……它很厉害！”女郎眼镜片下一闪，露出凶狠的目光，“用于毁尸灭迹最为合适了。”

好一个凶杀案惯用场景，这变态章鱼人还真是演得活灵活现。

玩具们瑟瑟发抖，为首的毛毛虫也感受到了“大人的世界果然可怕”的恐惧。阿喜虽不同情这些玩具，但它们的恐惧也就等同于那个小男生的恐惧。她可是答应过他会保护他的。

等等，王水？这可不是她的知识盲区，赵老师平时除了心理学，教她的东西可不少。

阿喜从角落里发出一声冷哼：“喂，王水虽然厉害，但是无法溶解塑料和玻璃制品。”她不知从哪里掏出一副硅胶手套，“还有这个。”

那被腐蚀得差点儿化为一摊烂泥的蜘蛛猩猩忽然“咿”了一声，又重新立体了起来。

章鱼人狠狠地咆哮了一声。

阿喜开始指挥：“金属退后，塑料、玻璃、硅胶都给我上！”

身后鸦雀无声，章鱼女脸上的慌乱化为茫然。

预想中玩具们蜂拥而上的情况没有出现，阿喜心里骂了句“你们这帮㞞精”，然后歪了歪嘴角，硬着头皮说："单挑啊。"

单挑的结果就是此刻。

章鱼女的试剂全部被打翻。"王水"一战后，阿喜也整理好了自己的情绪，将恐惧全部驱散出去。

赵央在她临行前跟她交代过，恐惧是噩梦滋生的来源，在噩梦中，只要消除了内心的慌乱感，恐怖场景便对她造不成太大的伤害。

这说容易也容易，说难也难。但阿喜是谁啊，姑奶奶她天不怕地不怕。她让章鱼女郎丢盔弃甲，张牙舞爪地开始赤身搏斗；她从黑暗里弄出一把大剪子，开始给恐惧玩具们表演大剪章鱼须……

直到此刻，她打累了。

为了谨防自己疲劳过度心跳加速，她必须得停一停。

9

阿喜倒不是真在拖延时间。

来之前，她和赵央悄悄地商量了一下。救出祝医生自然是目的，但只是目的之一，她得用自己的办法帮助这五位患者克服梦境的恐惧，这样才能双管齐下，为她找到祝医生减少阻碍。

祝医生想用以毒攻毒的办法将噩梦驱散，但事实证明走不通，除了他心里有阴影之外，这个办法太容易让噩梦和噩梦沆瀣一气了。

"那这个办法是被抛弃了吗？"

"当然不是。"赵央说，"噩梦里的邪念攻击性很强，看似没有逻辑，但千万不要忘了，它源于做梦者的潜意识。有时候，甚至只是非常小的一个点，只是执拗于一个点罢了。之前我也曾遇到过一个抑郁症患者。他受噩梦困扰，原因是他小时候在某个巷子迷过路，这件事给他造成非常大的心理阴影，成为夜晚吞噬他的黑洞。他常常梦见自己在一个巨大的迷宫里行走，长期如此导致他心力交瘁。但因为当时他对自己的梦境有清晰的认识，所以很快找到了症结，我们的处理方法就是带他重新回到了小时候迷路的巷子。他发现巷子很小，布局也非常简单，他闭着眼睛就能走出来。这个认知的反转让他心里坚定了信念，后来再次梦见同样的场景后也不再害怕，此后便摆脱了阴影。"

赵央顿了一下，接着道："不过，这几位肯定要比我提到的案例更加严重。你得找到跟他们梦中的恐惧点对话的机会。当然，沟通方式不一定是用语言。要找到它们的来源、探究到患者的恐惧点并不容易。我现在没有他们的梦境报告，所以，随机应变解决不了，就放弃沟通。这件事，我们得从长计议。”

此时，阿喜又抬了抬手。

一旁被拼接成金刚芭比的白雪公主指了下自己，她的下半身是一个魂斗罗般体格的肌肉体，声音却甜腻温柔：“我吗？”

“对对对，就你。”她指了下自己的肩膀。

白雪公主羞涩一笑，屁颠屁颠地跑过来，一下一下地给她揉着肩膀，还挺舒服的。

趁着这空隙，阿喜发现这章鱼女郎还挺听话的。她没有继续攻击，而是在叽里呱啦地说着什么，一脸的义愤填膺。

“行行行。”阿喜不耐烦地道，“你别再啰唆了。你没发现吗，你这些试剂对我来说都没有用！”

在梦境里，战胜是第一步，只要让“怪物”能够冷静下来，接下来就是沟通了。

阿喜抬头看她：“你说你现场调制王水，是想毁掉什么？”

章鱼女郎忽然两眼放光，声音凄厉而沙哑：“屈辱，屈辱！”

“屈辱”，这个关键词可大可小。阿喜尝试着又问了几遍，女郎的答案却只有这几个字。

“那你知道‘屈辱’在哪里吗？”

女郎愣了一下，又一次喊道：“屈辱！”

章鱼……化学试剂……屈辱……毁尸灭迹……这样串起来，是个阿喜无法解释的“故事”，不过此地不宜久留，专业的事还是等出去后交给老大吧。

阿喜起身道：“美女，要不要跟我一块儿去试试，找找你说的‘屈辱’？”

下一扇门，开裂的纹路上沾染着类似血液的东西，她仿佛能闻到危险的气息。

不知道里头会有什么，是老太太所说的连环杀手，还是别的什么？阿喜的手握住银白色的门把手，一股寒意涌进体内，她定了定神，准备拧开。

忽然一阵凄厉的吼叫响起。

她眉头一皱，轻抬起脸——门上出现一张面目全非的脸，正张开血盆大口，巨大的紫红色舌头直舔向她的脸。

阿喜没后退，不但没后退，甚至连动都没动，她嘴角浮起一抹轻笑：“幼稚。”

紫红色舌头发出烂臭的味道，却没有再继续进攻，反而缓慢地缩了回去。

手里的银色把手忽然变得滚烫，阿喜猛地缩回手，盯着它看。它忽然燃烧起来，变成了一个滚烫的火球。阿喜的掌心还有一阵皮肉被烧焦的臭味，疼得她差点儿哭出来，只能猛吹气儿。

身后的一堆玩具慌作一团，个个瞪着大眼，一脸惊恐。章鱼女郎朝着她的手上泼了点儿什么，一阵清凉后更加热辣。

阿喜抬头：“你泼了什么？”

女郎：“酒精。”

阿喜疼得龇牙咧嘴。

玩具们心说，大人的世界果然更可怕啊！

阿喜对着手掌狂吹了两口，忽然放下手臂，自嘲道：“我是不是傻啊？”然后她二话不说径直上前，一脸的“目中无人”，完全没有片刻停留地拧动了把手。

滚烫的火球对阿喜没有造成半分伤害，门轴转动，巨大的紫红舌头开始急了，缠绕上她的手臂。

阿喜高喊一声：“毛毛虫！”

身后的绿色虫体忽然飞身上前，伸出触角，用剪刀一下剪在了大舌头上。门上的脸惨叫连连，紫红色的汁液飞得到处都是。

阿喜气定神闲，甚至还有些不耐烦地嘟囔了一句：“无聊。还以为有多吓人呢，就这么点儿伎俩？不知道姑奶奶从小就是被吓大的吗？”

她用力推门进去。门上的脸皱了一下，迅速消失，发出了惊吓过度的余音。

10

屋中堆满了杂物，细小的灰尘随着涌进来的风被卷了起来，空气里有一股陈腐潮湿的味道。

阿喜的心提了一下。没错，这间是白领男的梦境。当时与其沟通，他并没说出什么笃定的描述，表达极其混乱，说这梦里所有看似没有生命的东西都会活过来。

听起来和玩具屋一个原理，并没有什么可怕之处，但赵央着重点了他的梦境描述和洛熙的：“越是不清楚对手是什么越可怕。切记，这两个梦境要小心。”他盯着白领男疲惫而苍白的脸，“这梦里应该有别的东西，只是可能因为难以描述，或是过于恐怖，而被他下意识地忽略了。”

阿喜警惕地站着，并未轻举妄动。此时屋中除了尘埃，一切都静谧着，紧接着是门重重关上的声音。章鱼女郎试图用触角拦住，被门重重地夹住，发出一声凄厉哀号。恐怖玩具们的声音被隔绝了，几不可闻。

她大意了，门不是有生命吗？

她再想开门，却发现门把手像是被焊死了，她用力一踢，门把手直接掉在了地上。

阿喜回头，冲着女郎皱眉："很疼吗？"

章鱼女郎收起痛苦的表情，表示自己"还好"。

这时，二人只觉得头顶一阵朔风，抬眼便看到顶上生着铁锈的风扇开始转动，让这个阴冷的房间温度骤降。

桌上有一本书，书页正随风被快速翻动。

笔筒里一支羽毛笔忽然跳出，在好不容易停住的书页上开始画着什么。

出不去，想来是要做瓮中之鳖了。阿喜深呼一口气，尽管知道自己不该害怕，但还是忍不住心里有些发毛。不过也正因为是梦，又觉得没什么可怕的了。

这里的东西可能是刚才那个房间的升级版，想让玩具们帮忙的念头看来可以掐灭了，大人的世界果然复杂一些。

她定睛看向那支笔，眼神微微一凛。

这……是在玩笔仙？

请笔仙的游戏是中国最古老的巫术之一——扶乩的简化版，也是一种招灵游戏。这些还真不是赵央教她的，是阿喜从恐怖片里看来的。

还真不巧，她在少年时代玩过。当时还觉得挺灵，但自打接触了心理学，一分析就明白，那不过是在特定紧张的环境下的肌肉痉挛和心理暗示。

她走上前去，想看看这"笔仙"到底要搞什么鬼把戏。

纸上赫然出现几个大字——"请提问"。

提问？她眉头一皱。

这时那笔已经飞到她手里，阿喜握住，往上写字："你……妈……贵……姓……"

最后一笔还未落下，头顶的朔风方向一变，阿喜胯部一用力，闪到一边，只见风扇从头顶坠下，在落地的瞬间像是被人操控了方向一般再度起身，朝着她脖颈的方向冲来。

阿喜猛地跳开，一个箭步跨到书桌上，飞起一脚踢飞了那旋转的致命风扇。可她脚下却不平稳起来，桌子正剧烈抖动着，最后竟缓慢地摊开四肢，轰然倒地！阿喜猝不及防，一个前滚翻撞在了旁边的书柜上，无数本书从书柜处砸落下来，像是有无数双手在飞快翻页。

另一边的章鱼女郎被砸下来的书柜压住，触角拼命地黏住墙壁，想支撑自己站起来。

阿喜现在顾不上她了，只见落在地上的那本书的页面上开始慢吞吞地出现血字——"你、找、死。"

死字最后一笔落下，屋中所有的器物都震荡了起来。

阿喜咬了咬牙，骂了句："谁找死还不知道呢！"

桌椅、板凳、案几，以及不知从哪里跑出来的黑板擦和粉笔，全部朝着她砸来。阿喜飞身躲避，躲不过的时候砸在身上居然还挺疼。她的心跳加快，恐惧这种东西也不是那么好消除的，尤其是在梦境中，她必须得把自己的心跳速度降下来！

她想起扶乩的原理，好像说的就是神明附身于孪生体，这个梦境显然是把孪生体从人扩大到一切！

尽管心中的念头仍在提醒自己这是个梦，但念头这种事儿往往会被逼真和混乱给打败，尤其是当它还不够坚定沉稳时，噩梦就会对你造成巨大的伤害。

阿喜对此心知肚明，但此时混战之中还真的难保不受影响。

这时，乱飞的屋内，她瞥到那支笔正在飞快地移动，似乎在书写着什么。

操控这个梦的源头怕就是这支笔了！擒贼先擒王！

虽然领悟了这点，可她分身乏术，身上已被那些乱撞着攻击的家具弄得遍体鳞伤。这时，一个案几砸中她的胸口，她只觉胸口猛地一痛，险些喘不过气来，整个人被打在了墙上，而墙壁上的一幅画轰然落地，溅起了无数破碎的玻璃，几枚黑粗的铁钉从墙上飞出来，朝着她的方向冲刺。

这是要把她钉成耶稣啊！

章鱼女郎缓慢地推开书柜，正要起身，抬头就瞧见这幅场景，发出“嗷呜”一声。

“泼！”她哑然地破了声。

应声而下，章鱼女郎露出怀里的试剂，朝着那铁钉的方向泼去。

不愧是酸中之王，飞驰的铁钉像是在空气中停滞了下来，发出腐臭的味道，绵软地下坠。

阿喜捂住胸口，继续指挥道：“笔！那支笔！”

11

阿喜一口鲜血喷出，屋中混乱的世界忽然骤停——章鱼女郎的触须死死缠住了罪魁祸首，递到了阿喜面前。

她抬起头来，平心静气，微微闭眼，然后看向刚才差点儿被钉成一幅人体画的墙壁。

墙壁上有不少的钉子眼，旁边是少量的血迹。

阿喜皱起眉头来，梦大多数没有逻辑，但有一部分是有记忆性和连续性的。这些血迹有可能是祝医生进来的时候留下的。

她接过笔，刚才还嚣张跋扈的它此时看起来不过是一支非常普通的羽毛笔。

阿喜脑中思忖了片刻，走到地上的书页面前，抬头向章鱼女郎道：“借我一只触须，和我一起握住，然后……”

原理上手腕和手肘是不能触地，可是这章鱼触须不存在这个问题吧？

笔端用力，开始写下字：“他在哪儿？”

缓慢地，笔锋开始有了力量。

章鱼女郎露出害怕的神色，阿喜给了她一个淡定的眼神。

“恐惧深处，生命稀薄处。”

阿喜皱起眉头，再度写道：“你是谁？”

笔下缓慢地写道：“我是你所恐惧的一切。”

“真是神神道道的一支笔。”阿喜将笔塞进腰带里捆着，带着章鱼女郎走到门前。

全程沉默的章鱼女郎忽然在身后道：“销毁。”

阿喜愣了下。

“毁尸灭迹。”她道，“为了安全。”

阿喜笑了笑：“也对，科学的理论和神鬼的力量势不两立。不过，我还有用。”

说罢，门轴转动，木门发出“吱呀”一声，门外一团黑影忽然闪现，阿喜的心猛地提起，只觉得什么东西对她当头一棒。

糟糕……

催眠室里，只过了五分钟而已，黑影定睛盯着脑电波图，忽然跳起：“不好不好！”

赵央眉头一凛：“怎么不好？”

黑影不语：“不行，咱得把她弄醒！”

黑影担忧地一路跑到沉睡的阿喜面前，回头怒吼道：“喂，你赶紧把她弄醒！”

12

阿喜睁开了双眼，太阳穴鼓胀，刚才被一根木棍敲了脑袋，她有些昏昏沉沉的。

在这昏睡的过程中，她做了个梦，梦见自己在床底下躲藏，一双黑色雨靴走进她的视线，她屏息凝视，一双眼睛从床和地板的缝隙里望了进来。

那是一双血红的眼。

她听到自己胸腔里发出的尖叫声……

而此刻她正在不受控制地逃亡，耳边是凄厉的风声。她身上穿着绿色的鞋和暗红色的衣服，两条粗大的羊角辫晃动着，四周铺满了镜子，镜子里却不是她的身影，而是各色的……穿着红衣的女人。

她想停下来看清她们，可脚却不听使唤。身后好像有脚步声，一直保持着差不多的节奏。也就是说，脚步声的主人始终都在她的身后。

镜子延展下去，无数张红衣女人面无表情的脸，不是同一个，但又好像每一个都一样。

阿喜脚步仍旧不停，喘息声越来越大。忽然，她的脚不受控制地停了下来。她定睛看着镜子，镜子里投射出她的脸来。心底的恐惧在这诡谲的气氛里缓慢往上攀。

一只手出现在她的脖颈处。

阿喜动弹不得，身体止不住地战栗。

黑暗中，一张人脸出现了，被鸭舌帽遮挡了他红色的眼睛。黑色的连身衣，手上布满了白斑。

"控制呼吸，控制呼吸……"阿喜意识到，自己此刻的恐惧并不是来源于自己，她现在像是附身在另外一层意识上，这恐惧应该是老太太的。她得从这层意识里剥离出去。

不过，她还得搞清楚一点——这个男人到底是谁，或者说，是老太太生活里谁的化身。

镜子里的她脸色惨白，不能动弹。她能感受到男人粗糙的手掌触摸她冰冷的脖颈时那种毛骨悚然的摩擦感。这种感觉让阿喜有些生理性作呕。

男人的呼吸带着一股腐败的臭味，像是死蟑螂死老鼠一般，这种味道全方位环绕着她。

她的脑中浮想联翩……这人要做什么？杀了她吗？然后割掉她的舌头，还是说先割了舌头再杀？她从侧边看向镜子里，男人的雨靴上都是泥，刚才间歇的脚步声中，她还听到铁器拖过地板的声音。是铁锹吗？是要埋了她吗？

不，等等。不能放纵自己继续浮想联翩，这会让恐惧升温，灼烧她的理智！她得停下，这关她什么事！她穿的可不是红衣服！她也不是会束手就擒的人，哪怕被抓住、被捆绑，只要有一丝力气，她都要跳起来咬掉对方的耳朵！

忽然，玻璃发出爆裂的脆响，余音瘆人。男人被砸在镜子里，倒栽着，雨靴在拼命地挣扎。

阿喜大口地喘着粗气，扬手抹了一把额上的汗，然后高喊了一声："捆住它！"

从头顶的天花板处坠下来连串的蜘蛛丝，将那男人瞬间裹成了蚕蛹。

她刚想回头对帮忙的"怪物"表达谢意，迎面而来的却是一阵浓雾。比先前的黑暗更加浓黑的黑色几乎顷刻间淹没了她的身体。她抬眼，别说那群恐怖玩具和章鱼女郎了，就连身后的"蚕蛹"也不见了踪影。

没有镜子，伸手不见五指，只有漆黑的浓雾像有生命似的环绕着她的身体。

她知道，这是洛熙的梦境了。

掐指一算，也是起码克服了四层梦境，拿到手的信息有些少，不知能否对赵央有帮助。但现在顾不上这些了，她的体力消耗得有些过量，虽还不至于到精疲力竭的地步，但也得抓紧了，否则别说任务完不成，她也会被困在这里。

这浓雾里似乎有别的东西。

她感觉到什么在扫过她的脸和身体，她已经彻底失去了方向。

浓雾里，氧气越来越少，似乎是什么东西在燃烧。而且，似乎还有别的有毒气体夹杂其中，只吸上几口，她便觉得有些头昏脑涨。

她尽量减少呼吸的次数，然后在黑暗中摸索着前行。手上触摸到什么黏糊糊的东西，她缩回来闻了闻，差点儿吐出来，浓重的血腥味夹杂着恶臭。她心中一凛，接着往前走，脚上踢到了什么，圆滚滚的，像一个头颅那么重。

等等，停止联想。联想才是噩梦里的万恶之源！

终于，她的双手触摸到了一个雕花形状的东西。这是……她闭上眼试图回忆。

赵央的声音在脑海里出现："其实别的我都不担心，最怕的是你失去了视线，扰乱了方向，一直在里面兜圈子出不去，耐心和理智会被消耗。你一定要记住这个建筑的具体位置。每层楼的左边楼梯附近都有一个雕花按钮，是老院长设计的。一楼是龙，二楼是蛇，摸起来有些像，你区分鳞片的质感，三楼是一只凤凰。"

她现在摸到的是蛇的形状。

阿喜脑中估算着，尽管她能感觉到手里的雕花按钮触感在变，从最开始的蛇形木刻缓慢地像是有了蛇身，她听到了空气里的咝咝声。

"从这里到楼梯口，是一步半的距离。楼梯有 28 级，每楼有 9 个房间。那差不多是……"

看不见的浓雾里，那条幻化出来的蛇狡黠地吐着信子，眼睛透出微微的凉光，拉紧如弓的背部忽然猛地炸开，朝着阿喜覆在它身上的手背咬下去！

奔跑！一步并作两步，阿喜准确地在心里计算着距离，一面掏出腰上的匕首，在墙上用力地扎。这算是暗号，万一跑错了，她大不了重来一回！

身后的咝咝声十分剧烈，阿喜边跑边喊："一步两步，一步两步，是魔鬼的步伐！"她大声喊着，心说这些神曲在关键时刻还真能给她壮胆！

就是这里！她魔鬼的步伐终于踏到了大楼的后门，阿喜抬腿猛地一踢。

大门轰然倒在地上。

身后的浓雾追着她，却像是到了某种临界点，像是被什么东西烫到一般往回缩。

阿喜气喘吁吁地弯着腰，抬起头来。

阴沉的空气里，她看到了记忆中的疗养院，不过仿佛加了一个暗黑色调的布局——破败、低迷、空气潮湿，整个氛围就是一个大写的丧。空无一人的疗养院像是某个经历厮杀的战场，满地狼藉。

阿喜回想着赵央的话:“当局者迷，旁观者清。对付别人的梦境怪物，我觉得你没问题，最担心的是，你遇到自己的困境。”

这里是她所熟悉的地方。阿喜曾经在这里住过一段日子，那时候她沉默寡言，痛苦地遏制着自己脑中的画面。

这里好真实，真实到若不是没有人，她会一个恍惚，仿佛梦醒之后还在原地。

她人生中最昏暗的岁月是在这里度过的。所有人都在用各种各样的眼神告诉她“你有病”。

她感觉到自己胸口猛地一空，不知从哪个方向吹来的风又迅速灌满了她的胸膛。她有些恶心，蹲下来作呕。

“没事。”她握紧自己的虎口，拼命地掐着，“都过去了。”

她正准备再度起身，忽然听到了哭天抢地的号叫。视野里忽然多了无数双脚，迈着不太正常的步子，蹒跚的、狼狈的。远处的天际透出一丝暗红色的光，像一只带血的眼盯过来。

真实远比虚幻可怕。她意识到了。但她……不会屈服。

阿喜握紧拳头，放眼看去。储藏室的位置是空的，被一个朱红色的戏台子取代，上头正站着一个穿着病服的男人咿咿呀呀地唱着戏。

她记得这个男人。阿喜避开他的脸，深吸一口气。

这个男人是一个火灾幸存者，如果细看的话，会发现他的脸上有大面积的烧伤。听说是个戏痴，因为不得志，一把火烧了戏院，造成了一死多伤的惨案，因其患有严重的精神障碍症被送到这里。经过治疗好转之后，他因为无法接受自己的罪行，精神再次崩溃。后来，他用一根白绫结束了自己的生命。

阿喜还记得那天，夕阳染红了疗养院的天空。赵央曾告诉她，晨昏交错时，人的精神力最弱。她还记得那天听到了他的戏腔，他往日里也唱，但那天唱得尤为凄美。戏腔戛然而止的几秒后，有人发出了尖叫。然后是此起彼伏的尖叫。

阿喜晃了晃脑袋，停止联想，她没有找到储藏室。让她困惑的点是——这是她的梦境，还是……祝医生的?

她无意识地摸到了腰上的东西，是那支笔。她竟将它带到了这里。她将它抽出来，蹲到地上。泥土有股草木腐烂的味道。她提笔写道：“储藏室在哪儿？”

笔静静地未动。

失效了？她皱皱眉头。

与此同时，她看到蹲在她左侧的一个戴眼镜的男人朝她一笑。那笑容面目呆滞，却带着一分说不清的狡猾。

阿喜不认得他，只见他的手指木然地在地上戳着。他在写什么？她看过去。

他还在冲她笑，似乎对这个闯入者并没有什么恶意。地上歪歪扭扭写着几个字：“被藏起来了，被藏起来了，被藏起来……”

什么意思？储藏室被藏起来了？阿喜脑子里闪过一个念头，回首目光如鹰般盯着那个戏台子。

台上忘我的男人像是感受到她的目光一般，有片刻的停滞，然后他突然一甩水袖。周遭天地变色，只见台上的男人像换了个人，正经八百地抹面，起范儿开嗓：“我命韩阙守宫门，他今一死必有因。”

忽然，台上人儿又忽地从一个黑胡白脸变身面青女旦，凄厉唱道：“有朝犯在我的手，杀尔的头来祭忠魂！”

阿喜心头一震，这幕剧是之前在剧场看过的《赵氏孤儿》，戏剧史上有名的复仇戏！她和眼前的男人无冤无仇，这不可能是她的梦，那一定是祝医生的。她想起来，当年这人死时，祝医生就在疗养院任职，而老祝医生是他的主治医生！

阿喜看向那朱红色的台子，耳边是铿锵配乐，台上人的声音忽男忽女。

“被藏起来了。”她喃喃地念道，忽地心中一动，储藏室就在这个戏台子下面！

她正要提步上前，忽闻一声巨响，脚下的地面轰然裂开。她一个急刹险些没站稳，抬头瞧见戏台子上的人一动不动，重复唱着“杀尔的头来祭忠魂”。

巨大的沟壑里头是无数双伸上来的手，穿着病号服的患者们跌入裂开的深渊，双眼无神地求助，像是发了狂似的红。

她的心口有股寒意，微微闭眼凝神。

视而不见……视而不见……

她的脚被猛地往下拽，抓住她脚踝的男人正是刚才在地上写字的。他的嘴角流出涎液：“下来吧，下来吧，你有病，你有病！跟我们一起下地狱吧！”

“你才有病呢！”阿喜猛地挣扎，一脚踢在男人的脸上。

他的眼镜歪了也不在意，脸上的笑更加诡谲：“来吧，下地狱吧！”

无数双手齐刷刷朝着阿喜伸来，无数男女声凄厉混杂：“你有病……你有病……”

阿喜挣扎着爬起来，睥睨着他们：“我有没有病，用不着你们来说！”

台下面色迥异、眼神呆滞的病人们忽然又同一时间切换了口吻：“救我……救我……”

“我救不了你们。”她往后倒退了两步，直视着对面的台子，眼神如猎豹般有神，然后一个冲刺，“能救你们的，只有你们自己！”

阿喜飞身一跃，腾空而起，轻巧地落在了沟壑对面，她无视身后无数双手，来到戏台子前……

催眠室里，赵央听到黑影惊喜道：“稳了！稳了！”

两人同时松了口气。

黑影道：“这小丫头，我当年可没看错她！”

赵央也笑：“那也是我这几年教得好。”

“我呸！”黑影道，“功劳全让你给占了！要脸不！”然后他面色沉郁下来，问道，“时间已经过了二十分钟，你估计到哪儿了？”

赵央的拳头微微一握。

临门一脚。

13

阿喜起身一个回旋踢，那戏台子的支架竟脆得像纸。空中无数的白绫撒下，落在戏台上燃起大火，唱戏者尖叫着，戏腔扭曲了起来。

戏台子陷入大火之中。

阿喜心头泛着一股道不明的酸楚，到喉头时被她压了下去。

很快，眼前的一切灰飞烟灭。熟悉的门楣、布景浮现，甚至是熟悉的封条，一把铜锁上生满了铜锈。她回过头去，世界重新安静了下来，这里又成了一个废弃的园子。

是她的过去，是她平日里不忍回首，但在此时觉得也不过尔尔的悲伤。阿喜笑了笑。她毕竟是长大了，是非曲直没有那么重要，重要的是活着，好好地活着。

她伸手开门。

储藏室里静谧无声，她伸手拉亮了灯。杂物堆满角落，她一眼就看到了祝医生蜷缩在角落里，双眼里充满恐惧，像是被什么掠走了魂魄。

她蹲下去：“祝医生，祝医生！”

他没有反应，嘴中振振有词：“我救不了……对不起……对不起啊……救不了，我救不了……”

狂妄如他，原来也有承认自己无能为力的时候。

阿喜在疗养院待过，心里明白真正的心理重症者几乎不能痊愈，不过是通过药物和心理干预来延缓而已。精神的毒瘤会像癌细胞一样吞噬人的大脑，使人们最终跌入深渊，有一些甚至还会拽下几个无辜的人。

恨和同情、恶和悔恨，往往是杂糅在一起的。

即便是作为心理治疗师，内心也一样矛盾。

她伸出手去："祝医生，我们醒来吧。"

祝医生的眼里似乎有了那么一点儿光，他缓慢地回过头来，看着阿喜："你是谁？"

她看着他："我是阿喜，小时候在这里住过。"

"哦。"他像是想起来了，"你是赵央的眼睛。"

阿喜抬起头来，双眼澄澈有神："是。"她动手给他解去身上绑着的绳子。奇怪，是活结。

他忽然抓起她的手，一双眼睛眯在一起，像是在认真地观察她："你来干什么？"

她甩开他的胳膊："你被困在这里，你说我来干什么？"

祝医生浑身战栗了一下："不，我没有被困！我没有！"

随便了。阿喜看了一下周围，回头道："祝医生，你该醒了。"

"是赵央让你来的？"他站了起来，脸色却沉下去。

"是。"不然呢，她才不救他呢。

"我不用他救！"祝医生的声音颤抖着，"我自己可以搞定！他有什么资格救我！他一个差点儿被吊销资格证的家伙！一个自己都有病的家伙！"

"你说什么？"阿喜的眼神变得锋利起来，她握紧拳头，"你知不知道，在这里揍你，不需要负法律责任？"

"对！"祝医生忽然狂笑，指着阿喜道，"你，我记得你，你在这里住过，你是个病人！你有病，你们都有病！你们凭什么给患者治病！凭什么做医生！"

就凭她现在能够克制住暴打他的念头，就凭他们有原则、有追求、有良心！

"赵央瞎了。"祝医生忽然停了笑，他回过头来，看着阿喜，"你知道吗，你知道他为什么瞎吗？就你们，凭什么老于博士提起你俩，还说是什么心理学界的希望？呸！凭什么洛熙那小丫头还说是你们治好了她的深渊？她好了的话还需要来找我吗？"

此时的祝医生已经被嫉妒的怒火冲昏了头脑，他步步紧逼向阿喜："对，是你。你能看到，是吗？你一个病人，居然能当另一个病人的眼睛，去为别的病人治病，太可笑了，你们就是骗子！没有你，赵央就是个瞎子！瞎子！还是个疯子！疯子！"

他声音凄厉，阿喜却已无法克制自己的狂怒，咆哮着出拳："闭嘴啊王八蛋！"

"叮！"

警铃声骤响。

阿喜的拳头扑了空，她整个人栽在储藏室冰冷的地面上，眼前一黑……

“醒了！醒了！”

病房里传来了医生们的欢呼，老祝医生狂喜地蹒跚着步子跑出去，周师姐嘴角露出喜色，转头看向催眠室。

祝医生醒过来，睁着一双眼睛大口地喘气，像是大难不死的劫后余生。

唯独阿喜。她紧闭着眼睛，脸色微微发白，始终沉睡。

而这时，在两个壮年男子跟随下，或者说羁押下也不为过的——Eric 在楼梯口停下了步伐。他听到了消息，松了口气，可莫名的，愁容再次席卷全脸。

祝医生只觉得口渴，他大口地喝了一大碗盐水补充电解质，才缓慢地顺过气来，抬头是老父亲又喜又忧的脸。

“父亲……”他刚开口，脸上就挨了一个巴掌。老祝医生浑身发抖：“你再敢这么一意孤行、不自量力，我就打死你这个不孝子！”

祝医生正要争辩，一道黑影出现在门口，赵央脸上挂着他从未见过的阴沉表情。

“告诉我，”赵央抬起头，那双无神的眼睛此刻像尖刀一般剜向他的脸，“她在哪儿？”

祝医生脊背一凉，但面上还是轻蔑不屑：“你说什么啊？你为什么在这儿？你一个差点儿被吊销资格的家伙，有什么资格来这里？”他拉扯半边嘴角，“怎么，来治病吗？”

话音未落，另外半边脸又挨了重重一下。老祝医生气得发抖：“臭小子，没有你赵师弟，你现在还睡着呢！”

老祝医生虽然清高自傲，也颇有偏见，但一码归一码，此时见儿子不知恩图报，反而羞辱赵央，本就难平的心绪一时难以自控地恼怒：“我怎么养出你这么个恩将仇报的玩意儿！”

祝医生难以相信向来视他为骄傲的父亲竟对他动手，还是左右开弓两下，一时竟不知如何反应。

这时，赵央已到了病床前，对着祝医生重复了一句：“你把她困在哪里了？”

“什么我困她！”祝医生道，“我才没那么阴暗！等等……”他忽然意识到有些不对劲，和赵央四目相对，“你……你的眼睛……”

赵央眼神锋利，从唇齿间蹦出五个字：“别逼我揍你。”

祝医生心头一震：“我……真不是我，我承认我在里面见过她，可是我……”

赵央亮出手掌间的一个银色吊坠，只见祝医生双眼忽然失焦。

一旁的老祝医生正要上前阻止，却被一旁的二人拉住。

一个是周师姐，另一个是不知什么时候到的 Eric。

14

几分钟前，Eric 告诉了赵央一个被他刻意隐瞒的事实。

在最初成为祝医生助手的时候，Eric 对这个行业充满了希冀，他甚至不惜将自己所学的催眠术倾囊相授给祝医生。

可祝医生在得到他需要的东西后，非但不重用有突出贡献的 Eric，更因催眠术的问题百般排挤和嘲弄 Eric，甚至污蔑他的催眠术是江湖邪术。由此，Eric 开始对祝医生心生怨恨。

请君入瓮，将君作困兽，困于他所擅长的囚笼，而且是自己设的圈套……怎么都查不到他头上来。

可是 Eric 和祝医生不同的一点，就是他内心里仍有底线，即便认为这样的人是自作自受，却仍觉得后悔和害怕。

求助赵央，是他对自己的救赎。他不希望用困住祝医生这件事来困住自己。

此时，他看着那银色的球体摇晃着，释然微笑。他可真羡慕阿喜啊，赵央愿意豁出一切去救她……

角落里的黑影静静地感受着一切。他看不见，只能靠听，他听到银色的球体慢慢地停下了细微的摆动。

他松了口气。

他得信这个家伙。

阿喜浑身颤抖着，局促不安地坐在椅子上。门开了，有人走了进来，她看不清那人的脸。

白大褂上有消毒水的味道，声音平淡，甚至有些冷漠，按部就班地盘问。

她挨个儿回答，声音很小，又觉得很害怕看到对方的眼睛，便侧头想要靠看窗台上摆着的盆栽分散一点儿紧张。盆栽里昨天还青葱的草木，今日竟然枯死了。

隔壁屋传来了歇斯底里的尖叫声，不知是谁在接受治疗。

手电筒粗的电棒仿佛会在你的头上开出一个洞来，然后你浑身麻痹，大脑不再转动，整个人变得呆滞，但你会觉得草木皆兵，一只蚂蚁啃噬面包的声音都会让你产生幻觉。

“还能看到吗？”那人冷漠的声音恍若隔世，听不到她的答案，他不耐烦地敲了敲桌子。

阿喜抖了一下，依旧不敢抬头看他。她知道什么答案是对的，可是她不敢这么答。

“你有病，你知道吗？”那人道，“你要好好接受治疗，否则你会一辈子都在这里面。”

她的头低下去，她看到自己的袜子破了一个洞。

“来，小姑娘，你再回忆一下。”那人的声音变得可怖，“那天在医院里，谁死了？”

她想要集中精神，不要想，不要回想，看着那个洞！看得眼睛冒出火来！把整只袜子烧掉！

“快说！谁死了！”那人的声音大得像雷，劈在她的头顶。

耳朵嗡嗡的，她痛苦地捂住耳朵。

我不知道！我不知道！不要问我！

那天在医院里，遭遇车祸的养母平静地躺着，守在她身旁的人们一个个起身和她告别。

她又出现在那间代表着死亡和孤独的病房里了。剧烈的痛楚席卷着她的心脏，恨不得将它在胸膛里捏碎！

她看到他们接二连三地回头，排队走向窗口，一个个跳了下去。

“快说……”

“谁死了……”

“你有病！”

“所以，他们都是被你害死的！”

“是你！”

“他们都死了！”

“从此你孤独一人！”

她抱住自己的脑袋，痛苦地蹲下去。

她不知道这痛苦持续了多久，直到一道光亮打在她困顿的眼皮上。

那光很亮，却不刺眼，她的身体放松了下来。一个带着笔墨味道的怀抱，将她紧紧抱住。她不敢睁开眼睛，她怕这是个梦，怕这个梦醒了，就不会再有了。

过去的温存就像一场梦，醒来以后，她发现是地狱，她多想睡着，多想……可再也不会有了……

一道熟悉又温暖的声音响起：“别怕，睁开眼，我在。”

她听到了，这个声音不像是从她的耳朵里进来的，更像是从她的五脏六腑发出的，如此悦耳，如此温柔。温柔的力量爬进她的胸膛，将那双捏着她的心脏的手慢慢释放。她的心脏归于原位了。

她缓慢地睁开眼睛，看到光亮，看到熟悉的脸，熟悉的下颌线，熟悉的……眼睛。

澄澈得仿佛是一汪水的眼睛。

自己像一只被捕捉的鱼放生大海，她的神经舒展开来，身体再也藏不住眼泪，任由它涌了出来。她听到自己发出蚊子一般的哭声：“我怕。”

“不怕。”他道，“走，我们醒来吧。”

她抓住他的衣领："可是我怕醒了，一切……一切就……"

"一切都很好。"他将她轻轻放在一张柔软的床上，"阿喜，别怕，梦里有我，醒来，我还在。"

他紧紧地握住她的手。

手掌传来的力量像是重新把软成一摊烂泥的她拼接了起来，这是多温暖的一个梦啊，驱散了她心里所有的苦楚与恐惧。

15

"叮。"

阿喜醒来的时候，是在她熟悉的床上。床头点着一支香熏，薰衣草味清新扑鼻。这是助眠的。

她从柔软的床上爬起来，拉开窗帘，外头已是黄昏。她有些后遗症，做了太多梦，甚至有些分不清这是梦还是现实。

这时，身后的门开了。

肥丁一脸惊诧，然后是狂喜："醒了！你这是醒了！你等下哈，我现在就去给你拿好吃的！老大让我特地去给你买了炸鸡、蛋糕，还有奶茶！还有好多好多车厘子！"

"慢着。"阿喜勾勾手指，示意他过去。

肥丁愣了一下，走上前去，只见她伸出手在他的脸上猛地一掐："嗷呜……你掐我干吗？"

阿喜笑了起来："原来不是梦啊。"然后嫌弃地道，"你的脸好油哦！"

肥丁捧着脸，又气又疼："看在你大难不死的分上，哥不跟你计较！"

"老大呢？"阿喜问道，"我睡了多久了？"

这时，门口出现一道影子，黄昏的光射到他棱角分明的脸上，他笑起来："我在。"

阿喜睡了一天一夜。

赵央的解释是，梦里虽然不是真实的活动，但大脑皮层也算是活跃区域。这就是为什么有些人做梦醒来后会觉得异常疲惫。

醒来后，阿喜迅速把还能记得的梦里的关键词悉数报给了赵央。很奇怪，随着时间消逝，一顿饭饱肚后，她有些想不起来了。

梦的记忆在消逝，再过不久，做梦的人甚至会忘记这种忘记。

虽然经过这么一番"困顿"，赵央还是不计前嫌地将阿喜得到的消息传给了 Eric。

祝医生被心理研究所“要求”休假，作为助理的Eric代为善后。在赵央的帮忙下，他逐个解决了几个病人的噩梦症结点。其实并不难，内心的恐惧有时候是一个小小的针眼，只是容易被生活的面貌所忽略罢了。

小男孩不过是因为顽皮好动，破坏力大，被邻居的一个姐姐随口恐吓“你这么对待玩具，半夜的时候，它们会活过来，报复你”；那位白领则是因为和同事玩了一次笔仙游戏，从此有了阴影；老太太是年轻的时候曾被求爱者跟踪，但其实那并不是什么变态杀人狂，而是她相处多年的老伴，只是当时的确发生过变态杀人狂跟踪红衣女子割喉案，但凶手早已被绳之以法了；至于化学老师，他的恐惧竟是因为上学时被同实验室的学姐语言暴力开过几次玩笑。

唯独洛熙的迷雾至今没有答案。但Eric告诉洛熙，碰到迷雾不要害怕。恐惧的，往往是未知的东西，且把这未知当作一种好奇。

其他人都在Eric的帮助下逃脱了噩梦。哪怕是洛熙，在接下来的治疗中，即便不能摆脱这个梦境，但也慢慢地对迷雾不再恐惧了。

至于阿喜和赵央当时提起梦里困住祝医生的那个戏台子上的男人，据说当时那个男人是在老祝医生的治疗下逐渐好转的。但恶化不是他们能控制的。当时男人因为无法承受药物带来的痛苦，最后吊死在储藏室里，是祝医生发现的尸体，那天下午正好是祝医生给他用的药。

赵央说：“这是祝师兄的心魔。我之所以帮他，也是因为他虽然傲慢、争强好胜，但内心其实还是有敬畏的东西的。”

心中有所敬畏，才能有所约束。

书房里的黑影从角落里现了身，他勾了勾嘴角：“明明是我把她带出来的，你又抢功了啊。”

坐在书桌前的赵央慢条斯理地笑起来：“自己人这么计较干吗？不过，你比我想象中厉害，居然没有被自己的恐惧困住。”

“呸，谁跟你是自己人啊。还有啊，我比你可厉害多了。”语气依旧傲娇，不过话锋又一转，“你也还算守信，不趁这个机会把我困在里面。”

“我要困住你，何必让你出现在这儿？”赵央低下眉头，淡淡地道。

“喂，你倒是狂妄啊。”黑影的话中多了分柔软，他在月光下现身，这一次，他身上的阴霾好像淡了一些，“所以，你打算什么时候把身体还给我啊？”

第四章

1

雨夜，风很大。在刘丽丝的印象中，很久没刮过这么大的风了。

她脚上的小白鞋已经被水泡得发灰，她的情绪有些低落。

今天，她拿到了父亲的化验单。医生非常艰难地告诉她，老人的癌细胞已经扩散，恐怕时日无多。摆在她面前的只有两条路：一是让父亲快点儿进医院动手术，当然，因为肿瘤的位置非常罕见，他有可能会在手术台上瘫痪甚至是死亡，还有一个就是放弃治疗，陪伴他度过最后的时光，保证他最后一截生命的质量。

听到这个消息后，刘丽丝沉默了很长时间，等她失魂落魄地从医院出来时，外头下起了很大的雨，她没有带伞。

现在是初春，天气还很冷，可她像是感觉不到这些一样在雨里行走着。一朵朵蘑菇似的伞从她身旁经过，偶尔会有人回头看她。

她眼里没有光。

这样的天气下，自身难保的人们也只能收回目光，快速地去寻找躲避的屋檐。

她的脑子很乱。

手机没有电了，挎在肩上的包开着口，化验单被淋得湿透了。

再过几天她就要结婚了，这本来是一件好事。她今年 25 岁，正值适婚年龄，但以她的人生阅历来说，还有些太早了。结婚对象是相亲认识的，也是因为父亲的病，她才匆匆地把结婚当作一个任务来完成。

母亲和父亲都还算年轻，父亲也不过五十出头，而母亲的身体也不算好，两人都是学校里的教授。

她还有个哥哥，在国外生活，这几天准备回来参加妹妹的婚礼。

未婚夫叫周潮，刘丽丝和他从小认识，但真的不熟，是家里人给牵的线。周潮是那种中规中矩的人，老实可靠，在一家公司里有一个还可以的职位。周潮一点儿都不潮，甚至有些古旧，但他骨子里也有些绅士气质，对她挺客气的。

两人没有太多狗血的故事，但周潮无疑是个很好的伴侣，他很有耐心，待人诚恳，也挺善良。唯一不好的一点是，刘丽丝觉得他俩之间没有爱情。

可是爱情是什么呢?

前些天她听到了周潮的故事，好像是他在遇到她之前有过一个女朋友，比他大几岁，家里不同意。哦，对，周潮家里也是书香门第，和她家算是门当户对。她听得有些模糊，大致是说周潮和他前女友非常相爱，但周妈妈以死相逼，周潮也只能作罢。坊间有人议论她并不是他的真爱，而是将就。她也并不在意。如果不是父亲的病，她也不会将就。这么说来，反而是周潮将就了她。

那个女孩到底是怎样的人呢?刘丽丝不知道。但自己在得知父亲时日无多的时候，思绪竟会跑得那么远，关心起未来伴侣的前任来，也是没谁了。

她漫无目的地走，也不知道自己有没有流泪。

雨太大了，从头顶浇进她的眼睛，世界变得混乱不堪。

巨大的雨声忽然停了，她的耳朵里有瞬间的忙音。可雨没有停，她回过神来，发现街道上竟空无一人，她看到闪电劈在远处的山脊上，却又觉得近得可怕。

耳朵恢复了听觉，“轰”的一声吓得她回过头来，近处刺眼的车灯直直扫进她的眼睛里。她反应过来，朝着路边冲去，那辆直直冲过来鸣喇叭的车跟她擦肩而过。刘丽丝跪坐在地上，像是从死神手里捡回来一条命。

雨变小了，她抬起头，看到路口的红灯亮起，车子恢复了速度。

她撑着地站起来，决定回家。

这个路口她走过上千次，可是不知道为什么，此时她总觉得有些说不出来的奇怪。

她盯着沿街几个商铺的招牌，露出狐疑的表情。

这几家店，是什么时候开的?

三月，一场连天的暴雨过后，久违的阳光驱散了冬日的冷意，春回大地。

晏城城郊，新疗养院建成已有四年之久。此地山清水秀，夏有蝉鸣，秋季金黄，冬日披着皑皑白雪，如今春天，一路上千树万树桃花开。

一辆中巴车在疗养院大门前停下，一个胖乎乎的脑袋挤出窗外，一脸的兴奋："我去！老大，这疗养院跟景区似的！"

车里的赵央深深地吸了口气，打开的窗户送进沁人心脾的春风。

没错，连空气都比城里的清甜许多。呼吸连着心肺，心情自然也愉悦，这样的选址的确是有益于身心健康。

一旁的阿喜小睡了片刻，此时睁开惺忪的眼，嘀咕了一句："还不错嘛，要是当年我在这儿的时候环境有这么好，我指不定就不走了。"

这话说得傲娇，赵央微微一笑。

他们这次来是应了心理中心的一个采风计划。不过采风是其次，这种活动向来没有他们这种草台班子的分，主要还是上次帮了祝老先生和祝医生的忙，赵央知道这是示好，他犯不着拒绝。这也算是一种友好邦交的开始吧。何况他还没来过新的疗养中心呢。

肥丁从后座搬下一个 28 寸的行李箱，里头满是食物。装箱的时候，阿喜吐槽他这是来春游的，两个人吵吵闹闹了一路。今日，倒真有那么点儿郊游的意思。

这时，从门口跑出来一个身形高大、穿着便装的男人，他鼻梁上架着一副眼镜，斯文帅气。正是今天负责接待他们的秦医生。

他跑过来，绅士地接过阿喜手里的行李箱，道："路上辛苦了三位。"说着还要去接肥丁手里的箱子，被婉拒了。

"声音很好听。"阿喜压低声音朝赵央介绍道，"长得……也很帅啊。"

晏城疗养院位于城郊，虽离市区不算太远，但因位于深山之中，有那么点儿小隐隐于野的世外桃源之意。疗养院设施齐全，是个半封闭的小社区，除了接纳病患之外，也负责一些单位的体检和疗养。社区毗邻山崖，崖下有水，极清澈，还辟了一小块地，种着瓜果蔬菜，大有自给自足之意。这里居住的多是抑郁症病人和神经衰弱疗养者，病情相对稳定。

这时正值午后，人不多，但安静之中能听到鸟语，鼻翼间又充盈着花香，自然让人心生轻松之感。秦医生领着三人到了他们的住处，抬头便是山间景色，山上的迎春花开得如火如荼。

他又向三人解释，这个时候是午休时间，今天刚好有个内部会议，所以医生和工作人员大部分都在开会。至于病患，这时候要么在自己房间，要么在东面的公共区域，那边有图书馆，也有各种休闲区。

放好了行李，三人就随秦医生到了餐厅。

秦医生全名秦洲，在这里工作刚满一年。他很真诚，谈吐让人很舒适，阿喜很喜欢听他说话。

餐厅的食物很简单，但食材很新鲜。用过餐，秦医生便带着赵央去见同事了。

虽说赵央此行是以采风为名，但毕竟还是得做点儿有价值的事。他会在这几天面诊一些病患，也顺便了解一下现在疗养院的运营状况。

这样一来，阿喜和肥丁就无所事事了。

难得清闲，肥丁在门口的秋千上打起了呼噜，阿喜听得烦，便一个人到处晃晃。

路上偶尔遇见一些人，阿喜一眼便能看出对方的状况。这让她想起少年时代待在旧疗养院的日子。如今这样高频率地“看见”，倒有那么点儿亲切感。

但值得一提的是，这里的确大多数都是抑郁症患者。这种病症是相对难辨认的，若是在都市人群中一晃而过，一时还真看不清。

相比其他病症，抑郁症患者身上往往罩着一层黑雾。这些年，生活节奏极快，抑郁症确诊人数不断攀升。赵央之前做过研究，大部分的患者都是因为环境压力而导致抑郁，所以这样的疗养院确实有解压的功效。

前段日子的经历让阿喜昏昏沉沉了好些天，赵央担心她，也是想着趁这个机会让她好好地放松下。

午后的阳光温柔地照拂全身，阿喜忽然听到了哭声，松懈的神经猛地一紧。她循着声音找过去，只见一棵古树上坐着一个十四五岁的男孩，正在放声痛哭。而树下站着一个白衣女子，正温和地道：“小松，你先下来，先下来好不好？”

这时，树上的孩子手上打滑，一不留神倒挂在上头，险些就要头朝地摔下来。

3

叫小松的男孩是一个躁郁症患者，今日午后正值发病。据白衣女子说诱因是他父亲原本答应今天来看他却临时有事爽约，小松很不开心，于是爬到树上扬言要跳下。

当然没跳成，倒挂金钩差点儿跳树而已，最后被阿喜从上头揪了下来。无法控制自己暴怒情绪的小松还拿起一块石头要砸阿喜，不过这对阿喜来说是小事情了，一个擒拿手就把小松制得服服帖帖。

现在，他们在医务室，小松跟蔫了似的，一瞬间从暴躁变成了忧郁，整个人看起来悲伤极了。阿喜能看到他身上的浓浓黑雾。

抑郁症听起来好像很普通，但事实上重度患者会让你不敢多看。那是从身形、身姿到眼神，一切全方位的低气压传递。无须多言，负能量就能抵达。

精神疾病有传染性吗？阿喜觉得有。

从医务室出来，一直在左右的白衣女子朝着阿喜感激地道："刚才我吓坏了，幸亏你及时出现。请问你是……"

阿喜愣了一下，笑了笑："我来这儿做客的。你是医生还是社工？"

这姑娘瞧上去正常，相处时让人觉得舒服，无论是行为举止还是长相，都非常优雅温和。

怎料她笑了笑："我是这里的病人。"她伸出手，"你好。"

阿喜愣了一下，握上去："我叫阿喜。你呢？"阿喜试图从她的脸上或者眼神里看出些蛛丝马迹。

这时，她脸上闪过一丝大概是哀伤的东西："我叫刘丽丝。"她犹豫了一下，"我是说，我应该叫刘丽丝。"

这句话让人有些费解。

声音很好听的秦洲在办公室养了许多盆多肉。赵央坐在办公桌前，闻到他泡的茉莉花茶的香气。

他刚把一些病患的资料和症状告诉赵央，大部分都较为寻常。毕竟疗养院的目的主要是保持病人的稳定以及辅助治疗。

"只是有一位患者，我至今没办法解释她的情况。"

赵央听出他话里的犹豫和真切，坐正："您请说。"

秦洲坐了下来，叹了口气。这口气里有焦虑有关怀，甚至还有些无能为力。

"是这样，这名患者自称刘丽丝，是去年春天到我们这儿的。她是自己来的。"

"自己来的？"

秦洲点点头："而且，跟我还有一点儿关系。"

4

"这个秋千是我扎的。你坐坐？"

阿喜从医务室出来，跟着刘丽丝到了院子里，只见她抖了抖罐子里的猫粮，篱笆处便蹿出三五只狸花猫来，亲昵地绕着她打转。

刘丽丝长得不算很漂亮，但站在绿意之中，有那么点儿人淡如菊的意味。有那么一瞬间，阿喜觉得她可真像个仙女姐姐。

阿喜瞧不出她有任何异常，她甚至比很多正常人看起来还要正常。她说的"我应该叫刘丽丝"到底是什么意思？

她也比一般人要聪明，比如刚才她见阿喜有些惊讶，便笑着说："你是不是好奇啊？其实我自己也挺想不明白的。"

想不明白什么？阿喜蹲在地上陪着她喂猫，一面抬头看她。刘丽丝的眼睛很好看，右眼下方有一颗小小的泪痣。

阿喜怕她觉得自己"身体"不好而觉得自卑，装作漫不经心地说："其实我以前也住过疗养院。"

"哦？"她意外地看了阿喜一眼。

"嗯。后来好了，就出院了。"

"真是没想到。"她笑起来，"好了就行。"

"你呢？"

刘丽丝犹豫了一下："我的事说来话长了，你要听吗？"

"我刚好有时间。"阿喜甜甜一笑。

"主要是我自己也讲不太清楚。你要是不介意，就当患者在胡言乱语吧。"

"我是自己来到这儿的。因为除了这里，我好像也没别的地方可去了。"她惆怅地看了一眼远山，然后回头冲阿喜一笑，"至于我为什么说'我应该叫刘丽丝'，是因为我不知道这个世界上到底有没有我这个人。"

阿喜一头雾水。

"这是……什么意思？"

"我的诊断报告上写的是妄想症和认知障碍。但我觉得不是我出错了，而是这个世界有问题。"

这句台词倒是挺中二的。

但阿喜能理解，她当初也是这么认为的，甚至到现在她也这么认为。

“世界出问题了？”阿喜笑了笑，“很正常啊，世界经常出问题。不过我挺好奇你的世界是出什么问题了。”

刘丽丝见阿喜并无大惊小怪，而是耐心地引导，笑着道：“我去拿点儿小饼干。是我自己做的，味道还不错，我们边吃边聊吧。”

阿喜点头，坐在秋千上等她。不出几分钟，刘丽丝拎着一个饼干盒回来了，打开来是做工精美的曲奇饼干，形态各异。

“你好厉害。”

“我以前是个烘焙师。”她笑着说，“我自己有个小店。我爸妈也挺支持的。”

“哦？你的店开在哪儿？你也是晏城人吗？”

刘丽丝回答每个问题似乎都很慎重。

“我应该是。但那个晏城好像和这个晏城不一样。我这么说吧，我是去年春天……用医生们的话来说，我发病了。”

刘丽丝记得，那天下了很大的雨，她拿着父亲的化验报告，怀揣着一个让她有些崩溃的噩耗从医院回家。

她有些失魂落魄，在街上差点儿被一辆车撞到。等她回过神来的时候，已经到家门口了。

这里她太熟悉了，有那么一点点的变化她都能瞧出来，所以她站在那儿，对那几个从没见过的招牌产生了好奇心。

不过好奇没几秒，心口压着的大石让她加快了脚步。

她走到自己家的单元楼前，站在楼下组织着语言。但噩耗之所以是噩耗，就是你再怎么美言也没有办法掩盖它的破坏力。

她鼓足勇气，拿出钥匙，决定直面惨淡的人生。

无论如何，她得扛起这个家，不能倒下。

可是钥匙打不开家门，甚至……她发现门锁变了！

刘丽丝愣在原地，头一次反复地检查自家的门牌号。

没错啊。这是她家啊。是爸妈换了锁没告诉她吗？

刘丽丝有点儿蒙，而这时门打开了，里头探出一张陌生的脸孔，有些警惕地问：“您找哪位？”

对家里来了一位不速之客的惊讶只持续了两秒钟，因为刘丽丝看到了里头完全不一样的布置。

这不是她家。

有那么一刻，她有些站不稳。

幸亏她长得不像坏人，加上此时淋了雨实在狼狈，里面的那位大姐吓了一跳，伸手扶她："小姑娘你这是怎么了？洲儿他爹，快点儿来帮忙！"

厨房里冲出一位中年男子，见状立马过来和妻子一起将刘丽丝扶进屋里。

女人拿了毛巾："这大冷天的，怎么淋雨了？别发烧了呀。赶紧的，他爹，去拿件干衣服！"

刘丽丝抓住毛巾，有气无力地跟对方确认："请问这里是不是 ×× 小区 2 单元 501？"

女人点点头。

刘丽丝一时不知该做何反应，她处在巨大的震惊中。

"你是不是找我们家秦洲啊？"女人问道。

刘丽丝恍惚地抬起头来："秦……秦洲是谁？"

女人眨巴了一下眼睛，抬头看了一眼丈夫，而坐在椅子上的女孩体力不支地倒了下去。

办公室里，赵央正听着秦洲的叙述。

"去年三月的一个雨夜，我下班跟前同事吃散伙饭，当时是我要离开原来的工作岗位，来疗养院工作的节点。饭吃到一半时我接到我妈打来的电话。她火急火燎地跟我说家里来了个姑娘，发着高烧，整个人很恍惚，问是不是我在外头惹了桃花债。我立马赶回去，就见到了当时的刘丽丝。当时的刘丽丝状态很是吓人。她发烧高达 40 多度，我们没办法，就把她送到了医院。她的包里有身份证和医保卡。很奇怪的是，身份证上的落户信息居然是我家的地址。不过，我家毕竟也是近两年才搬过来的，所以怀疑可能是前任住户。但是很快，医院告诉我身份证和医保卡都是无效的。"

秦洲喝了口茶，思忖了一下。

"在医院的时候，刘丽丝打了点滴就醒了。她看到我，气息很弱地让我帮她给手机充电，说要打电话给家里。我从她包里拿出手机。包当时整个湿透了，跟水里捞出来似的，手机被泡坏了。包里还有一张化验单，上面的姓名是刘镇民，52 岁。这个名字我好像在哪里见过。我告诉她手机坏掉的事，表示她有什么急事可以用我的手机打电话，问她知不知道家里的电话。

"她犹豫了一下，拨了一个号码。没通。她又换了一个。那边响了一声就挂断了，然后发了一条短信给我，说现在有事晚些回电。落款是周潮。

"她当时看不出太大的情绪，可能是因为身体太虚弱了。我告诉她身份证和医保卡可能都过期了，问她家在哪儿我可以送她回去。她犹豫了很久，说了一个地址。

“那是晏城西郊的一个店面，看起来像是一个面包手工作坊。我当时想应该是她自己的店。虽然不知道她为什么找来我家，但是我也没多问。等她打完点滴，我开车把她送了过去。”

秦洲顿了一下。

赵央开口问道：“地址有问题吗？”

秦洲摇摇头，又意识到赵央看不到，于是接着讲：“地址没有问题，但那个地方开的不是面包店，而是一家花店。我送她过去的时候花店早就打烊了。她似乎有些吃惊……”

当时雨停了，秦洲看着她从副驾驶位下去，站在半干的地面上，忽然大笑了起来。秦洲有些担心，上前去扶住她。她却轻轻地推开他，整个人都很崩溃：“怎么办，怎么办啊？”

秦洲再怎样也是学心理学的，能看出刘丽丝是受到了巨大的刺激。但此时她很激动，并没有把事情逻辑说清。

当然，这件事似乎也没那么容易说清。

他心底涌出一丝心疼来，将她重新扶上了车，给家里打了电话。他妈虽开始怀疑是秦洲惹来的情债，但她是个心特别软的人，让他把人先带回来，还说这大半夜还生着病，这姑娘看起来又有些古怪，可别出什么事。

就在这时候，一个陌生的号码打了进来，他接起来：“喂。”

“我是周潮，请问刚才打电话给我是有什么事儿吗？”

他把电话递给了副驾驶位的人，心里松了口气。

5

“当时我整个人真的不知道发生了什么。人家是一夜之间剧变，我却几乎是一瞬之间。”刘丽丝摩挲着手里的小饼干，在阿喜的注视下，无奈地勾勾嘴角。

“周潮是我未婚夫，我们本来打算几天后结婚的。当时我甚至担心这个号码可能是空号，没想到真的是周潮的，我又有了一线希望。秦洲把电话给我的时候，我整个人像是恢复了一点点的生机。我拿过电话哭着跟他说：‘周潮，我是刘丽丝，我现在……我……’”

那边是熟悉的声音，但周潮说着完全陌生的话：“你说你是谁？”她几乎能想象出他抓耳挠腮的样子，他是个慢性子，讲话也不得罪人，“不好意思，你可以再说一遍你的名字吗？”

而这时，电话里传来另外一个女人的声音："阿潮，你在跟谁打电话呢？"

周潮好脾气地"欸"了一声，然后解释道："不好意思，是我未婚妻。你可以再说一遍你的名字吗？你是有什么事要找我吗？"

"我挂断了电话。"说到这儿，刘丽丝苍白的脸上露出了苦笑，"他不认得我了。而且我敢肯定这不是装的。"

一瞬间，身份证和医保卡全部都失效，连家人都不知道搬到哪里去了，自己的面包店也被一个花店取代。未婚夫周潮倒是没太大变化，只是不认得她了，而且未婚妻这个位置也已经易主。

那一刻，刘丽丝只想睡一觉，睡醒了再说。

或许这只是一场梦，醒来了，她还有很多事要做。

她得送她爸去医院，去好好治疗，别的都没那么重要。

一夜无梦，醒来的时候，刘丽丝发现自己躺在秦洲的床上。而屋外，秦洲和衣躺在沙发上，看上去一夜没睡好。

"刘小姐，你好点儿了吗？"

"可以借一下你的电脑吗？"

秦洲立马起身，给她输入开机密码，这是最新款的苹果一体机。

她打开了社交平台，输入账号密码，结果账号和密码都显示错误。再次输入，还是错误。连输了很多遍，很多平台她都试了，全是错误。

她有些出奇的淡定，抬起头问秦洲："我的手机……"

"泡水了，打不开，我给你送去修了。你要是现在需要的话，我有一部备用手机。"

秦洲长得很帅，而且说话的声音很好听，这让刘丽丝的心里稍微有了那么一点点暖意。

她哑着嗓子道："谢谢你。我想麻烦你帮我查一个人。"

"没问题。"秦洲道。

"刘镇民，我想知道他现在在哪儿。"

"好。你先休息一下。"秦洲道，"我顺便出去给你买点儿早餐。"

刘丽丝点点头，再次道谢："真的麻烦你了。"

6

"我找了我的一个朋友，让他帮我查一查刘镇民。看化验单上的年纪，我猜那是这姑娘的长辈。而且她这样找到我家来，肯定跟这套房子有关系。加上我总觉得好像见过这个名字，就让我朋友查了一下之前的房主信息。”

办公室里，秦洲又叹息了一声。

“果然是刘镇民。”

他沉默了一会儿。

“可是……他当时在哪儿？”赵央问道。

“他已经过世了。”

赵央眉头一皱。

“我当时在刘丽丝的包里意外看到那张化验单，因为毕竟是私人用品，我没仔细看，但看到上面的诊断信息是什么癌晚期。我一问，果然是因病去世的。我就又问了他妻子的事，毕竟他走了，他妻子总还在的吧。

“我朋友也是神通广大，查到对方两年前离开此地，去了国外，一时找不到联系方式。我当时想碰碰运气，让对方查一下他女儿是不是叫刘丽丝。

“朋友很快查到了对方的家庭信息。不过只查到他们家有个儿子，25 岁那年移民了。这个刘丽丝查不到。”

“那面包店呢？”

“我把面包店的名字和地址给了他，那边否认了。这个面包店从来没有存在过。线索好像断了，我不死心，又要我朋友帮我查周潮，以及周潮跟刘镇民是否认识。”

这件事比较费工夫，因为毕竟涉及社交圈了。

秦洲买了早餐匆匆回家，刘丽丝还在。她身上穿着秦洲的睡衣，礼貌而矜持地鞠躬：“谢谢你了。”然后她盯着他手里的纸袋子，温柔地笑了笑，“这家的包子我从小吃到大，味道真的很好。”

秦洲看着她认真吃早餐的样子，问了句：“还好吗？”

“我没事。”她大口地咀嚼包子，“吃饱了才有力气。昨天我刚得知我爸癌细胞扩散，要紧急治疗，今天我就找不到他了。我得找他，然后……我得带他去医院。其他任何事都没有这件事重要。”

秦洲低下头，不知该不该说他查到的消息，他甚至怀疑这刘镇民和她的父亲不是同一个人。他不知该相信自己查到的，还是该相信她说的。他决定等她吃完早餐再说。

可是刘丽丝没给他这个机会，从他眼神里捕捉到一丝同情后，她停下咀嚼的动作，含糊不清地问道：“你查到了？”

阿喜屏息，抬头看着刘丽丝，眼瞧着她脸上的表情由平静变成痛苦。

“秦洲告诉我，查到了一个同名的刘镇民，已经去世了。”

阿喜感觉到自己的心口灌进一阵冷风，她沉默了一下。

“他，包括我，一开始都觉得不可能。因为查到的刘镇民是几年前去世的。而……我爸明明是昨天才被告知癌细胞扩散，再怎样也不可能……我当时很震惊，但主要是无法相信。我太需要一个人相信我了。于是我翻出包里那张被打湿的化验单。”

她顿了下。

“秦洲认真地看后告诉了我一个更加不可能的现实。”

她抬起头，向着阿喜道：“他说，这张报告单是五年前的。”

阿喜还没消化完这句话，就见她起身，走到秋千旁，踮脚荡起来。

“相当于……我一步从 2014 年跨到了 2019 年。”

阿喜皱眉：“所以你觉得这是什么，穿越吗？”

刘丽丝没有回答：“我不知道。”

接下来发生的事，更让刘丽丝和秦洲大跌眼镜。

秦洲的朋友查到了周潮家和刘丽丝家的世交关系，而周潮爸妈有刘丽丝妈妈陈女士的联系方式。于是，秦洲带着刘丽丝去找了周潮。

周潮并没有太大的变化，只是稍微胖了些。毕竟刘丽丝认识的是 25 岁的他。

30 岁的周潮已经成了晚婚族，他和他的未婚妻一起迎接了这对不速之客。

他的未婚妻看起来比他要年长一些，但气质很优雅，虽然觉得刘丽丝的到来有些突然，但仍保持着礼貌。

不知为什么，刘丽丝总觉得她有些眼熟，好像在哪里见过。

刘丽丝早就已经做好准备了，但当坐在周潮面前，发现这个跟她差点儿执手一生的人眼里全是陌生的时候，她还是忍不住有些发抖。

“请问刘小姐有何指教？”

她用力地抠着自己的手指，想让自己平静下来。

一旁的秦洲似乎发现了她的局促和紧张，轻轻地拍了拍她的肩膀。

“我帮你说？”他轻轻道。

他身上有种可靠的气质，让刘丽丝人生头一遭有一种可依赖的感觉，她笑了笑："我可以。"

然后她抬起头："抱歉，周先生，打搅你了。我想问一下，你是否知道刘镇民先生的妻子现在的联系方式？我……"

"我爸有。"周潮瞪大眼睛，"请问你找陈阿姨有什么事吗？你是……"

"我是他们的女儿。"她回答道。

周潮满眼的困惑，他抬起头看向自己的未婚妻。那个女人似乎也认识刘丽丝家里人，她皱眉道："你说你是他女儿？可是我不知道刘教授有过女儿啊。难道……"

刘丽丝终于想起来她在哪里见过周潮的未婚妻了。正是在医院，她是高级病房的护士长。

接下来的一段对话基本上是秦洲在接茬儿，因为刘丽丝只觉得自己耳鸣得厉害，精神上的巨大冲击让她什么都听不见，最后昏了过去。

8

"周潮和刘镇民教授一家非常熟，而他的未婚妻林琳是当年刘教授住院时负责的护士。也正是因为这个，周潮才和她相逢的。

"但两人都没有听过刘教授有女儿的事儿。在医院的时候，我找出了刘丽丝包里那张化验单，找了医生，对方证明的确是他们医院开出去的。当时我们想的是，她莫非是刘教授的私生女。"

似乎只有这个可能性。

"但……刘教授都已经去世那么多年了。当时他癌细胞扩散后紧急住院，但为时已晚，很快就离世了。刘教授的妻子陈娟女士不久之后从学校辞职，跟儿子去了国外生活。我们当时陷入了两难，周潮也认为若是将这件事告诉陈娟，显然不合适，毕竟斯人已逝。但……再怎样，刘丽丝的哥哥刘立军和她是有血缘关系的。何况现在刘丽丝似乎只有这么一条线索。所以由周潮联系了刘立军，给他发去了电子邮件，说有要紧事找他，并没有提具体的事情。我们等着刘丽丝醒来，想问清楚这一切事情的来由和她的诉求。

"刘丽丝很快就醒了，很激动，但对我们的提问一言不发。她问周潮借了电脑。我们当时见她情况堪忧，只能站在门口静静等待，直到刘丽丝突然失声痛哭。"

秦洲冲进屋去的时候，只见刘丽丝非常无助地望着他，眼睛里写满了绝望。是看到了什么吗？他抱住她，任她的头挨在他的胸膛，滚烫的眼泪浸湿他的衬衫。他看到电脑屏幕上是一张 2011 年某校毕业大学生的合影。

照片上没有刘丽丝。

“所以，刘丽丝认为照片上应该有她？”赵央道。

“对。”秦洲喝了口茶，他每次说起这件事都忍不住觉得口渴，“她还查看了另外一个账号，是刘立军的，也就是她认为的哥哥的社交账号，上面有一张很久以前发的全家福，也没有她。”很快，那边回电，刘立军对这件事很是重视，毕竟突然冒出一个妹妹。

那之后刘丽丝三天没有说话，也没吃什么东西。她告诉秦洲她不是什么私生女，但她现在也不知道自己是谁。如果她没有搞错的话，她是刘立军的亲妹妹，是他同父同母的妹妹，他们一同长大。而周潮是她的未婚夫。刘丽丝说这些的时候身体非常虚弱。

这时，派出所那边的反馈也过来了。她的身份，她的一切，都查无此人。

那么，她到底是谁？

陈娟当然不肯承认这个女儿，丈夫的私生女还有可能，她十月怀胎生下的女儿她怎么可能不知道？这完全不现实。并且，在任何地方都没有留下一个叫刘丽丝的人的痕迹。

周潮和他的妻子也觉得一切非常突兀，周潮很确定他不认识刘丽丝。可是刘丽丝却冷冷地说出了他的一些私事儿，要不是林琳足够信任周潮，周潮又是个老实人，两人非得打一架不可。但无论如何，大家都捏了一把汗。

9

铃声忽然响了。

这是食堂开饭的信号。

刘丽丝的故事刚说到一个死胡同里，她从秋千上下来，忽然转换了一张笑脸道：“我们先吃饭吧，吃饱了我才有力气讲我们的故事。”

阿喜起身：“丽丝姐姐，你不要着急，也别沮丧。我老大，赵央，他是个很厉害的人，指不定他能解释你的情况。”

“不重要了。”刘丽丝笑了笑，“先吃饭吧。”

刘丽丝起身和阿喜并肩而走，黄昏的走廊里，迎面走来了赵央和秦洲。

阿喜能看到秦洲眼神里浓烈而哀伤的爱意，她正要介绍，却听到身旁的刘丽丝道：“阿喜妹妹，我先去看看小松，你们先吃饭吧，晚餐后，老地方，我继续给你讲。”

说罢，她朝着赵央和秦洲的位置礼貌而客气地一点头，然后转身离开了。

秦洲眼里的爱意转成了失落。

晚餐在食堂吃。

疗养院的工作人员都有听过赵央的一些事儿，对他颇为好奇，之前的催眠事件又传得沸沸扬扬。于是吃饭时，赵央和阿喜一时间成了红人，肥丁则绘声绘色地描述着当时的场景，跟他也在现场似的。

赵央并不介意众人的夸赞，只谦虚地应承。和他对于被污蔑和中伤的态度差不多。

饭后，赵央问道："刚才在你旁边说话的女生叫刘丽丝？"

阿喜愣了一下："老大，正要和你说这事儿呢。是秦洲同你说的吗？说全了没？我还只听了一大半呢。你觉得是什么情况？"

"不好说，有点儿像空间易位，就像之前我们的那个案例一样。你记得刘天明吧？"

"嗯，记得，同样一个房间里住着不一样的两个人。在看上去差不多的世界里，同一个人却有着不一样的命运。她是平行时空来的？"

"平行时空……或许，只是相对周潮，相对刘镇民，而不是相对刘丽丝。"他道，"我听描述，似乎我们这个世界没有刘丽丝的存在，她找不到一丝……她存在过的痕迹。"

此时夜幕低垂，远山罩于幽深颜色之中，山间有一种别样的寂寞感。

"我听到的版本是，后来陈娟女士和她的儿子，也就是刘丽丝的哥哥，回国见了她。她非常克制，却也非常痛苦。不过这也不能怪那两位，在他们的认知里，他们家从没出现过这个女孩。秦洲带她去扫了墓，一面在有关部门的帮助下调查刘丽丝的真实身份，但无论是指纹还是血型，都没有办法找到她存在的痕迹。她曾经的同学、朋友也没有一个人知道她。"

"秦洲喜欢她吧？"

赵央不置可否："秦洲想帮她，但真的是无迹可寻。当时的刘丽丝很崩溃。他想到了一个办法，能帮助刘丽丝架起跟这个世界的联系的唯一办法。"

"是什么？"

"亲子鉴定。"

10

"你来啦？"刘丽丝仍坐在秋千上，却换了一套衣服。红色的，衬得她皮肤更白了些。

阿喜有些奇怪。

刘丽丝笑着道："刚才陪小松吃饭去了，他发脾气……很不高兴，砸了一个碗，弄脏了我的衣服。"话语里没有生气的情绪。

"小松其实是个很可爱的孩子，虽然因为身体原因，有时候没办法控制自己的行为。他很依赖我。阿喜，你说我在这个世界上也是有那么几个人会记得我的，会……相信我的存在的吧？"

"当然。"阿喜站到她身旁，替她推着秋千，刘丽丝很轻，领子下的锁骨很迷人，"后来呢？"

"后来啊……我之前说到，我爸爸妈妈并不知道我的存在。秦医生人很好，带我去了我爸的墓地。很奇妙，在前些天，我还在思量怎么告别，一瞬间，告别已经结束了。他变成了轻飘飘的灰，埋在地下。而他的墓碑上，本该有我的名字的。小时候他最疼爱我了。那时候住在学校的大院里，他给我扎过一个这样的秋千，我每天在秋千上等他下课回来。我妈会做好饭菜，我哥总是调皮捣蛋，我妈妈总是说他长大了肯定娶不到媳妇……但我哥娶到了。我见到了他的妻子，是一个很漂亮的外国女孩，不会说中文，我只好用英语和她沟通。尽管我哥和我妈都否认跟我的关系，但我这个国外的嫂子拉着我的手说我和David长得有些像。David就是我哥。奇妙的是，这个英文名是当年我给他起的。"

她回过头去，看着阿喜："我还是找到了一点点我存在的痕迹。"

阿喜耐心地听着她说，终于忍不住问道："为什么你要把亲子鉴定的结果……"

赵央说秦洲带着她去做了亲子鉴定，尽管陈娟和刘立军都觉得这件事情蹊跷古怪，但又因为刘丽丝能说出家里的很多秘密，甚至包括刘镇民的很多私事，母子俩便同意了做亲子鉴定。

鉴定的结果出来了。

刘丽丝是陈娟的亲生女儿。她没有撒谎。

在告诉陈娟女士之前，先惊呆的是秦洲和负责鉴定的医生们。

秦洲也是那一刻才真正地相信了刘丽丝。

他把鉴定结果告诉了刘丽丝，却见她非常淡定，这份淡定让秦洲有些诧异。

刘丽丝微微一笑："我该高兴吗？可是……这是我本来就知道的事，这是我存在的理由。但我居然要为我的存在去做这样的证明，我好难过啊。"

然后她背过身去，道："秦洲，帮我把鉴定结果给改了吧。"

秦洲不解。

"我自己知道就好了。"她说，"我妈妈身体不太好，我不想让她太过困惑，太过烦恼。她常常睡不好觉，现在好不容易把我爸爸的离开放下了，我不希望……她因我而费心。"

她回过头来："你想过没有，我会这样突然而来，也有可能突然而走。既然这个世界跟我的关系不大，那我能做的就是不惊扰。秦洲，麻烦你了。"

月亮很圆，笼罩人间。

月光照在她的身上，让阿喜一个恍惚觉得眼前的女人有那么点儿半透明，像是薄薄的雾色。

刘丽丝淡淡地道："小阿喜，你知道吗？其实比到了一个你谁也不认识的地方更孤单的，是你到了一个你熟悉的地方，但你所熟悉的人都不认识你。那种感觉很无助。最开始的时候，你会对自己产生怀疑，对一切产生怀疑，怀疑自己进了某个可怕的片场，所有人都在演戏，用陌生的眼神伤害你。但是，我在这里快一年了。这里的人和我所认识的世界的人一模一样。尽管我妈拿到假的鉴定报告，得知我是她碰瓷的女儿，但她很善良。她听说了一些我的事，知道我没有亲人，找不到自己的家，回去之前还问我要不要跟她一块儿走。她说其实她年轻的时候很想再要一个女儿的，如果她当时这么做了，或许她的女儿就跟我差不多大。她说虽然她从没见过我，但是潜意识里觉得我好熟悉，好亲切。她很喜欢我，也很心疼我。我愿意相信这是真的，不是她用来安慰我的谎言。

"小阿喜，其实我有点儿喜欢这个世界了。这个世界，还让我和在我本来那个世界素昧平生的秦洲相逢。或许如果没有这一次，我可能会过上一个平凡人的将就生活，会在权衡之中选择和并不爱的周潮结婚。当然，他也不爱我。当我在这个世界上看到他本该有的幸福样子，看到他和他曾经想要爱的人再度走到一起，我真的一点儿都不嫉妒，甚至为他高兴。却也是在这里，我才知道，有些东西是无可取代的。我以一个没有身份的人来到这里，但是我确定我得到了关爱，也得到了幸福。尽管它很有限，但足以让我很珍惜。

"当我想明白这些以后，我忽然觉得我没有那么难过了。"她笑着说，"而且我在这里认识了你。这是一趟旅行吧？尽管它的开始让我措手不及。"

阿喜听明白了，她坐下来，抬头看着刘丽丝："丽丝姐姐你接下来打算怎么办？其实你可以开个面包店……身份这种东西嘛……我是一个孤儿，我的身份也是我养母给的。丽丝，很奇妙，虽然我们今天才刚认识，但你是除了赵央之外，我第二个这么觉得想要交朋友的人。如果你的面包店开业，我一定会去捧场。"

"好啊。"她笑着道，"我甚至可以做一款以你名字命名的小饼干。阿喜，你要不要说说你的故事？"

"我的故事啊。"阿喜笑了起来，"我的故事其实也一样很长。丽丝姐姐，说不定我和你一样，也来自另外一个世界，只是我当时太小了。"

11

疗养院的夜很静，和城里不大一样。不知名的昆虫发出鸣叫，微风吹动树叶，桃花在黑暗中落了满地。世界祥和而温柔。

暗夜里像是有什么东西在滋生，又像是它本来就存在。

阿喜发现刘丽丝在提到秦洲时话不多，但满眼温柔，甚至有些不舍。她没有过多去盘问他们之间的细节，比如这一年，她为何选择跟秦洲待在这个世外桃源一般的地方，以病人的身份。她想要“好”吗？如果她本身就没有“坏”过呢？

好像不重要，人的一生都在寻找与世界和平相处的方式。她看到的刘丽丝早已不再痛苦。只是她身上那淡淡的悲伤是什么？

阿喜还太年轻，她没法明白。

她只记得，在疗养院的这个晚上，这个世界上不存在的刘丽丝跟她分享了许多的秘密。两人或笑或沉默。

不远处，一双眼睛从一扇窗里望出来，静静注视着这里的一幕。

他叹了口气说：“前天，我跟丽丝求婚了。”

赵央愣了下：“恭喜。”

秦洲苦涩地笑了下：“被她拒绝了。”

赵央愣了下。在他听起来，刘丽丝对秦洲是有好感的。

刨去刘丽丝是怎么来的，秦洲还说了许多他和刘丽丝的故事，赵央虽对这爱情故事并不感兴趣，但还是礼貌地听。

秦洲倒也不是刻意要讲，而是因为真情流露。

他说刘丽丝分享了她所有的故事，那被人遗忘的从未在他们这个世界出现过的痕迹。秦洲成了唯一的见证者。他甚至暗暗许诺，等他结束了这里的实习工作，就陪着刘丽丝去国外生活——刘丽丝曾经梦想过买一个农场。

秦洲的爸妈也很喜欢她。刘丽丝谦虚、可爱、温和，而且很孝顺。她把对自己父母的爱投射在了他们的身上。有那么一瞬间，秦洲觉得刘丽丝是上天赐给他的礼物。

她……为什么要拒绝他？

“抱歉，跟你说了那么多。”秦洲不好意思地说，“赵医生，你能解释一下丽丝身上发生了什么吗？”

赵央摇摇头：“你呢，你是怎么想的？”

“不管她是怎么来的，不管她是不是真的出问题了，我其实都不关心。”他有些不好意思地笑了笑，“我知道，这不是一个医生该有的态度。但这件事上我真的是这么想的。不就是找不到存在过的痕迹吗？那我就陪她去创造。”

怪感人的。

赵央笑了笑。

午夜的时候，住在三号楼的小松突然发病。他剧烈地痉挛，发狠地啼哭。

护士长按了警铃。秦洲急忙赶去。

肥丁倒是睡得死，但阿喜和赵央都起来了。

窗外下起了暴雨，剧烈的风刮下的桃花花瓣飘了满天。

阿喜站在屋檐底下，回头向赵央道：“好美啊。”

一道闪电劈在山脊处，有一个瞬间，阿喜的心里“咯噔”了一下，下意识地难得胆怯了一下，后退了一步，撞在身后赵央的胸前。

他扶住她，轻声道：“没事，我在呢。”

阿喜的脸迅速红了起来，虽然知道赵央看不到，但还是忍不住撇开了脸。

这时，雨里跑来一人。浑身湿透的秦洲看着他们俩，喘不过来气似的。

阿喜和赵央同时问道：“怎么了？”

12

刘丽丝失踪了。

小松无法平静，躁动得几个护士没能摁住他，正无计可施要打镇静剂时，他含糊不清的口齿里冒出三个字：“丽丝姐。”

护士愣了一下，问：“你是要见丽丝姐？”

他疯狂点头，含糊不清地喊：“走了，丽丝姐……不要……不要小松了……”

今夜负责值班的秦洲还没听完，拔腿就跑进雨里。

刘丽丝住在三幢的二楼，他疯狂地敲门，可里头并没有回应。

有人送过来钥匙，他颤抖着打开门。

窗开着，窗帘被风裹去，巨大的风涌进来，春夜有些凉意。

屋里灯暗着，空无人影。

疗养院为了保证患者的安全，走廊和外围都装有监控。视频上显示，刘丽丝 10 点进屋，11 点关了灯，之后就再也没有出来过。

她像是……消失了。

秦洲颓丧地坐在了一旁的沙发上，他垂着头，努力不让自己哭出来。

赵央和阿喜坐在一旁的椅子上，对于发生的一切也有些措手不及。

秦洲终于忍不住了，捂着脸发出了压抑的哭声："晚上我就觉得她有些奇怪。她今天为什么要穿红裙子呢？那条裙子是我送给她的，她从来没有穿过……但是她的表现又好奇怪，总是躲着我。当时有个视频会议要开，我……我本来打算去找她的，但是看到她的灯关了，我想着明天再说……我……"

再没有明天了。

一旁站着的男护工知道他和刘丽丝的感情，却不知缘由，安慰道："或许她就是突然去了哪儿……说不定明天就回来了。秦医生，你别难过了。"

他第一次看到秦洲哭，他曾经以为像秦洲这么强大优秀的男人是永远不会哭的。

男护工见他实在难过："哎，我让餐厅给大家煮个姜汤。秦医生，真的别急，咱等个 24 小时报警就是了！还不信找不到她了！"说着跑了出去。

压抑哭着的秦洲道："我只是很难过，她为什么宁可跟小松告别，跟我……却连招呼都不打就走了。"

一旁始终沉默的赵央道："或许是怕舍不得吧。"

阿喜看了一眼赵央，朝着秦洲点点头。

秦洲抬头看着阿喜："她下午跟你说了些什么？"

阿喜细细回忆："说她来到这里的故事。"转而一想，"但我想，应该是……你们相遇的故事。她说她很舍不得这里……对不起，当时我没太在意。"

秦洲摇摇头："其实就算我知道了又怎样？她要走，我一定拦不住她。"

秦洲没有再说话。

三人沉默了很久。

或许他们三人都不知道刘丽丝到底是怎么来到这个世界，这个世界又为什么没有她，也不会知道她是怎么离开这个世界的。

他们更不会知道她在未来的某一天会不会重新出现在这个世界里。

但起码，如果有那么一天，她不再是那个没有一点儿痕迹的人。这个世界上有人很真切地记得她，并会永远记得她。

秦洲抹掉眼泪："对不起，让你们见笑了。你们去餐厅喝点儿姜汤吧。我没事。我想一个人静静。”

走廊重归寂静，站在黑暗里的赵央轻轻叹了口气。

“你说她爱不爱秦洲啊？”阿喜问。

“不管爱不爱，”赵央道，“她都会选择回去。那个世界有她本来的命运和她本来的家人。”

“可是……”

“你有没有想过，或许是刘丽丝没有选择呢？”赵央道，“就像她不曾选择来到这里。”

或许吧。

春夜多忧愁，阿喜的心里也涌上一股惆怅。她只是淡淡地道了句：“我很喜欢她。”

往后的几天，刘丽丝没有再回来。疗养院报了警，但是因为本来就没有她存在过的痕迹，所以找到她的可能性也基本为零。

可奇怪的是，天气预报昨日并未下雨。

秦洲没有被打倒。他们见到他次日还是照常上班，照常展现他露出皓白牙齿的笑容，只是那眼神里漂浮着淡淡的忧伤。

刘丽丝去哪儿了，还会回来吗？没有人知道。

“你说，她回到那里，回到 2014 年的那个她本来的世界，是不是也挺手忙脚乱的？”阿喜叹息道，“她爸爸生着病，她又面临着结婚。你说她会嫁给周潮吗？还有啊，那个世界有秦洲吗？有我们吗？哎，我心里觉得有些难过。当她回到那个世界，去告诉那个世界的秦洲她认识他，那个世界的秦洲会相信吗？”

“无论如何，”赵央道，“刘丽丝的命运已被改变。她会更知道自己要什么吧。”

“也对。”阿喜点点头。

“你们说的刘丽丝是谁啊？”肥丁好奇地问了句。

这个世界上，我们会遇到很多人，神经粗糙的，擦肩而过也不会留下任何印象。

而有些人，却注定记另一些人一辈子。

哪怕再不相见。

刘丽丝说了一句话，阿喜永远都不会忘记。

很多人生活在一个时空里，遇到过，却再也没见。珍惜身边人，珍惜能并的肩、能说的话，珍惜每一个眼神。

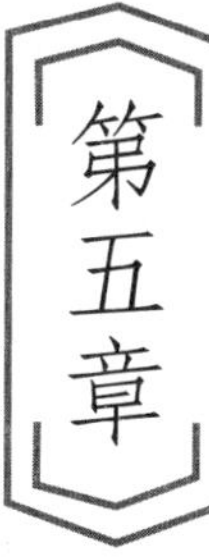
第五章

化鱼

楔子

晏城市立医院有一间很特别的病房，里头住着一位癌症晚期患者，名叫周语，今年29岁。病房里除了各种精密仪器之外，还有一个巨大的鱼缸。

几乎每天都有人来看她，带来的礼物都很特别，颜色漂亮的贝壳、鲜活的鱼群、海草、在夜里会发光的假水母，有时候甚至只是几块鹅卵石。

半年过去，她的病情每天都在加重，而那个鱼缸也在慢慢地一点点添置内容，成了一个小小的微型海洋世界。

夜里，当灯光熄灭，世界陷入黑暗，发光的水母会照亮随波拂动的海草，游鱼蜂拥着追逐光亮。

房间里安静得能听到岁月啮食皮肤、啃碎骨头的动静。呼吸机发出微弱的声响。器官在癌细胞的侵蚀下分裂变异。她几乎感受不到自己双腿的动静，只觉得腹部有什么东西在微弱地扇动。周语想，是她的腮。

一股像是从骨头里冒出来的渴望从她的肺泡里冲了出来，一瞬间击中她的天灵盖。那几乎没有知觉的身体，那已经备受摧残到不堪折磨、随时准备好赴死的身躯，忽然有了剧烈挣脱的冲动。

她拔掉了身上所有的管子，跌跌撞撞地爬上鱼缸的边缘。伴随着“扑通”一声，水花溅了出来。

她缓缓地下沉，痛苦的身躯在冷水中被包裹了起来，像是渴死的鱼终于回到了它的归处……

1

从疗养院回来以后，晏城的梅雨季节到了。

空气倒是湿润，只是天整日阴沉沉的，令人沮丧，地板也被湿气泡得有些鼓胀。门口的巷子里新开了一家海鲜铺子，雨天里被风一刮，有种泡了多年的死鱼烂虾的腥味儿。

此时，肥丁正在修补书房的屋顶。他们住的是老房子，破败的屋顶平时还好，经这几天的雨，实在是撑不住了。一个红艳艳的塑料盆放在屋子正中，不久便蓄满了。书房里有一股潮味儿，好几本珍藏的书已经发霉了，令人心疼不已。

肥丁满头大汗地从椅子上下来，抬头看阿喜的脸。

她这几天又不对劲了。

他好几回在门口听到她在里头跟老大说话，隔一会儿又拔高音量："喂，我和你说话了吗！你闭嘴！"

阿喜这丫头，这是办了几个案子后长脾气了啊！这语气向来只是对他的，怎么现在连跟老大都这口气！翅膀硬了，还是更年期提前了啊？

今天也是，屋顶失修，她非让赵央自己修，说些"不劳烦肥丁了，要是他从凳子上摔下来，地板可能会砸烂"之类的话。当然，肥丁有自知之明，阿喜自然不是为他，完全是跟老大怄气啊！

不过肥丁还是分析出了一点儿东西的，一定是老大去相亲的事惹毛她了！不过相亲都多久前的事了……而且对方不是个女装大佬吗？

他看了一眼阿喜黑着的脸，觉得此地不宜久留，端起脸盆，说："我去买菜！"

阿喜烦躁地抬头，看向坐在那儿跷着二郎腿的……她该怎么称呼对方？

此时这个操纵老大躯壳的家伙见肥丁溜走，一脸松了口气的表情："哎哟，装瞎装得我累死了。那啥，能把肥丁的游戏机给我玩一下吗？"

一旁坐着的半透明的、只有她能看到的白色影子则一边一脸惋惜地摸着潮湿的古书，一边接了句："别，你技术太好，打破了纪录，肥丁要难过的。"

阿喜焦虑得抓耳挠腮："哎哟，我真是快疯了。"

两人同时抬头，问道："怎么了？"

事情还得从两天前的午夜说起。

阿喜从疗养院回来的时候染了风寒，早早就歇息了，睡到午夜时口渴，起来到厨房找水喝，和一道黑影在逼仄的过道里狭路相逢。

她发现这黑影已有段日子了，倒不是没放在心上，而是抱着一种眼不见为净的念头。若是再早些，她必定一把擒住黑影，暴打他脑袋，非要把他给毁尸灭迹了不可。可如今……黑影透出赵央的轮廓来，一双大眼睛非常闪亮。

阿喜闭上了眼睛，双手捧着水杯绕道过去，嘴里还念叨着："眼不见为净……眼不见为净。"

"喂，你明明看到我了。"身后却传来了黑影的声音。

那声音和老大的如出一辙，却比老大低沉的嗓音欢快许多："大半夜的，就别喝冰水了。"

阿喜按捺不住，一个回首，将杯子砸了过去。

杯子掠过黑影，从他的脑门穿过，砸在了墙上。

对方捂住胸口："好险。喂，你这小丫头怎么这么暴力！"

好了，阿喜叹了口气，这事儿不能当没看见了。

"他到底是什么东西！"

午夜的书房，被揪起来的赵央坐在沙发上："嘘，轻点儿，别把肥丁吵醒了。"

黑影窝在一旁，正在撕一块鱿鱼丝。屋子里弥漫着一股海鲜味。

赵央朝着发出咂嘴声的方向对阿喜道："如你所见。阿喜，他是我。"

黑影："我才不是你咧！是你个王八羔子霸占哥的身体好不好！"

阿喜白了他一眼："你闭嘴！"又问赵央，"所以你人格分裂了？"说出这句话似乎没那么难，毕竟这第二个人格简直如同一只哈士奇，还真没什么危险性。

黑影："喂喂喂，阿喜，你别用这种眼神看着我，好歹上回你困在噩梦里，还是我把你捞出来的。这家伙……"黑影看向赵央，傲娇地抬抬下巴，"根本就不顶用嘛。"

"你闭嘴！"赵央说。

黑影继续吃鱿鱼丝。而一旁被寄予期盼目光的赵央皱皱眉头，温和地说道："阿喜，不是那样的。我一时也不知该如何解释，但你要明白，他就是我，我也就是他。我和他甚至不是我们，而是……'我'。"

不是人格分裂，可她明明看到的是两个赵央，一个理智，一个……宛如二百五。但她也的确能从黑影身上"嗅"到赵央的味道。这样的分离到底是因为什么?

“阿喜，简单来说，我和他是赵央的思维空间里的不同区间，但是因为一些特殊的情况……”他指了下自己的眼睛，“他被关闭了。”

“我们像是一个人的灵魂被分离成了两个，但不同于一般精神分裂上的灵魂撕裂，我们各自独立，却也相互影响。他的关闭导致了躯体的视力缺失。所以，我希望你能帮助我们进行融合。”

“融合？”阿喜皱眉。

“没错。现在我们两个独立太久了，没办法黏合。也就是说，这个身躯我们只能分别使用。但事实上我们是同一个人格，只是因为磁场的变化让我们一分为二。举个例子，当我们对一件事有所犹疑时，脑子里会有两个念头。大脑是个很奇妙的东西，它处理数据，从来都不是一刀切的。我和他应该是代表着不同的处理方法。你也看到了，他比较冲动，而我比较……”

“谁冲动了！”黑影又插了一句话，被阿喜瞪了回去。

“总之，如果不能达成我俩之间的协调，再这样下去，我们其中一个部分有可能会彻底关闭。”

阿喜倒吸一口凉气：“所以……”

“所以，”赵央双手一摊，“我会让他回来，然后先适应，假以时日，我们才可以进行真正的‘黏合’。”

黑影嘀咕：“我才不要和你这样的人共用一个身体咧！”

2

肥丁已经在厨房做饭了，他很开心地表示隔壁海鲜铺子打折，所以今天吃海鲜大餐。

书房里还有一堆活儿没干。此时，赵央的身体被黑影“霸占”，他正一边扫水一边嘟囔：“好事儿可想不起我来，尽让我干些体力活。”

白影回过头：“疗养院可是你自己说不要去的。”

“啧啧。”黑影翻了个白眼，“开什么玩笑，万一被发现，到时候就得住下了。”

是，没错，毕竟疗养院里什么症状的病人都有，万一有跟阿喜撞“技能”的，轻则加重对方的恐慌，重则……赵央也会被当作病人被抓起来。

“多谢你为我考虑。”

“什么为你考虑啊，”黑影道，“我是为我自己！”

他是赵央……他也是赵央……阿喜一面看着黑影对老大气鼓鼓如同一只河豚的样子，一面给自己心理暗示。

直到对方回过头来："阿喜，你来说，我们俩掉河里，你会救谁？"

心理暗示失败。喂，这个神经病怎么可能是赵央嘛！这什么真假孙悟空场景啊，她又不是如来佛！

这时，外头忽然一阵兵荒马乱，锅碗瓢盆跟演奏交响乐似的。

阿喜冲了出去，只见肥丁气喘吁吁地跪在地上，双手捧着一条活蹦乱跳的鱼。只一会儿，那鱼便哧溜从他指缝间逃脱，在潮湿的地板上拼命蹦跶，朝着半开的门蹦去。那本就虚掩着的门被它的鱼尾一甩，轰然大开，那鱼冲进门外因连日下雨而蓄起的"小溪"。

望着此情此景，三人同时惊呼："这鱼……成精了？"

这时，门口忽然出现一人，浑身湿淋淋的："请问……"

这鱼……化作人形了？

肥丁猛地回头，胖脸上写满惊讶："老大，你……你看得见了？"

黑影的面部表情怔了片刻："刚才……好像……眼前一闪……"然后他伸出手来，在空气里摸了摸，"天哪，我可能快要复明了。"

误会误会。鱼儿越狱是真，来人却是一名胡子拉碴的中年男子，自称是陆警官，他表示道："打扰了，要麻烦赵医生和助手阿喜小姐跟我们走一趟。"

阿喜听到身后的白影幽幽道："你不是一直想出去吗？机会来了。今天我想缅怀下古书。身体，你珍惜点儿。"

黑影嘀咕："好事儿就轮不到我，进局子倒是推得快。"

阿喜翻了个白眼，问了句："请问是什么事儿？"

陆警官咳嗽一声："哦，误会了。倒不是进局子，嫌疑人现在只是在我的监管范围内，严格意义上来说，不算真正的犯罪嫌疑人。总之这位先生有些古怪，而且他声称只有你们能理解他。我听闻二位擅长处理这种事件，"他指了指太阳穴，"希望你们能帮下忙。这个案子也有蹊跷之处。"

这时，窗外忽然狂风骤雨。黑影，哦不，我们暂且称他为"赵央"吧，往沙发上一坐："肥丁，泡茶。"

然后他缓缓抬起头："不如先把事情简单说一说，刚好等雨停。而且我们都没吃晚饭呢。"说罢合上眼睛。既然是求他办事儿，他就没必要跟那个家伙一样那么好脾气，得按他的规矩来。

陆警官一愣，见这人还挺"大牌"的，跟网上说的温柔客气判若两人嘛。他脾气虽不好，但毕竟是来请人的，人不情愿，总不能绑了去。何况这嫌疑人还不算真正意义上的嫌疑人呢。

但见那小姑娘冲他勾了勾嘴角。行，看在小姑娘的面上，便说道：“介意我抽烟吗？”他从怀里摸出一根烟，不等回答却已经点上。

阿喜愣了一下：“不介意。”她从茶几底下推了个烟灰缸给他。吸烟有害健康，却是个人选择，他们管不着。

他径直进入主题：“三天前的午夜，我们接到了一起报案，市医院发生了一起谋杀案。”

“谋杀案？”“赵央”的面部表情肉眼可见地一变。

“哦，不好意思，确切地说，应该算是谋杀未遂。但是因为很多特殊原因，并没有立案。”陆警官眉头紧蹙，“事情是这样的。三天前，护士查房，发现其中一名叫周语的病人离奇失踪，于是上报给她的主治医生。嘿，你猜怎么着，人在鱼缸里泡着。”

听着怪骇人的，“赵央”皱起眉头：“人在鱼缸里？什么鱼缸？”

“总之，那房间里有个鱼缸，挺大的。”陆警官有些不耐烦，索性道，“总之最后人捞出来了，而且泡了半天还活着。你们说神奇不神奇？”

这很不科学啊！

还不等阿喜回答，陆警官接着道：“查了监控，这病房只有病人的未婚夫出入过，所以我们就把他暂列为嫌疑人。但是他死活不肯承认是他把人放进去的，并且说他未婚妻是条鱼。什么鬼东西！”

陆警官皱皱眉头，回头却见阿喜一头雾水：“怎么，我的表达哪里有问题吗？”

这位陆警官的描述实在是让人摸不着头脑，阿喜耐着性子问：“请问医院病房里怎么会有鱼缸？”

“有钱人的把戏嘛。”陆警官有些不耐烦，“据说他未婚妻喜欢海洋世界，又因为病重去不了，他就给她建了一个。”

“所以……听起来他很疼爱未婚妻，又怎么会杀人？”“赵央”问。

“我哪儿知道。”陆警官抽完一根烟，“医院的人也是这么说的。但她总不能是自己爬进去的。所以，不管是什么原因，肯定是这个男人把她弄进去的。但是医院方面都说不可能……而且受害者也矢口否认……我们也很头大啊！”

再次回头对上阿喜的眼神，陆警官叹了口气：“哎呀，你们理解能力也太差了！这样吧……”他拨通了一个电话，递给阿喜，“让他来跟你们说吧。”

视频中，出现了一个穿白大褂的人，看起来比身旁这个讲话大舌头的糙汉警官要亲切许多。他说他就是“被害者”周语的主治医生，也是当晚“案件”发生的目击者，姓汪。

汪医生今年 35 岁，是市立医院肿瘤科的主任，这个年纪登上这个位置，自然是年轻有为了。收治周语时，以他的经验来看，要治好这个病几乎是不可能的。

当时陪同周语来的人是她的未婚夫陈康，据说两人都要举行婚礼了。当汪医生告诉他周语的情况时，这个男人当场就崩溃了。他拉着汪医生的手说无论多少钱、无论怎么治，他们都愿意配合。

“周小姐得的是非常罕见的骨髓瘤，病情发展得很快，几乎不容耽误。我们为她进行了第一次手术，但是很遗憾，癌细胞已经扩散了。”

用最先进的设备、最好的药物，去全国各地联系名医飞过来，但几乎所有的结果都不过是延缓周语的病情而已。

陈康确实很爱她。当时是他们公司最繁忙的时候，他作为公司掌门人却放下了所有工作来陪伴她。陈康的父亲年事已高，已经退休，当时也只能顶上。

“化疗很辛苦。而且因为她的病症很是复杂，加上麻药不能随便用，我几乎能想象她的痛苦。陈先生确实也很疼她，好几次我看到她疼得在病床上呜咽时，他在一旁抹眼泪。总之，此情此景还是怪让人难受的。三个月前，陈先生跟我们提出要求，说想要在周小姐的病房里安装鱼缸。我们没有拒绝。毕竟病人的心情也是很重要的。加上他们住的病房很大，便批准了。没想到的是，他要安的鱼缸居然有一面墙那么大。”汪医生皱皱眉头。

“赵央”问了句：“周小姐喜欢鱼？”

“周小姐曾经是海洋公园的人鱼表演师，每天都有十几个小时与水相伴。”他顿了顿，“我们科室的护士看过她的演出，说非常惊艳。”

“赵央”暗暗思忖，这就解释得通了。

汪医生接着说道：“总之，鱼缸已经批下来了，虽然太大，但还是让陈先生这么做了。这之后来探望周小姐的人提来的东西就不再是什么鲜花水果之类的了，基本都是能往鱼缸里放的东西。很快，鱼缸就被布置好了，很漂亮。夜里看去，真就像把那个病房变成了海洋世界的一个观景点。我们院的小护士们都在讨论，说周语小姐能找到这样待她的男人，可真是羡慕死人了。”

眼瞧着他这么说，一旁的陆警官可忍不住了：“喂喂喂，他还是我们的嫌疑人呢，你们能不能不要随便洗白？”

“怎么能是洗白呢！”汪医生尴尬道，“我是陈述事实嘛。”

陆警官发出一声冷哼。

“总之，我们也很高兴。因为这之后，周小姐的病情随着心情变好稳定了一段时间。但一个月前，她的病情再次急转直下。然后，在前段时间，陈先生咨询临终关怀部门，想要带周语女士去旅行，但遭到了拒绝。医院方面表示周女士现在器官衰竭得厉害，根本离不开这些设备，总之就是根本出不了院。陈康当时很生气，但是也没有办法。我怀疑是他精神压力太大了……”

医生的表情刚才因为“狗粮”而有些丰富，现在却垮了下去：“总之，这段日子对我们来说都很难熬……三天前的晚上，我们的护士查房的时候……她敲了两下病房门，并未有任何回应。狐疑之下，她直接推门进去……”

床上没有人，小护士很是诧异，重症病房的病人丢了还了得？而且陈康似乎也不在，手机没有人接听。她立马打电话通知了汪医生。汪医生当夜值班，立马赶到了病房。

而这时，小护士忽然发出了撕心裂肺的尖叫，汪医生顺着她颤抖的手指看过去……只见那巨大的鱼缸里，消失的周语正沉在水底！

汪医生只觉得浑身的汗毛都竖了起来，小护士早已吓得脸色惨白。

汪医生一边让小护士去报警，一边想着救人要紧，拿起旁边的椅子就砸向鱼缸。玻璃碎了一地，里头的游鱼和水母散落一地，满屋子的腥气让人不寒而栗。而当其他医生到场，帮着汪医生把人拖出鱼缸时，离发现她“失踪”已有近半个小时。

但令众人讶异的是，周语还活着。

这时，陈康回来了。据他说是出去买粥了。

这件事很快惊动了警方，也调取了医院监控。证据显示当晚只有陈康出入过周语的病房。

说到这里，一旁的陆警官插嘴道：“证据显示，他就是最大嫌疑人。”

此时，汪医生忍不住了，一边抹泪一边道：“我觉得不是陈先生干的呀！他怎么会干出这种事儿呢！他太爱周小姐了，恨不得替她忍受病痛！”

陆警官道：“那你说是谁啊？你听没听过有句话叫‘久病床前无孝子’？”

汪医生感慨了一句：“反正不可能是他要害她啦。倒是有可能因为太爱了，所以不忍心看她受折磨……这个还比较说得通。”

他叹了口气，“但是我最大的疑问不是陈先生有没有动手，而是我看到周小姐在水里的时候……我第一瞬间是害怕，但是我很快感觉到了美好和宁静。这么说可能不太合适，但是那场景真的太美了。”

“赵央”此时已经褪去了脸上的不耐烦，一脸凝重地问：“所以现在陈康是嫌疑人？”

“没错。”陆警官吐出一个烟圈，“虽然是杀人未遂，但他是唯一的嫌疑人。不过陈康的精神状态似乎不是很好。首先，他承认自己有过协助周语进入鱼缸的举动，而且已经不是一次两次了。据陈康所说，周语每晚都有四到五个小时待在水底。”

这怎么可能？

“但事发当晚，他表示他没有动过周语。他一口咬定是周语自己跳进去的。”

“这样的可能性不存在吗？”阿喜问道。

“三天前，周语因为病情加重，腿部的肿瘤扩散，做了截肢手术。”陆警官道。

“是啊。”汪医生感慨道，“她根本不可能自己拔掉管子，爬进鱼缸。”

“这个陈康，因为没有直接的证据证明是他害了未婚妻，所以我们暂时没有关押他，但是也不能让他靠近周语。”陆警官抽完了一根烟。

汪医生重重叹了口气：“周小姐可能快不行了，所以我希望你们能把这个事处理好，起码让陈康陪她最后一程吧。否则，不要说当事人了，就连我们这些旁观者都会觉得遗憾！”

“既然如此……”刚才还表现得颇不情愿的“赵央”腾地站起来，“事不宜迟，走吧。”

陆警官一愣，看向他冲出门的方向，嘀咕了句：“喂，网上不是说你看不到吗？”

“赵央”闻言，非常此地无银三百两地一个打弯，撞到了门框。

身后的白影叹了口气：“都让你珍惜身体了……”

阿喜翻了个白眼，回头看向身后的白影，压低声音：“真让这二百五去？”

白影点点头，眼神示意阿喜安心。

好吧。

从厨房里出来的肥丁一脸蒙：“你们……不是，又我一个人吃饭啊？我不能一块儿去吗？”

陆警官冷血无情：“哦，对方只说了赵医生和助手阿喜，抱歉，无关人员不能去。”

肥丁气得腮帮子鼓鼓的：“谁是无关人员了！我是后方支援！技术骨干！哼！”

陆警官开着一辆破破烂烂的小面包车，将两人带到了医院附近的一座别墅。这地方看起来的确是有钱人才住得起的。也是，能在 VIP 病房给自己的未婚妻搞个鱼缸的男人一定不差钱。

阿喜和“赵央”一块下了车，“赵央”轻轻道了句：“起码这个汪医生讲故事的水平比陆警官好太多了。小阿喜，你听起来这像是什么病症？”

“没听出来。是精神分裂症还是……”

“总之，先会会这个有钱又喜欢鱼的浪漫老哥吧。对了，你看过人鱼表演吗？”

“没有。”

“你这个破老大，人鱼表演都不带你去看，很小气啊！因为自己是瞎子所以也不让你看世间风景啊！小阿喜，以后还是跟我混吧！”

阿喜不是很想跟这位老哥讲话，硬着头皮提醒他：“喂，你别忘了你现在还是个盲人。”

“哦，也对……”他笑着扶住了阿喜的肩膀。

阿喜翻了个白眼。

别墅很大，而且非常漂亮，地中海风格，摆放着各种海洋生物的石雕。应该也是陈康装修的时候考虑了周语的喜好。

此时，屋中无比寂静。陆警官带着二人轻车熟路地穿过一条走廊，直至尽头。

“这家伙一般都在这个房间里待着。”随着他的话，门被轻轻推开。

抢先映入眼帘的是一片幽蓝的光线，顷刻间，阿喜呆住了——这门内分明是个海洋世界！

这是一片巨大的、辽阔的、深蓝的海域，只见从墙壁延伸至穹顶，都是蓝到发亮的海水。绚丽的珊瑚丛中，无数贝类、海星以及颜色不一的海草翩然起舞，无数的游鱼穿梭其中，颜色迥异的水母跳着芭蕾，海龟正翻着肚皮，还有一只巨大的虎头鲸落在天花板上缓慢地游行……

“赵央”半觑着眼，压低声音告诉阿喜：“是投影。不过还挺仿真嘛。”

的确是投影，但已经足够震撼了。

这时，坐在正中沙发上的人站了起来，他身材高大，不是阿喜所以为的那种眉目俊朗的男主角，他眼间距有些宽，看起来有点儿像一条鲶鱼。

“你们来啦。”他的声音略有些沙哑，感激地看了一眼陆警官。

这个糙汉却发出一声冷哼：“得，你们聊，我出去抽根烟。”这么说着，还吐槽了句，“有钱人，都是什么毛病……”

门从外面关上，海底世界的投影变得更加真实。

男人的脸有些憔悴，他请他们坐下：“陆警官已经和你们说了吧？”

阿喜点点头，心说，陆警官那表达能力……

“具体的汪医生已经跟我们说了。”

“其实平时的确是我把她放进鱼缸的，但那天真不是我。”陈康叹了口气，“我知道说出来别人都不会信，所以只能求助你们。”

“赵央”觑着眼。这时，他看到了角落里有一道身影，忙腾出手来拍了拍阿喜的腿。

“拍我干吗……”阿喜猛一抬头，只见不远处，一条人鱼跃进镜头，她有着浅蓝色的鱼尾，鳞片在海底奇妙的光线映衬下熠熠生辉。

陈康此时也回头温柔地看着水里的人：“这是我请人制作的 3D 投影，将我未婚妻的影像剪辑了进去。如果有天她离开了，也算是留个念想。”

看起来是个深情的人。

镜头里的女子即便是戴着泳镜，也能感受到她的美貌。

“这是我第一次见到她时录下的影像。那是十年前的事了。”

十年前，19 岁的周语在 A 市一家海洋公园进行水下表演。

巨大的海底世界散发着与人间截然不同的光亮，一只虎头鲸正在恣意畅游。而这时，视野的左侧冲进一条蓝色鱼尾的人鱼，在几乎要碰到虎头鲸时，她动作漂亮地甩动了一下鱼尾，调整速度，与虎头鲸并行。仿佛他们本就是世间最亲密的伙伴，眼前根本不是什么人造的海洋公园，而是真正的海洋世界。

所有人都被美丽的人鱼吸引。隔着玻璃，陈康的视线紧紧黏在了周语身上，那双如鲶鱼的眼睛里写满了一见钟情的爱意。

那时，他尚未看清泳镜下周语的脸。但她长什么样根本就不重要，陈康像是一脚踏进了童话里的世界，在旋转的透明通道里不断地追逐着人鱼的身影，直到她也注意到了他。

她悄悄地离开了虎头鲸，靠近了玻璃。陈康停下来，隔着玻璃覆上她的双手。

他的呼吸仿佛停止了。

无数的游鱼涌向她，她可真像是海的女儿，有召唤海中万物的能力。这是为水而生的人。

而陈康也像是终于知道了自己是为什么而生。

当年 21 岁的陈康第一次情窦初开，那充沛的荷尔蒙让他意乱情迷。人鱼表演结束，他发了疯似的找水里的美人鱼。

最漂亮的那一条，最……像鱼的那一位。

工作人员把他带到了周语面前。她穿着破旧的布鞋，头发还湿漉漉的，一双眼睛如同天上的星辰落了雨，怯生生地不敢看他，却亮晶晶的。

陈康走过去，激动地说：“你知道吗？刚才……我在玻璃外，你……”他有些不知该说什么。

周语红着脸点了点头，然后指了指自己的嗓子。

周语不会说话。就像童话故事里的小美人鱼一般，用动人的嗓音交换了一双人间的腿。

但不知为什么，即便她不开口，陈康好像也能从她的眼神里读出很多东西。

他看着她的眼睛，笑着说："你是不是说你当时也看到我了，记住了我的脸？"

周语点头，又眯着眼睛笑了笑。

"你问我叫什么名字？"

她点头。

"我叫陈康。你呢？"

她的名字是周语，恰如其分，好像在告诉众人，她是被咒语封印的一条人鱼。

海洋馆其他人看着陈康激动地和周语比手画脚，都有些讶异："喂，他们居然……'聊得'很开心？"

陈康得知周语是馆长的养女，从 14 岁开始下水，和那只虎头鲸已经是多年的好朋友了。

穿美人鱼服装在海底遨游，其实是个辛苦活儿。水下消耗能量大，加上水深浮力颇大，她得在鱼尾处绑上铅块来更好地控制力量。

但周语喜欢这份工作，也曾以为自己会一辈子干这个。

直到遇到了陈康。

她看着陈康的眼神，仿佛知道了自己的珍贵。那眼神是不一样的，和那些游客们欣赏美景尤物一般的惊叹不同，这个人的眼神是爱护，是疼惜，是惊为天人。而且，他能读懂她的眼神，几乎差不离，她不需要写字，不需要手舞足蹈，他居然就能明白她所有想说却说不出口的话。

这种顺畅的交流，让周语和陈康很快陷入了热恋。

在陈康遇到周语的第三十天，他即将离开 A 市，回到自己的家乡，他问周语愿不愿意跟他一块儿走。

周语去找了老馆长，老馆长自然很舍不得她，但身为养父的他也知道，小姑娘是找到了比海洋世界更值得她托付的东西。他撕掉她和海洋公园的合同，告诉她："小语，你是自由的，去哪里都由你。但你要记得，如果哪天想回来了，我们会等你。"

离开 A 市海洋公园的前一天晚上，周语完成了自己的谢幕演出，从明天开始她不再归属于这家海洋公园，不再归属于这片水域。

除了相依为命的馆长父亲，她舍不得的，还有那只叫 Blue 的虎头鲸。

她在水里待了大半夜，陈康就在岸上静静等候。直到水里露出了周语略带伤感的脸，他才伸手牵她上岸，替她脱去沉重的鱼尾，然后温柔地牵着她。

她将踏上陆地，坐火车去远方。她一步三回头，陈康听到身后的虎头鲸发出了一声声绵长的哀鸣。

一晃十年过去。

晏城毕竟不是海滨城市，城市里的水上乐园也不过是从别处引水过来的一片小型区域。漂洋过海的生物们在巨大的鱼缸里生活，满足内陆人民的海洋梦。

陈康能看出周语的失落，所以问她要不要去上班——他买下了晏城的海洋馆，只为了她的一个梦想。

那段日子，周语在海洋馆里驯一只海豚。

这只海豚，她给它起的名字也叫 Blue。那时候周语还有笑容，她通过一只红色的勺子和 Blue 交流，Blue 总是亲昵地用头蹭她的小腿。

两年前，水上乐园彻底闭馆。站在时代的转型期，陈康关了海洋馆，卖掉了马戏班子，开始做商务投资。而 Blue 阴差阳错地被卖到了 A 市的海洋公园。

周语很不舍，但是没有办法，哪怕陈康再疼她，她也从来不会提非分的要求。

那之后，陈康开始越来越忙碌，而他也能感觉到周语越来越沉默。当然，她因为不会说话，本来就沉默。陈康指的沉默，是她的眼睛。他们的交流本来就不靠语言，而是靠眼神和肢体，她就是很少“说话”。

他总能看到她抱着双腿坐在落地窗前看日落，就仿佛能看到海市蜃楼。

他答应等他们结婚，会请两个月的假陪她去 A 市找 Blue。

两位 Blue，不知道它们有没有见面，彼此认不认识，知不知道它们共同拥有过一个叫周语的美人鱼朋友。

童话里的小美人鱼在王子的新婚夜化作泡影，而周语却在自己新婚在即的时候，忽然晕倒。

她病了，她知道自己生病的第一个念头是：“康，那我们什么时候回家？”

“等你好一点儿，我们就回家。”陈康这样告诉她。

可她的情况越来越糟，一个月前，周语做了截肢手术。所以他为她打造了一个小型的“海洋馆”。但那不过是一个缓兵之计，没办法兑现他的诺言。

陈康不疾不徐地叙述着，不知为何，这样的叙述让本来并不好看的他平添了几分诗意。

说到这里，陈康顿了顿：“事情是从她截肢之后开始不一样的。”他抬起头来，似乎对自己看到的东西也有些不敢相信，“截肢以后，我未婚妻的状态很不好。以前也不好，但她从来不会跟我表达或者抱怨，她的求生欲是很强的，但这一次不一样。那天晚上在鱼缸前，她忽然对我说：‘水。’我问她是不是要喝水，她摇摇头。我指了指鱼缸，她点头。

“‘你要什么？’我问她。她指了指自己，又指了指鱼缸。‘你要进去？’我被吓到了，她却非常认真地跟我点头。鱼缸那么深，她怎么可能进去？我不可能做这种冒险的事。说真的，虽然我也知道她这么久以来很痛苦，我恨不得替她承受这些痛苦，但是我根本没法想象她在我面前死去！更不用说是亲手……杀死她了，哪怕是帮她解脱……我也做不到……”

陈康抬起头，脸上满是痛苦的表情：“但是她太痛苦了。我决定把她抱起来，让她摸摸那水，也算是一种安慰……”

周语本来就瘦，生病以后几乎是干瘪了下去，加上截肢，她已经没有什么重量了。陈康抱着她像抱着一个孩子。他忍着心痛，站在椅子上，将周语的身体贴在鱼缸的边上。

周语干枯的手臂就这样伸进了水里，他几乎能感觉到她的身体剧烈地抖动了一下。开始他以为是水凉，然后他感觉到自己怀里的人挣扎了起来，他几乎抱不住她！拼命挣扎的周语就这样翻身跃进了鱼缸！

陈康的心也跳到了嗓子眼，正要呼叫找人帮忙时，却见他落水的未婚妻在水里优雅而娴熟地翻了个身，睁开了眼睛！她那因病而黯淡下去的五官在鱼缸的顶灯照耀下和水波的映衬下，瞬间明艳了起来！她朝着他露出一个笑容，然后轻轻地挥动了一下自己的手臂。

陈康忘了呼叫，他呆呆地看着她，只见她空荡荡的裤腿消失了，取而代之的，是一条深蓝色的人鱼鱼尾！

5

“这种故事根本就是鬼扯嘛。”陆警官此时正坐在后院，今天下过一场雨，空气倒是清新得很。

陈康的故事他当然听了。他的想法是，这个男人在鬼扯。尽管他也觉得这人在他的“监视”下很老实，但他可不信这事儿。而且，虽然这个故事他说得神神道道的，但他看起来太像一个正常人了，这几天被禁止接近未婚妻，他也表现得很焦虑……

以他的经验，这个陈康也不是什么十恶不赦的人，所以他才愿意找人来帮忙……

但是，好人也会杀人。哪怕是以一个合情合理的理由，杀人就是杀人，杀人未遂也是杀人。如果是这样，他休想用精神病来开脱！

至于那两个心理医生……女孩倒是挺有他欣赏的气质，看起来挺干练挺酷的。那个男人……他也算是阅人无数，尤其擅长识破他人谎言，这辈子栽在他手里的罪犯没有几千也有几百。他能看出这男人根本不像网上说的“看不见”，不过他没拆穿对方。毕竟装瞎也不犯法，这些家伙不就爱给自己弄点儿装神弄鬼的噱头嘛。他也就是哄着他，反正关于陈康的精神鉴定，他还是要去做的。这个案子虽没有立案，但他作为一个有正义感的警察，是一定要管到底的！

这时，他怀里的手机响了。

陈康说到这儿，事情似乎明朗了起来。

周语对自己曾经熟悉的生活环境产生了强大的执念，加上她曾是一个水下驯兽师，肺活量自然了得，虽然因为生病体弱，但在水里待上一小段时间，应该也不是什么太蹊跷的事。而陈康的情况，如果他没撒谎，便是因为过大的伤痛和压力而导致的一种移情。

他应该是把周语跳进鱼缸的场面和自己平时经常看的这段视频在潜意识里“拼接”在了一块儿，认为自己重病将死的未婚妻是美人鱼，将她暂时放在水中，也就解释得通了。

这时，“赵央”开口道：“我想知道，陈先生，您现在是想要……做什么？”

“她太喜欢水了，她是水里生水里长的人，所以在最后时刻，我想送她回家。本来……这件事也可以落实了，但因为三天前的意外……”他痛苦地攥紧拳头，“我很怕，很怕来不及了……我希望两位可以帮我，证明我没有撒谎！求你们了！”

周语快不行了，接下去的治疗几乎毫无用处，只是延长她痛苦的权宜之计。临终关怀部门就此开了一个会，想要遵循人道主义，批准之前陈康提出来的遗愿请求。但陈康因为有谋害未婚妻的嫌疑，被禁止接近“被害者”。

心理中心对陈康的精神状况进行了分析，却发现他思维很正常，除了坚信水能缓解周语痛苦这个无稽之谈。

事情陷入了僵局。

这时，门被猛地推开，陆警官一脸严肃地站在那儿，厉声道：“快跟我走！赶紧的！”

“怎么了？”

“周语病危了！”

6

医院。

汪医生已经换上了全套装备，他的眼神也像变了个人似的，严肃，气场强大。

病床上插满管子的女子紧闭着双眼，因为病痛而被折磨得已经没有血色的脸有些凹陷，但仍能看出她曾经的美丽。

她的生理机能已经降到了极点，心电仪发出了混乱的警报声。看似混乱却井然有序的抢救仍在继续，但情况似乎不容乐观。

汪医生的额角渗出大量的汗珠，他紧盯着设备，知道自己已经回天乏术，病床上的女子已如残烛，只要风轻轻地一吹，就有熄灭的可能。

而窗外，狂风骤雨，电闪雷鸣。

女医助发出了一声呜咽，束手无策："怎么办？"

"陈康来了吗？"汪医生摘下面罩，冲到门口。

"还在路上！"门口的护士也很着急，"雨下得太大了，有一个路段积水，他们得绕道！"

汪医生回过头去，咬紧牙关，看着病床上命悬一线的女子，做了一个艰难而冒险的决定。

"把不必要的管子给拔了！跟我来！"

"汪医生，是要停止抢救吗？"

汪医生没有回答，他面色凛冽，如同一阵疾风，冲进了高级病房区。

医院到了。陈康几乎是冲下车去，雨水已经漫过了小腿，他在雨里跌了一跤，却顾不上疼，朝着抢救室的方向冲去。赵央等人也急急地跟在身后。

抢救室门大开着，浑身湿透的陈康像是用尽了一切力气，"咚"一声跪在了地上，然后发出了压抑却撕心裂肺的哭声。

来迟了吗？阿喜停下了脚步，呆呆望着眼前的场景，生离死别，怕是没人能说出那句"节哀顺变"。

直到走廊尽头出现了一个小护士，她焦急地朝着他们的方向挥手："这边，这边！周小姐还活着！"

偌大的光滑的浴缸里，莲蓬头正在哗哗地蓄水。

汪医生刚才觉得自己的心脏都要跳出来了，此时，他听着心电仪发出的平和的嘀嘀声，觉得是他这辈子听过的最美妙的声音。

他抹了抹额上的汗。身后的几名医助也一时难以相信地捂住嘴巴。

没人能料到，几乎要撒手人寰的周小姐，在水中，仿佛重生了。

她安静地躺在那儿，身体似乎因浮力而漂起——没人能讲清楚，到底是因为她过于消瘦，还是因为别的原因。总之，她躺在那儿，仿佛一条美人鱼。

门口冲进来一个男人，他的西装湿透了，有些狼狈。他几乎是扑到了鱼缸边，喜极而泣。他伸出手去，轻轻触碰女子白得像纸的脸。

阿喜挤到浴缸边，看到了周语的脸。她似乎醒了，伸出她瘦得像麦秆的手，温柔地抚摸着姗姗来迟的陈康的脸。

一旁的“赵央”轻轻地问：“你看到什么了？”

阿喜的手微微颤抖，回答道：“我看到……一条美人鱼。”

一场慌乱之后，狂喜却不解的人群散去。病房里，暂时告别了垂危的周语安静地躺在洁白的病床上。

阿喜能看到墙体上的缺失，应该是几天前砸掉的鱼缸还来不及修理而残留的。

不知为何，脱离了水，她看到的周语就只是一个被截了肢的病人。她不知道自己刚才看到的人鱼到底是周语的，还是陈康的幻想。

此时，周语缓缓睁开眼睛，感激地看了一眼阿喜。

一旁握着她手的陈康很温柔地摸了摸她的头，回头对阿喜道：“她说，你看到了。对不对？”

阿喜点点头。

周语的眼泪落了下来。

一旁的会议室里，“赵央”和陆警官面对汪医生坐着。

汪医生此时经历了一场生死急救，眼神有些呆滞：“你们走吧。我会帮周语办理出院手续。不过这件事不能让院长知道……所以，趁着现在他们还在开会，你们得从后门走。”

陆警官一怔：“这怎么行！这不合规矩，这陈康还是我们的嫌疑人呢！这个锅我可背不起！”

汪医生顾不上别的，哀求道：“哎哟陆警官，你刚才是没看到吗？这件事太蹊跷了！人都已经几乎没了，放到水里，真的跟起死回生一样！”

陆警官冷哼一声：“是你医术高明。”

“什么医术高明啊！”汪医生叹了口气，“我说实话，周小姐今天只是捡回一条命，她不可能活太久了。她身体里所有的细胞都已经岌岌可危，随时都有可能死去。”

“这样还让她走？”陆警官气得吹胡子瞪眼，“你们医院可是要背锅的！”

“有家属同意即可。”汪医生道，“现在治疗根本没有意义。出于人道主义，我们应该让她去到她想去的地方，即便是死在路上也好过没有出发吧！”

陆警官沉默不语。

一旁的“赵央”道：“没错，没有比死在这里毫无希望更糟糕的了。汪医生，我们愿意陪陈先生和周小姐走一趟。临终关怀部门我们也接触过，这个案子通过的概率很大，只是需要时间。”

汪医生道：“对，可是周小姐已经等不起了。”

“汪医生您说，要是周语在医院能够活多久？她有没有可能……好转？”

“不可能。”汪医生摇头，“今天算是在鬼门关走一遭，她已经病入膏肓了，细胞缺乏再生能力，奇迹之后没能跟着更大的奇迹。”

汪医生将眼神投向陆警官。“赵央”则嘴角微微一扬，胜券在握。这个糙汉撇过头，骂了句脏话：“你们这不是为难我吗？”

“陆警官……求您放行吧。”

“既然这样，不废话了。”他抬起鹰一般锐利的眼睛，“我去开车。我是他的监管人，我监视他总是合规矩的！”

他一面向外走，一面哼了一声：“有我在，他可跑不了！”

一场逃亡正在进行。

静悄悄的走廊里，周语被放在轮椅上，一双大眼睛写满惶恐和不安，同时又涌现出无限的期待。阿喜换上了护士服，推着她走。

奇怪的是，涌进阿喜鼻翼的，好像不是医院消毒水的味道，而是浓浓的海腥味，却很好闻。

后门，陆警官已经将他那辆破旧的小面包车停好，后排的座位放下，刚好可以容纳轮椅。他甚至已经导航好了，一面抽烟一面嘀咕了句：“都什么事嘛……”

陈康感激地看着陆警官，和阿喜一道准备将轮椅抬上后排。

陆警官却下车了，不耐烦地道：“我来我来，女孩子一边儿去。”

阿喜识趣地退到“赵央”身旁，轻飘飘说了句:“这陆警官，关键时刻还是挺男人的。”

在后排门正要关上的时候，忽然有个小护士急跑着叫住他们：“等下等下！”

随着她的视线看过去，只见汪医生和另外三个穿白大褂的人抬着一个木桶过来。木桶里蓄满了水。

“把这个带上！以防万一！”

汪医生向来不是迷信之人，但经过今天的一场“死里逃生”的冒险，他居然提议让陈康把医院的大木桶带上。

车里有自备的取水装置，万一周语真遇到什么特殊情况，还能用这个方法再试一次。

当然，汪医生说这个的时候自己也有些不好意思，感觉这分明是病急乱投医嘛。

一切准备就绪了，周语坐在车里，回望着医院的后门。后院门口正浩浩荡荡地站着一排为他们送行的人，好似这不是一场“逃亡”，而是一场隆重的告别。

白衣天使们高声喊：“美人鱼小姐，再见！”

“再见！”

“回家了，记得想我们啊！”

为首的汪医生不停抹着眼泪：“我们会去看你！”

“嗯！以后去海边看你！”

“你要记得我们的暗号啊！”

“Blue……Blue……Blue！”她们齐声喊道。

陈康替周语开了车窗。

周语看着在她病了半年后已经熟悉得如同亲人的天使们，非常艰难地举起了手，比了个“OK”。

8

车子驶上高速，朝着南方疾驰。

黑暗之中，面包车略颠簸，陆警官身上淡淡的烟草味道缓慢发酵。

阿喜侧头，看到一旁的“赵央”微合着眼睛闭目养神，心里之前的不安渐渐消退。

身后的陈康正轻轻地发出呼吸声，可能是太累了。他睡着了，只是手还握着周语的手。

见阿喜回头，周语抬起头来，冲她温和一笑，然后又扭过头，深深地望着熟睡的陈康，那眼神里仿佛有千言万语，又仿佛是想把他烙印在脑海之中。

若是没有这场病，他们或许是这尘世间普通的幸福的一对。但爱情的绚烂之处，或许就是排除万难，给你想要的东西，带你去你想去的地方吧。

窗外仍在下雨，小面包车却风雨无阻，他们也生死无阻。

抵达 A 市，天还没亮。海洋公园门口，一个背影佝偻的老人站在路灯下等候。他是海洋公园的老馆长，也是周语的养父。

舟车劳顿的众人顾不上休息，将周语的轮椅搬下车。

老馆长朝着她伸出双臂，缓慢地走了过来，眼里蓄着眼泪，是思念，也是心痛。

公园的自动门“哐当”一声打开，今夜，将为他们这一拨特殊的游客放行。

于有些人，是初见；于周语和陈康，却是重逢。

夜晚还在继续，海洋馆里有频率很低的水波晃荡声，紧接着，是什么生物的哀鸣，此起彼伏。

阿喜愣住，“赵央”则皱皱眉头：“是海豚和虎头鲸的声音。”

老馆长笑着道：“看，两个小家伙可是等不及了。”

海洋馆里的灯瞬间亮了起来，这是周语熟悉的训练场地，她像是激动了起来，抬头看着陈康。

水面上划动着一小片弧线。紧接着的场景让众人都似乎忘记了呼吸和心跳。

一头个头不小的虎头鲸正从水面冲出，划出一个漂亮的弧线，几乎冲到天花板，下坠，下坠！尾翼卷起巨大的水花，溅向岸上的众人！一只海豚一个打挺上了岸，眼珠子亮堂，望着他们的方向，像是有了人的灵魂一般，拍打着自己白色的肚皮。

“yi……wu……yi……wu……”它发出了绝美的叫声，在巨大的场馆中不断地回响。

“万物有灵。”“赵央”感慨道。

这时，老馆长丢过去一个海洋球，喊了声：“Blue！”

海豚接过，头顶住，动作可爱又笨拙。

远处的虎头鲸也缓缓游过来，栖息在岸边，乖巧得像是一个等候拥抱的孩子。

周语抬起头，看着老馆长。

老馆长侧头，看向陈康：“丫头想下水。”

陈康犹豫了片刻：“好。”

陆警官却有些迟疑：“这……下水，会不会不安全？”

“下吧。”老馆长笑着说，“我水性好得很。放心吧，有我在。”说着，他将轮椅推到岸边。

其实，到这个份上，早已百无禁忌。

周语伸开双臂一撑，扑进了水中。

陆警官看呆了，却没有阻止，只嘀咕着：“疯了疯了！”

而那在轮椅上病情垂危的女子，在扑入水中的那一刻，却好像重获了生机。她空空的裤腿幻化成了一条拥有蓝色鳞片的鱼尾，她身姿窈窕，在水中打了个转。

她一把接过了海豚 Blue 的球。海豚跃进水中，追着她而去，而一旁的虎头鲸也缓慢地朝着她的方向游去，与她并驾齐驱，像是一个最称职的骑士。

幽蓝的海水温和地包裹着海洋生物们的身躯，也包裹着那失去双腿的人鱼少女，更像是有无形的水，包裹着岸上人的心脏，温和地、有序地轻轻拍打和安抚。

“真美。”岸边的阿喜忍不住感慨道。

陆警官凑到阿喜旁边，问了句：“你……能看到她的鱼尾？”

阿喜似乎能听出他语气里掩饰的羡慕和嫉妒。她坚定地点点头。

陆警官叹了口气：“你们都疯了。”

陈康和阿喜坐在岸边看着周语在水中畅游。而岸上的老馆长也为“赵央”和陆警官说了一个故事。

“周语的来历，我还没跟你们说吧。她其实不是什么渔民的孩子。在我遇到她那年，我在一艘船上做水手，一天狂风暴雨中，甲板上冲上来好多鱼。”老馆长回忆着，“她就在鱼中。”

“这姑娘不会说话，那年她看上去不过十二三岁。一开始我们怀疑是偷渡的少女，本来是要上报的，但是这小丫头很依赖我，我就起了私心，将她藏了起来，后来就收养了她。她很喜欢水，海里的动物也和她亲，我有时候也会想，她或许真的是一条美人鱼。”

后来，他成了海洋馆馆主，他最疼爱的周语成了这里的一个人鱼表演师，直到后来她爱上了陈康，决定跟他去远方。老馆长很是不舍，但是从她看着他的坚定眼神里，他似乎明白了这姑娘上岸的原因。

而今，又是十年过去，她重新回到了这里。

老馆长叹了口气：“或许，一切都是命运。我曾经也纠结过这丫头的来历，但如今已不重要了，她是我的女儿，是陈康的未婚妻。”

老馆长徐徐回望，眼神忽然亮了。他激动地站起来，抓住了“赵央”的手：“我也看到了！我也看到了！”

陆警官急了：“你们到底看到什么了吗？你也看到了？为什么我看不到？”

老馆长看到了，看到水中的周语拥有一条蓝色的鱼尾，像是记忆突然开闸，他想起来了。

他初见她时，她在甲板的鱼群中看着他，眼神胆怯，小心地藏起了身后的鱼尾！

9

面包车正在往晏城的方向开。车里少了两个人——陈康和周语都决定留在 A 市，向来公事公办的陆警官决定放行。

“算了算了。这事儿我可管不了了。”陆警官从不相信童话，但这次他感受到了深深的屈辱。凭什么他看不到啊？

但毕竟周语回到了她想回到的地方。

汪医生也说了，周语时间不多了。

坐在车里，陆警官还是忍不住问了句：“那个，赵医生，你说这到底是什么情况？到底是我疯了还是他们疯了啊？”

“赵央”想了想，笑着道：“谁也没疯。周语是不是人鱼其实并不重要。或许她不是，只是爱她的人圆了她的一个梦。这是成全。或许她本来就是，只是上岸后，很少数有缘分的人能看到她的模样。陈康是其一，老馆长是其一，阿喜也是其中一个。”

阿喜笑了笑，轻声道：“你这样倒是难得像他。”

事实的真相没有那么重要，若是幻象能让人痛快，那便一幻到底，成全也是成就。

陆警官叹了口气，难得有些遗憾：“怎么就我看不到呢？”

“赵央”说：“放心，我也没看到，这样你心里是不是平衡点儿？”

陆警官：“哼！你不要以为我看不出来，你就是装看不到！”

阿喜尴尬得一阵咳嗽。

“赵央”索性睁开了眼睛，看着周围漂亮的南部景色，悠闲地将手垫在脑后：“哎呀，被看穿啦！”

大概一周后，从 A 市传来了一条消息。

“敬爱的赵医生和阿喜小姐，我是陈康。吾之至爱周语于今日黄昏十八时零五分辞世。很感激你们的付出，同时也很庆幸你们的理解，让她能够眼望着她来时的海域，乘着黄昏的凉风，在粉色夕阳的目送下，与我和这个可爱的世界告别。世间诸多苦难，但她始终做到忠于内心所向，而我也能帮助她、陪伴她至此，回到这个她魂牵梦绕的地方。我知这世间，有人拥抱海洋，也有人只能望着爱人离开的脊梁，我无鱼尾，只有一双行走天涯的脚，与她同行的这一段，很是值得。并且，在此时此刻，我并不悲伤。于我而言，这只是一场暂时的告别，我们终将再次相见。”

当然，陆警官也收到了这条短信。此时恰是夕阳西下之时，他正蹲在门口的一棵大槐树下抽烟。收到这条短信的时候，他的手微微颤抖着，烟蒂烧到手时才整个人弹起来。然后他捧着手机，仰起脑袋。

局里的几个年轻后生面面相觑，压低声音。

“铁汉落泪了？”

“陆叔这是咋了？”

“失恋了！一定是失恋了！”

“失恋？那他可真是铁树开花！”

给陆警官的短信里，有比给赵央他们还多一条的内容——“亲爱的陆警官，愿你也能找到那个与你并肩在人间行走，并觉得值得的人。”

此时，一艘小船正驶向大海的中央，掌舵的老馆长看着这片熟悉的海域，松了船桨：“就是这儿了。”

坐在他对面的男人环顾了一下四周，打开了怀里的瓷罐，温柔地将它倒进了海水中。

海风像是在某一瞬间停了下来，接受这个生命的尘埃。

游鱼环绕在他的船边，吐着泡泡，发出“Blue——Blue”的声音。骨灰接触水面时，像是咒语解除，他似乎看到一条人鱼跃进水中。

他和老馆长并肩而立，目视那人鱼向深海游去，目光坚定而温柔。

——爱或许是世间最美妙的幻象。

——我们也总有重逢的一天。

第六章

高考

1

这一年的梅雨季很长，上一回的连续阴雨后，只在五月出头的时候晴了几日，那之后，岁月变得极其绵长，雨水泡得人骨头有些酥，不是酥爽而是浑身乏力。

那段时间，事务所接到的案子大多平平无奇。所谓平平无奇，当然也是相较于这几年的奇怪案子而言。除了一个怀疑自己发霉长出了一头蘑菇的男人之外，其他的大多和情绪相关。对了，还有一个中年女子怀疑自己丈夫出轨，结果经过调查却发现她根本没有丈夫。她说的那个男子是她家老房子的一个男租客，而所谓的出轨情人其实是租客的老婆。

这事因为委托人情绪激动而且诉说欲太强反而被搞大了。赵央当然想办法解决了——其实很简单，只是采取正常的引导疏通，再配合一些小小的伎俩，比如“假托梦”之类的，让女子打开心结，然后再进行药物治疗。但在媒体那边，却被传得神乎其神。

当然，这上面说的赵央是阿喜坚决认为的“赵央”。她和黑影经过几个月的磨合，相处融洽了一些，只是这家伙和老大差距还是有些大，阿喜虽然习惯他的存在了，但要接受他还需要漫长的过程。总而言之，在阿喜眼里，黑影和老大就是两个人，只是这样的模式相处久了，“赵央”不再是个名字，好像成了个组合——黑白影子的组合。

最近，心理中心和各大高校联合举办了一场高考考生心理疏导活动，众人商议决定由黑影参加。因为提起高考，黑影那叫一个激动，尽管他自己当年也算是个学霸，但他觉得电视上那种沉着应对、完全把高考当成一场普通考试的高冷形象大部分都是虚构的，几乎所有参加过高考的学子都能切身体会那柄剑悬在头顶的滋味。连肥丁这个缺心眼也是滔滔不绝，说："我到现在还经常做回到高考当天的梦！老是忘带准考证、忘带笔，那叫一个绝望啊！"然后他又补一句，"要是我跟祝医生一样被困在这种梦里，简直生不如死啊！"最后他总结道，"太惨了！实在是太惨了！"

高考无疑是莘莘学子的一场硬仗，虽然不至于丢掉性命，但十年磨一剑，若是未能顺利出鞘，那对任何人来讲都是非常沉重的打击。因此，那种神经紧绷的感觉是所有人都不想回忆的。

每年这个时候，来心理咨询中心的学生会大幅度增加，甚至包括考生的家长也都难免出点儿"问题"。

隔壁鱼铺的老板娘近段时间往这里跑得也挺勤，不过有问题的似乎不是她应考的儿子，那孩子每天乐乐呵呵的，还跟阿喜悄悄说："喜姐，我要是考不上，不是还可以继承我家鱼铺吗……"虽然有些胸无大志，但这样的乐天派总比担心高考失利觉得天就塌了的好些。

不过鱼铺老板娘却忧心忡忡，拽着阿喜的胳膊和赵央说道："赵医生，我担心呀！我找大师算了一卦，大师说，悬！"她口中的大师是常来买鱼的客人，到底有没有掐指不知道，但鱼铺的客人哪个不知道她家小少爷每天傻乐呵不是读书的料？还用得着算？

老板娘开始抹泪，抹完泪把手在满是鱼腥的裙子上擦了擦，见有客人来了，她又奔过去。

黑影："喊……"

阿喜望着老板娘的背影："她这是失眠几天了啊，这黑眼圈。"

赵央："没事的，她没事儿。"

肥丁："这到底悬啥？前些日子我替那小子补习，就他那脑袋瓜子，老板娘到底在悬啥！是担心他上不了清华吗！"

……

赵央："可怜天下父母心吧。"

黑影："喊……"

阿喜有些恼火："你喊什么！"

肥丁一脸冤枉："我没有喊啊！"

事务所的门几乎是被撞开的。

肥丁被阿喜凭空吼了一句吓得回头，只见冲进来一个身着黑衣面容清瘦的年轻女子。她几乎只是抬眼示意了一下，就径直走到了茶水间，熟练地倒了杯水，再一股脑地喝了下去。

肥丁和阿喜互递了一个惶恐的眼神，这个年轻女子他们显然都不认识。

黑影也是一愣，交叉在胸前的双手松开，瞪着那人。

赵央："怎么了？谁来了？"

来人似乎认识他们，不仅认识，对这里还很熟悉。

阿喜也知道这光天化日下的闯入者没有什么危险性，她起身，问道："请问……"

女子还在咕咚咕咚喝水，手抬了一下示意"等会儿"，然后像快要渴死的鱼终于喝到了续命水那样肩膀大力抖动着。

接着，她和阿喜四目相对："阿喜，赵医生，还有小胖，好久不见。"

好久不见？

还没来得及再对一遍眼神，女子摆摆手呼出一口长气："不用不用，你们不用费心回忆了。我坐下慢慢跟你们说。"

她走过来，一屁股坐在赵央对面的沙发上，气喘吁吁得像是刚长跑完："我刚、刚结束考试，马上就来了。"

肥丁问："考试？"

"对啊，高考啊。"

等等，眼前这个小姐姐看着也不像高考生啊。

"不是……高、高考？"肥丁愣住。

"这个问题，你已经问了我几十次了，能不能稍微有点儿变化？"她摇摇头。

"几十次？"肥丁一头雾水。

阿喜则看向赵央。

赵央开口打断肥丁："让她说。"他朝着女子的方向点了点头，示意她慢慢说。

女子环顾了四周一圈，嘴角开始有了笑意："果然是这儿，看来你之前说得没错，我是真的回来了。分数确实是通关的密码。"

之前？阿喜怀着疑窦，侧头跟赵央耳语："看起来很正常啊，透过她眼睛什么也没看到。"

"嗯。你慢慢说。"

"我是周月，今年……28岁。确实，你们是第一次见我。但是对于我来说，大概已经是第35次见赵医生和阿喜，至于小胖子，大概有个25次吧。所以，我对你们很熟悉，对这里也很熟悉。”

肥丁：“怎么我的比阿喜少？不公平！”

赵央眉头微皱：“你说的35次是……在哪儿？”

“我也不知道怎么说。总之，35次里大概有个20次，是和这里差不多的地方差不多的陈设，另外有几次是在心理中心，还有一两次是网络咨询。”周月接着道，“我知道我讲这些你们肯定觉得很乱很没头绪，说实话，一开始我自己也搞不清楚。”

是的，大家都不明白，只是好歹是老牌事务所了，什么场面没见过……大伙儿都知道，现在这些混乱的表述没办法用逻辑捋清，纷纷乖巧坐好，等待对方一本正经地胡说八道。

“刚才说过了，我叫周月，是市图书馆的副馆长。至于刚才提到的高考，对我来说既是十年前，又是……昨天，甚至是上一秒，我醒来前。”

众人屏息凝神。

“事情得从6月6号晚上说起。但是我先强调，这个6月6号只是相对正常时间流逝，也就是你们认知里的昨天晚上。对于我经历的时间来说，可能……已经是两年前了。”

那天晚上，周月像往常一样下晚班，到家的时候已经是十一点多了，她照常洗洗弄弄刷刷剧，然后就躺在床上睡着了。

睡梦中耳边传来一阵刺耳的铃声，周月睁开眼睛，整个人愣住了。

她坐在考场里，窗外下着不大不小的雨，头顶的风扇发出嘎吱嘎吱的声音。周月有些恍惚，她用力闭上眼，然后再度睁开。

眼前的课桌有些熟悉，桌上摆放着几样东西，黑色的中性水笔、一卷透明的胶带纸，还有她的准考证，就整齐地放在桌子的右上角。

铃声像是魔咒，余音绕梁。她听到脚步声，抬起头，讲台处的陌生男人看起来好像有那么一点点熟悉，他的地中海发型和嘴角的黑痣像是在哪里见过。

她觉得身体有些僵硬，微微侧头，右边的同学也正朝着她投过来一个眼神。

那是她高中时隔壁班的男生，叫什么来着？

她明明已经忘了对方的名字，这个时候，却清晰地想起了，叫全华昇。

对，那个貌不惊人、在她隔壁班三年却只在考场门口见过的男生。他自我介绍说：“你好，周月同学，我是你隔壁班的全华昇，那个，我的笔袋落在出租车上了，我能不能……”

周月还记得，她很不耐烦地打断了对方的话，将自己笔袋里多余的一支笔丢给了他。

很烦，这样重要的考试居然连笔袋都能落？你怎么不把准考证落了？

她还记得，全华昇那张平凡无奇的脸上露出了一个憨厚而感激的笑：“周月，你人真的好好。”

周月收回了目光，这时，考卷已经传到她这一排。

煞白的纸张有些刺眼，周月机械般地接过，触摸到那纸张真实的质感时，更恍惚了，她用力地搓了一下试卷。

这个梦也太真实了。

椅子传来一阵强烈震动，是身后的人踢的。周月一个愣神，听到地中海老师厉声道:“喂，第四排那个同学！”

一股强烈的电流从脑门袭进胸腔，她麻木而快速地将试卷往后传，慌乱之中听到心脏快速跳动的声音。

“不要东张西望！”老师朝着另外一边的考生厉声提醒，周月回头时，看到身后那有些陌生的女孩一脸的不高兴。

周月僵硬的身体回直，盯着试卷。

没错，她梦见的是她高考那年的卷子。她还记得这第一题：“下列词语中加点的字，注音全都正确的一组是……”

周月看着这行字，脑子登时一片空白，闷热的教室里响起了唰唰的写字声，她感觉到皮肤上爬满了细小的鸡皮疙瘩，可额角的汗却猛地往下坠。

真实的汗珠打在了桌面上，她吁出一口气。

是梦。

没错，是个真实的噩梦。

她最近一定是太累了，所以醒来的方式不对。

她平复了一下心情，然后将胳膊放到桌上，将有些钝的脑袋枕上去。试卷的油墨味刺激着鼻腔，她在心里默念：“没事儿，再睡一觉就好了……再睡一觉就好了……”

眼皮慢慢沉了下来，几乎在周月以为自己快要在梦里睡着的时候，桌子被重重地敲了一下。

“同学，你怎么回事？今天是高考！”监考老师克制着自己的嗓音不至于太大，但他实在不解居然有人在高考时睡觉!

“你就算打算交白卷，好歹把名字写上吧！”

周月猛地抬起头来，苍白的脸上写满了茫然，而手指一阵剧痛，鲜红的血从指缝间流淌出来——锋利的试卷划破了她的手指。

在刚才一阵短暂到近乎不存在的小憩间，她脑子里百转千回。

这根本不是梦。

如果要说是梦，反而是十年后那个成为图书馆副馆长的周月的人生更像个梦!

大脑像是被重置，却又因为无法将“未来”的梦清零而多了一些东西。

对，这是高考，这是影响着她人生的最重要的考试！

她叫周月，准考证号是103××××××××89，今年18岁，为了这场考试，她几乎整整一个月没睡好觉。

等等，那个成为图书馆副馆长的女人是谁？

周月的脑子有点儿乱，可是此时，紧迫感仿佛是一根尖利的针刺向她的眼球和心脏，她快速拿起笔，开始答题，努力驱散后背的凉意。

可是……这些题目看似很熟悉，像是昨天背过，却又打上了一层薄薄的马赛克一样，就在脑边，却又远得像天上无法看清的星。她有一种绞尽脑汁也无法将它榨取出来的无助感。

头顶的钟走动得好像比平时要快一点儿，周月仿佛憋着一股说不上来的劲儿，陌生又熟悉的恐惧让她如同机械一般地答题。

铃声再度响起。

老师的声音随之而来：“把笔放下！把笔放下！”

她的笔在铃声响起的那个瞬间就放下了——几乎是丢开的，她觉得笔身烫手——抬起头的时候，正好撞上右方全华昇的眼睛。他眼神里写满了困惑，但在触及她惊恐而茫然的眼神时，似乎是极力掩饰，他鼓励般地弯起眼睛，那张并不怎么好看的脸上呈现出了笑意。

监考老师收走了试卷。

这一场，有人叹息。

世界仿佛从一场巨大的死寂里复苏，人间的声音重现，可对他们来说，接下来还有三场炼狱。

周月茫然地从桌前起身，双手颤抖地收拾笔袋，然后在老师的催促下随着人流走出考场。

“你还好吗？”全华昇不知什么时候出现在她身后，递过来一张纸巾，“你脸色怎么这么差？”

她不知道怎么回答。

她不知道发生了什么，她的大脑好像被分割成了两个部分，相互矛盾地存在。

她到底是做了一个关于未来的梦，还是正在做一个回到过去的梦？

不管是哪种结果，她好像都不太喜欢。

周月木然地接过纸巾，往头上覆去，纸巾瞬间湿透了。她怎么流这么多汗？可是却又这么冷？

全华昇从旁边拿了一把巨大的黑色的伞，问：“你的伞呢？”

她摇摇头。

“我送你？”

她再次摇摇头，然后背过身去，走进雨里。

全华昇的伞追了过来，他黝黑的脸显得有些不好意思：“你爸妈来接你了吗？”

周月不作声。

没有。她妈在几天前病了，为了不让周月压力过大，说好不来接她了。可周月的压力并没有因此减轻。

不对。周月的脚步忽然定住。

妈妈来了的。

她还记得妈妈撑着一把红色的伞，新买的，说是比较吉利。如果不出意外的话，妈妈会带她去附近的一家酒楼吃午餐，那里有她爱吃的南瓜饼。她因为贪吃多吃了几个，下午数学考试的时候有些积食……

雨里，周月觉得自己浑身软绵绵的，直到全华昇伸出手指，在她面前晃了晃：“你……还好吗？”

事务所。

“有吃的吗？”尽管周月的叙述看似冷静，有条不紊，但从她的脸色以及微微颤抖的尾音，还是能知道她此时的心境。

肥丁不忍心错过故事，却被阿喜一脚踹了起来：“你想吃什么？”

“面吧。你上次煮的面还可以。”她淡淡地说，“我不吃辣，多加醋。”

厨房里，肥丁翻动锅碗瓢盆的声音让下雨的午后变得吵了一些。

“然后呢？”赵央在沉默了半晌后，提醒她接着往下说。

一开始以为是梦，但如果是梦，她此时不至于这样坐在这里长篇累牍地描述。

“接着……”周月继续道，“我当时怀疑我穿越了。后来，我算是确定我穿越了。”

赵央点点头：“那你是怎么回来的？”

“我当时笃定自己穿越了，因为接下来的一切虽然很真实，但都是发生过的。我没再吃一口南瓜饼，我妈为此还很担心是我上午考砸了心情不好。”

“我当然心情不好，但主要是古怪。因为在里头……‘回到’18岁那年之后，我的记忆好像和那个时间点的记忆相互冲突。”周月道，“我不知怎么形容。”

“也就是说，那个梦……抱歉，我们暂时称呼它为梦。”

“嗯，没事。”

“在那个梦里，你的大脑主要感知的是18岁的你，而现在这个时间点的你，似乎更为……遥远，更像一个梦？”赵央试图解释道。

“没错。”她点点头，“虽然在那里很惶恐，但我很快接受了自己当时的设定，只是……”

只是记忆和感觉进入状态很快，像是系统设定一般，但她的知识库却完全不是当年的状态了。

上午的语文卷还好，到了下午，数学卷完全像是天书一般。她当年算是学霸，即便是其他的考砸了，数学也是拿了近满分的，可这回，她觉得自己可能连及格都够呛。

在这个梦里，时间越往前走，就显得越真实，正如赵央所说，原来自己笃定的一切，反而显得不真实起来。

她完全是那个18岁的高考少女，只是脑子里多了些乱七八糟的妄想。她不太明白自己为什么做不出题，那种感觉煎熬到屁股像被火炙烤。

但再煎熬，两天还是很快过去了。

她再次感受到那根紧绷的绳……断裂了。

那种感觉让她像断了线的风筝一般，没了头脑。

高考结束，她听到有人放声大哭，她也记得当时有个女孩来不及涂答题卡，最后几乎是交了大半张白卷。

她还记得那个女孩是隔壁学校的，成绩一般般，但最后一门的风波让她备受打击，复读一年后，却像被诅咒了一样犯了同样的错误，再度落榜，后来就再也没听过她的消息了。

有人说她疯了，也有人说她自杀了，具体情况不得而知。

周月疲惫得像跑完了两天的马拉松。

回到家里时，妈妈满脸的殷勤：“小月，考得怎样？”

自然是非常不好。周月脑子混乱，很生气。穿越是吗？真是穿越也不能这么整她吧，让她穿越到高考的考场上？她才是被诅咒了吧！

她回到自己屋里，将门反锁，对着一堵写满公式的墙，脑子再次混乱起来。

“然后我就睡着了。”

周月抬起头，声音不由自主地再次颤抖，“我再醒来，就是今天早上。”

“然后你来……来了这里？”赵央迟疑地问。

周月摇摇头：“我说过，这大概已经是我第 35 次来这里了。”

“你刚才所说的今天早上，从你自己的时间上来说，是两年前，也就是说，你虽然是醒于所谓的 2020 年 6 月 7 日，却不是我们所理解的今天早上，对吗？”

“对。”周月点头。

“我们暂时把它理解成另外一个时空的 2020 年 6 月 7 日。”

“嗯。”她脸上有些喜悦，似乎在欣喜赵央的理解。

“你继续说。”赵央现在顾不上关心另外一个时空的自己，迫切地等待她说下去。

“我睁开眼睛……”周月接着说起来。

她睁开眼的那个瞬间，看到天花板的灯。没错，那灯是她自己装的羽毛灯，前一天还因为羽毛松了飞下来落在了自己脸上。

而与此同时，随着她的苏醒，那个真实的穿越回 2010 年 6 月 6 日考场的梦，好像也在一点点消散。像个被遗忘的梦，周月几乎能够预感到自己会慢慢地……忘记遗忘本身。

她坐起来，像过去的每个早上一样，准备掀开被子。被子上也是她熟悉的花纹。

但当她彻底清醒的那一刻，她惊呆了。

这不是她的房间。

尽管布置、装饰，甚至头顶的羽毛灯都和过去一样，书桌上的照片……也是她的。可桌子不是原来那张桌子，墙也不是原来那堵墙。房间小了许多，墙皮也掉了不少。

她瞪大眼睛，猛地下床，看到自己原本的地板上那条毛绒地毯也不见了。

这时，外头传来了陌生的男女对话声。

窗外的声音也一点点地透进来，像是菜市场一样嘈杂混乱。

她飞奔过去打开门，正在门前争吵的男女瞬间哑了嗓子，同时回头看着她。

女人那张陌生的脸上写满了抱歉：“对不起啊，吵到你了。”然后嗔怪地看了一眼她对面压抑愠怒的男人。

他们是……谁？

很快，记忆像是瞬间被点亮，她想起了他们的名字。

眼前这对在她过去的人生里从没出现过的男女，忽然被植入了信息，名字、性格，所有回忆都涌现了。

周月想起来了，她和他们是合租关系。

她有些恍惚而激动地看向客厅。狭小的客厅堆满了杂乱的货物，空调发出鼓风机一样的声响，空气中混杂着腐烂的食物和衣物的汗渍臭味。

这时，那对吵架的夫妻中叫琴琴的女人，一拍脑门想起事来：“对了，这个月的房租你是不是……”

周月愣了一下，她想起来了，这个房子就是菜市场旁边的房子，而这个叫琴琴的女人是和她一起租在这儿的二房东。

“你是不是有点儿为难？”琴琴体贴道，“小月，你怎么了？”

房租 1000 块，她还记得。

她也像是忽然想起了她现在的身份。

周月，28 岁，无业。客厅里摆放着的杂物是她和琴琴夫妻俩摆摊售卖的衣服。

一种诡异的乏力感一瞬间擒住她的身体，她扶着门，差点儿没站稳。

“小月，你不用着急的。”琴琴是个好人，她的老公人也挺好的，虽然有些小脾气，但对老婆和小月相当照顾，“你要是现在手头紧，我们宽限一下也没关系。只是你的脸色怎么……这么差？”

“抱歉。”周月道歉，然后迅速关上了门，将背抵在门上，大口地呼吸。

记忆奏效了。

她想起来了，高考她考得极差，可她死活不愿去复读，当时她妈……

周月捂住胸口。

她妈以死相逼，到现在，两个人的关系都没有好转。

周月当时的成绩只够勉强上一个大专，进大学以后她一蹶不振，毕业后又因没有学历加持，一直在换工作。三个月前，她又失业了。

没过多久，敲门声响起，门外传来一声小心翼翼的问候：“周月，你还好吗？你今天还能出摊吗？”

她迅速地抹了一把脸，收起茫然，打开门：“走吧。”

周月认出，这是她不太熟悉的一条街，位于晏城的西南部，和她原来的家隔得很远。

菜市场附近是一条小吃街，尽管下着雨，但街上的摊位和行人都不少。她和琴琴停在了一个角落，熟门熟路地搬货。

像是一种肢体记忆，好像她已经做了好几百次。

她开始叫卖，声音好像脱离了她的身体，飘去了很远，而她的身体好像已经扎根在这街市，与背景音契合得无比融洽。

她的心自然是难以平静。

她到底是谁？怎么来的这里？

图书馆副馆长？城南公寓的那座小楼？

一切好像都不清晰了。

周月疲惫地站在雨水里，仿佛之前真实的过去只是落在水洼里浮现的海市蜃楼。

高考失利成了笃定的现实，而眼前被踩在脚下的自尊才是她熟悉的血肉。

真实的窘迫开始冲刷着她的妄想。

周月好像有些认命了。

凌晨十二点，她和琴琴夫妻俩一起收摊回家。她有些麻木且熟练地打包，习惯性地在街角要了一碗麻辣烫，直到辣椒的刺激将她麻木的知觉给重新唤醒。

琴琴睁着一双大眼睛问："你怎么不吃呀？"

周月愣了一下："我吃辣吗？"

琴琴的眼睛瞪得更大了："小月，你怎么啦，咱们不是无辣不欢吗？"

周月脑子里一阵翻滚，她忽然想起来了。

她毕业后两年，好像因为一个男人去了四川，在那儿学会了吃辣。

她颤抖地拿起了筷子，再次尝试着将食物往嘴里送。

是熟悉的辣味，却呛得她整个人有些崩溃，她大声地咳嗽起来。

"小月，你怎么……你好奇怪啊今天！"

她也奇怪。

那种奇怪就像是埋在土里，稍微不留神就会被覆盖，但你若是绷着神经，还能看清楚土块上的痕迹是新的，好像是为了掩盖什么而存在。

她是怎么一步步到这儿的？

"当天晚上，我躺在那张床上，怎么都想不通，后来……"她重新抬起头，看向阿喜。

阿喜的心一凛："如果我没猜错的话，你……再醒来的时候，又是 2010 年夏天的考场？"

周月重重地点头。

4

依旧是那个考场，依旧是发卷的那一刻，依旧是门外小雨淅沥，依旧是老师地中海的发型，严肃里带点儿亲切，依旧是一抬头，看到那个受她一支笔之恩的全华昇的淡淡微笑。

依旧是一点点进入大脑的 18 岁的她的记忆。

依旧是油墨香的试卷被快速分发，但这一次她没有卡壳，迅速掐住笔端，并且控制住自己的思绪。

不能被覆盖。不能被覆盖。

唰唰的写字声成了背景音，她打开笔盖，皱起眉头，一边思考，一边答题。

如果上次醒来的那个未来是因为此前回来时“考砸”，那这一次……

她眼前有些重影，她想了一会儿。

不行，即便她再拼尽全力，她也不可能考个高分。

到了能交卷的时间，她索性放下了笔，抬起头，看向监考老师。

老师脸上露出困惑的表情：“这位同学，你盯着老师看干吗？我脸上有答案吗？”

她轻轻咳嗽，心里有些对扭转时间的恐惧，却也有些期待。

“喂喂喂！同学，不要影响其他考生。”

“老师，我要……”她快速地在卷子上写上自己的名字和准考证号，然后将卷子用力往桌上一摁，“交卷。”

她走出考场时，老师一脸的惊讶，所有人都抬头看着她，包括全华昇，他脸上有完全不能理解的诧异。

就连周月都觉得，自己一定是疯了。

能不疯吗？她能感觉到18岁的自己在分泌一种叫“恐惧”的玩意儿，所以才做出了这个决定。

她能感受到，18岁的那个自己正抱头缩在灵魂深处。

“你是要害死我吗？我要怎么跟我妈交代啊！”

走出考场的周月没有带伞，整个世界静谧着，但对她而言，已经不再是死寂。

她已经放弃了这个修罗场，尽管她知道，未来有个巨大的变故在等着她，不是熟悉的图书馆副馆长，也不是刚刚产生熟悉感的无业贫困小妹。

周月走出了学校。这个时候学校门口已经候着一些家长了，他们脸上写着焦灼不安，简直比里头的人还要痛苦。

庆幸，妈妈还没有来。否则得知周月的举动，她一定会当场晕过去。

交白卷这种事是她过去十八年，哦不……过去二十八年想都没想过的事。她现在已经打定主意不考试了，与其在里头坐足四场考试，然后再去未来摆摊吃麻辣烫，她还不如轻松点儿。

但是，周月发现自己无处可去。

18岁的她人生几乎是三点一线，图书馆、家和学校，没有别的选择了。偶尔的时候她会去妈妈的面馆帮忙。妈妈一个人带她不容易，上一次醒来，她因高考失利导致了后来的人生改变，妈妈对她很失望。而这一次交白卷，妈妈的心情应该不能用失望来形容了，应该会气到跟她断绝母女关系。

她有些恍惚，不知该如何应对接下来的局面。

周月不知道自己在外头晃了多久，雨很大，街边卖糖葫芦的老人奇怪地看着她。

直到撑着一把大伞的全华昇出现在她面前："周月，你今天怎么回事？"

周月吓了一跳，在屋檐下缓慢起身，她确定刚才没有听到考试结束的铃声。

"你……你怎么出来了？"

"我随随便便写了点儿。"全华昇表情淡淡的。

周月很吃惊："这是高考呀，你随随便便写了点儿？"

见他沉默，周月收起夸张的表情，心想，我居然还担心别人，我自己都交了白卷！

"算了。"

"你到底怎么了？"全华昇盯着周月，"你饿吗？要不要我请你吃饭？报答上午你送我笔……要不是这支笔，我连随便写点儿都写不了。"

周月心里想，可拉倒吧，不过是一支笔，即便不借你，监考老师也能找到备用的。

"我有地方要去。你别跟着我了。"

全华昇却不依不饶，将伞塞到周月的手里，然后双手插兜固执地跟在她身后。

雨不大，飘洒在全华昇的身上，周月回过头："你真的别跟着我了。下午的考试我不准备去了。"

全华昇道："那我也不去。"

"高考呀！"周月加重音量。

"我并不觉得，高考比一个人的生命重要。"

生命？

全华昇侧过头："抱歉，我担心你想不开。"

周月愣住。

全华昇看她不说话，接着道："我知道你很重视这场考试，压力很大，但是我真的觉得高考并不能完全决定人的一生。"

周月试图回忆起全华昇的信息，有那么一点儿浮现出来，这个全华昇看起来貌不惊人，但其实是个富二代。难怪他不在意考试，连笔都能忘了带，又这么洒脱地愿意为了她提前交卷。他应该早已经确定了要去国外留学，高考于他而言就是走个过场。

周月和他根本不是一个世界的人。

但无论如何，此时这个人让她在这个陌生又熟悉的世界感到了一丝亲切，让十字路口彷徨无措的她有了一丝丝可依赖的感觉。

“全同学，那我跟你说，你敢信吗？”

“你要是敢说，”全华昇坚定地道，“我就敢信。”

5

周月的脸上浮现了一个淡淡的笑容，阿喜能看出全华昇在这个“噩梦”里的分量。

“他当时的表情跟你们一样。”她笑道，“尽管这个事实连我自己都不相信，但我好像只能跟他说了。”

“然后呢？”阿喜追问了一句。

“然后……”

她自然没有去考试。

周月想好了，她现在的脑子根本没办法和18岁的自己完全融合，知识点全像是马赛克，她决定熬过这两天，然后回到十年后去找当年的试卷。

只需要一天的时间，她再次回到6月6日就可以了。

全华昇是个很靠谱的人，尽管周月说的是那么离谱的事，他都没有觉得她疯了，反而说了一句：“好酷，这不是穿越吗？”

周月问他要了所有的教材，有些艰难地开始复习功课，曾经那些烂熟于心的法则，像是蒙着一层雾气般模糊，她有些煎熬。

全华昇还是被她劝去考试了。但他总是很快地回来，陪周月一块儿复习功课。

这种感觉很奇妙，一个从前从来没有在你生命中有过位置的人，忽然成了秘密的分享者。

两天很快过去了，高考结束的那天晚上，周月躺在全华昇替她安排的小公寓里等待着时空穿越的再一次降临。

她很快醒来了，睁开眼睛看到一盏极其炫目的水晶琉璃灯，整个屋子富丽堂皇。

这是哪儿？

她猛地起身，然后看到身旁躺着的人，发出了一声尖叫。

“啊！”

周月的尖叫让一旁躺着的全华昇头一涨，他爬起来，睁着惺忪的睡眼：“月月，你怎么了？”

周月张望周围，脑子仿佛再次重置。

她想起来了。

高考落榜，她和全华昇却因此产生了学生时代相依为命的情谊，然后半年前他们结婚了。全华昇的家境让周月无须为学历和工作担忧，她成了一个富太太。

可是让她崩溃的是另外一件事，她的母亲因为她高考弃考的事疯狂找她，出了车祸。

说到这儿，周月止不住地战栗起来。

肥丁的面端上来了，她乏力的手抬起来。

阿喜有些担心她："你还好吗？"

周月咬咬牙："抱歉。其实还好，只是一想起来就觉得……很难受，心里堵得慌。"

肥丁一屁股坐了下来，翘首以待接下来的故事。

周月抹了一把头上的汗："我接着说。我当时醒来之后，是要继续自己原本的打算，在接收到这个新的时空记忆后，我努力保持清醒，开始调查当年的卷子。但这一次，全华昇却想不起来了。"

周月再次告诉全华昇她时空旅行的事，可是此时，他不再是那个18岁的少年，何况他已经和周月相处了十年之久。他当时只有一个念头，就是周月情绪上出了点儿问题。全华昇把这一切归咎于自己，他有些担心周月。

而周月也发现了一个很大的问题，试卷找出来了，她一题题地去看答案，奇怪的是她一个都记不住。倒不是她的大脑出现了问题，她只是记不住当年试卷的答案。这就意味着她再次回到考场也不能保证自己能做出题来，她陷入了无限的焦灼。

与此同时，全华昇为她联系了心理医生。

周月缓缓抬起头："那是我第一次见到你。"她直视赵央的眼睛，"那时候，你……能看得见。"

身后的黑影发出一声嘀咕："那你看到的就是我咯。"

阿喜回头瞪了他一眼。

赵央依旧淡定："那'我'是怎么和你说的？"

周月沉默了片刻，拿起筷子往嘴里送了口面，然后用力地咀嚼，她看起来饿极了。

身后的黑影道："时间认知障碍。要是我，肯定会这么诊断。"

阿喜未等他话音落地，便听到周月道："你怀疑我得了时间认知障碍。"

赵央点点头。

"不过治疗应该有难度吧，"他托腮，"因为这种症状治疗起来不是一蹴而就的。"

“嗯，对。”

对周月来说，可能刚约好下次她就又回到了原来的起点。

果然，即便在考试前天看了无数遍试卷，她也一个答案都想不起来，但是……她发现了另外一件事。

“除了试卷，我当时还翻了几本书，书里的内容我还记得。”周月道，“包括在那之前全华昇帮我找到的公寓里我翻看的内容也还记得，就像头天刚背过似的。”

“所以你的办法是……复习？”赵央道。

除了背试卷的答案，她想了另外一个办法，就是重新复习。幸亏她的记忆力还不错，她努力地背诵，到最后几乎能做出试卷上所有的题。

“你在拼命复习，每次考试的分数就是你获得未来的……车票？”

“好像是这样。”周月吃完了面，舔了舔嘴唇，“不过全华昇说得没错，高考似乎不一定决定我的人生。”

“当时的你让我按照原来的轨迹试试看，能不能回到原点，结束……”周月接着道，“在大概第 23 次的时候我终于拿到了好的分数，回到了原本属于我的最开始的未来，就是现在这个未来。”

“这其实很难把控，我需要千篇一律地执行那天原本的路线，否则很小的蝴蝶效应都有可能导致未来改变。甚至包括全华昇，我没办法多给他一个眼神。因为原来的生活里本没有他。但是在其他的某个未来，我……和他相爱，我也确信我很爱他。当然，在这么多个人生里，虽然是仅仅一天的回忆，都太刻骨铭心。”

赵央脊背一凉。

来的时候，周月说她已经找了他 35 次了，那这一次，诅咒没有结束。

“然后，你也很苦恼，你劝我换一个思路。”

赵央脱口而出：“我是不是劝你放松心态，体验不一样的人生？”

周月点点头。

那接下来的多次时空旅行，毫无意外每次都是准时准点地回到 2010 年 6 月 6 日的考场，在焦灼之中开始两天的考试，然后醒在被分数决定的未来。

当然，随着复习越来越深入，周月拿捏高考的分寸感也慢慢有了。

“有一次我因为状态不好，想放弃。”她笑道，“不过后来，我拼命地学，到最后我几乎能够拿到近满分的成绩。”

那一次，她醒在了国内最高学府的研究室。

“从前，这是我梦寐以求的，那种感觉确实挺不错。虽然有点儿枯燥，但毕竟只有一天。”

周月通过时间旅行，步履匆匆地穿梭着，她做过时尚都市丽人，也做过衣食无忧的富太太，更多的是红尘滚滚中的凡人。

“不过我最近不打算那么干了。上一个你告诉我，有可能我随时会停掉我的时间旅行，那么……在那么多人生里，我必须找到正确的那辆列车。就像你说的，分数就是我的列车。”

随着周月的叙述，一旁的肥丁冷不丁打了个寒战：“太可怕了。每天醒在高考的考场，那感觉糟糕透顶，比恐怖片还恐怖。”

阿喜看向赵央，只见他眉头深锁：“如果不是梦……”

“这当然不是梦。”周月斩钉截铁。

“那如果是认知障碍，我们需要怎么……治疗？”

周月摇摇头：“没用的。对我来说，没有用的，根本来不及治疗。你跟我说过，治疗需要很长时间，可是我根本没办法留在这里。明天，天亮之前，我就又回到了高考的考场，这是我们……唯一的一次相见。你明白吗？”

如果周月说的是真的，她所经历的这些事，应该就是所谓的多宇宙空间，她像是穿梭在这些宇宙之间，但正像他们的世界按照本来的正序往前走，周月的“穿越”并不会导致世界的崩塌，也就是说，她只是到不了“明天”。

过去决定未来，而未来又不过一天。

阿喜看到周月脸上露出的疲惫的笑意，脊背也不禁生起一股寒意。

“那之前你来看我得到的东西，有变化吗？我是指你所说的帮助。”

“当然有变化，咨询在增加，我随着回去次数的增加也在变化。”周月道，“其实我不知道现在的你，跟之前那个到底是不是同一个人。”

“我们是不是能这么想，我们每个人，上一秒和这一秒都不是同一个人，只是大多数人的意识会跟着往下走，而你的意识却被剥离，反复地感知到……这中间微妙的变化。”

“是的，我被诅咒了。”周月道，“赵医生，你告诉我，我该怎么做？”

她忽然颤抖起来：“我想停下来，我太累了。之前有个你告诉我应该换角度思考，就当体验不同的人生，但是对我来说，我已经经历了很多次高考了。”周月崩溃地道，“我想停下来！停下来！我永远被困在那儿了，无论我以什么方式都会无限地循环……你告诉我要放松，可是我不敢放松啊！要是我一放松，回到的是那个我不想要的未来的世界，我该怎么办！”

周月捂脸哭泣。

赵央竟不知该如何帮助她，和阿喜一起陷入了无限的沉默。

周月却忽然止住了哭声，她笑了笑：“赵医生，在我和你的 34 次相逢里，每一次，你都给了我鼓励。今天我来，也并不是寻求帮助。因为你告诉过我，你帮不了我。”

一股强大的无助感席卷了赵央，他忽然想起一件事：“周小姐，你有没有经历过……脑部的治疗？”

时间认知障碍很少见，尤其是在正常认知者心中。尽管赵央也相信科技能让人最终达到时空旅行的地步，但周月的情况更像是陷入了一种自我的折磨里，这种折磨循环往复，放大时间的能量，让她产生了痛苦的记忆。

周月摇摇头：“这么多个过去里，我好像没有哪个记忆是关于脑部手术的。”

如果没有接受过脑部手术，那基本是心理上的问题。高考对周月或许一直是一个阴影，这导致了她回避自己的“挫败”，尽管这个挫败对普通人来说，不过尔尔。

“我认为，我可以对你进行一次深度的心理访谈。用催眠的方式……”赵央提出这个手段，却遭到了她的拒绝。

“没用。”周月一口回绝，“你已经为我尝试过三次了。我不相信奇迹。”

赵央愣住了。

“赵医生，你是不是不相信我的话？”周月笑着道，“我知道你在想什么。”

赵央缓缓抬起头，包括阿喜和肥丁，心怦怦跳。

没错，他们毕竟经历了那么多离奇的事，但周月更像是被困在自己的思维里的患者。而且，随着事务所越来越多的曝光，常有“猎奇者”冒充患者来讲故事。

“没关系。”她像是神经质的人，上一秒还在崩溃，这一秒却又恢复了正常，“我自己有办法。”

她起身，朝着赵央和阿喜鞠躬：“不过还是感谢你们之前的照顾。”

赵央心里明白，她说的“你们”，并不真的指他们。

“我还有事。我先……去忙了。”

周月说罢来到了门边，忽然又回头，朝着他们仨粲然一笑：“如果我回到的地方确实是我经历过的那个6月6日的话，请留意五分钟后隔壁鱼铺老板娘的动静。”

阿喜：“你的意思是？”

“五分钟后，她儿子会回到家里。”她叹了口气，“老板娘会狠狠地打她儿子。”

这倒不是什么奇怪的事，鱼铺老板娘常常一言不合就开揍。

“你小心你宝贝的花瓶。”她留下一句话，走进了人潮。

肥丁抹了把汗：“这个故事是我最近听的最离谱的一个！”

阿喜：“我们真帮不了她？”

赵央并不说话，只是沉吟着。

“时间认知障碍究竟是什么？”阿喜问。

时间认知综合障碍是指时间体验的综合障碍，比如感到时间已经“凝固”，或感到时间“飞驰而过”，或以“一张一弛，阵发松散”的形式流逝等，一般常见于颞叶癫痫或精神分裂症。

“可如果她拒绝配合治疗，一切就会很麻烦。”赵央道，“不管怎样，肥丁，你先找出她的资料，我们去联系一下她的家人。”

“所以，你也觉得她所说的是一种妄想对吗？”阿喜问道。

“肯定是妄想啊！”肥丁道，“穿越，还是这样的穿越……也太离谱了吧！”

赵央沉思道：“假设她说的是真的，可以有一个解释。你们应该都知道多宇宙理论。”

两人点头。

这个他们都不陌生，刘天明事件，还有前段日子在心理中心发生的离奇失踪，都和这息息相关。

“世间存在很多个宇宙时空，当然，大部分的平行时空也都相似，只因概率事件发生偏移。我们或许也有成千上万，甚至无法计数的我们，在过着类似的或者完全不一样的生活。而周月，并不是穿越回原本的 2010 年 6 月 6 日。”

阿喜会意：“嗯，她是穿梭到了另外一个时空的十年前……然后，根据高考的经历以及分数，又产生新的、无数个 2020 年 6 月 6 日。”

“像一个方程式。”肥丁道，“如果她是心理病，那她把高考也看得太重要了。”

一旁的黑影皱起眉头：“可是你们发现没，我们假设她没有撒谎，她认为自己被困在了时间线里，按照她的认知，她之前的 34 次都是来求助的，尽管……没有达到她的目的，但……这一次，她好像是说完故事就走了……那她来的目的是什么？”

赵央和阿喜还来不及回应，就听到一声巨响，刚才周月离开的门被猛地撞开，猴一般的鱼铺小少爷冲了进来，大喊着“救命”。

身后紧跟着拿着明晃晃菜刀的老板娘，她一脸痛心疾首：“你居然交白卷！我今天非砍死你不可！”

一阵鸡飞狗跳中，阿喜忽然觉得头皮发麻，在她反应过来要扑向一旁的柜子时，只听得一声巨响——

“咣当。”

赵央最宝贝的那只花瓶，碎了满地。

可这一下，众人都来不及心疼。一旁的黑影松开双手，一脸惊诧：“她……她这是……”

赵央艰难地吐出一句话：“快！报警！”

6

2020年6月6日。

被从水中救起来的周月还没有醒来。她的妈妈忧心忡忡地在和医生讨论细节，没有人知道她跳水的原因。

“这一切很突然……太突然了。”周月的妈妈捂脸哭泣，“我不知道她怎么回事，明明昨天还好好的啊。”

医生安慰她，病人已经脱离了生命危险，一切……等她醒来了再说。

周月觉得自己睡了有一辈子那么久，但这一觉，她很满足，很舒服，她觉得自己已经很久很久没有睡这么踏实的觉了，甚至不想睁开眼睛，直到周围的嘈杂让她迫不得已地醒来。

她极其恐惧地睁开了眼睛，看到身旁激动又心痛的妈妈，周月艰难地问道：“妈，现在是……几号？”

周月的妈妈“哇”一声哭了出来：“宝贝，你昏睡了整整一天了，吓死我了！”

周月的脸上出现了片刻的恍惚，然后她忽然也“哇”一声哭了出来。

等待这场泪流下，周月几乎拼尽了全力。

周月的妈妈用力抱着她：“宝贝，有什么事儿跟妈妈说啊，你怎么能这么做……宝贝，有妈妈在啊……有什么事过不去啊！”

周月泣不成声地道：“过来了……妈……我终于过来了！”

赵央一行人在得到了周月苏醒的消息之后赶到了现场。她看起来状态很好，也表达了谢意，如果不是他们及时报警，她可能再也醒不过来了。

“但无论如何，总比一直留在那里要好。”周月笑着道。

“你没有再回去吗？”赵央问。

周月幸福地摇摇头：“我以前总焦虑，害怕时间流逝，可是这一段时间，我太羡慕时间流逝的感觉了。”

赵央道：“知道是谁救了你吗？”

周月一愣。

阿喜接着道：“是……全华昇，你说的那个同学。周月，他现在是一名警察。”

周月脸色凝滞了：“他……他……怎么成警察了？他怎么……”

“他听说你醒了，也在赶过来的路上。”阿喜道，“你到时候自己和他聊吧，先好好休息。”

从医院出来，赵央和阿喜瞧见了远处的夕阳，难得的一个晴天，他们也终于松了口气。

可是赵央还是眉头紧皱。

“老大，”她开口道，“你怎么看起来还是不开心的样子？一切不是结束了吗？”

“换个角度说，或许时间和时间之间，只是我们认知的连续，就像一首歌循环播放，或许我们每个人都被困在某个时段。2010 年的夏天和 2020 年的夏天一直重复播放。所谓的因果，也只是在那个瞬间。她只是获得了这个感知能力，大多数人日复一日地重复着，像是影子，却不自知。”

“那她……”

“或许有个她一直被困在那里。或许，这个场景已经发生过很多次了。”

阿喜愣住。

“你有想过，昨天的自己和现在的自己其实不是一个人吗？”

不知为何，不寒而栗。

这时，路边的烤串摊上，有少年正放肆地大笑。

“去他的高考！”

“去他的成绩！”

“去他的一切！”

“来，干杯！”

“为了明天！”

结束了，这一年的高考季。无数学子从那根紧绷的弦上松了绑，随着高考结束铃声的响起，时间快速地奔向远方。

或许是经历了周月这个故事，他们更能感觉到时间流逝所带来的美好。

赵央闻声笑了起来：“算了，那不是我们该担心和烦恼的。走吧。”

“咱们去哪儿？”

“去未来。”

她微微扬起嘴角：“好，去未来。”

第七章
入戏

1

“我能听到她和我说话。”

镜头前，说话的女人眉眼精致，一头乌黑的长发披散着，可惜一双眼睛充满了疲惫和惊恐。她的身体微微战栗，随着一旁瘦高主持人的引导，嘴唇微微嗫嚅着。

“说什么呢？”坐在一旁的白大褂问。

“说要杀死我……”她倒吸了一口冷气，“她说……要占据我的身体……”

这时，有人轻轻比了个手势，正上方的一个风铃忽然响起。在这静谧的屋中，陡然响起的风铃声让人毛骨悚然。

随着风铃声起，她的骨骼像是剧烈地震动了一下，紧接着，她的双手像是被一种无形的力量所驱使，缓慢而诡谲地往自己的脖颈掐去。

女人的呼吸开始急促。

镜头忽然拉近，特写镜头里，她紧闭的眼睛忽然睁开，陡然亮起的眼睛如一道寒光穿透屏幕，令人脊背一凉。

而此时，那个原本惊恐脆弱的女子像是变了一个人一般，她微微地、慢慢地勾起嘴角，冷冷地说：“我会在角落里，一直看着你。”

“卡、卡、卡！”

镜头前的女人松懈了下来，大口地呼吸，接过助理递上的一杯热水。

“沈小姐的演技绝了。”男主持人这时朝着镜头外的罗继道，“你们放心，这档节目播出后一定会爆火的。”

罗继回头，冲着还在缓神的沈心悦满意地点了点头：“那就麻烦周医生了。不过，到时候‘治愈’真不会影响我们的戏约吧？”

“哎，不会不会！”周医生摘下口罩，露出了一个自信的笑容，“放心吧。不过，我们下期还要再加点儿料。”

罗继心中不由捏了一把汗：“还要加料吗？”他回过头，看向身后的沈心悦，犹豫了一下，“我不知道她的身体吃得消不……”

周茂一脸恨铁不成钢：“哎哟，罗继，你是不想翻红了吗？你放心，我给她的药有安神的效果。不过嘛，需要适应一段时间。走走走，我们去喝一杯！”

“好。”罗继点点头。

周茂几年前从心理中心离开后，一直致力于研究人的“心魔”问题，到处开班授课，前两年还办了一档节目，专门采访一些被心理疾病困扰的人。观众有猎奇心态，加上这几年晏城一家特殊人类研究所还挺受欢迎，各大论坛和视频号争相报道，这节目在晏城大火了一把。不过，毕竟事件还是少了些，不少病人拒绝分享，新鲜劲一过，访问量就少了，再这样下去，周茂的节目眼看就要关停了……

直到罗继来找他。

罗继是沈心悦的经纪人，也是她男朋友。半个多月前，他悄悄找到周茂，想让他开一些抗焦虑的药物。其实现在心理疾病已经很常见了，毕竟生存压力大嘛，心理中心开这个药也不难，找他这条渠道不是为了图方便，就是怕被曝光，周茂便多嘴问了一句。

“是我们家艺人，她心理压力大。”

“她怎么了？”

“周医生，你上网吗？”罗继头疼地道。

“上啊。”

“那你听说过薇薇安吗？”

2

“老大。”阿喜将 iPad 的声音开到最大，脸上带着点儿嫌弃，“周医生的节目又更新了。”

周茂这个人，不务正业，不好好治病，一天到晚拍些神神道道的事件，而且很多案例业内人士一眼就能看出假，行业内好多人都看不惯他。不过大家都是同行，虽然他的某些案例演技拙劣，但再怎样，伪纪录片也算是纪录片，也不真的戕害人民。而且这对晏城心理咨询行业有一定的宣传作用，因此大家也就看破不说破了。

只是这一次，无论是点击量还是传播量都非常大，毕竟搭上了“流量”的顺风车，节目的主人公又是知名女艺人，更是绯闻漩涡中心的主角——之前的一场对这位女艺人令人发指的网络暴力本来讨论度就高，后续又发酵反转，那叫一个力量十足。

不过，要不是沈心悦曾是他们的委托人，光凭几个镜头，还真是足以以假乱真。她演精神病人演得太好了。

于是有之前全民皆知的网络暴力事件，再加上她的角色又是家喻户晓，这档小众心理节目变得非常火爆。

当然，周茂在里头设置的“治疗”环节形式大于内容，没太大意义——用的是催眠和走入式剧情的展现形式，让她如情境式表演，观众倒是很能入戏，可对于患者却是弊大于利。

“这事儿我怎么不知道？”书房门一关，黑影撑着胳膊问道。

“半年前的事了。”赵央道，“阿喜，你跟他说。”

事情得从《天下情》的热播开始。

这部剧收视率极高，几乎是全民追剧。故事剧情倒不太复杂，说的就是个三角恋的故事。只是这部剧将女二号设置得尤其坏，什么“绿茶”“小三儿”都小意思了，女二号薇薇安简直是个蛇蝎毒妇，心理扭曲到根本不是什么男女相爱的绊脚石，简直是一颗毒瘤。剧情的深入掀起了群体愤怒，观众对角色甚至是演员本身进行了前所未有的攻击。

而沈心悦就是演女二号薇薇安的演员。

其实薇薇安这样的角色恶得纯粹，挺不符合当代影视剧的口味的，但奈何太久没出现这样的角色了，加上沈心悦演技靠谱，使得这个角色非常“成功”。她之前并没有其他成名作品，所以这样深入人心的角色，一时之间成了沈心悦的代名词。

而且这部剧爆火后，有传言说女一号都有了心理阴影，几乎不能面对薇薇安的饰演者沈心悦，这饰演女一号的陈柳柳是当红女艺人，粉丝极多，一时民愤四起，网友们对沈心悦群起而攻之。

最开始只是攻击角色，可并不是所有人都明白“角色不能上升到真人演员”的道理。一些理智的营销号还在苦苦挣扎，想为沈心悦鸣不平。可很快，一则视频让沈心悦彻底成了众矢之的。

视频是在剧组拍的，展示的是沈心悦掌掴女一号陈柳柳的桥段。

虽然后来陈柳柳出来澄清了这件事事出有因，但她节目后几度抑郁不开心的样子，让人不禁脑补她是被迫出来回应的。

“开什么玩笑，她被迫？”当时在研究所里提起这件事时，沈心悦有些激动，“我才是被迫的好不好？根本没有人信我。是，她陈柳柳有人设，是‘小白兔’，是好不容易披荆斩棘的野生公主，而我就是个恶毒女巫，就是薇薇安本人，就是邪恶本身。”

她无奈地笑了笑：“有心之人还扒出了我中学时纹身的照片。我的确有过叛逆的日子，但是……”沈心悦痛苦地摇摇头，“他们现在给我贴上标签，恨不得我去死。”

黑影听到这里，想了想说：“所以，她当时……只是抑郁吧？”

“对，因为网络暴力，加上后续陈柳柳有意无意地打压，各种爆料对沈心悦都很不利。”阿喜道，“她几乎不能出门社交和正常生活，更是不能上网了。而且，剧组大有抛弃她的意思，没有人为她说一句话……可她没钱也没资源反击，只能认了。”

“怎么会这样？”

“罗继说，当时沈心悦为了演好薇薇安这个角色，太入戏了，对身边的人态度有些古怪……”阿喜道，“其他的就不得而知了。或许这就是资本的力量。”

赵央补了句：“《天下情》是陈柳柳的经纪公司投的，本意就是为了捧陈柳柳。后续的一系列操作，也被扒出来是为了掩盖她和男一号被拍的绯闻。”

阿喜接着翻出几张照片：“这是沈心悦去参加发布会的场景，台下有人给她做了一张遗照。这是一次在接机时，有个大姐向她丢鸡蛋。还有一个网站致力于黑她，各种爆料真真假假……”

“为什么不用法律维权？”

“告了。”阿喜道，“告不完，太多了，而且也不过是隔靴搔痒，该暴力的还是在暴力她。最后搞得她之前的戏约全部解约了，罗继也急坏了。后来陈柳柳被诊断出抑郁症，粉丝更是把这个锅都安在了沈心悦的头上。”

“这样的事正常人都受不了。那沈心悦的确有抑郁症吧？”

“嗯，不过不算太严重。她虽然很生气，也常常睡不好觉——据她说每天晚上都梦到被人指指点点让她去死——不过她还算强大，认为自己现在死了就是遂了那些人的愿，就再无翻身的机会了。”

“那……”赵央接过话匣，“当时，我们建议她不要接触这些事，休养一阵，因为她虽然看似稳定，不会自杀，但抑郁症病人自杀也就在一念之间。而且当时情况混乱，我们和罗继商量让她先暂停工作。”

黑影忽然讥笑了一下：“结果这家伙就把人送到周茂那王八蛋手里？”

“嗯。”

黑影倒吸了一口气，说：“我猜，是这经纪人认为她还扛得住，不想错过这个‘全民讨论’的翻红机会吧……但是抑郁症这个病，显然观众们已经看腻了，而且陈柳柳诊断在前，根本不会有任何人来同情她，所以不如走一步险棋，先把热度做上去……”

他眼神一凛。

“这一步，就是演一个被薇薇安缠身的精神分裂者，然后将所有的负能量推到这个不存在的角色身上，再治愈它，顺利摘除。”黑影啧啧了几声，“倒是有些出其不意。不过这王八羔子不怕出事儿吗？有病不治病，反而加深病情，这什么狗屁倒灶的赤脚医生啊！”

赵央沉默了一下。

黑影看向阿喜：“这事儿咱得管。”

阿喜看向赵央。

这一次，她也站在黑影这边。

此时，沈心悦呆呆地坐在屋中，整个人总算平静了下来。长了些霉点的墙壁上挂着几幅小相片，那是她曾经饰演过的几个角色。

这是她参与周茂公司拍摄的第五期节目，还有两期，她就会被治愈。

这一年多，沈心悦终于从剧场里的小龙套慢慢地走到荧幕前，从十八线演员晋升为三线，认识了罗继以后，和他恋爱，他也很够意思地为她争取来一个女二号的角色，也就是前段日子热播的《天下情》的女二号薇薇安。

《天下情》收视率不错，整个剧组的咖位都上了一个台阶，女一号陈柳柳拿了最佳女主角的提名，导演直接得了新人奖，国民讨论度也很高，论坛里一个个楼盖的……那阵仗，有当年《还珠格格》家喻户晓般的火热。

故事是青梅竹马的男女主角的爱情故事，却是现在一众甜剧里的一碗毒汤。这毒，就是沈心悦饰演的薇薇安。她是个反派，还是个戏很多的反派，是集现在风向所讨厌之大成者。

沈心悦接这部戏的时候有过顾虑，毕竟看了几眼人物小传，她就知道这个角色不讨喜，甚至不仅是不讨喜，简直是恶。对于一个之前没什么知名度的女演员来说，这样的角色实在是太鲜明了，很容易给她之后的演艺生涯贴上标签。

可作为一个演员，这样的机会又是很难得的，也正是几个小有名气的女演员排不开档期，这个角色才落到沈心悦身上。

犹豫之下，罗继替她找来了剧本。看完以后，沈心悦对薇薇安这个人有了更进一步的了解——她是很坏，但坏得很有层次，动机也很足，只要把层次感演出来，这个坏人角色就不只是个坏角。

思考了几天后，罗继和她都决定应下来。

她还是第一次拿到有这么多场戏的角色呢，从前台词本只有薄薄的几页纸，如今却是厚厚的一沓！沈心悦学表演好些年了，在剧场又跑了那么多年的龙套，演技不差，即便是小角色也演得很是用心，这样的女二号，她自然更用心了。

在剧组的那三个月，是沈心悦诚惶诚恐的三个月。

沈心悦拿到剧本以后非常认真地研读，并且将人物小传烂熟于心。为了更好地领会和演绎这个角色，她甚至经常和编剧老师讨论。编剧叫周小慧，比她大不了几岁，两人很是投缘。周小慧向她表示，她其实很喜欢薇薇安这个角色，事实上薇薇安绝对不是纯粹的坏，她所有的坏都是站得住脚的，只要把这个分寸把握住，她绝对是那个可恨之人必有可怜之处的角色。总之，沈心悦用心来演，是可以很出彩的。

值得一提的是，这个戏找的女主角是陈柳柳，沈心悦两年前和她演过同一部戏。也正是凭借那部戏，陈柳柳获得了一定的知名度。之后她和当时古装戏里热度最高的男二号传绯闻，被对方公开回应无中生有之后，陈柳柳的经纪人替她接了一档综艺节目。在节目中，她默默落泪，那叫一个令人心疼，一瞬间人设便立了起来。不说别的，《天下情》的导演就觉得陈柳柳很适合演女一号这个角色。

沈心悦并不在意这些，她关心的只是自己能不能演好薇薇安这个角色。由于她的性格和薇薇安反差过大，实在做不到本色出演，只能拼命地入戏……

既然是入戏，她必须了解薇薇安，但凡有困惑，她都会缠着周小慧问："小慧，这个动机我不是很明白。"

这种时候，周小慧总是一推眼镜，大眼睛骨碌碌地转，然后耐心地为她讲述冰山下的故事。

也幸亏有小慧在，沈心悦总是能很快把握要领，因此她像是彻底懂了薇薇安，成了薇薇安。导演对她赞不绝口，夸赞她的角色演绎得很有层次感，甚至表示下次有戏一定要让沈心悦来演。

那可能是沈心悦的人生中最充实的几个月。

故事中的薇薇安是带刺的玫瑰，是男女主角之间的障碍物，但在沈心悦眼中，她不过是一个为爱孤注一掷飞蛾扑火的孤独灵魂……

但沈心悦不知道的是，她的入戏、她的敬业、她的入木三分，也抢了戏。

因为这个角色的挑战过大，沈心悦的注意力几乎全在剧本上，她甚至花了很长一段时间，写了上万字自己对薇薇安这个角色的理解，一来是为了更好地掌握这个角色的分寸，二来，当然也是从实际角度出发，让这样的角色比较有源头，不至于太单薄。

所以她根本没有注意到，每当导演喊卡，夸她演得真棒的时候，陈柳柳的眼神……

尤其是薇薇安真正黑化的那一场戏。

对于陈柳柳来说，这场戏……太让人煎熬了。

对比下来，沈心悦投入的表演让薇薇安的狠毒变得可怜，像是为她接下来要做的“恶”说明了出发点。

陈柳柳聪明地意识到了事态的不对劲——这样显得她饰演的女主角单薄了。

这个时期，陈柳柳发个微博都要字斟句酌，公关公司也有各种预测，她的经纪人忧心忡忡地说：“柳柳啊，这样下去不行啊。薇薇安比你抢戏多了。”

倒不是陈柳柳演技不佳，她并非花瓶，出道以来又一直饰演这样不食人间烟火的仙女角色，这次几乎是信手拈来，可这样千篇一律的角色也让陈柳柳无法突破自己，反而是薇薇安这个角色新鲜又热辣。

陈柳柳能看出导演对沈心悦的偏爱，更不要说周小慧那种性情中人了。后来陈柳柳才知道，周小慧的这个剧本，原本就打算另辟蹊径，从与众不同的“恶”的女主角出发，只是后来因为投资方觉得太过冒险，认为不该有这么复杂的女主角，才把主角改成了陈柳柳饰演的安琪。

陈柳柳必须守住自己的擂台。

这并不难，她只需要随便说两句。

“导演，您不觉得女二号的戏分比我出彩吗？这部剧的女主角是我啊，这样的话，回头做宣传的时候我只好不宣传啦。您说呢？”

“我下部剧是我们公司打算投的古装玄幻，嗯……投资比《天下情》也就大两倍吧。您觉得呢？”

“导演有没有兴趣签我们公司？唔……当然，如果这部剧的收视一般的话……我的流量不但会受影响，我们公司的投资可能也会有变数……您怎么看？”

她总是习惯在每句话后面加一句“您怎么看”，笑容谦和如小白兔，似乎将一切的选择权交给对方。可笑容之下是权力和金钱的诱惑。

她背靠晏城最大的财团，她的男朋友也不是普通人，而是一个大财团的唯一继承人，愿意为她一掷千金。

不像沈心悦，名不见经传。

有演技又如何？一切早就有了定数，从一开始，从出发的那一瞬间。

“卡卡卡！”导演急了，上前一步，“你为什么犹豫？薇薇安你为什么犹豫？”

沈心悦愣在那儿，捶在墙上的手还有些麻:“不是,导演,之前不都是这么演的吗？我觉得……”

“你是导演我是导演啊？”导演像变了个人。

陈柳柳收起方才楚楚可怜的模样，冷静道：“薇薇安，这场戏主要是为了凸显你对我的狠毒呀。你这样演，观众感受不到那种力量。”

什么力量？她愣了一下。

“这个时候,你应该恨死我了,认为我抢走了你的东西,你想要毁灭我。你怎么会犹豫？你恨不得将我挫骨扬灰才对啊。”

“不是这样的。我觉得……”沈心悦想要解释一下自己的动机,“她的恨应该是层层递进的,她不是一个生来就恶毒的人。这场戏我和小慧聊过的，是薇薇安挣扎过后的一个冲动……”

现场无比嘈杂，她争辩的声音被盖过了。导演不耐烦的脸在面前晃动，冰冷的机器再次就位，对准她：“你只要演出恶毒来就好！薇薇安，记住，你是个魔鬼！”

“你是个魔鬼！”

“魔鬼！”

“恶毒的女人！”

“你生来就不善良！”

“你是恶里生出的怪胎！”

……

就这样，薇薇安一切合理的“坏”悉数消失，就好像从来没有存在过，之前拍过的冰山下的巨大基座，被一刀剪得空荡荡，而她初期拿捏精确的“邪恶”被放大，被发酵。她变成了一个纯粹的恶人。

5

这当然还不够。

陈柳柳躺在浴缸里，认真地看着弹幕。

“薇薇安也太坏了吧！我想撕了她这张没有一句实话的嘴！”

“活久见！这简直是我这么多年来最讨厌的角色，没有之一！”

“天哪，女主太惨了吧！男主也是，摊上这种蛇蝎神经病真不知道是上辈子造了什么孽！”

“女二也太贱了，这世界上怎么会有这么不要脸的人！”

她微微笑着。

“薇薇安真丑啊！这个演员叫沈心悦是吧？丑八怪，以后她的剧我都抵制！”

“对！真是相由心生！”

但很快，她的笑容消失了。谩骂声中，一条令她觉得刺眼的评价出来了。

“喂喂喂！大家是不是太投入了？这是演戏啊！上升到演员是不是过分了？”

紧接着，几条相应的评论跑了出来，弹幕似乎是反转了。

“就是，女二演得坏，证明演员功底好啊。相反女主角清一色地演纯情小姐姐傻白甜，我看都看腻了！”

“就是就是，有对比才知道女二演技多么好，你看女一，只知道瞪眼睛装委屈……”

……

沈心悦开始心态还算好，就算看到弹幕，也是在一堆玻璃碴里找糖吃。何况最开始人们还能清楚地将人和角色分开——当然，配的图也是薇薇安的剧照。

被骂就被骂嘛。演反派要的不就是效果？越是在男女主角在一起的道路上设置荆棘，事与愿违，才能让“后来”的日子充满一种不容易的童话质感。虽然她扮演的是恶毒的女巫，没能参与到“后来的幸福”中，但军功章也有她的一半呀。

沈心悦知道自己花了多大的心思才把这个角色演活，演得让人咬牙切齿，几乎是听到名字就忍不住头皮抓紧，想要撕她的脸。她却仍抱有信心，等到后续的戏播出，当人们知道薇薇安做这些事的动机……虽然不是作恶的理由，但起码会有一小部分人能心疼她。

这就够了。

那段时间因为骂声，她和罗继几乎连门都不敢出，两人就守在电视机前耐心地等待。

罗继也对她很有信心。他看过她的戏，也知道导演和编剧都很欣赏她，而且他也相信她的能力，相信她可以将这个人物演绎得让人又爱又恨。

但没有想到，一切可以凸显薇薇安的内心挣扎的戏码、所有她用心演绎的高光时刻都没有播出。一场都没有。

不仅如此，在剧情正酣时，一段视频引发了全网的讨论，让她一时“风头无两”。甚至那段日子，薇薇安和沈心悦这两个名字成了对女性最流行的侮辱……

视频是在剧组拍的。

沈心悦还记得当天的场景，那是她在剧组第一次“打”安琪的戏后。

由于陈柳柳的咖位，导演犹豫再三，还是希望假打。沈心悦当然没有意见，这是个巧活儿，稍加练习借位就可以了，为此她和罗继私底下练了好几次。可到了现场，导演都觉得这条过了，向来有些敷衍的女一号却忽然认真了起来。

“我觉得得真打。”

“可是……”沈心悦愣了一下，“我怕弄疼你。”

“咱们做演员这行需要敬业啊。而且你也知道，这个可以用巧劲的嘛。”陈柳柳一边化妆一边斜睨她一眼，“心悦，我倒是觉得你有点儿不在状态，你得有角色信任感呀。”

“啥？”

“你得每时每刻都觉得自己就是薇薇安本人。”她忽然站起来，看着沈心悦，“要不我们私下里练习一下吧，等下把这条重新拍一下。我教你……”

她轻轻拉住沈心悦的手：“你用力打我。你要记得我俩是对立的关系，别觉得我是女一号就手下留情……”

这段视频被恶意剪辑了，最后只剩下沈心悦精彩的表演——她狠狠地一巴掌甩在陈柳柳的脸上，眼神里迸发出寒光来，嘴里是薇薇安的恶毒口头禅“狗东西”……

这段被恶意剪辑的视频瞬间发酵。

当时尚有人替沈心悦说话，认为这种时候传出这样的视频，不论真假，肯定有炒作之嫌。

沈心悦当然也想要澄清，说这只是一个试戏的小花絮，根本不是所谓的什么偷拍，也想问问那个冒充正义使者来曝光的工作人员到底是何居心。

但制片人提出，这个事儿稍后会澄清，现在刚好配合宣传，让剧的热度再上一个台阶，还说等到剧播完，他们几个主创会上一档很有名的综艺节目，到时候会给她澄清的机会。他们甚至表示会给她安排一个专访，到时候和编剧导演一起上，毕竟导演也遗憾最后因技术层面的原因没有表现出薇薇安的内心，让这个角色流于表面，不仅对不起沈心悦，也挺对不起薇薇安的。

于是沈心悦再等等……再等等……等来的却是陈柳柳取而代之的“澄清”。

陈柳柳温婉地站在窗台前，柔声地解释了自己手机丢失的事实，将自己撇干净的同时替沈心悦辩白，说这个视频有断章取义之嫌，当时并不是这样的。然后，她沉默了许久，说：“其实，我和心悦的关系还算不错。”

她的笑容有些牵强，嘴角的幅度略微有些颤抖：“我希望大家不要再揣测我和心悦的关系了。也很抱歉因为我的冒失导致手机丢失造成这样的后果，我向心悦诚挚地道歉……对不起！”

话音刚落，一个情真意切的鞠躬。

与此同时，有心之士搜出花絮次日陈柳柳的一个专访——但事实上没有人知道那天她居然录过采访——她的脸红肿着，情绪有些低迷，被问到在剧组是否开心时，她的眼泪忽然哗哗往下流。

很快，一则未经证实的小道消息传出，说是陈柳柳就医，被诊断出抑郁症，而陈柳柳在微博上回应了一句似是而非的话——“或许是因为太入戏了吧。”

人们脑补的剧情一点点发酵，而沈心悦却没了本该澄清的机会。罗继接到电话，得知综艺节目那边因观众抵制薇薇安的声音过大，临时取消了她的录制资格。

而此时，网上发起了一个“抵制薇薇安”的活动。不仅是抵制薇薇安，角色和演员已经分不开了，他们抵制的也是沈心悦。

“难怪看的时候觉得她演得好，原来是本色出演啊！”

“这种演员就应该封杀！”

“没错，人品败坏，居然为了抢戏伤害对手，这么不择手段！”

“太可怕了！沈心悦比薇薇安还要恶毒好吗！”

观众们越来越投入，沈心悦的微博充斥着各种各样的谩骂。

这些铺天盖地的谩骂让沈心悦几乎不敢出门和上网，但她还没有崩溃。

罗继安慰她说，等这波风头过去了就好，人们会忘记怒火，这些“键盘侠”就是“乌合之众”。

陈柳柳拿下最佳女主角的那天晚上，沈心悦躺在浴缸里发呆。她开始失眠，整宿整宿地失眠。

没有工作，没有任何慰问，之前的几个口头合约也被否了，罗继也很发愁，只有周小慧给她发来微信：“心悦，你还好吗？”

她强打着精神：“我没事儿。小慧，你有那天的视频吗？那天……柳柳让我拍的扇巴掌的花絮……”

她记得那天周小慧也在，并且用手机录下了视频，她后来还夸自己的状态很好呢，将薇薇安刻画得入木三分。

过了很久，周小慧回了句：“抱歉，我的手机之前坏了。”

一个手机坏了，一个手机丢了。她被全世界抛弃了。

大家踩着她的肩膀上台阶，只有周小慧一个人还会关心她疼不疼，但也只是口头关心一下。

沈心悦将头埋进浴缸里，眼泪和已经冷掉的水混合在一起。这一刻她很清醒。她还是在等，等待一个契机重生，等待一个契机把他们对她的伤害一点点还回去！

有什么东西正在她心里破土，那是仇恨的种子。可是，她还有翻身的机会吗？

“当然有！”

周茂在沈心悦和罗继都焦头烂额的时候，为他们出谋划策。

他正苦苦寻求一个能够提升他们节目的点击量的方法呢，恰巧他也看了《天下情》，再看到眼前讨厌的薇薇安的扮演者沈心悦憔悴的样子，灵机一动。

“您的意思是我不该隐瞒心悦的病吗？”罗继看向女友，他的心情很复杂，一方面担心她出事，一方面担心她的未来……

周茂自信地摆摆手：“光是抑郁症，不足以引起大家的同情，顶多也就是翻篇。大家会忘了她。要翻身，我们得利用这次机会……”他压低声音，“薇薇……哦不，心悦，你看，就连我都一时间无法将你们区分开。我有个办法，可以让你摆脱她。”

周茂的办法，是让沈心悦顺着观众，演出自己被“角色”骚扰到精神崩溃的状态。这个状态表面上迎合观众们说的“本色出演”的心理，却可以让反转达到最大的效应。

“你就演你因为太过入戏，走不出来……这种感觉呢，类似于人格分裂。”

“可是医生，我要是得了这个病，对我以后的演艺道路是不是会有影响？”

“怎么会呢！”周茂自信地道，“你相信我。这件事，这是最好的解决方法！我会治愈你的！”

正是因为太过急于摆脱薇薇安这个身份，她冒险地接受和薇薇安的再次结合，只是这一次不再是演戏，而是以假乱真。

她会在周茂的节目里扮演一个被网络暴力伤害到产生巨大阴影的人，扮演一个被他们唾弃的薇薇安的“附身”，这在某种程度上让她终于有了说话的机会。

尽管一切不过是表演而已，沈心悦太清楚坐在旁边的这个所谓的心理医生，和她不过是各取所需的关系，包括罗继……

她曾经以为他是爱她的，可她能听到一个声音，那是她自己的。

“他们根本不爱你。”

“没有人爱你。”

6

最后一场的“节目表演”，她大汗淋漓，像是从一场断片中醒来，然后她看着眼前已经关掉的摄影机和两个双手交握相互庆贺的男人。

“放心，罗继，这档节目播出以后，心悦就被很多人关注了，从最开始的‘活该’到前几期弹幕里全是关心心悦的了。今天这最后一场之后，我就能安排为心悦驱除心魔的剧情了！”

“太好了，周医生，真的都不知道怎么感谢您！”罗继的脸上闪烁着兴奋的笑容，“已经有投资方联系我了，他们关心心悦的身体状况，现在……她已经好多了。”

没有人注意到她身体的微微战栗，她好恐惧，她发现自己根本发不出声音。

然后，当他们朝着她走来的时候，她感觉到自己的身体缓缓地站了起来。

不，不对，她感受不到自己的身体了。

她听到自己的声音，却好像是从外头传来的：“谢谢你啊，周医生。要不是你，我不会有今天的。”

是谁……是谁在说话？

她的嘴角不由自主地上扬。她看到自己慢慢地走向窗口，望着外头的浩瀚星空。

“想跳下去吗？”

她听到那个跟她一模一样的声音问。

不！她不想！可是她像是无法动弹一样，她的身体已经脱离了她的掌控。

“就算要死，我们也要拉几个垫背的啊，是不是，沈心悦？”

玻璃窗上映着她的眼睛，沈心悦只觉得无比寒冷和恐惧。尽管她已经感受不到自己的身体了。

她看到窗户上那已经不属于她的脸勾起一个冷艳邪恶的笑容。

是……是薇薇安。

7

周茂那段时间很火，成了各档综艺节目的常客。他在电视上侃侃而谈，最成功的案例自然是沈心悦了——她一举翻身，微博涨粉近百万。

此时离《天下情》收官已经有半年之久，第六期的《附身之薇薇安》随之开始了。

“薇薇安，是你吗？你要做什么？你想杀了我，还是想要杀谁？”镜头里，沈心悦的脸变得惊恐无比，诡谲的打光让场景变得更加诡异。

镜头掉转，镜子里的她忽然像变了一个人般，嘴角挂着冷笑：“我要那些伤害我的人付出代价。”

“你说，你说，是谁？”她举起桌上修眉的刀片。

接下来，按照剧情，她将把刀片刺入自己的手腕。而角落里的周医生会冲出来，夺走她的刀片，然后快速刺向镜中人。

好一场拙劣的表演。

为什么所有人都会相信呢?

"所有人都希望你去死。"镜子里的薇薇安笑着道,"你该去死了。"

周茂说这样的设置会撩拨人们心里所有的内疚,她已经被大家关注了,她和所有人都站在了薇薇安的对面。好些人因此为曾经分不清角色和演员而疯狂道歉,他们终于意识到自己是雪崩时并不无辜的雪花。

可是……没有人心疼薇薇安吗?她被创造出来,却只是一个坏角色,连创造角色的周小慧都不曾心疼她。

阿喜用一顶有很长刘海的假发盖住半边脸,穿着一条工装裤,脸上画着拙劣的妆,她手持打光器,紧紧盯着表演中的薇薇安。沈心悦的经纪人罗继正满脸得意地看着她,像看着一棵摇钱树。

她是混进来的,幸亏周茂沉迷于自己马上就要成功的喜悦,根本就没有认出她。

沈心悦表演得太过真实,在看到沈心悦将刀片翻转的时刻,阿喜几乎难以控制地冲上前去。

"卡卡卡!"一旁慢了一步的周茂还没意识到沈心悦的不对劲,立马叫停,冲着阿喜咆哮:"你谁啊你?"

阿喜顾不上这些,她紧紧地盯着沈心悦绝望的眼睛,咬着牙用力摁住她的手腕。

"我能帮你……"

"你帮不了我。"沈心悦忽然微微一笑,笑容里有些冷意,阿喜却觉得她的眼睛分外清醒——没有愤怒,只有平静,像是打定了主意一般。

阿喜松开了手。

这时,屋里忽然发出了凄厉的尖叫。阿喜看到周茂捧着自己流血的手腕,尖叫着:"你疯了!沈心悦你是不是不想活了!"

她淡淡地道:"是啊。送我去医院吧,你治不好我。"

罗继急忙冲过来:"心悦你干吗!马上就要成功了,明天我们还有个广告呢!你为什么在这个节骨眼上把事情搞砸?"

场面一时混乱,阿喜被人群挤到了一边。

沈心悦的"治愈"计划失败了,可她却上了各大新闻的头条,人们都说她被薇薇安彻底附身了。

海报里,明艳的她手里正拿着一张人皮面具。面具上和她如出一辙的五官,写着无措和绝望。眼泪从她的眼眶里涌出来,她嘴唇微张,似乎在求救。

医院门口聚集了一大群粉丝，所有人都在为沈心悦加油打气。

娱乐圈真的是风云变幻，不久前，沈心悦还是被网络暴力的对象，一时间，她又成了和“恶魔”对战的英雄。

拉着巨大横幅的女孩们为她呐喊、尖叫，鼓励她快点儿站起来。但若是抽丝剥茧，这些疯狂的粉丝不少是曾经用键盘打下“沈心悦去死”的那一批人。

沈心悦站在医院的窗台前，微微一笑。

8

与此同时，几个视频被上传到了沈心悦的微博首页，一时之间，全网震撼。

最火爆的是周茂和罗继私下里谋划这场骗局的视频，被疯狂转载。

“你听我说，你把这个药给她吃了，这个药有安神效果，但是呢，同时也会导致一定的幻觉，然后你播放这个录音……久而久之，她的心理防线就不行了。”周茂的表情格外狰狞。

为了保证收视率，他不惜放大患者的伤痛，甚至亲自制造阴影，因此视频的标题叫“制造阴影的心理医生”。

一时之间，被害者家属震怒无比，周茂被羁押调查了，很快被查出了他的公司除了“炮制”患者欺骗观众外，还有更严重的违法行为，估计没个三五年出不来了。

心理协会则表示会将他除名。

心理中心，沈心悦躺在白色的病床上，面色平静。

负责她的医生坐在一旁，正在一边为她测量体温，一边录音。她听到沈心悦在自言自语。

沈心悦的表情在迅速地切换，一会儿是狰狞而凶猛的“你不是说你理解我吗？为什么你不懂我为你做的一切呢”，一会儿是“对不起，对不起……”“为什么你们都不能听我说完我的话？你不替我解释，那只有我自己来了。我是薇薇安！我是薇薇安！”

双面玻璃外，阿喜抬起头来，有些疑惑：“我什么都没看见。”

跟之前的不一样，没有面具，也没有另外那个沈心悦。她只看到一个漂亮而苍白的女生，躺在白色的床单上，手脚被束缚，自言自语。

一个多月后，沈心悦终于同意见他们了。她似乎胖了些，气色竟奇迹般地好了很多。

“赵医生。”她穿着白色的病号服，见到两人进来，关掉了正在播放的影片，微微一笑，“刚在看最近热播的剧，我也忍不住想要骂里面的坏角色。”

“但是你不会。”赵央淡淡地道，然后沉默了几许，轻声问，“为什么要装病？”

沈心悦愣了一下，但她并没有恼羞成怒，反而笑了："我以为我演技很好呢，居然被看穿啦。"

一旁的阿喜盯着她的眼睛。

沈心悦淡定得可怕："我下个月就要出院了。当然，被你们识破了，这就是一场生病然后治愈的表演，只不过最开始很多人可以受益，但现在我搞砸了。"她似乎为搞砸松了口气。

"赵医生，你记不记得当时你说的一句话？"

"哪一句？"

"你说，我抑郁不仅仅是因为被谩骂侮辱，而是因为被误会。你说我太入戏，我当时心疼薇薇安，却没有能力替她辩驳。我面对恶、面对伤害毫无反抗的力量，这是我痛苦的源泉。"

赵央沉默以对。

是的，他是这样认为的。

"这个圈子就是这样，所有人都看着镜头里的人，相信真人秀，相信所谓的捏造的事实，所有人都扮演着一个人设……我不喜欢这样的不真实。"她笑着说，"我不喜欢。"

不管怎样，这件事算是过去了。

"出去后打算去哪儿？"

她想了想："总之，不演戏了。我的人设都坍塌了，不是吗？我不像陈柳柳，还在苦苦挣扎。你说，人这一辈子，如果连自己都演不好，却在演人设，要接受所有人的评价，那些评价却从来不客观，不是很可悲吗？"

她笑着道："我以后不演了，我只做我自己。"

"祝你幸福。"赵央由衷道。

他想，沈心悦已经看开了。比起很多仍在苦苦挣扎的人来说，离开这个圈子，比重塑人设去拼命经营要自在一些。

"老大，"阿喜追出来，"沈心悦真的从头到尾都是演的吗？"

不得不说，她演得太好了。

"不一定。"赵央皱眉。

有可能，薇薇安已经取代了沈心悦，只是她并不是《天下情》里的那个角色薇薇安，而是沈心悦所理解的薇薇安，是杂草，是坚韧，是对伤害敢于反击，甚至不怕伤敌一千自损八百的薇薇安。

是更勇敢的她。

又或许，沈心悦一开始就在扮演一个叫沈心悦的角色。

赵央看过她早就被删除的档案资料，她的真名叫杨薇，曾是个叛逆少女，签进罗继的公司后才有了人设。

只不过那个人设还没立起来，就被《天下情》的薇薇安给毁掉了。

或许，她本来就是薇薇安。

阿喜叹了口气："网上新热播的剧叫《亲爱的她》，里面的女二号也是个反派，演得挺好的，网上又是铺天盖地的骂声。"

人们好像永远记不住曾经的教训。

赵央无奈地摇摇头："我们帮不了所有人。但是只要有人需要，我们在所不辞。"

"是啊。在所不辞。"

几日后，陈柳柳参加了一个茶品的广告见面会。现场有记者说起了沈心悦的遭遇。

陈柳柳握着话筒，露出了一个心痛的表情，然后哽咽道："我没有想到，心悦也会遭遇到这样的事。我其实可以理解她，当时我也走不出来。她演得太入戏了……她是个好演员，真的，现在闹成这样，我作为她曾经的搭档，也觉得好可惜啊……"

站在台下的阿喜抱着一杯奶茶，紧紧地盯着台上。

记者发问："有人认为，你之前也因为《天下情》无法出戏而患上抑郁症……关于演员演戏到底要不要太入戏，你怎么看？"

"演员其实应该提升的是演技，而不是光靠所谓的角色信念，不是吗？那样很容易出问题的呀。"

另一个记者就有些欠揍了："最近粉丝自发评的一个奖项，《天下情》里演技最好的演员被沈心悦拿走，你怎么看？"

阿喜看到那张婉约温柔楚楚可怜的脸上有了细小的缝隙。

那是一张粗制滥造的人皮面具。面具下的人露出了一个鄙夷的表情，轻蔑且充满着不耐烦。然后，一个晃眼，缝隙消失了，只见陈柳柳大方且谦逊地说："我会更加努力的呀。谢谢你。"

阿喜喝了口奶茶。

人生如戏，演到最后的人会是赢家吗？

丢失了自己的人，被一个人设困住，为其而活，到底值不值得褒奖？

不管怎样，人各有志吧。

阿喜转身，逆着人流，走出了拥挤的人群。

第八章 告别

1

傅芊芊抬起头，看着面前的医生。这位是很有名的催眠医生，姓祝。

半年前，傅芊芊经历了一场车祸。那场车祸带走了她相依为命的妈妈傅梅的生命。那之后，傅芊芊每一天都度日如年。医生说她是因创伤后遗症而逐渐演变成了很严重的抑郁症。但对她来说，失眠和无法集中精力都不算什么，她无法接受的是没有妈妈的未来。每次醒来，她都会很沮丧地想，哦，我又活了一天了。

“你叫什么名字？”

“傅芊芊。”

祝医生一顿：“你今年多大？”

“16岁，还有一个月就16岁了。”她怯懦地答道，像是怕答错一样。

祝医生放下了笔：“你现在最想做的事是什么？”

“我想见她。”她的眼泪哗哗地落下来，“真的她，会说话的她，会给我一个拥抱的她。”

她张开双手，抱住的却是空气，于是她的手重重地垂下来：“祝医生，我熬不下去了。”

“傅芊芊，”祝医生重新晃动手里的银球，道，“你必须面对你妈妈已经离开的现实。接下来，跟着我的指引……”

她闭上眼睛。

车厢里光线昏暗，外面是急促的汽笛声。

她听到自己的声音，像是刻薄的诅咒：“我永远，永远不会原谅你！”循环叠加，加速度，混乱的字节将愤怒揉碎，刺痛了耳膜和心，“再也不要见到你！你不要和我说话！我恨你！我恨你！”

她看不清楚妈妈的脸，眼前是车里挂着的那个晴天娃娃，原本的笑脸慢慢下坠。

汽笛声更大了，在负气的诅咒中越来越近。

然后，巨大的烟尘席卷了她的梦魇。她感知不到疼痛，像是坠入无边的黑暗之中。

或许，那就是死亡之前的平静。

她看到妈妈十分苍白的脸，她的嘴唇嗫嚅了一下，最终一个字都没有说。

巨大的痛楚将她从催眠的幻境中逼了出来，傅芊芊晕倒在地，银球从祝医生的手中跌落。

2

车祸发生后，傅芊芊似乎视汽笛声为魔音，只要一听到就会崩溃。祝医生给她开了一些抗抑郁的药物，说这样起码能让她没那么伤心，不至于做太多冲动的事。

为了能让她的情绪稳定下来，舅舅把她送到了有山有水的乡下，那里十分幽静，妈妈的好朋友罗希阿姨陪着她住在一起。这样的平淡日子让傅芊芊的情绪平和了很多，起码她不再那么悲伤了。她觉得自己会好起来，接受没有妈妈的未来，毕竟她还有舅舅和罗希阿姨。她迫切地想让自己的生活回到正轨，尽管有些难。

其实在回乡下之前，她曾试图回学校上课。当她穿上制服、背上书包进入教室的时候，班上的同学都吓坏了。是啊，她现在是个病人。她的记忆变得很差，对老师的印象很模糊，更不要说课本了。

屋子里的风铃响了。她从案几前直起脑袋，因为吃了抗抑郁药物，脑袋昏昏沉沉的。她努力地让自己恢复意识，却看到玻璃窗上映出一道黑色的身影来，偶尔，耳朵里还会充斥着诡异可怖的声音。

“是你害死了她。”

“你为什么要气她？”

“是你诅咒她的。”

“她不会原谅你。”

沙哑的声音像鬼魅般缠绕着她，勒紧她的喉咙，让她呼吸急促……

她迅速拉开抽屉，拿出药丸并吞了下去。蓝色药丸有镇静的作用，是治疗抑郁症的强效药，但它同时有很强的副作用。很快，她就昏昏欲睡，索性闭上了眼睛。

傅芊芊是被窗外吹进来的一阵幽凉的风唤醒的，风里夹杂着一阵浓郁的桂花香味。往常这个时候，妈妈傅梅已经在酿桂花酒了。她常会温一壶酒，再蒸几只蟹，母女俩的秋天总是温馨的。

可如今再也不会有了。

她蹑手蹑脚地经过客厅，罗希阿姨正在睡觉。

她抬头看了看墙，墙上有被去除的照片的痕迹，那上面原本有一张照片，是她依偎在妈妈的怀里，甜甜笑着，缺了牙的她可爱极了。舅舅担心她看到妈妈的照片会胡思乱想，所以把照片全部收了起来。

墙上还挂着她的校服，桌上的书包还很新。她的成绩很好，来年原本要去上寄宿高中的。可妈妈永远不满意。

再往下一点儿，她的目光落到了抽屉上。抽屉里是她以前偷藏的漫画书，如今已经没必要再小心翼翼地掩藏了。

3

黄昏的郊区，光线很温柔，她脚下软绵绵的，风灌起她的睡裙一角，凉飕飕的。

她想起很小的时候，妈妈带着她在溪水里捞螃蟹。那时候，她们母女俩好得像是一个人。她什么都要和妈妈说，包括梦里的一切，妈妈也总是给她讲故事。

可后来怎么就无话可说了？

她曾经以为她永远不会和妈妈分开，即便是长大了，也不想要结婚生子，她要永远陪着妈妈。

脚下踉踉跄跄，麻痹的心脏一点点复苏。

山谷的尽头，昏暗的光线下，溪水潺潺流动。她气喘吁吁地在河滩边蹲了下来。

黑色的影子紧随其后。

“你能不能不要跟着我？”她疲惫又无奈地道。

黑影不回答。

“是，我知道，我永远得不到她的原谅。那我去死好不好？”她觉得自己的话很尖刻，但这个念头起来的时候，她的心忽然得到了难得的宁静。

黑影靠近了她一些。

她起身往河中心走去，冰凉的溪水包裹住她的小腿，慢慢地浸过她的身体。

黑影就映在水里。

一个声音在耳边响起："对，就是这样，这样你就能见到她了……你就可以和她永远在一起了，像小时候那样……"

"我很想她。"傅芊芊闭上眼睛，眼泪落了下来。

她正要将头埋下去的时候，忽然手臂被紧紧箍住。她猛地睁开眼睛，就看到面前一个陌生的女孩，一脸愠怒地盯着她："神经病呀！"

傅芊芊愣了一下，眼前的黑影像是被猛地撞开，消失在水上，像是逃窜的水鬼。

"你是……"

"我是你妈！"女孩愠怒道，然后用力将她拖上了岸。

傅芊芊站在秋风里瑟瑟发抖，面前的小姐姐正俯身拧着自己的衣服，见她傻站着，骂了句："你是想这么湿淋淋地直接冻死是吧？"

傅芊芊愣了一下，这时才觉得冷，茫然地也开始拧衣服上的水。

天色终于暗了下来，黄昏的日头在水面上落下点点的光斑，她抬起头，怯生生地问道："你是谁啊？"

"你别管我是谁。"女孩气呼呼地道，"要不是你妈……我才懒得管你。"

傅芊芊一愣："你说什么？我妈？"她忍不住战栗了一下，提到这个心脏就疼了一下。

"你是不是搞错了，我妈她……"她还是没办法提"死"这个字眼。

"我知道。"女孩忽然叹了口气，"我知道，你现在看不见她。但是我能看到。你刚才在河中央，她都快急死了好吗。"

"啥？"她呆住了。

这回轮到她追在女孩身后了："姐姐，你刚说你能看到我妈……我没听错吧？"

女孩回过头，气鼓鼓地看着她："对啊，你没听错。"

傅芊芊被她凶得有些委屈："不是，那是什么意思啊？"

女孩皱皱眉头："就是我……"她指着自己的眼睛，"这里很厉害，能看到别人看不到的东西。喂，我哪里有很凶啊，是你女儿自己不懂事儿好不好！"说着侧头看向自己的右侧。

在傅芊芊的视野里，那里空荡荡的。

傅芊芊有些摸不着头脑，但她的心脏猛跳着，顺着女孩的视线瞪大眼睛，然后回过头，见女孩炸毛似的气得够呛，又问了一句：“你在干什么？”

“你妈让我带你回家换衣服。”女孩翻了个白眼，“喂，你家在哪儿啊？”

傅芊芊的太阳穴突突地跳动，她此时还不太明白，只是觉得这个把她从水里捞出来的姐姐好奇怪。她不会跟自己一样脑子有问题吧？但看起来不像啊。

不远处的小房子亮起了灯，罗希阿姨似乎没有发现她偷偷溜了出来，此时正在厨房里洗菜，为晚饭做准备。

两人悄悄潜进了房间，傅芊芊给小姐姐找了件干的衣服，听到她嘀嘀咕咕，像是在自言自语。

“什么跟什么嘛！好好好，大姐，我知道了。”

女孩抬起头来跟傅芊芊道：“你妈说让我别吓着你阿姨。”

“罗希阿姨吗？”

“对啊，她说她胆小得跟什么似的，别吓出毛病来，像你一样。”

“罗阿姨胆子是很小。”傅芊芊轻声道。而且罗希阿姨还特别迷信，自从傅芊芊生病以来，她天天烧香拜佛。

“还有，你妈说她不是鬼魂，叫你别怕。”女孩抖了抖身上有些皱的衣服，“我今天是去看灯会的。我得走了。”

“等等我！”傅芊芊愣了两秒钟，跟了出去，只见那女孩咻一下就跑出了门外。

而站在厨房门口的罗希阿姨正一脸蒙：“芊芊，刚才那个是什么东西？”

“罗希阿姨，我出去一趟！”傅芊芊追了出去。

“喂喂喂！芊芊，你不能出去啊！你的药还没吃呢！”

傅芊芊可管不了那么多了，气喘吁吁地快步跟上前面的身影。这段日子她没什么食欲，因此精神特别差，但此时她觉得无比兴奋和好奇。

尽管觉得这个奇怪的小姐姐说话云里雾里的，可傅芊芊必须弄明白。不是鬼魂，那她看到的是什么啊？

“你等等我嘛！”路口，傅芊芊总算追上了她，“你走得好快，你是人吗？”

女孩皱皱眉头：“我不是人！”

傅芊芊惶恐地看着她，只听到她傲娇地来了句：“是仙女！”

然后，她伸出手来，一脸大方地道：“来，让你捏捏。”

傅芊芊犹豫了下，自从生了病，她几乎不跟人接触，被黑影缠绕后更是草木皆兵，可此时她倒是顾不上怕了。她还能更惨点儿吗？就算是女鬼也无所谓了。

于是她鼓足勇气，捏住了女孩的胳膊。唔，看起来细细的胳膊，捏起来手感还怪好的，而且暖乎乎的。

傅芊芊抬起头。

"我是人是鬼？"女孩咧嘴，露出八颗大白牙，"走了，看灯会去了。"

"我妈她……"傅芊芊急忙跟上，"她……"

看她欲言又止的样子，女孩无奈地叹了口气："哎，真麻烦。"然后她伸手指了一下，"在这儿呢。"

那里空荡荡的。

傅芊芊甚至还忍不住伸手捞了一把："哪儿啊？"问完又觉得自己好傻，她是被坑了吧？

"怎么？你不信？"女孩似乎看出了她的疑虑，又叹了口气，"你给我的这件衣服，是你妈上次逛街时给你买的，对吧？"

傅芊芊一愣："嗯。"

"你妈上次陪你逛街已经是两年前了吧？"

傅芊芊的脸色一白："你怎么知道？"

"她说的啊！"女孩耸耸肩，"哎呀，没想到我混来混去，还是个传话筒。"

傅芊芊觉得自己的胃口彻底被吊了起来，她小碎步跟在女孩的身后。

"灯会还有一会儿呢。"女孩忽然回头道，"好歹给你和你妈做了沟通桥梁，是不是该请我吃个饭？"

"啥？"

"有带钱吗，或者手机？"

"带了。"傅芊芊点点头，"想吃什么？"

这时，离村镇已经有了一小段的距离，到了附近的集市上，可能因为是灯会，所以人很多，到处都是摊贩。

"吃那个吧。"女孩指着麻辣烫店说。

"这个……"傅芊芊想，她想吃什么都可以，只要她跟自己说清楚，所以二话不说地点了点头，"好！"

"哇，我偏吃这个！"这时，女孩又冲着旁边噘起嘴。

"你想吃哪个就是哪个。"傅芊芊有气无力地赞同道。

“你妈说这是垃圾食品……”女孩又一次翻了个白眼，“你妈说你从来不吃这个，我偏带要你吃！”

6

麻辣烫店里人很多，她们选了角落的位置坐下。其实傅芊芊经常吃麻辣烫，只不过是悄悄瞒着妈妈去的。

下完单，她坐立难安地盯着女孩：“你能不能……告诉我……”

女孩抬起头来：“行，看在你们母女俩情深的分上，我就大发慈悲……”她伸出手，“我叫阿喜。”

傅芊芊乖巧地道：“阿喜姐姐好。”

阿喜慢条斯理地给自己倒了一小碟醋，就着麻辣烫店送的小菜吃了一口：“你妈刚才在我旁边絮叨，说是半年前你俩遭遇车祸了。”

傅芊芊仿佛听到了尖厉的汽笛声，她重重地“嗯”了一声：“你还知道什么？”

“然后你们就分开了。”阿喜吸吸鼻子，然后道，“我刚才在湖边，看到你在跟一个黑影说话。那黑影是什么东西？”

傅芊芊瞪大眼睛：“你能看到它？”

“对啊。”阿喜重重点头，然后略感嫌弃地说，“那家伙戾气重得很，难怪你妈担心你。”

傅芊芊看着阿喜递过来的手机，上面是有关能看到别人心理世界的异能少女的传闻，而这名少女就是阿喜，是特殊人类研究所的赵医生的助手。傅芊芊试图回忆，她觉得好像在哪儿听说过，也怪她，从前在学校形单影只，几乎不和人八卦，永远只知道学习。

“还我。”阿喜不耐烦地拿过手机。

“如果你说的是真的，那……我妈是谁的心理世界啊？”傅芊芊虽然生病了，但脑子还是好用的。她可是他们学校的学霸，要是半年前没出车祸，她可能早就拿到晏中的提前批入学名额了，不像现在，根本没办法学习和考试。

是啊，黑影是她幻想出来的，她在清醒的时候是清楚知道这件事的，所以才乖乖配合吃药。只是在“发病”的时候，人的脑子会有些混乱，觉得那些都是真的。

“咿？是你幻想的？”阿喜瞪大眼睛，咂舌，“那就糟糕了，难怪她说她不是鬼。”

然后她侧过头：“喂，那你是什么呀？”

傅芊芊满心期待地盯着阿喜面向的一团空气，屏息凝神。

阿喜忽然“哦”了一句，回头冲傅芊芊道：“你妈说她也搞不清楚是什么状况。”

“啊？”傅芊芊一愣。

“我刚不是说，你们俩因为那场车祸分开了吗？她说在她的世界里，你……”她在脖子上比了个手势。

“我死了？”傅芊芊瞪大眼睛。

“差不多吧。”阿喜说完，忽然恍然大悟，“所以，咱们这……你妈妈是不是……”

傅芊芊倒吸一口冷气，没有否认。

“哎。”阿喜摇摇头，“不过没什么。你妈说了，看到你在另外一个世界还活得好好的，她很欣慰，不过看你又快死了，就有点儿着急。”

“另外一个世界……她那个世界……”傅芊芊有些混乱，“什么意思啊？”

“没听过平行时空吗？”阿喜问。

听倒是听过，他们学校对于这方面的知识还是挺感兴趣的，之前还有传闻，说他们学校有位学长在家里碰到过平行世界。

“我这么解释吧。”阿喜忽然从口袋里掏出一个小小的粉红色盒子。

“这是什么？”

阿喜打开盒子，里面居然是一面折叠的镜子。

她将它铺平：“世界本来是这样。”她看着傅芊芊，然后手微微用力，镜子中间随即出现了一道折痕，两边立了起来，彼此映照着，“因为概率事件，它就‘啪’一下一分为二了。然后，很有可能是镜像原理……比如，你和你妈经历的那场车祸，有一个世界你活了，有一个世界她活了。你俩就分开了，瞧不见彼此了。懂了吗？”

“你的意思是……我妈妈她到底……还在不在？”

“在啊。”阿喜合上镜子，“这个东西涉及很多物理学知识的，我也不太懂。总之，在是在，但……你看不着了。但就是在。懂了吗？”

然后她侧头，看了一眼空气：“大姐，你哭什么？”

傅芊芊红了眼，也冲着那团空气道：“妈，你别难过啊。”

旁边桌有个大叔，此时面红耳赤地盯着阿喜和傅芊芊，更试图将那团空气看出个花来。

这招来阿喜一个白眼：“喂，大哥，三个女人聊天，偷听不太合适吧？”

大叔用力眯了下眼睛，似乎还仔细数了一遍。

一……二……三？

阿喜不再理他，这时热气腾腾的麻辣烫端上来了。

傅芊芊的眼睛也红了：“我妈能看到我吗？”

阿喜问了句："你能看到她吗？"然后向着傅芊芊说，"不能。她说她是感知到了你。"

"感知？"

"嗯。你们现在是两个世界的人啊。但是有这种先例，说是感情够深就会有感应，然后就能感知到。偏偏我是这么个……特别的存在，给我撞上了呗。"她语气中有种自认倒霉的豁然。

"她感知我多久了？"傅芊芊的声音细如蚊蚋，眼神里满是不可置信。

"等我问问……"阿喜皱皱眉头，"哦，这样啊。你妈说她一直都能感知到你，只不过今天才能告诉你。"

傅芊芊的心尖像是触了一下电，鼻子一酸："真的？"

"你不信啊？"阿喜翻了个白眼，"不信拉倒，我骗你干什么，大家萍水相逢……对了，你那个黑影朋友现在怎么不跟上来了？"

或许是麻辣烫店里声音喧闹，气氛正酣，傅芊芊的情绪慢慢舒展开来。

尽管她对阿喜仍有所怀疑，更是不知道这位"母亲"到底是个什么概念，但此时，她久违地觉得她那因为孤寂而冰冷的身体慢慢有了点儿温度。

味蕾被热辣辣的味道刺激着，轻飘飘的脚底也有了重量，尽管她肩膀上沉重的感觉依旧在，但稍微减轻了那么一点点。

"所以……黑影是你太过难过的时候才会出现的，只是你大多数的时候都挺难过的……"阿喜附和着。她没有肯定傅芊芊的痛苦，却也没有质疑她的痛苦，"很难吧？"她那难得严肃的脸上真诚而抚慰，没有让傅芊芊读出丝毫的同情。

出事以后，傅芊芊不是没有跟人倾诉过。

她见了很多心理医生，可她就像提线木偶一般被牵着走，她不喜欢这种感觉。

而曾经学校里那些为数不多称得上密友的人，会抹着眼泪说："亲爱的芊芊，你不要太难过了，人死不能复生，你一定要坚强，妈妈看到了才不会难过啊。"

至于罗希阿姨，她哭得比傅芊芊还厉害，有一次甚至在厨房里号啕大哭，一边哭一边问苍天为什么要这么对待这对苦命的母女……不喜欢"苦命"这个词，好像命一苦就得认了，什么调味剂都加不了了。

还有舅舅，他毕竟是个男人，表达情感的方式不一样。他遵从医嘱，竭力克制着自己的情绪，做傅芊芊的支撑。

她似乎没办法用语言表达出自己的痛苦和思念，甚至不知道自己体内那颗带血的心到底该不该吐出来。吐出来是不是就不会疼了？但这样她也就没有心了。

她也参与过互助会，见过很多因为亲爱的人离世不能自拔的病人，大家同病相怜，相互发泄，可是也不过一瞬间。这世间没有感同身受这种事儿。

黑影反而是这段时间陪伴她的人。

“你和你妈妈的感情很好？”阿喜问。

“嗯。”

妈妈 20 岁那年有了她，因为外公外婆非常传统，便要求她把孩子打掉，妈妈死活不肯。

傅芊芊没有见过爸爸，但从小妈妈就告诉她：“宝贝，你是妈妈一个人决定要生下来的，所以爸爸对咱们负不负责都不重要。你要的任何爱，妈妈都会给你。别人有爸爸妈妈你不用羡慕，妈妈会给你双倍的，甚至更多。”

那时候很辛苦，为了养活她，妈妈一个人打多份工，小小的她常常像个人体挂件一样跟在她身边。她至今还是能想起那时候——不是具体的场景，而是心跳。她的心跳贴在妈妈的背上，妈妈的心跳感受着她的心跳，一开始各跳各的，慢慢地就融合在了一起，就像她来到这个世界的时候一样。

后来她们的关系就变得不太好了。或许是因为该死的青春期，又或许是因为她们搬家到了一个大宅子。她长大了，外公外婆也去世了，妈妈开起了公司，舅舅就过来妈妈的公司帮忙，还有一直没有结婚的罗希阿姨来照顾她们的起居。家里的人多了起来，而妈妈越来越忙碌，两人能聚到一起的机会变少了，她和妈妈的相依为命就此断了。

说到这些，她的表情变得茫然悲伤起来，那原本亮了一些的眼睛就此暗了下去。

阿喜捕捉到了这一细节。

“我当时在水里，听到黑影跟你说着什么。”阿喜道。

“嗯？”傅芊芊猛地回过神。

“你为什么会对你妈妈有那么深的愧疚？”

8

麻辣烫店的小包厢里，祝医生对着一旁的监控“啧啧”了两声，回头对赵央道：“你们阿喜演技还不错。”

“那是。”

“这算无实物表演了吧？”祝医生挠挠头，“不过这傅芊芊人还挺聪明的，就是想法挺固执……这些有用吗？”

“你要是这么不相信我，找我帮忙干吗？”赵央皱皱眉头，低头吃麻辣烫里的鱼肠粉。

“欸，你……你这个人……”祝医生负气地“哼”了一声。自打他之前催眠惹出祸端，得到赵央他们的帮忙，他原来的傲气就减了几分。不过他可不肯承认赵央是他的救命恩人。他的救命恩人就是阿喜妹妹！

“你走着瞧。我到时候把阿喜挖过来！”

赵央抬起头来，薄薄的唇因吃了辣椒而红艳艳的，他勾了勾嘴角：“那也得看你挖不挖得动。”

那份自信，那份傲娇……祝医生嫉妒得脚趾抓地。原来他还有些谦虚，怎么现在变得这么狂了！

“算了算了，不跟你计较！”祝医生一边生气，一边又觉得这样的赵央好相处多了。

他从口袋里摸出一个仪器，那仪器和傅芊芊手腕上的Swatch相关连，上面有具体的心率数值。

这是祝医生他们团队新研发出来的，用于观测患者的情绪波动。除了心率、血压，还能通过一些数据观察血液流速、神经反应灵敏度以及多巴胺和肾上腺素的分泌情况。这样可以根据患者的情绪波段变化辅以刺激，进行一些引导治疗。

提起这个祝医生就备感骄傲，这个仪器还可以让催眠过程更加安全，对病人的临床治疗很有效。

赵央虽然吐槽他，但关于这个小仪器，还是有些心痒痒的也想搞一个。

“有变化吗？”

“嗯。”祝医生吁出一口长气，抬起头来，“阿喜能控制得住吗？”

“她可以。”赵央道，“不瞒你说，镜像那个理论都是她自由发挥的……”

“啧啧啧！优秀！”

这时，门帘拉开，从后门进来一个戴着鸭舌帽的男人。他鬼鬼祟祟的，一露脸，正是傅芊芊的舅舅。

“赵医生，祝医生，我那边都准备好了。”

“那……”赵央一抹嘴，“静候阿喜。”然后就伸手摸过桌上的仪器，举起来，“等它通知。”

监控屏幕里，垂着脑袋的傅芊芊像一只鹌鹑，身体有些微微发颤。关于车祸前发生的事，她极力回避。可越是如此，心里那根刺越是扎得生疼。

阿喜看到她身后的黑影又来了，于是她猛地站起来，拽起傅芊芊："走了，看灯去！"

心率仪上，傅芊芊的数值有些低迷，血流速度极慢，但在阿喜拖她出门的时候，数据猛地上升到了一个高峰。

不得不说，祝医生对阿喜是越看越喜欢。最开始他也觉得这姑娘不就是个病人嘛，可此时的祝医生，已经不想就这些自己"能力范围"之外的东西做过多评价了。无论阿喜是不是他们心理中心诊断意义上的病人，她都像一颗太阳一样，具有引导别人情绪的能力。

也算是赵央调教得好，这些年，她成长得很快，而且所有的动作都不像是教出来照搬照做的，一系列的举动可爱自然，不仅会共情，还很能牵动对方的情绪。

起码在他对傅芊芊催眠的后期，眼看着她的情况越来越糟，却弄不清楚她说的黑影是什么的此刻，他是直到通过阿喜的眼睛才弄明白的。

倒不是每个患者幻想出来的"心魔"都是具象的、有出处的，但起码傅芊芊这个是。

根据阿喜的描述，他们费了好大劲才画出了这个黑影的速写，又采访了傅芊芊身边的很多人，这才从傅芊芊舅舅的一段回忆里得到了答案。

她们到的时候，灯会还没开始。

傅芊芊手脚冰凉，阿喜握住她的一只手往前走。

这个灯会是晏城市郊一个多年的老传统。传说在这里曾有个光明神，因为失去至爱而黯淡，让世界也堕入无边的黑暗。妖孽横生，怨念化为黑影到处抓落单的孩子献祭。因此这一天，全城的灯会亮起，照亮那些被黑影缠身的孩子们回家的路。为了摆脱黑影，所有人会戴上面具，在灯光游走里摩肩接踵，让黑影无落脚之处。

傅芊芊的心跳快了起来。

阿喜的声音就在耳畔："你妈妈说，你在这里曾经发生过一次事故，对不对？"

傅芊芊的心脏突突跳动，根本无法思考。

阿喜能看到，那逼近的黑影发出"嗞嗞"的声音。她定睛看着对方——身形高大，手足很长，正是灯会传说里的恶魔形象。

细看之下，她看出了他的具体模样。

那是个男人，满脸斑驳，面相凶恶。阿喜见过他。这样长相的人她终生难忘。

一年前，有一次她协助警方调查失踪儿童案，会议上举了这么一个恶魔的案例。那是一个已经成为阶下囚的绑架犯，曾绑架过数十名儿童，并且导致其中六名儿童死亡。

傅芊芊就险些惨遭他的毒手。

十年前，六岁的傅芊芊曾参加过这里的灯会。当时妈妈带她过来见一个朋友，临时接了个电话，一扭头，孩子就不见了。

关于这一段记忆，或许是因为太过可怖，傅芊芊长大以后几乎不怎么想起。但后来因为妈妈的死，受到过多创伤的她接受了很多潜意识里的东西，记忆没想起来，记忆深处的阴影却跑了出来。

傅芊芊的舅舅傅康提起当年的事也是一头的冷汗。他还记得当时他在邻市，接到傅梅的电话的时候，她的声音简直不像正常人。

傅康几乎想都没想就打车赶到了灯会，等他赶到的时候，街市早就乱作一团，一个浑身是血的女人抱着昏迷的孩子，整个人戒备得如同一头猛兽。

除了傅梅，没有人知道她是怎么将孩子夺回来的。或许是一个母亲的血性，让她一个人挡住了恶魔一般高大的男人的袭击，让自己和孩子都幸免于难。

后来，随着罪犯的入狱，傅梅心里的大石才落了下来。可谁又能料到，在她不幸离开人世后，那片灾难般的阴影重新笼罩在了她誓死保护的人的头顶。

这一出的确有风险。

对于这个形象的诞生，众人都很是后怕。他们也明白，唤起她不好的童年记忆可能导致她的病情恶化。但进行了多番的推演之后，大家又都很清楚，在黑影吞噬她之前，只能和他搏斗，光靠傅芊芊自己显然是打不过的。

当然也有人认为这种方式风险过大，但祝医生本来就是极具冒险精神的人，在这方面，他一反常态地支持了赵央的计划。

“为什么不能用催眠直接进行治疗，而是这样大费周章？”有人提出疑虑。

“催眠虽是由催眠师进行指引，但最主要还是患者自己的意识为主导，所以很难进行控制。傅芊芊在潜意识里封闭了自己的情感状态，又催生了一个新的心魔，我们可以用这种虚实结合的手段，一步步地打破她的心防，建立起信任基础，从而完善‘人设’……”赵央道。

哎，这招还是跟之前那个医治女明星的周茂学的呢。

“可是风险也太大了吧，万一放大了心魔呢？”

“根据家属的意思，傅芊芊现在已经不堪重负了……”他低沉着声音道，“最不济也就是让傅芊芊幻想出一个傅梅来。这样就算无法消除黑影，在她的潜意识深处，也有傅梅愿意守护她。”

妈妈就是她世界的光。

祝医生附和："何况大家也都知道，所有幻象在尚不坚固的时候是最好击破的。就算是真的重塑出一个新的幻象，我们处理它的方法也有很多。"

"总之，我们没办法治愈所有病人，但起码，我们有能力在不伤害他人的基础上让病人更加好受，所以一定要去做。这才是我们存在的意义。"

赵央说这番话的时候，祝医生忍不住像个迷弟般鼓起掌，激动地说："说得好！"

心理中心其他人一脸茫然。哎，这两人不是互相瞧不上吗，怎么今天一唱一和的?

面对共同的敌人的时候，我们就是战友嘛。祝医生此时已经真的把赵央当战友了。

他说得太对了！就像临终关怀的意义一样，在你发现情况越来越糟、无法阻止生命的逝去时，起码还能换个角度保证病人剩下日子的生命质量，让他们留下的不再只是痛苦。

10

所以，表面上傅芊芊是第一次偶然遇见阿喜，但事实上，阿喜观察她已经有一周多了，并且对她的心魔来源、心跳频率，还有母女俩的过去都有了一定的了解。

除此之外，她还对傅梅有了一定的了解。虽是无实物表演，好歹她得有信念感啊。因此，她还特地给已经退出娱乐圈去旅行的心悦姐打了个电话，让她在视频那边亲自点评了一下自己的演技……

撒谎这事儿还真挺不容易的，一开始她演得有些不自信，感觉随时都会破功，更别提还要注意"受骗者"的情绪变化……

其他人也没闲着。芊芊舅舅可谓是大手笔。两年前灯会就取消了，这一次完全是他花钱举办的。现场除了一些工作人员会进行一些特殊行为来给傅芊芊做心理暗示，还拉起了一个巨大的幕布。此时，投影和音响暂停，几个工作人员在那儿静待着"大秀"开启。

这是一场声势浩大的表演，而主角毫不知情。

摊位前，人们已经戴上了面具。傅芊芊发现这些人穿着统一的服装，看上去稍有些奇怪，空气里还有一股好闻的味道。

紧跟在她身后的黑色影子时而靠近，时而疏离。

她并不知道，心理暗示已经慢慢地开始了。

阿喜从地摊上挑了个小巧精致的面具给她："戴上吧。"

"啥？"

"傅芊芊，你信不信，即便你戴上面具，你妈妈也能感受到你。"

傅芊芊握着面具，不明白阿喜的意思。

“有时候，人用眼睛看到的不是真的……”阿喜戴上面具，那略显狰狞的面具下，她的眼睛亮晶晶的，“而面具之下的人，你得靠自己用心感受。”

“用心感受？”

“我想问你，你是怎么看待死亡这件事的？”

“死了就是什么都没有了。我就算能看到她，也不过是我的幻想而已。”

“不。”阿喜摇头说，“我不这么认为。十年前，我妈妈也死于一场车祸。”

闻言，傅芊芊的身子颤抖了一下。

“我当时比你幸运一点点，我妈妈出车祸时，我不在车祸现场。但是又比你倒霉一点点，比起你醒来的时候接受这件事，我是在她进医院后，看着她一点点地死去的。”阿喜笑着说，“而且，当时我妈有精神分裂症。当然，这是心理中心说的，我倒不那么认为。我能看到她的几重人格，那都是因为孤独召唤来的伙伴，他们于我而言也像家人一样。”

傅芊芊伸出手来，轻轻抓住了阿喜的手，她的手指很凉，可阿喜的手热乎乎的。

阿喜冲她笑了笑：“我没事。”

“你是怎么走出来的？”傅芊芊问她，声音颤抖。

这时，黑影又靠近了一些，她握住阿喜的手颤抖得更厉害了。

紧接着，她听到巨大的汽笛声。那声音有如魔音，让她瞬间收紧心脏：“你听到了吗？”

阿喜当然听到了，甚至忍不住在心里埋怨：“这么大声干吗啊！”

“我没有。”她如是答。

11

后台的工作人员挨了祝医生一掌：“声音调低点儿！我们都要闹出耳鸣了！”

汽笛声就是一个指令。此时，无数戴着面具的人开始快速地穿梭。

傅芊芊听到了音乐声，像是从四面八方传来的。那音乐分两层，一层是迷幻而温柔的，一层是战鼓点点。她的心脏快速跳动起来：“阿喜，你听到了吗？”

巨大的压迫感涌向她的心脏，傅芊芊几乎感受不到腿上的力量，只觉得身子很重很重，像拖着一个重重的铅球。心脏的压迫感太过强烈，浓黑的雾似乎是从她的肺部开始扩散，逐渐蔓延到了她的血液中，再往骨髓里钻……她蹲了下去，觉得那黑影马上就要吞噬自己。

“阿喜姐姐，我要……我要吃药。”她捂住自己的胸口，看上去十分痛苦。

“傅芊芊，”阿喜蹲下去，“你妈妈在这儿呢，你不想见她吗？”

“假的，都是假的！”傅芊芊有些发灰的瞳孔亮起一丝很微弱的光，“我怎么见她……我见不到她的，我知道你在骗我，对不对？”

阿喜的耳朵里戴着一只耳机，此时她听到祝医生的声音从里头传来：“心跳过快，肾上腺素小幅飙升。”

她知道，这代表着傅芊芊并不笃定自己的想法，就是还有戏。她蹲下去，看着傅芊芊的眼睛，傅芊芊瞳孔里的黑暗很浓。

浓黑高大的身影正朝着她们靠近。

她握住傅芊芊的肩膀，试图给她力量：“傅芊芊，你已经很厉害了。你分得清幻象和真实，你只是囿于自己的心结。但如果我告诉你，生命本身的奥义会超脱生死之隔呢？”

“我想，你应该听说过几年前我们特殊人类研究所的一个案例吧。”阿喜声音柔和，“当时，有个叫刘天明的男孩，在自己家中遇到了平行时空里的一个叫洁茹的女孩。”

傅芊芊猛地一怔，她想起来了，这件事她知道。

“你知道有一颗彗星曾经来到晏城吗？听说那颗彗星的碎片对人类世界有很大的影响。”阿喜压低声音。

傅芊芊愣住。

阿喜伸出手指：“这是我们的秘密，如果你愿意保密，我告诉你，我可以帮你见到你妈妈。”

黑影扑向她的那刻，傅芊芊仿佛变成了当年的六岁的孩子。她在一个强有力的臂膀的夹持下离开了灯光，眼睛被蒙住，她什么也看不见。

她撕心裂肺地喊妈妈，可是嘴被死死捂住，发不出一丝声音。

她惊恐地闻到了血腥气，还有鱼鲜的腥臭味，抓住她的人身上有很浓很重的体味。

阿喜的声音越来越小：“傅芊芊，你能见到她。想她，拼命地想她！她就在这儿！你能见到她！”

周遭的灯忽然熄灭了，月亮被一朵乌云覆盖，世界静得几乎没有声音，像是噩梦里的沼泽。

傅芊芊感受不到自己的呼吸声。

“阿喜……”她听到自己钝钝的声音。

黑暗正在侵袭她，或许已经将她侵袭，她马上就会死去。死去挺好的不是吗？不必感受恐惧，也不必感受痛苦……死后或许能见到她。

“芊芊……”她似乎听到远处丛林里传出的声音，细，轻，但很急促。

蹲在地上的傅芊芊猛地一震。

12

黑暗化作的人形用力攫住她的双手，她仿佛看到一把无形的匕首正朝着自己的脖颈而来。

“芊芊！”

那个声音大起来了！

她猛地一怔。

这声音是妈妈的，是她魂牵梦绕的人的！这是真实的，是具象的，不是从心里、从梦里来的！她要回应，她要拼命地回应！她要见她！

她想起了六岁那年被歹徒抱进树丛时听到的妈妈的呼唤。尽管那时候她极度害怕，甚至比现在还要害怕，但她还是豁了出去，使出一个六岁孩子全部的力气，咬住了那人的手指，然后大声地回应她！

“妈！”荒野里，一声歇斯底里的呼唤在山谷间回荡。

祝医生只觉得瞳孔一颤，他的手轻轻发抖。

傅芊芊闭上眼睛，像六岁那年一般放心地昏了过去。因为她知道，妈妈会出现，会替她打倒怪兽，然后带她回家。

她像是失去了一切力气，倒在了湿漉漉的草坪上。

祝医生紧紧盯着手里的仪器，直到它飙升到一个数值，才压低声音下了指令:“现在！”

“咣。”

一声脆响后，天忽然亮了起来，四处的灯光五彩斑斓，无数孔明灯飞上天空，远处的防空塔射出亮光，这一小片天地瞬间亮如白昼。

傅芊芊的眼前一片白茫茫，而此时，眼前出现了晃动的银球，让她的眼神微微迷离了一下。

催眠开始。

建立在真实场景下的催眠，能够对当事人进行非常强有力的暗示，以假乱真地达到想要的程度。之前周茂就是通过这样的方式，一步步逼得正常人产生幻觉。

傅芊芊内心破碎，心理机制非常不健全，并且对自己和母亲的认知过于悲观，因此普通催眠并不能达到最有力的效果。因此,只能这样虚实结合,一步步地将她母亲的人设“输送”进她的世界。

卡好所有的时间点，根据心率表和个体的数据调试，看似简单，其实内中极其复杂。用后来祝医生接受采访时说的话，这是一场 5D 催眠，用真实的方式准确地将精神子弹打进病人的思维之中。

"咿咿呀呀"的声效发出各种模拟音节，少女的眼前如同走马灯一般闪过画面。

而不远处，巨大的幕布上出现了投影的光——这才是今天的重头戏！

幕布上倒映着一个影子，那是阿喜模仿傅梅的样子。她的腮边有个小小的麦克风，那是一个小型的变声器，能将她和傅梅的声音杂糅在一块儿。

她看到傅芊芊从草地上站了起来，神色激动地望向她的方向，然后迈着有些踉跄的步伐，奔向幕布的方向。

幕布倏然被拉起，站在那儿的阿喜穿着傅梅从前的衣服，伸出手来。

女孩抱住了她。

真实的拥抱让女孩泣不成声，她战栗的身子软绵绵的，却是真的放松了下来。

而此时的阿喜也是泪流满面。

我也好想她。我也多想像傅芊芊一样见她一面，哪怕隔着时空，哪怕是虚拟的幻象。

伸手触摸到真实的你，是人间最美妙的事。

在别的世界的你，是否也一样想我呢？

13

放不下，一是因为不舍，二是因为没有好好告别。

生死最残忍的地方，就是来不及说再见便再也不见。

阿喜会替傅梅将傅芊芊想听到的话告诉她。当然，阿喜也知道，那一定是傅梅真正想说的话。她此时就像一座真正的桥梁，一个站在折叠镜子的折痕间的独特存在，替两个世界里深深眷恋着彼此的母女俩做传声筒。

不远处有一面镜子，那是阿喜用来观察傅芊芊的心理世界的。光线有些昏暗，但她还是看到镜面里自己的脸和傅梅影影绰绰的样子。那被幻想出来的并不具象的傅梅像是轻飘飘的一团雾，温柔地笑着。这一刻，阿喜有些心惊。这真的是……傅芊芊所幻想的吗？一切为何如此真实？

她几乎感觉不到自己的手，而镜中的傅梅正温柔地一下一下抚着少女哭泣的脊背："好啦，别哭啦……"

阿喜呆呆地看着，好像她的身体不再属于她，而是彻底成了傅梅。可她并不觉得害怕，反而有种释然和放松，甚至有种想落泪的冲动。

被拉回人间的少女就这样靠在她的身上……不，靠在她的母亲的身上啜泣："对不起……妈，对不起……"

"我在。"这是傅梅的声音，可不知为什么，阿喜总觉得说话的人不是她自己。

怀里的傅芊芊放声大哭："妈，我不是故意的，不是故意因为日记的事跟你吵架的！我那天不是真的要诅咒你去死……妈，我好想你……"

阿喜觉得自己有些昏昏沉沉，脑袋像是放空了一般，只觉得清风吹得自己好舒服。她仿佛看到了宇宙里的银河，有几颗星星特别亮。

不知过了多久，她像是忽然回过神来，感受到怀里的傅芊芊已逐渐平静。

"我们还会再见吗？"傅芊芊声音细弱，她可怜巴巴地问。

阿喜犹豫了一下。

她知道自己该说什么，为了不让傅芊芊过于依赖，她应该说"或许不会了"，还应该说出很多诸如"即便你不能看见我，我也一直都在"的漂亮安慰话。

可是话到嘴边却吞咽了下去。镜子里，她看到除了她和傅芊芊外的第三个身影——傅梅温柔地笑着，期待地看着她。

阿喜犹豫了一下，道："会的。一定会的。"她说得如此笃定。

那镜子里渐渐散去的人影朝着她鞠了个躬。

乌云被风吹散，月亮出来了，世界光亮如初。

14

阿喜不太记得那天她是怎么回到家的。

她那天再度发烧，守在家里的肥丁见她又这样吓了一大跳。赵央说，她或许是因为落水加上精神紧张，也有些受催眠术影响了。但事实上，他知道并不止这些。

躺在床上的丫头已经长大了，可当年她承受过不亚于傅芊芊的伤痛。

赵央伸出手轻轻摸了摸她的脑袋。

次日早上，阿喜醒来的时候，就看到赵央趴在她床头睡着了。她慢慢地坐起来，打算就这么安静地坐一会儿。不知道为什么，秋天的早上，窗外的桂花香被风送进来，世界莫名地让人觉得幸福。

赵央醒了。他皱皱鼻子，似乎感受到她的呼吸，然后笑着说："醒了？当时是发生了什么吗？"

"我不知道，当时……"阿喜回忆了一下情境。

赵央思忖了片刻。

“算啦。估计是我太累了，然后也被半催眠了……反正就是太入戏了嘛！”阿喜故作轻松地道，“撒谎果然累人啊！老大，以后能不能不要让我干骗人的事了！”

“我们哪里撒谎了。”赵央缓慢地起身，揉了揉胳膊腿，道，“本来平行时空这件事就是有可能的。或许，某个时空的她就是躲过了这一劫，只是我们还没有找到真正连接两个世界的桥梁而已。

“你看刘天明和沈洁茹，还有晴子的爷爷奶奶，甚至是来到我们的世界又匆匆一别的刘丽丝……这个世界有太多太多的可能性。宇宙太大，小小的尘埃当然要学会拥有让自己更加快乐的法则，不是吗？”

是啊，谁又知道生死到底能阻隔什么？或许我们从未失去过什么，只是看不见了而已。

人类很渺小，人类的视野也有限。可是，我们终究有能力，用思维的力量帮助到一些被命运伤害的人。

抚平伤口，填充希望。这或许就是心理诊疗的力量。

阿喜看着镜子里的自己，她马上就要十九岁了，和喜欢的人一起做喜欢的工作，她的世界变得很大，很辽阔，很宽容。

像当年一样，她拥有了想要保护的人。而那个人也保护着她。

一切都会好的。

她笑了笑，镜子里的自己也笑了笑。

妈妈，终有一天，我们会相见的。在那之前，我会好好地生活，帮助更多的人，做值得你骄傲的孩子。而我也希望，你在的世界能够开心、平静。

生死永远不会成为你和想见的人之间的阻隔。

大概半个多月后，研究所接到了傅康先生的邀请函，请他们去老宅做客。

这段日子他们和祝医生的联系没断，听说傅芊芊后来的治疗很顺利，原本他们担心的滋生出另外一个幻象的事并没有发生。这样，他们就无须再帮助傅芊芊“杀死”傅梅。

其实早前他们就担忧过，阿喜甚至当着傅康的面问过祝医生，如果傅芊芊真的滋生了“傅梅”的幻象，他们会怎么“杀死”她。祝医生当时没有回答，只是重重叹了口气。

傅康也沉默了很久：“如果她真的需要她……”他没再说下去。

祝医生的选择便不得而知了。或许是因为后来的经历让他的性格变得柔和，又或者，他依旧会本着原来的理念，像杀死癌细胞一样杀死虚空，又或者，他也觉得那虚空多了别的意义。

停药后，黑影再也没有出现过。傅芊芊甚至在她妈妈生日的时候，去墓地给她上了香。

她很平静。

这当然还没有结束，未来的日子还很长，谁也不知道她会不会再次被卷进梦魇之中。但起码，这个秋天的噩梦是到头了。

深秋的湖边，她蹲在大石头旁，回头看着阿喜。黄昏的光打在少女的脸上，她笑起来，眼睛像一双月牙一样。

像老朋友一样，她没有过多的热情，只回过头去，平静地看着湖面。阿喜上前坐在她的身旁，往水中丢了一块石头。她打水漂很厉害，随手一丢便是七个圈儿。

两个女孩对视，笑了笑。

“其实你第一次见我不是在这里对不对？”

阿喜点点头：“抱歉，骗了你。”

傅芊芊现在已经都知道了，所以没必要瞒她。

“我其实仍旧不相信天堂，也不相信地狱。但我知道，很多人为我担心，很多人爱我。”她笑着说，“阿喜，你说得对，以后还有机会见的。或许在梦里，或许在时间的某个碎片里，或许在下辈子，或许会在醒来的那一瞬间看到她冲我微笑。而在那一天到来之前，我会好好地生活，好好地活下去。”

她将头靠在阿喜的肩膀上：“虽然知道你其实跟我妈妈没什么关系，但还是觉得……阿喜姐姐，你让我觉得自己没那么孤单了。”傅芊芊微微闭上眼睛，“也希望你……不孤单。”

“我不会孤单的。”

“是赵医生吗？”傅芊芊的眼睛忽然发亮，一脸八卦。

“喂喂喂！”

“真好啊。”傅芊芊羡慕地说，“以后我也会有喜欢的人吧？我马上要回学校了，明年中考我一定会好好发挥。听说晏城高中有很多帅哥。”

“喂喂喂，早恋的话你舅舅要担心的啦。”阿喜笑道。

“嗯……也对。而且我估计我跟我妈妈一样，看男人的眼光都很差哦！”

远处炊烟升起，罗希阿姨已经在扯着嗓子叫她们了：“芊芊！小阿喜！蟹蒸好啦！”

似乎是担心她俩听不到，一旁的肥丁用更大的声音喊：“芊芊，阿喜！蟹要被我吃完啦！”

黄昏的余晖笼罩世界，两个奔跑的少女迎着晚秋的风，张开怀抱。

“来啦！”

而那渐渐暗去的湖面，仿佛有人正在凝视着她们，温柔地微笑着。

第九章

腐朽

1

一台老式电脑前，摆着一盏昏暗的煤油灯、一杯极浓的美式咖啡，还有一块比煤油灯的岁数还要大的旧怀表。

这是摩尔先生写作时的仪式感。

快磨破的键盘岁数也不小了，电脑总是卡机，不过这不影响他的写作。

他满是老茧的手指轻轻触碰键盘，屏幕亮起蓝光，在他的眼镜上折射，缓慢地蔓延。

他打下章节名，然后另起一行，打下了“李特”两个字。

写作十几年，作为一名资深网络作家，他开拓了一个巨大的世界，叫“李特宇宙”。也就是说，在他笔耕不辍多年所创作的近千万字中，每一部作品的主角都叫李特。

当然，这个李特可以是金融大亨，也可以是地产大亨；可以是谁家的赘婿，也可以是一个武功盖世的高手，甚至是吸血鬼……但他们统统是那个高瘦、戴眼镜的形象，皮肤白皙到血管分明，声音低沉，一双漆黑的瞳孔里写满了故事。

他从李特的 23 岁写到了如今的 33 岁。读者黏性不错，最近有不少读者表示，李特就像他们的朋友，他们长大了，李特也长大了。

上一本小说里，李特创建了一个黑客帝国，成了一代王者，在黑客世界里掌控一切，主角光环够亮，令读者爽翻天。这部作品让摩尔一举成为炙手可热的高价选手，并且拿到了某网站的 S 级签约。

一时间，李特成了各大网站的明星，各种山寨和周边都出来了，连李特的各路亲戚都开始有了自己的故事。

摩尔本身是一个普通白领，因为一举拿到了高额版权费，从一个老式小区搬到了西郊的独栋别墅。

此时是夜里12点，偌大的别墅空无一人。厚厚的眼镜片下，摩尔泛黄的眼睛冒出光亮，红血丝夹杂其中，瞳仁在电脑屏幕的折射下发生着细微的变化。

夜晚有属于夜晚的声音，昆虫细细的鸣叫、老旧墙皮里有什么动物的尖牙啃噬着时间的声音……怀表和墙上的时钟似乎有半秒的时差，因此"咔哒咔哒"地擦肩而过。

窗外的风卷起他单薄的睡衣，在他背后鼓起一个大大的包，让他本就驼的背更加驼了。

"李特……李特……"他轻轻呼唤着，像是念着某种不为人知的咒语。

摩尔的视线仿佛穿越了屏幕上的文字，抵达了一个遥远的国度。

异国风情的女人的尸体在荒漠中腐烂。沙土开始松动，往下，再往下，直伸到地底下去。暗无天日的世界忽然透进一道光。

苍白的脸上，一双有些浮肿的眼睛睁开了，似乎不太情愿。他能听到穿越地表、穿过厚厚的沙土，再越过棺材板的召唤。

他轻轻地叹了一口气，然后推动了面前厚厚的、几乎不可能推开的棺材板。

费了很大的劲，李特总算到了地面。此时如血的残阳挂在远处的沙丘上，近处有一辆废弃的山地车被埋了一半，撞得非常惨烈的车头以及红色的生锈的车身，在夕阳下像是另外一种人间的惨景。

李特抖落了身上的沙土，皲裂的嘴唇干得无可救药，他有些不耐烦地想要阻止那叫个不停的声音。

"别叫了。"

"李特……李特！"

"我让你闭嘴！"李特咆哮着。

周遭的沙土仿佛也为之一震，同时为之一震的还有摩尔桌上的咖啡——黑色的汁水溅了出来，桌垫上一片狼藉。

李特抬起眼睛，瞳孔里几乎没有灵魂："你够了没有？"

声音停止了，似乎在斟酌接下来的话语。

李特席地而坐，从旁边的沙土里扒出一个红薯。生的，他懒得生火，搓了搓泥土直接啃着吃。

"你就吃这个？"

李特不理，红薯的汁水暂时缓解了他的疲惫和干渴，可从他的表情能看出味同嚼蜡。

“李特，你别啊，你走出沙漠，你现在复活了，走出去……把你失去的东西都夺回来！你的山庄里有佳酿和热腾腾的食物，有你最爱吃的云南鲜花饼，还有软绵绵的床具和大得可以游泳的浴缸……”

李特不为所动。

“李特……你就算不想吃这些，你可以回到你在城市里的那个小屋，楼下就是一条美食街，热闹的喧嚣声和烧烤的香味可以飘到楼上！你忘记那儿的烟熏鸡了吗，还有那个卖臭豆腐的西施？”

远处的夕阳只剩下一点点血红色了。李特将红薯吞进腹中。

“我知道你在怪我，我答应你！这次的人设很好，你相信我，这次我一定不会干涉你的任何行程！李特，你再相信我一次，你忘记我们一起创造的辉煌历史了吗？李特，你是我最好的朋友，我们要一起，一直一起！”

“闭嘴吧你。”李特朝天露出了一个相当鄙夷的笑容，“摩尔，你根本没有把我当成过朋友，我在你眼里根本就是个道具，帮助你直上青云，而我活该下地狱！”说着他竖起一根中指。

“李特，你怎么可以这么说！”那个声音扭曲起来。

“切。”他淡漠地一笑，“随便你吧。但不好意思，不管怎样，我也是个有原则的人，老子不奉陪了。”

“李特，你不仁，就休怪我不义！”那个声音冷漠起来，“这么多年，我对你付出的还不够吗？为了创造你，我连自己的儿子都能放弃！为了你，我家破人亡！李特，我再警告你一次！”

李特的背影看起来如此决绝。

而此时，电脑前的摩尔咬紧牙齿，指尖开始疯狂地敲打键盘。

李特感觉到周遭的变化，他被置身于一场冰雪之中，极低的气温让他瞬间汗毛直竖，沙漠的炽烈似乎还在喉头，凛冽的北风却已像刀子一样割在脸上。

他吐出一口血痰，硬邦邦的痰液如同冰坠子般砸向地面，冰封的地面瞬间有了纹路。

他缩紧四肢，脸上却依旧不为所动，继续朝着他的方向前进。

“李特，你站住！”

键盘上的手迅速地敲打着。

紧接着，地底下裂出一道缝，李特没有站稳，直接落入缝中，手勉强抓住悬崖边的岩石，因为寒冷而发红发肿的指尖有些使不上力。

“下面就是岩浆！”

他朝着天笑了笑，坦荡的、无所谓的，然后松开了手。

一阵天旋地转，他加速下坠，双手置于胸前。下面是冒着蒸汽的滚烫岩浆，李特脸上有视死如归的表情，竟生出几分安详。

他知道，他死不了。他最开始的设定就是不死之身，无论浴血还是浴火，他都死不了。

“李特，你脚下就是岩浆。你现在回头，我们好好聊一聊。”

“不必了。”他几乎是飞身而下，那份决绝让屏幕外的人觉得恍惚而羞恼。

滚烫的岩浆片刻便将他的凡人躯壳熔化，无法用言语形容的痛楚让李特从胸腔里爆发出一声歇斯底里的哀鸣。

摩尔的手指颤动，他疯狂地敲打键盘。

岩浆瞬间褪去了温度和颜色，变成了巨大的海洋。漂浮在那儿的李特像一只变了形的海洋生物，慢慢地回到原本的样子。

“李特，你非要这样是吗？”摩尔的声音变得凛冽，“你非要这样的话，别怪我不客气了！”

肉身的苦你能熬，那心灵的呢？

在水中漂浮的李特像一条翻起肚皮的死鱼，而水草忽然像是有了生命力，将他手脚捆住。他也不挣扎，但他好像撞到了什么东西。

“睁开眼睛，李特。”那个声音从水中传来，幽暗、阴森、诡谲。

李特闭着眼，直到一抹细细的海藻般的东西拂上了他的面庞。

那是熟悉的触感，在水中也能够闻到的亲切香味，几乎一瞬间让他鼻头一酸，胸口一颤。

他睁开眼睛，面前包裹得像是蚕蛹一般的女子微闭着眼睛，面庞红润，像是从未死去——一具不朽的尸身，是他的爱人。

水下的波纹开始战栗，李特的眼眶里落下了眼泪，那泡过水的苍白的脸上出现了让摩尔都为之一震的悲恸。

他像是受尽屈辱一般望向天空。

“我知道你生我的气……”摩尔的语气变了，“我承认我错了，好不好？”

“你为什么要杀她？”颤抖的李特从水中一跃而起，他知道刚才水中的一切不过是幻象。

“李特，你要明白，故事不能没有高潮。我给你的还不够多吗？无尽的财富、不死的身躯、超强的能力，还有那么多爱和掌声。但读者不能一味地看这种，他们也喜欢看美人殒命、英雄落马，也爱看痛失吾爱！”

李特喃喃道："这些对你来说是假的，对我来说却是真的。你给我一刀，只需要一笔，在我的世界里，却是千刀万剐！但这些都不是最重要的，你为什么要杀了她？你可以拿走我的一切，但你不该杀了她。你不该！你也不许！"

摩尔有些生气了："李特，你别忘记了，是我创造了你！你该知足！她是假的，你也是假的！"

李特淡淡一笑："既然你当我是假的，又何必苦苦哀求。摩尔，到底是你创造了我，还是我成就了你？你不如将我如同文档里的字符一样对待，按两下便可以抹去，就像你抹去她的性命一样。从此不要再叫我的名字，你不配做我的朋友。"

李特说完这些，一头扎进海水中。一个巨浪打向屏幕，几乎是一瞬间，水面变得静谧，李特消失得无影无踪。

电脑发出一身炸响，像是突然宕机，主机处有黑烟冒出来。

屏幕黑屏，映出摩尔宛若死人的脸，他突然恼怒，起身一脚踢向主机。打翻的咖啡在主机上留下浓黑的痕迹。

摩尔狂躁地在屋里走来走去。

交稿日就在这几天了，这一次他的故事名叫《复生》，上一次李特的结局虽然满足了部分人，但大多数读者还是很不悦的，他们期待着李特卷土重来。

他看了眼日历，停止了踱步，冲过去拿起手机拨电话给助理："喂，凯文，现在给我搞一台最新款的笔记本到我的住所！对！现在、立刻、马上！什么？我不管你半夜上哪里去搞，你必须给我搞到！"

尔后，摩尔沉寂下来，到吧台重新给自己弄了杯双倍浓的咖啡，眼神阴暗下来。

"李特，你真弄不清楚谁是主导者了对吗？没有你，我一样能写！"

研究所的门口，一个男人踌躇不前，他衬衫外套着一件西装，领子都没翻好，脸上有青色的胡茬，显得有些邋遢。他犹豫了许久，终于叩响了门。

开门的人是阿喜，她在对方的欣喜和期待中认真地辨认了下眼前的人，回忆了好久，忽然眼睛一亮："追梦？你怎么瘦了这么多？"

来人正是追梦，他似乎在为阿喜的好记性而感动，挠挠头，压抑着自己的欣喜："你还记得我啊！"

“怎么不记得呢，作家先生！”阿喜笑着道，“进来坐吧。”

“不不不。”追梦一边随着阿喜进屋，一边不好意思地摸摸鼻子，“什么作家……哎，你说得我怪惭愧的。赵医生在吗？”

“他今天有个会，”阿喜解释道，“还没回来呢。”

于博士前段时间环游世界回来了，现在在研究宇宙社会学的他，表示也要支持下家乡的心理建设，因此这闲不住的退休老头儿又开始上班了。最近各大县市发生了几起不小的案件，为了分析罪犯心理，于博士忙得不可开交。赵央他们负责协助。阿喜听他们聊起过，似乎是关于十年前的一起连环杀人案。

往常开会赵央都会带上阿喜。可正是因为她的特殊性，这次去监狱，他并不希望她去。尽管阿喜觉得她什么样的场面都见过，也足够勇敢，但赵央还是不太放心。阿喜虽有些失落，但也知道赵央是在担心她。

现在的追梦真的瘦了好多，整个人不似从前那么萎靡，眼神却像是被奇怪的信仰操控似的。

当年的事阿喜都还历历在目。追梦本来是学 IT 的，投身网文写作后成绩一直不好，但他开发了一套针对青少年的“量身定制”小说系统，使得不少年轻人为了追求那种身临其境的阅读体验，像沉迷网游一样泡在他的小地下室里不肯走，直到他们介入才让执迷不悟的追梦落网。

这件事虽然涉及非法催眠等行为，但毕竟没有造成实质性的伤害，所以后来追梦并没有被追究刑事责任，只是被送去社区教育了。刚好心理中心有名额，追梦等于在心理中心做了一年的义工。

现在回想起来，阿喜依然觉得小说世界里的光怪陆离不是真实存在的，连梦都算不上，像是被催眠后的一种臆想，久了光想想都觉得是无稽之谈。

“回来后有什么打算？”阿喜递给他一杯牛奶。

追梦拎来了什么东西放在脚边，沉甸甸的：“我打算重新开始写小说。”

阿喜愣了一下：“哦？”

“嗯。”追梦有些不好意思，“我改了笔名，你放心，这次我会好好写的。之前在心理中心做社会服务的时候，我内心其实有很多感触。我就想写你们这个行业，写那些无法解释的奇怪的现象！”

“挺好。”阿喜点点头，“加油啊！你的新笔名叫什么？有时间我去追更。”这是她跟肥丁这个网文重度爱好者学的词。

“我现在叫……神来之笔。”追梦不好意思地摸摸自己的鼻子。

"那我该叫你……神笔大哥？"

"不不不，你还是叫我追梦吧。"他开怀地笑起来，"反正这就是个追梦之旅。哎，要是我哪天能成为摩尔那样的作者、写出李特那样的人物就好了。"

"李特是谁啊？"阿喜问。

"啊，你不知道李特吗？他现在可是我们小说界的大明星。"追梦道，"之前他创造了好几个榜单第一！也因为李特，作者摩尔登上了好几个排行榜的榜首。总之，李特是个特别厉害、特别有魅力的人。"

"所以，李特是个……角色？"阿喜好奇地问。

"对。但他又不仅仅是个角色。"追梦自己也说不清楚，"所以我才佩服摩尔的笔力，虽然他笔下的世界都是虚构的，但……就是很真实，你会觉得这个世界上真的有李特这么一个人。而且，摩尔自己本人也坚信李特是存在的……甚至在领奖台上，他最感谢的人居然就是他笔下的李特，还说是李特带着他去看世界，而不是他书写李特……"

阿喜不置可否地点点头："那确实很厉害啊。"

"那当然了。"追梦似乎不太好意思再神神道道地将小说世界的东西比作现实，毕竟自己当年干的事情就是前车之鉴，他尴尬地笑笑，"当然，是他笔力好，写得栩栩如生……栩栩如生嘛。"

"是。"阿喜看着他脚边的蛇皮袋，看起来硬邦邦沉甸甸的，"这是……"

"哦哦哦！"他从袋子里掏出一只大火腿，"这是给你们的礼物。我自己腌制的！"

袋子里还有一套书，叫《黑白棋》。

"这个就是作家摩尔先生的上一部作品。"他大有与有荣焉的自豪，"下午他有个新书发布会，我要过去找他签名。对了，我有两套，你们肥小哥不是喜欢看小说吗？我给他也准备了一套！"

"替肥丁谢谢你了。"阿喜欣然接过，这套书，黑色封皮，沉甸甸的，也是辛苦他背过来了。

"那既然这样，阿喜妹妹，我就不等赵医生了。摩尔先生的发布会马上要开始了。"追梦看了眼时间。

"嗯嗯，你到时候需要素材，可以来找我们。"阿喜乐见他如今不再执念于造令人上瘾的梦，开始脚踏实地生活的样子，"也祝你写出像摩尔先生写得那样优秀的小说！"

"哎，我很崇拜他。他笔下的人物总是活灵活现，剧情也很棒，一波三折的。以后我要是像他一样，不，有他一点点的功力，能创作出一本来，就觉得很高兴了。"追梦道，"那我就先走了。阿喜小妹妹，你记得帮我跟赵医生说一声感谢！"

3

追梦扛着蛇皮袋追星去了。

现场人山人海，不知情的还以为来了一个大明星，但海报上是一个其貌不扬的眼镜男。

摩尔在某种程度上来说已经是个大明星了，只不过大多数人喜欢的其实是李特。这一次的新书叫《复生》，是李特继《黑白棋》后卷土重来的故事，由圈内最擅长营销的C站签下。

上一部《黑白棋》的结局实在太虐了，众人牵挂痛失至爱的李特还能不能重新站起来。

粉丝们各执一词，有人认为李特本就不是凡人，自然不该被这些凡俗之事所困扰，区区生死又怎么能阻碍李特主宰世界？

也有部分读者觉得，再如何拥有不死之身、有光环加持，李特也不过是个人，好不容易遇到一朵想要呵护的柔弱玫瑰，生出了归隐之意，可谓是为了美人不要江山啊，却又在唾手可得时被摧毁……实在过于残忍！

新书开局大半个月，一向码字速度极快的摩尔却一直没有更新。当然，这也是吊足读者胃口的一步棋，据说他会在新书发布那天，连更一百个章节作为福利。

此时，众人心心念念地等待着，一面不停地刷新手机，一面时不时抬头看着空荡荡的签售台。

作为摩尔的助理，此时的凯文可谓是众矢之的，主编的唾沫星子都已经喷他一脸了。凯文也很无奈。

“不是，我没看过初稿，这不作者大大也刚发给我呀……”

主编气得要死：“摩尔人呢？”

凯文抬起头：“我真不知道，我今天早上去他家，我也没见着人啊！”

十分钟后，在主持人宣告“摩尔先生今天因为身体不适无法到场”，并且非常遗憾地告知诸位“连更的福利也没有了”之后，现场发生了骚动。

“骗子！”

“快让我们看李特！”

“摩尔，你给我出来！”

“我们要看李特！”

“无良骗子公司！快把我们的作者大大交出来！”

商场的角落，一个穿着朴素的妇人抱着三四岁大的孩子，眼神里有些微担忧。

孩子奶声奶气问道："妈妈，你不是说我可以见到爸爸吗？爸爸他怎么还不来？"

4

摩尔此时正在医院打点滴。主编赶过来的时候几乎压不住怒火，却在看到他两鬓多出来的白头发时，怔了一下。

摩尔的脸色极为难看，像是熬了好几夜没睡，眼下挂着巨大的黑眼圈，手因为长期伏案写作而患上腱鞘炎，此时上面插着粗粗的针管。

"我交稿了。"他说，声带像是被钝刀片划过，沙哑得有些刺耳。

"我知道。"主编虽然生气今天没能成功举办发布会，给他们网站造成了极大的损失，后台发了好多福利才略微平息了状况，但读者们还是想看李特，摩尔还是他们的摇钱树。

"老大，你给我的所有章节，连李特的名字都没有出现过。"他小心地道。

摩尔不说话。

"我们签下《复生》，协议上写着，这得是李特的故事……你应该看过合同的吧？"

摩尔低了低头："我不想写李特，不行吗？你们就当李特改了个名。"

"当然不行！"主编一瞬间恼了，情势所逼，他也不想说什么漂亮话了，"老大，我告诉你，李特才值钱，你明白吗？这个李特宇宙已经很牛了，你现在给主角改名？不好意思，那只能算你违约！"

"或者你们把李特的名字替换上去不行吗？"摩尔仿佛感受到了李特在沙漠里的那种干渴，他抬起头，祈求道。

"当然不行！"主编自己就是李特的粉丝，他拍着座椅站起来，"你写的这个根本不是李特，怎么替换？读者难道看不出他是个假冒的吗？"

"我再想想。"摩尔闭上眼睛，看起来极为疲惫。

主编看了一眼旁边的凯文，给了他一个眼神，轻咳一声道："摩尔，我现在只能给你争取到一个礼拜的时间，这个章节你必须给我，给我一个脱胎换骨但又神韵未改的李特！我不管你用什么方法，都必须给我！"然后他拍了拍摩尔的肩，"注意身体。"

凯文觉得摩尔好像老了好多，上次半夜给他送笔记本电脑的时候，他还精神抖擞，毕竟他才三十四岁，是这个行业的黄金年龄呢。不过这几年写作圈猝死的人还挺多的，凯文也不免有些担心。哎，欲戴皇冠，必承其重。他这样没有天分的人，或许无法感受摩尔的压力。

摩尔一回到别墅就进了书房，凯文问道："老大，今天我给你弄点儿什么吃的？"

里头没人回复，静悄悄的，异常诡异。

凯文叹了口气，拿起电话，回拨了个号码："喂，嫂子，你放心，人已经回来了。医生说没有大碍。"

那头的女人对嫂子这个称呼似乎有些不适应，但她还是很温和地给了凯文指示："他喜欢吃鲜花饼，我去买一点儿吧，到时候你过来拿一些。对了，这几天给他炖点儿补品吧。"

凯文点点头："好的，我明白，嫂子。"

那台旧电脑的位置空了。

几天前，摩尔让凯文把它拿去店里修，可连找了几家电脑店都说这电脑太旧了，得有十年历史了，好多配件都烧坏了，配不到新的，何不换个新的电脑呢？

可摩尔死活不肯。凯文想的是，或许大佬都是很有情怀的，这台电脑据说还是嫂子，哦，应该说是前嫂子预支了工资给他买的。摩尔用它刻画了无数个李特的世界，写出了无数可歌可泣的剧情，是它一举将摩尔送到了眼下这个高位。

或许新的电脑没有手感吧，凯文想，但磨合磨合总是能写出来的。

摩尔面前是最新款的笔记本电脑，机械键盘打字很是脆响，噼里啪啦像鼓点，有时候写作就像一场战役。

摩尔的手指触到键盘，一个弹跳，可是怎么都无法打出"李特"两个字。

他嗫嚅着："李特，李特……"

可屏幕如同死水，映出他溺水般绝望的表情。

"咚！"屋中发出巨大的响动，凯文吓了一跳，冲进书房，只见摩尔捂着胸口栽倒在地。

"老大！"

5

电脑修好了。

尽管电脑城的人非常不理解这么一个老古董为什么要花费重金修理，买台更高配的不好吗？但毕竟是受到了委托，他们也明白，现在有些人啊，就是有执念。

凯文让人小心翼翼地将电脑置于原位，并且擦拭得干干净净。

摩尔像是略微有了些精神，他几乎是颤抖着双手，抚上键盘。

熟悉的质感，有些松动的弹簧，已经磨平了字符的字母键……

开机总是无比缓慢，但这仍旧让摩尔体会到了自己第一次摸到键盘打下“李特”两字时的心情。

那时候他还一腔热血，并不知道写作能给自己带来那么大的变化，甚至没有想过能赚钱。

他不过是想把自己脑海中一个名叫李特的人具象化，一个字一个字地敲下他希望对方过的生活。

第一本，第二本，第三本……摩尔的野心慢慢变大，他希望李特更加强大。

再往后，他终于让李特抵达云端，却又希望李特重新跌落凡尘。

摩尔跟凯文交代了，无论发生什么，今夜都不要打搅他，他要好好创作。

凯文乐得见摩尔重新有了创作欲，立马心花怒放地关紧门，小心翼翼地离开。

屏幕前，摩尔再次声音颤抖地呼唤他熟悉的名字：“李特，李特……李特……”

电脑平静得宛若死水，风也止住了。

尽管秋夜已凉，他的额上却冒出汗珠：“李特，你不出来是吗？”

荒漠之中没有他的身躯，只剩寂寥大地和漫天黄沙；深海之下鱼潜鱼浮，从浅蓝至墨黑，亦不见他影；冰雪之上白茫茫一片，世界之大，他究竟躲于何处?

古墓、老宅、星空……他一点一点地找过去。

四处空荡荡，蛛丝马迹无法汇出一条线路，摩尔仿佛落进了迷宫。

李特还是不肯出来，无论他如何召唤，始终连叹息都不肯给他。

摩尔恍惚想起从前，他在屏幕前欢快地打下“李特，吃饭”，那个少年的身影便会一下子跃出屏幕：“喂，今天吃什么？”

“吃烤土豆、炖土豆、干煸土豆！”他玩笑道。

“啊！怎么全是土豆？”少年笑着说，“我想吃鲜花饼。”他的眼睛亮晶晶的。

“吃够几章土豆，赏你一个！”

“值！”他笑起来，江湖小崽子般可爱。

所以后来摩尔给了少年一个鲜花饼一样可口纯净的少女。

为了她，少年吃多少土豆，吃多少苦都愿意。

后来呢?

少年手染鲜血，但眼神仍旧清澈，只是偶尔哀求：“我不想杀人了。”

"为了未来。"摩尔说,"何况你杀的都是大坏蛋。"

少年啃一口土豆:"也对,值!为了未来!"

摩尔比李特年长一岁,这十年间,李特始终管摩尔叫大哥。他创造他,给他血肉,给他磨砺,给他一口吃的,也给他很多饥寒交迫的夜,给他盔甲,最后给他软肋。

摩尔有时候也会问自己,为什么要亲手斩断他的软肋,明明那是他所给的最好的东西。

因为太好了,宛若画龙点睛,而他因为一时冲动……将一切都毁去了。

他看到李特的笑容越来越淡,眼神灰下去,能力也越来越强。

"李特!"他恼火地大喊了一声,天地都为之一震,"你若是再不出来,"他手指滑动,喉咙口憋着一股怨气,"休怪我不客气。"

他的手指戳了下去,视野追随着往西南方向而去。

寂静的小山坡,一座孤坟,上面写着几行字——"致吾爱陆纤纤。"

墓地清幽,遥望大湖,碧蓝碧蓝的天空下,几朵小花已经长出来,生机勃勃。

他像是犹豫了很久,终是按下了炸弹的开关。

瓢泼的雨和一声惊雷在炸弹爆开的瞬间来到人间,墓碑被炸得粉碎。

他听到雨中的嘶吼,看到满身是血的男人从墓碑中爬了出来。

摩尔愣住了,这家伙竟躲在这里!

李特满是血的眼睛里露出一丝绝望,然后他笑了:"摩尔,我没想到你真的会走这一步。你不仁,休怪我不义!"

风云骤变,世界被一团乌黑的云遮盖,人间似乎不复存在,只有飒飒的风,如同鬼哭般呼啸过他的脖颈。

冷汗尽数被风干,摩尔回过神来,大口地喘气,心脏几乎跳到了嗓子眼。

他踉跄着起身端了一杯水,一面大口灌下,一面骂自己——

"李特,我还怕你不成?"

6

"怎么样,好看吗?"肥丁凑过来,却见书桌前的阿喜眼含热泪,手攥得紧紧的,似要打人。

她抬起头,气鼓鼓的。

"好看吧?"肥丁看过去,正是陆纤纤死的那一段。这一段看得他心如死灰,恨不得大哭一场，替李特分担一点儿疼。

“气。”阿喜一下合上了书，“好气。”

“是！我也气死了！这一段真是败笔！”肥丁道，“不过封神的也是这一段。当时摩尔几乎被骂上热搜，都说这个作者没有心！真是没有心！我都气死了！”

“我不明白。”阿喜道，“我虽知道人的生死有天定，这个作者就是李特世界里的天，可……这算是天诛地灭了吧？李特做错了什么？还有，陆纤纤死就算了，但这个死法……”阿喜不忍回味，也不想赘述，太残忍了。

肥丁解释道：“据说当时一部分读者反馈，这一段太顺风顺水了，而且李特已成帝国战神，已经没什么可失去了，又抱得美人归……就好像一切到了尾声。很多人都以为故事到这里就结束了。原本摩尔也是这么打算的，但可能还想继续靠这个故事赚钱吧，所以就有了这么一出，像是想刺激一下所有人的眼球……”

阿喜有些反感地撇撇嘴。

“不过也是读者们反应过激了，毕竟只是纸上的人物。”肥丁虽这么说，不一会儿又改口道，“哎，话虽如此，但人非草木，一个追了那么久的人物，又写得那么真实，大家都是有感情的。尤其是摩尔，我们读者都觉得他对李特有很深的战友情谊，他每次上台领奖都会感谢李特，觉得是他带着自己的笔去冒险、去爱、去浴火，但结局……哎……不管怎样，我还是很期待《复生》的，希望李特能够不被打垮吧。”

阿喜撇撇嘴：“挖心挠肝。总之，李特太惨了。”

7

“人怎么会丢！”监控室里，摩尔忍不住咆哮道。

他面前的女人抬起疲惫的眼睛看着他，然后捂住脸哭了起来。

凯文急了：“嫂子！哎，老大，你别怪嫂子了！老师也跟警方说了，是那人抢了小朋友就跑啊！”

这天下午，凯文接到嫂子的电话，对方急得上气不接下气，说是孩子丢了。

摩尔与前妻周晓弦在一起十二年，两年前离的婚。当时孩子毛毛一岁半，长得虎头虎脑的。摩尔要忙写作，有时候几乎一天都待在书房，孩子自然被判给了周晓弦。

事发突然，的确怪不得周晓弦。毛毛读的幼儿园很贵，安保措施也很好。但来人显然是做过侦查的，所有监控能拍到的角度都刻意避开了。事情一下陷入了僵局。摩尔很紧张，周晓弦更是以泪洗面。

警察过来做笔录："你好好想想，你最近有没有得罪什么人？"

摩尔一愣："我怎么可能得罪人，我就一个臭写文的……"

等等……他眼前忽然闪过什么念头，心里猛地一寒，愣住了。

"那个老师说看到了一个背影，身高一米八左右，穿着一双布鞋，很旧，很脏，戴着一顶黑色的鸭舌帽，将帽檐压得很低……"

穿着一双很旧的布鞋……

摩尔想起刚才听到的这些描述，忽然一屁股坐在地上，像是失去了所有力气。

周晓弦止了哭："你是不是想起什么了？你是不是得罪人了？快说啊！你快说啊！"

警察也道："先生，你是想起什么了吗？给我们线索，没关系，有什么你都说出来，警方会帮你的！先生！"

摩尔瞪大了眼睛，像个溺水的人，然后仓皇地爬起来："凯文，凯文，我们快走！"

"老大，可是……"

"我说不清楚……"摩尔夺门而出。

凯文和屋中的警察面面相觑，反应过来之后立刻追了出去。而周晓弦捂着胸口大哭了起来。

摩尔一路飙车回到了别墅，几乎连滚带爬地冲向书房。

门一打开，就见电脑前的椅子上坐着小小的毛毛，他正叼着一根棒棒糖，看到来人，又陌生，又熟悉。

"爸爸？"他不是很确定地叫道。

摩尔扑过去，将他抱在怀里。

孩子吓得大哭了起来。

警察随后赶到，对于眼前的场景甚为不解。这算什么？绑架以后又把孩子送回了父亲的别墅，这是什么路数？

只有摩尔知道。

他松开孩子，忽然像是精神崩溃一般道："是李特，是李特！他要报复我！"

警察一脸奇怪地问身旁的助手："那是他怀疑的嫌疑人？绑架了他儿子，又给他送回来？"

凯文摇摇头："不可能。李特……李特是小说里的男主角！他可是个英雄，怎么可能绑架摩尔的儿子？哎，我的意思是，他就算不是英雄，也不可能绑架啊，他是小说里的人物……"

摩尔却精神恍惚地打开电脑，疯狂地敲打着键盘，大声喊着："李特！李特！李特……

你给我出来，你这个小人！”

他青筋暴起，然后眼前一黑……

此时夜已经深了，病房里黑漆漆的，走廊静悄悄的。这里是晏城最好的私立医院。

屋中只有摩尔一人，点滴让他感到很凉，他渐渐清醒过来，喉咙嘶哑，发不出声。他挣扎着坐起来，想要开灯，没有摸到开关。

然后，他看到了一双脚。

布鞋，上面都是泥点子。

他闻到了荒漠的味道。

“李特。”他喃喃道。

“我说过。”李特的声音在偌大的病房里显得空洞而凄冷，“摩尔，我会把你给我的一点点还给你。”

8

医生说摩尔的情绪不太稳定，而且体检报告有好几项指数超标，最好留院观察。

眼下摩尔没办法赶稿，主编那边打来电话，甚至派人游说无果后提出违约赔偿。

周晓弦说：“我赔。你们要多少，我赔就是了。现在我只希望他能平安。”

凯文佩服她的魄力和对前夫的义气，陪她回到别墅收拾住院的东西。

“嫂子，其实我不明白你和老大为什么要分开。”

凯文才二十多岁，并没有深刻地和异性相处过，所以对爱情也不太懂。

尽管他认识老大不过短暂一年，而且那时候他俩已经离婚了，但是他毕竟也曾是李特的忠实粉丝，自然也知道老大和嫂子这么多年同舟共济的经历。

人真奇怪，怎么能共苦却不能同甘呢?

但是尽管老大离开了嫂子，却把名下的房产和车全部给了嫂子和孩子。

周晓弦依旧温和地收拾着东西，淡淡道:“或许人会越来越贪心吧，他这样，我也一样。”

从前有爱饮水饱的时候靠梦维系，真的梦成真了，反而有些无所适从，没了方向。

周晓弦提离婚那天，是孩子发烧，她从医院打来电话，央求摩尔来医院，可他却因为要紧急赶稿，思量一番后选择了留在家里。他是个守约的人，对读者守约，但没办法，生活有时候是矛盾体。所以尽管后来孩子转危为安，但周晓弦觉得，自己心里的弦一下子松了。

就是那天，焦灼的摩尔选择了用陆纤纤的死来换得《黑白棋》的重新洗牌。

一夜之间，网站爆火，李特那沉溺在悲痛里的眼神牵动了无数人的心。

周晓弦看完那个章节，像是自己的灵魂也被抽干了，觉得困顿又无助。

而她身后的摩尔却手舞足蹈，异常兴奋地告诉她："媳妇，你知道吗？陆纤纤这么一死，我的热度就全上去了！"

他在他的世界里掌控一切。

"你知道吗，有网站要签我了！你知道给的稿费是多少吗？"他的眼神里透出光，是钱折射的光，金色的，却让人觉得刺目。

"那李特怎么办？"

"李特？"摩尔愣了一下，"什么怎么办？"

周晓弦说："摩尔，我们离婚吧。"

大宅子空荡荡的。

从前总想住大房子，如今住到了，心里却空了。

周晓弦来到书房，看到那台熟悉的电脑，这是她买给摩尔的，就是这台电脑创造出了李特。

她的手指轻轻抚上键盘，轻轻呢喃："李特，你……不要怪他。"

这时，凯文冲进书房，上气不接下气地道："嫂子，不好了，医院那边说老大不见了！"

摩尔沉寂已久的专栏更新了。

午夜十二点，无数粉丝口口相传，彻夜难眠，紧接着是一片迷惘，网站评论区炸开了锅。

研究所里，电脑前的肥丁也拽过阿喜，两人交头接耳一番。

"什么意思？"阿喜看完短暂的章节，抬起头望向肥丁。

更新的章节是以李特的语气自述的，他表达了自己这些年的心路历程，以及无法言说的痛苦和压抑，并且将矛头指向了唯利是图的作者摩尔，认为他利欲熏心，早就不配做一个作家，甚至举证了摩尔冷血杀人的各种证据。他在结尾向读者表示，自己会做出行动，对摩尔进行制裁。

"网站的营销？"阿喜想了想，道。

肥丁眨巴着眼睛："太酷了，你不觉得太酷了吗？"

"一点儿都不觉得酷。"阿喜道，"评论区你看了吗？知情者说有人挟持了摩尔还在上幼儿园的儿子，并且制造了不小的骚动。营销可以，但……这也太过了吧？如果摩尔愿意配合这样的宣传，还真对得起那句‘利欲熏心’。”

肥丁思忖了片刻：“也对。就怕是有黑粉以李特为噱头对摩尔进行人身攻击……你说，有没有这个可能？”

社区正要改建，这里曾经是摩尔生活了很多年的地方。没错，和追梦一样，他也曾为了写作颠沛流离，只是他比追梦幸运得多，身边始终有周晓弦为他洗手做羹汤。

周晓弦曾是他最初的读者。

早年的时候，哪怕再天马行空的剧情，摩尔的读者能从他的作品里品出温情。可后来，老读者都觉得摩尔变了，从一开始的刻画人性、从荆棘里找花，变成了循环制造荆棘、烧毁荆棘，有时候甚至连荆棘里的花都不放过。

节奏感强，口味重，各种刺激和一波三折，摩尔掌握了读者阅读的节奏，甚至越来越得心应手，从前一个章节反复斟酌，到后面为了保证流量一夜连更数十章。

房子现在已成一片废墟，暗夜里的月光很亮，从破开的砖瓦往下照。

夜色很凉，风声凛冽。

摩尔看到了李特，他就站在那废墟的顶端，朝下俯视着他。

“来了啊。”

“来了。”摩尔的声音细弱且颤抖。

“记得吗，”李特跳下来，“这里曾经的样子？”

当然记得。

热闹的人间，有聒噪的人情味，烧烤香气扑得很远很高，被子里有时都是烟熏味……那是充满抱怨却也无限缅怀的岁月。

李特就是十年前摩尔在一个无眠的夜里想出来的。

“那时候你说，咱们一起去战斗，拿到属于自己的辉煌人生。”李特说，“你说你要给我写一个又一个很酷的故事，你要给我安排很精彩的人生，那些你在现实生活中无法打败的困局，你会让我一步步地替你攻破。你说我是你的理想。”

李特往下走着。

这下头是个地下室，一个小小的窗户正对街头，总是很吵，有时候白天根本没法写作，只能等夜深人静的时候才能打开电脑精心写作。

摩尔还记得有一回写得正酣，一个醉汉在窗口尿尿，还出言不逊，让他气得要命，后来是李特说“我帮你揍他”。

那时候李特才 23 岁，出拳很快，立马让对方讨饶。他问摩尔：“他道歉了，我们要不要放过他？而且你看这个家伙，他说他是因为初恋情人跟别人跑了很伤心才破口大骂。他说他真的好伤心，像是心被人狠狠地踩在脚下，用力地践踏，很疼。那是种什么感觉？”

“让他以后不要这样了，否则再碰到就弄死他。”摩尔说，“至于那种感觉，或许以后我们会体验到。”

生活里再吵，摩尔也总能在指尖、笔端、屏幕前做一个醒着的梦，一回头，可以看到周晓弦的忙碌，那张不算漂亮但充满柔情的脸上写满了信任。

“写得怎样了？我看看。”她会说，“我真喜欢李特。他像你。他喜欢吃什么？”

“跟我一样，喜欢吃鲜花饼。”

她有时候也会哭着说：“摩尔，你不要虐他了，他好可怜，你让他快点儿走出这个困境吧。我想看他一生无忧。”

“没有人可以一生无忧啊。”摩尔说，“但是我会帮他。”

少年逐渐成长，成为一个顶天立地的男人，有时候也叫苦，但依旧眼含笑容。

总之，不是眼前的这个身影。

尽管他依旧挺拔，却从骨骼深处散发出一丝绝望、悲凉的气息。

地下室到了。

前些天下过一场雨，废弃的底部长满了青苔，上头放着一把椅子和无数沉重的镣铐。

摩尔一眼就认出来了，这把椅子正是陆纤纤死时捆绑李特的椅子。他就是这样无能为力地看着自己的爱人被虐杀致死。

摩尔见李特的眼神凛冽了一下：“你想做什么？”

“你知道我想做什么。”李特的眼神里尽是寒意，“我希望你来感受我当时感受到的痛苦。我会把你给我的一点点还给你。”

话音刚落，巨大的光亮朝摩尔的眼眶冲来，有什么机器正在缓慢地对准他的眼睛，他被捆绑在那把椅子上，动弹不得。

一个声音从头顶传来：“审判开始。”

9

“有没有查出地址在哪儿？”警方连夜进行了搜查，但监控只拍到摩尔独自走出医院的画面。有经验的警察表示，不排除有人在监控死角对他进行挟持。

凌晨两点，不知是谁用黑客手段袭击了许多人的电脑。最初大家都以为是一场恶作剧，直到有人高喊了一声："是李特！"

场面一度失控，然后无法关闭的屏幕上出现了摩尔被绑在椅子上的场景。他看起来惶恐又无力，那暴瘦的脸看起来失魂落魄。镜头没有声音，压抑的氛围却让人无限揪心。

警方第一时间开了紧急会议，技术侦查部门对黑客的 IP 地址进行了彻查，却无法得出结论。镜头里的斑驳墙体实在太过普通，虽能辨认出是废弃住宅，但无法得出更多的线索，他们只能徒劳地对晏城进行地毯式排查。

镜头里的人终于动了一下，摩尔眼神恍惚地望向镜头外。

他喃喃道："我愿意接受审判。我杀了人，无辜的人。我在你的世界里任性妄为，残酷、不讲人道……我应该得到审判……"

他的手腕上有一道伤口，血液从那里流下。每过一分钟，他的脸色便更苍白一分。

赵央和阿喜一行人赶到了周晓弦所在的别墅，来到了那间书房。

而被电话通知的追梦也已经带着工具赶来。

"你们的意思是……"追梦犹豫了一下，"用我之前的方法，进入到李特的世界？"

"你能办到吗？"赵央问。

"可是……"追梦犹豫了一下，"我曾发誓再也不用这个方法了。而且你们也知道，小说世界不过是一种幻象……"

周晓弦"扑通"一声在他面前跪了下来："拜托你，救救他！"

赵央道："你放心，这只是帮助我们更了解李特这个人物的性格，以推断出摩尔现在可能的位置。"

一旁的凯文不解地问："不会吧，你们难道真的相信是李特从小说里出来绑架了老大？"他一想，竟不寒而栗。

赵央没空解释那么多，只朝着追梦看去："追梦老师，这次拜托你了。"

"我……试试。"

准备工作倒是不太复杂。追梦对《黑白棋》的故事虽算不上倒背如流，但也够熟悉了。他可是李特忠诚的粉丝。

阿喜微微闭上眼睛。

旧电脑承载着李特的多个人生，阿喜像个旅客，近距离地感受着这个少年从 23 岁到 33 岁的人生旅程，痛苦的、压抑的、雀跃的、幸福的……

"赵医生，"追梦看向一旁的赵央，"这有用吗？你是真觉得小说里的人会跑到我们这个世界来……产生影响？"

赵央眉头紧皱："周晓弦女士说，李特在某些程度上很像摩尔本人。而且摩尔最了解李特，他对李特所有的情感也都在这几年的小说里了。李特当然不能活过来，但他可以影响摩尔的选择和行为。"

肥丁看了追梦一眼，接下去道："在心理学上，其实就是他把自己心理的一部分折射在了李特身上，也就是说，他把李特作为一个寄托对象，在某种程度上满足了自己的很多欲望。但久而久之，这样的形象就慢慢模糊成了一个真实的有血有肉的人。周女士透露过很多次，摩尔是以李特的口吻和她对话的。当时周女士就感觉到有点儿不对劲，觉得摩尔有点儿走火入魔了，只是他抽身很快，并且周女士也很喜欢李特，所以才没有劝他去看医生……"

追梦倒吸一口气："还真有点儿走火入魔。不过按你的说法，他这算人格分裂吗？"

"嗯。监控摄像头全部被避开，没有拍到任何绑架者的影像。但据警方调查，监控曾拍到他数日前来过幼儿园，并且行踪古怪，怀疑他那次来就是为了踩点。"

"摩尔这么做……是……为了什么？"

"为了自我惩罚。"赵央道，"摩尔在《黑白棋》完稿之后，曾有很长一段时间不是失眠就是做噩梦，找我的师兄祝医师进行过心理诊断和催眠治疗，但收效甚微。当时的情况还好，祝医师也认为摩尔是觉得自己书写了一段并不满意甚至有些让自己自责的段落，为自己伤害了李特而烦恼。当时摩尔还非常清醒，一方面因此痛苦，另一方面又认定李特并不是真人，不需要为这痛苦而自责。当时祝医师曾给他出过主意，比如让李特死去的爱人复活，但摩尔摇头表示不可能。"

追梦和肥丁同时道："没法复活。在逻辑上……陆纤纤的死已成定局，而且已是闭环了，即便是用时空效应都没办法办到。"

"对。摩尔是个很在意逻辑的人，但同时他也很在意情感。"

"但是……摩尔真的没有学过黑客技术啊。"追梦挠挠头，"这些他虽然写得很地道很传神，但……毕竟我们本专业的人可以看出他是个外行。所以，这些黑客技术是怎么办到的？"

"所以你的意思是，他人格分裂，一个人演了这么一出戏？"

"很有可能。摩尔是他，李特也是他，受害者是他，加害者也是他。"

"是有这样的案例，分裂出来的人格有着不一样的思考方式，甚至有完全不一样的技能。这一点还没有找到科学的依据，但它就是存在。"

"嗯。我找素材的时候有翻到过，说分裂出来的人格甚至有一些本体并不具有的疾病……而且只有在那个人格出现的时候才会有症状。"追梦叹气，"那阿喜妹妹在跟他产生联结后，能……有什么用呢？”

“李特就是他本人。所以，了解李特究竟想做什么，或许能找到摩尔现在的位置。”

这时，电脑前的阿喜开始颤抖，有眼泪从她的眼角落下，她似乎感受到了极大的痛苦。

追梦看向肥丁：“是读到那一段了吗？”

肥丁握紧了拳头，光看文字就够抓心挠肝了，更何况是“亲眼看见”“切身体会”。

此时，他能做的不过是拿起旁边的一包薯片，尽量安静地啃。

今夜没吃夜宵，大亏！肥丁想。

直播还在继续，牵动着镜头外的人心，警察们连夜搜寻线索，而留言区也炸开了锅。

留言分很多派，有粉丝牵挂摩尔的安危，疯狂祈祷；不信的认为是公司作秀，令人作呕；更有摩尔的黑粉大声叫嚣着“李特干得漂亮，像摩尔这样的作者，就应该下地狱”，更是疯狂地提前点起了蜡烛。

人心本来就很复杂。

阿喜此时被一阵柔光所覆盖。

她的眼泪似乎还残留在眼角，却已被风沙席卷了全身，来到一望无垠的荒漠。

落日之下，一道颀长的身影站在沙丘之上，像是一尊破落的雕塑。

阿喜提步向前，脚步深深地嵌进泥沙中。

不得不说，摩尔的笔触实在细腻，即便是细节也做得滴水不漏，所以身处其中，阿喜觉得无比真实。

“李……李特？”她听到自己问道。

那人缓慢地回头，逆光中的脸看不太清，眼神微微迷惘。

“你是新人设？”

阿喜盯着他，目光如炬：“李特你好，我叫阿喜。”

直播的镜头前，摩尔像是忽然醒来，歇斯底里地大哭和咆哮起来。观众听不到屋中另外一个人的动静，只看到摩尔似乎在和镜头外的人对话。

废墟里，对准他的仪器只有灯，冰凉的镣铐沉重无比。

摩尔感到一阵绝望：“李特，你要我怎样，我都答应你！都答应你！你要我死对不对？”

黑色的影子轻轻地挪动了一下位置，在黑暗里落下更深的雾：“我不要你死。我只是想让你感受一下我的痛苦。”

“你以为我不痛吗？我也舍不得她死！对我来说，你们都是我的家人，我的朋友！”摩尔痛哭流涕，“她死的那天，我也很后悔，我……我很痛，我几乎几个月没办法合起眼睛睡觉……”

“那你为什么还要去打搅她？”

“你是说墓地吗？对不起李特，我……我没有办法，我不能没有你，没有你，我的笔下就毫无生气！”

“所以，我只是你笔下的一个人物而已。”李特平静地笑了笑，“你从未真的把我当作朋友。”

“我可以让你再次爱上一个人，我答应你，我一定让你们长相厮守！求求你了，李特！”摩尔哭着道，“我承认我妒忌你，妒忌你什么都有，妒忌你翻手为云覆手为雨，而我在生活里却是一个失败者……但是我后悔了。”

李特摇摇头：“摩尔，掌控一切的人从来都是你。摩尔，你已经忘记了你答应过我的事了吧？不过没关系，我记得。从前我不知道我为什么而活，你创造了我，我便愿意做你的笔下之臣。这一段我无悔，而今到了告别的时候，我……不再是你的李特了。”

黑影消失了，夜重归死寂，椅子上的男人像是灵魂出窍，一张脸毫无生气。

回过头来的男人眼神里开始散发出怒意。

“你看到了吗？”他身上新的旧的伤疤交叠着，然后一个恍惚，肉身又焕然一新，但他指向自己的胸口，“都在这里。”

一刀一刀，虽然做不到遍体鳞伤，他的心却已经破碎陈旧。

阿喜仿佛能看到他用刀尖剜开胸口，挖出里头的心脏，上头刻满了咒文，像是一个永无止境的诅咒。

“所以你恨他。但你想要从他身上得到什么呢？你杀了他，一切也回不到过去了。李特，你应该明白。”

李特笑了，一瞬间卸去了所有戾气，就好像那些伤痕都不再重要了：“我从来没有想过要杀了他。”

“那他在哪儿？”阿喜乘胜追击。

“他在……选择的十字路口。”李特道。

此时的直播镜头里，摩尔大口地喘着粗气，那张惨白如纸的脸重新憋红了。

他像是下了极大的决心，又像是舍弃了巨大的留恋，大声朝镜头外吼道：“我宣布，李特的故事今日终结，摩尔从此不再书写关于他的任何篇章！无论是荣耀的、耻辱的、痛苦的或是快乐的，都在今日画上句号！”

随着最后一个字落地，镣铐忽然像是得了某种赦令，往后缩紧，松垮了下来。

失去了支撑的摩尔跪在地上，哑然地边哭边笑。

金色的夕阳下，余晖笼罩着那个中年男人，他不知从哪里变出来一根烟，点起之前抬头问她：“介意吗？”

礼貌而绅士。

他提起那些辉煌不过一笔带过，只是提到那个女孩时，唇角有真实的笑容。

伴随着黄沙，阿喜能闻到烟味。这一切好像是真的。又或许，的确是真的。

肉身给你的物理回答其实在某种程度上也是一个谜，谁又知道心灵深处体会到的，不是更加真实的存在呢？

那些信念坚定之人能踏足的世界，又岂是凡人所能想象和感受的？

她看着他，觉得像是看某种传奇，在尾声时接近人间，却已是终章。

他在黄沙地上用脚尖踩灭了烟蒂，那星火“嗖”一下消失了，连同不亮了的烟嘴，像从来没有存在过一样。

男人脸上有着前所未有的温和和慈悲，他朝着她微微抿嘴：“我走了。”

“你要去哪儿？”

“去过属于我自己的生活。”他笑得洒脱，“无拘无束，没有看客，不为他人生，也不为他人道。”

10

“阿喜！阿喜……”

不知昏睡了多久，阿喜抬起头来，关切地看着赵央：“摩尔怎么样了？”

“被救出来了，现在在医院呢，周晓弦去照顾他了。”

“所以现场……”

“没事儿，他只是受了点儿皮外伤。”赵央点点头，漆黑的眼里有无尽的叹息，“你刚才哭得很伤心。”

"是吗？"她坐起来，试图回味《黑白棋》里的场景，只觉得心脏有些钝痛。

警方的调查结果出来了，果不其然，现场只能找到摩尔一个人的指纹，路上的监控摄像头也只拍到了他一个人的身影。也就是说，一切都是他自导自演的。不过昏迷后醒来的摩尔对此一无所知。

可见摩尔这次被绑架真的如赵央所说，是一场无意识的"自导自演"，是自我审判，也是自我救赎。

摩尔清醒后，对自己决定停止李特的任何后续篇章撰写的决定并不后悔，尽管面临高额的赔偿，他也表示要兑现誓言封笔。

但因为这次的意外事件，李特再次名声大噪，网站赚了一大波流量，订阅量大幅上升。

但摩尔似乎已经不在乎了。他一夜之间苍老了很多，之前的体检报告显示他有一个器官患有重疾，需入院进行了治疗。而他的前妻周晓弦，对他不离不弃。

尽管摩尔这个"亲生父亲"不再撰写李特的故事，但关于他的各种山寨和周边还在继续。肥丁隔三岔五地骂娘。

"这废材主角好意思叫李特！"

"呸，这些人蹭热度能不能有个限度！"

追梦的小说仍旧写得很吃力，他的第一个故事就是以摩尔为原型，写了一个因为自己的角色走火入魔而精神分裂的作者，不过他还没想好结局该怎么写，这几天老是往研究所跑，各种咨询。

"所以那个李特就是他所幻想出来的幻象，也是他创作道路上的瓶颈和人生里的执念。"追梦叹息道，"哎，有时候真烦恼，既要对角色用心，又不能太用心，既要对角色狠心，又不能太狠心……"

阿喜抱着手机，她最近倒是找到了阅读的乐趣，开始跟肥丁一样沉迷小说了，最近迷的是武侠风："总之，作者要有悲悯心吧，既要创作好看的故事，又要遵从自己的内心，不能一味迎合市场的诡异味蕾。小说不是市场上的快餐美食，起码要健康又美味。"

"对了，你之前说你在《黑白棋》里头和李特的对话，他说'不为他人生，不为他人道'，是什么意思呢？"

"或许就是主宰自己的人生，不再因他人的评价而生活吧。"阿喜想了想道，"不过老大解释说，那里头的对话有可能是我自己的意识组成的，说我可能是自己不想受人评价……"

"那我觉得你有写作的天赋！这几句挺酷的！"

"真的吗？"阿喜居然有些兴奋。

这时，肥丁从外头急匆匆地跑过来："喂喂喂！有新八卦！"

"什么？"

"说是有人意外提供了当时绑架摩尔的儿子的监控录像，好像是行车记录仪拍下来的。"肥丁激动地道，"虽然当时没有造成什么后果，但他们还是好奇地拿去比对了一下人脸，结果……就是摩尔。"

"是摩尔？"阿喜看向他的手机，然后瞪大了双眼。

并不算太清晰的监控影像里，正对镜头的是一个戴着鸭舌帽的男人，他故意抬起头露出了五官。

那是一张苍白精瘦的脸，和她记忆里的李特一模一样。

医院。

输液管发出轻微的滴答声，他睁开眼睛看见周晓弦正在一旁织毛衣，毛衣是藏青色的，周晓弦的手依旧麻利。

他记得他曾这样描述过："她的手指是修长的，有时能和指尖的针融为一体，绕指柔的线是爱本身的形状，密密地精巧地编织一个暖融融的梦。"

李特说："真羡慕你，我也想有个给我织毛衣的女人，冬天快到了，这里的冬天好冷的。"

摩尔笑着说："是吧，这个你羡慕不来的，到时候我穿着它来见你。"

李特朝天吼一声，笑道："摩尔，你让人嫉妒啊！"

此时的摩尔轻轻地伸出手，碰了碰她的胳膊。

周晓弦愣了一下，停了手里的动作："醒了？"

"嗯。"他带着厚重的鼻音应了一声，又转念想，或许并没有真的醒。

在一个暖融融的梦里，挺好的。

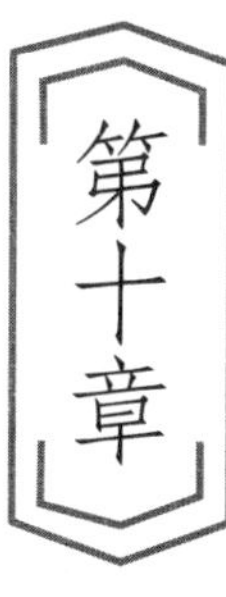
第十章

小偷

1

阿喜拎着一个竹篮子，挤在人群中。

这是晏城一年一度的大集市，热闹得很，在晏城东区沿着一条长街摆着，什么都卖，无论男女老少，总能找到所心仪的那一款。

肥丁和阿喜过来是打算给委托人囤点儿礼物的。去年可没少收礼物,今年自然是要还礼的。不过肥丁进来就迷花了眼，不知被挤到哪儿去了，剩阿喜一个人漫无目的地在人群中“漂流”。

今年的集市特别热闹，称得上是盛会，来了不少媒体，无数的男男女女拿着手机可劲儿地拍。阿喜在一个摊位前停下来，这是一个得用“古今结合”来形容的摊子。她对这个倒是没兴趣，她纯粹是被挤到这儿的。

老板是个尖嘴猴腮的中年人，一口的大黄牙，正吞云吐雾着朝旁边的中学生介绍:“这就是陨石碎片挂件，现在很流行的。”

一路过来，阿喜已经看到了不下十个摊位在卖这种所谓的陨石碎片。最近很多论坛也都在讨论陨石碎片的事儿，不过大多是无稽之谈。

这事儿，拜叶明博士所赐。虽然科技频道三天两头播报陨石碎片，但老百姓也就当耳旁风，直到他三天前去一档民生节目，并让那个总是帮三姑六婆解决家庭矛盾的主持人老舅遭遇了主持生涯上的滑铁卢。总之，概括起来就是天体研究院的叶明博士，说起之前曾掀起过一点儿小动静的陨石碎片，说是如果有市民捡到类似陨石碎片的话，希望上交给有关部门，因为它是危险品。不知老百姓是不是对危险品有所误解，这事居然在晏城迅速掀起了风潮。

“老板，能不能便宜点儿？”中学生问。

“不能。”老板一脸珍惜地举起那串所谓的陨石项链，其实上头不过是一块块黑黑的石头，“这是真的！”

中学生似乎铁了心想要,看他的样子也是家境富裕的孩子,咬着牙决定买下这天价的“项链”。

这种事一般没法拦,毕竟生意买卖,一个愿打一个愿挨嘛。阿喜皱皱眉头,这孩子也太傻了。

“别买，那是假的。”中学生刚掏出钱，旁边一只手拦住了他。

说话的人声音很轻，可这不合时宜的“劝阻”还是落进了她和老板的耳朵里。

“假的？”老板瞪了那说话的小孩一眼，这小孩清瘦潦倒，看上去像一只流浪的小猫，“你找死吧？小心我揍你。”

旁边就有警察、保安在,他当然不敢真的揍人,眼看生意告吹,气恼地白了小孩一眼,说：“怎么，不信？不信拉倒！我还舍不得卖呢……”说罢，他将“项链”塞进了胸前的口袋。

那中学生侧过头对那小孩说：“谢谢你啊。”

小孩嘴角露出一抹笑，目光盯着旁边摊位的一抹粉色。阿喜多看了一眼，觉得这落魄少年盯着粉红色的公主裙看有些违和。

这时，一支拍摄队伍朝着他们的方向行进过来，阿喜顿时头大，还是赶紧跑吧，一会儿要是逮着她采访，她能尴尬得当场抠脚指头。

热闹的人群再次骚动起来，阿喜被挤得心烦。紧接着，她的脑子忽然空白了一下。那种感觉无法形容，就像是世界短暂地被按下了暂停键，思绪往前跑，身体却被留在了原地，整个世界有须臾的死寂。

不过这感受转瞬即逝，在她露出迷惘的神情时，耳边重新喧嚣起来。头顶的航拍机器正对准她，发出“嗡嗡嗡”的机翼扇动声。紧接着，有人惊声尖叫——

“我东西呢……有小偷！有小偷啊！”

2

“你是不知道集市当时乱成什么样了。”回到研究所，阿喜一面脱已经被踩得不成样的小白鞋，一面说。

肥丁也激动道：“对对对，搞得我们出门的时候都要安检。有几个摊位丢了东西来着？”

“没太注意。”

“是怪盗天团吧！”肥丁激动地道，“肯定是团伙作案。”

赵央咂咂嘴：“肥丁，人家丢东西你这么开心啊？”

肥丁脸一红，觉得老大最近真是古怪死了：“老大，你知不知道最近的玉器盗窃案啊？”他说着盘腿坐下，好奇地看向桌上的书，接着又抬起头，“哦，《24 个比利》？老大，你在看？”

赵央失明也不是一天两天了，虽然家里什么书都有，但这本显然是刚刚翻过的。

“我看的。”阿喜一把捞过书，“找老大分析呢。”

赵央咳嗽了一下：“接着说，肥丁。”

“哦，就是前段时间，金水街的一家玉器店丢失了他们的镇店之宝——一块和田玉。而且玉是在众目睽睽之下突然消失的。”

“众目睽睽？”

“也不能算众目睽睽。当时是晚上八点，突然停电了，但大概也就几分钟时间，然后其中一个展柜里的玉佩就不见了。”肥丁神神秘秘地道，“因为停电，监控没有拍下当时的场景，但是在场的店员表示自己没有走开过，而且东西是锁在展柜里的，钥匙都还在他手上呢。”

“所以，完全没有撬过的痕迹？”

“嗯，完全没有！”肥丁道，“而且，在如今监控密布的情况下，小偷其实没什么作案空间，但最近警方接到的报案量直线攀升。”

阿喜思考了一下：“你觉得跟今天的盗窃案……”

肥丁摆出名侦探柯南的架势：“从失窃的物件来说，这个盗窃团伙的成员年纪都不大。”

“嗯，今天丢失的好像以文具居多，而且居然还有公主裙和仙女棒。”阿喜回忆着现场，“不过，也有少量现金和手机丢失。”

丢失的东西中还包括那串据说是陨石碎片做的项链。当时那老板跳脚的样子让人终生难忘，而且他还抓住那个询问价格却没买的中学生进行了搜身，弄得那孩子羞愧大哭。最后自然没搜出什么，可老板一口咬定他有同伙，直到警察来了才罢休。

阿喜脑海里陡然浮现那少年的眼神，愣了一下。

此时，电视里，民生频道正在播报今日阿喜遇见的盗窃事件。

“阿喜你上镜了！你能不能做下表情管理啊，你看你……脸都皱一块儿了。”肥丁忽然说。

阿喜一眼就看到了自己。她虽没什么偶像包袱，但被这么说也有些尴尬，尤其是一旁的赵央还偷瞥了一眼。要命，她这样好像是有点儿……丑？

不过，自己脸上的表情瞬间让阿喜回味起无法形容的那个瞬间的感觉。

“等一下！”一个意外发现让她瞬间脊背一凉，“暂停！暂停！”

“你看到了吧？前后仅相差一秒钟，”她皱着眉头，手指点了一下鼠标，重复播放这个短暂的瞬间，“这个人却从视频的上端到了这儿……”

走路的速度倒是不奇怪，但问题是这么多人，他是怎么挤过去的？

“是不是视频有错误，或者剪辑了的？”

“不可能。”阿喜笃定地道，“你看我的表情。”

“你表情可真够丑的，难得上次镜……”

“认真说。当时我感觉有点儿不大对劲，这个男孩有点儿奇怪。”

肥丁看到身后的赵央似乎也很感兴趣的样子，立马跟他解释了一番。

赵央虽然早就看清了，但仍是耐心地听着。

“怎么不对劲？”一旁捏着下巴的赵央向阿喜问道。

阿喜微微闭眼，细细回味：“像是时间停止了一瞬间，风也停了，一切都停了。但因为过于短暂……”她想了想，“像是幻觉，也像是某种卡顿，几乎像网络延迟……”

赵央起身背过手，在书房里踱了两步：“肥丁刚才提到了玉器失窃案，这个案子我有关注过，叶明博士给我打过一个电话，透露了当时的几个信息。因为这块玉较为贵重，所以进行了调查。当时情况有些诡异，就先调查了停电的原因，结果发现停电不是人为的，而是一种磁场改变导致的电流过大。”他停在书桌前，敲了敲桌子，“所以当时叶明博士怀疑，可能跟陨石碎片有关。”

“陨石碎片？”肥丁愣了一下。

一旁的阿喜心里那块疑惑的石头落地。

没错，的确和陨石碎片有关。

“嗯。而且拿着展柜钥匙的店员记得非常真切，当时他明明是左手拿着钥匙的，可停电的一刹那忽然变成了右手拿钥匙。他之所以对这个特别敏感，是因为他右手患有手指疾病。但是现场无人能解释这到底是怎么转变的。”

肥丁抿了一下嘴唇：“我怎么听不明白？咱们之前不是接过跟陨石碎片有关的辐射感染案吗？但是这个盗窃案跟陨石碎片的关系……是什么？”

叮！一阵急促的电话铃声忽然响起。

“不急，答案来了。”

此时城西的某小区，一个叫周小澳的清瘦少年正扛着一个巨大的麻袋。他头发乱糟糟的，营养不良的脸上写满了对世界的不耐烦。街坊似乎都不喜欢他，纷纷躲着他走，他也不在乎。

在经过一家馄饨店时，他踢飞了门口的蓝色椅子。老板娘骂骂咧咧地赶出来："臭小子！没娘教的臭小子！一辈子捡破烂！"

少年头也不回，还吹了声清脆的口哨。老板娘身后正在擦椅子的清秀少女低头露出了一个笑。

少年转头，到了无人的街巷，然后沿着窄小的泥道拐进一条更逼仄的巷子，朝着一团黑暗走下去。

那是他的家，小区破房子的地下室。

一年前，抚养他的奶奶去世了。老太太对他并不好，她脾气暴躁，为人自私自利，对他非打即骂。但老太太走的时候，少年还是觉得很难过，毕竟老太太是世界上唯一一个愿意给他一口饭吃的人。

他彻底成为孤儿的时候是12岁。民政部门派人把他带去孤儿院，但这孩子实在是皮猴一个，之前就偷过东西，孤儿院发生了几次失窃案，有前科的他自然是最大嫌疑人，被训诫了几次，他就跑了。他回了小区，就像街上的一只小老鼠，野蛮生长。

地下室阴暗潮湿，小澳用钥匙开了门，进屋后用后脚跟关上门，将沉甸甸的包袱往地上一放，顺手开了灯，昏暗的灯光瞬间灌满了整间杂乱的屋子。

屋子里没有几件像样的家具，但那张肮脏破旧的小床上堆满了不属于这个世界的东西——最新款的游戏掌上机、未拆封的平板电脑、无数处于关机状态的手机、各种山寨机器人，还有很多糖果、巧克力、崭新的足球，以及各种不太合他身材的男装。

小澳挠挠头，解开麻袋上的绳。那麻袋又脏又破，光看外表，似乎只配装垃圾，可少年的脸上露出些喜悦来，像是刚干成了什么大事儿。

"这次的战利品，一共24件。啧啧。"他吧唧了一下嘴，一样一样把东西拿出来。

这次，他没有乱拿，而是瞄准目标再下的手。

他将里头的仙女棒掏出来，拿着公主裙在旁边斑驳的镜子前比照了一下，好看。然后他绕回床边，将装着糖果的礼盒倒空，将公主裙和仙女棒都放了进去，再把糖果搁回去，塞得满满当当。

这是给他的好朋友小哑巴的礼物。小哑巴是馄饨店家的女儿，是他在这条街上唯一的朋友。

小哑巴比他幸运不到哪里去，他没爹没妈没人管，她虽有爹，但她爹长期在工地上干活不回来，而她的后妈对她并不好。她得不停地干活，手脚稍微慢点儿就会挨骂。不过她惨归惨，好赖还有个家。

小哑巴的眼睛很好看。她有一双很细长的眼睛，尽管这双眼睛里常常噙着眼泪，但他见过她笑的样子，好像天上的月亮。

今天是小哑巴的生日，小澳很久前就决定了，他的生日也在这天过。虽然他在户口簿上登记的生日还有两个月，但那本来就是随便填的。他不喜欢冬天，冬天太冷了，尤其是他住的这个小破地下室实在不抗冻。好几个冬天，他都觉得自己熬不过去了。

秋天就好多了。他喜欢闻桂花香味。尽管这个地下室里什么都没有，但是每年秋天的时候，路口的桂花香会飘进来。这个世界有很多不公平的事，但桂花香是公平的，它不会因为这个屋子不够敞亮就不进来了。

少年雀跃起来，他从口袋里捞出一串东西，那是从地摊老板胸前口袋里偷来的假冒的陨石项链。他将它举得很高，皱着眉头使劲凝视，然后摸了摸自己胸前的那串，好像有一股奇怪的能量涌进他的心头。他嫌弃地将那串假的项链丢到一边，心说，伪造得这么假还敢卖那么贵。

他躺在破沙发上，撕开一包薯片，打开电视。不知为什么，下午的"工作"让他稍微有点儿疲惫，他得补充下体力，一会儿他还要去弄个蛋糕呢。

电视在重播三天前叶明博士参加的那期节目。叶明博士以一个不太自在的拘谨姿势坐在相当放松的主持人老舅面前，面色凝重。

最近发生的事情让叶明博士备感焦虑。

去年 10 月，曾有一群少年被感染，虽然后期用了分离术，但造成的损伤和后期的副作用都无法预料。他和心理社一同举证了这次陨石事件对晏城乃至整个世界可能带来的影响，但上头并不是很在意。老百姓生活如常，可混乱就像一个小小的漩涡。

玻璃罩里，那块黑色的陨石碎片仿佛一团死物。它看起来太小了，所以最开始的时候，所有人都没怎么在意。要不是去年 10 月那场群体性少年感染事件的发生，可能……他也不会发现这陨石有什么不对。

而一周前，新的发现让叶明博士吃了一惊。

碎片变大了！它在生长！

"所以，叶明博士能具体给我们说说这个陨石吗？"

老百姓听陨石，不亚于听天方夜谭。叶明博士说了一堆，老舅的眼神渐渐迷离。

"总之，当年对大部分的陨石残片都进行了清理，比较完整的都在我们实验室。"他的眉头紧拧，"但之前发生了磁场效应，我开始担忧，有没有一种可能是这陨石残片是有生命力的？"

"什么意思？你的意思是这小石头是生命体？"老舅总算抓到自己理解得了的关键词，"是活的？那它是什么东西？"

"应该说是携带生命体。"叶明博士解释道，"但这个生命体和我们理解的生命体有差别。"

接下来又是老舅和广大人民群众听不懂的话语，主持人和观众一齐露出了迷惑的表情，似乎在默默说着三个字——说人话。

叶明博士也意识到自己说得太过晦涩，匆匆收了个尾后说：“总之，就是这样。”

“我们是不是可以认为，这是外星人试图侵占我们的……”

“还未有确凿证据证明外星人的存在。至于智慧生物……”叶明博士想了想说，“我更倾向于这是一种暗物质的较量。”

哎，一本正经的中年博士真是太无趣了。主持人意识到自己必须控场了，他轻咳一声，用那副惯于哄菜市场大姐的嗓音道：“所以，叶明博士今天来，是想要广大市民帮忙寻找剩下的碎片，对不对？”

“嗯。”叶明博士面色凝重。

“那些碎片长什么样？”

叶明博士皱皱眉头：“它就像普通的石头碎片，呈黑色，上面或许有小气孔。”

“听起来……很普通，感觉是那种就算捡到了也会丢掉的东西。”主持人道，“没有什么特别之处吗？”

叶明博士不语，想了半天没有想到合适的措辞。

“那捡到的人怎么知道它就是陨石碎片呢？”

“捡到的人会知道的。”叶明博士抬起眼睛，看向屏幕之外，“总之，它很危险。广大市民如有发现，希望将它交给我们。另外，如果发现奇怪的事，麻烦一定要拨打研究所的电话。”

“危险？”躺在沙发上的少年从破旧的衣领里捞出一串用渔线绑着的东西，上头挂着一块小小的石头，有些古怪，摸起来还有些温度，他笑起来，“我倒是觉得，这东西让我觉得很安全呢。”

然后，他跳上弹簧床，拉上帘子，用脚关了灯。

世界陷入一片黑暗中，他手边的一个开关轻轻开启，斑驳肮脏的天花板上忽然出现了一片银河。少年伸出手，那双有些疲惫的眼睛里倒映着银河。

世界归于寂静。

4

“老板娘，来碗馄饨！”

馄饨店里热闹得很，几个刚下班的蓝领正坐下用餐，谈论着今天的活儿难干、谁家老婆又要生产、日子过得实在有些紧巴，带着大汗淋漓的生活气息。一旁的几个高中生则在谈论科学频道关于陨石的报道，猜测着外星智慧生物的林林总总。像是两条不同的轨道，在烟气袅袅的夜里，热气腾腾地兵分两路。

小哑巴在继母的使唤下脚不带停，白皙的皮肤上附着汗液，她抬头就看到一道熟悉的身影迈着八字步雄赳赳气昂昂地进了屋，然后吹了声口哨，一屁股坐在了空座上。

老板娘瞪着眼睛：“你来干什么？赶紧给我起开！”

小哑巴局促地给他使了个眼色。

老板娘要赶他走，拿起一个勺子就要拍他的脸。

小澳恶狠狠地瞪了她一眼：“老子有钱！”

一张揉得皱巴巴的一百块从手心跌到桌上，老板娘似乎不相信这孩子能和钱扯上关系，在她眼里，不，在所有街坊心里，这就是个臭要饭的过街老鼠。要不是现在有客人，老板娘能当场给他打出去……

“我有钱，来吃饭，有什么问题吗？”小澳怒目圆睁。

这时，旁边几个高中生站了出来：“老板娘，人家是来吃饭的呀。”

老板娘咬牙切齿，将桌上的钱捞走，不情不愿地问：“吃什么？”

“馄饨！大的！要加油渣那种！”小澳看着小哑巴，笑起来。

馄饨好了，小哑巴小心翼翼地端过来。

小澳正要起身去接，忽然旁边吃完的男客人没留神一个转身，撞到了小哑巴。馄饨碗砸在了客人脚边，烫得那人跳了起来。小哑巴手上和腿上都被烫红了，可她顾不上疼，忙爬起来鞠躬认错。

小澳上前扶住她，急忙问：“你没事儿吧？”然后冲一旁的男客人凶巴巴地道：“你撞到她了！”

那蓝领原本有些不好意思，但小澳跟被踩了尾巴的炸毛猫似的凶他，他脸上挂不住了：“小乞丐你跟谁说话呢！”

“叫谁小乞丐呢！”小澳气急败坏地道，“老子比你有钱！臭穷鬼！”

男客人气坏了，撸起袖子就要“教育”他，小哑巴一下拦在他面前，眼里噙满眼泪。她回过头，朝着小澳摇摇头，示意他千万不要让场面更糟。她眼神里的恐惧让小澳的怒火熄了，在老板娘闻声出来的时候，他蹲在地上，抬起头：“碗是我打碎的。”

老板娘骂：“你个小王八羔子，你得赔！”

“嗯，钱不用找了。”小澳起身，瘦弱的身子像是高大起来，他低声诅咒道，“给你做棺材本。”

然后他走到小哑巴身边，轻声道：“晚上九点，在我家的巷子口见。你小心手。”

少年双手插兜走出了馄饨店，而这时，在继母骂骂咧咧的诅咒中，低头收拾碎片的小哑巴听到了电视上的声音。

“下面为大家播报一则新闻，今日，晏城东街区举办了一年一度的集市，现场人声鼎沸，极其热闹，但再次发生了失窃案……这次被盗的金额高达数十万元……”

小哑巴紧紧盯着屏幕，眼神亮起来。

电视上那个人是……小澳？

橱窗里摆着精致的蛋糕，少年双手插兜在门口看着，在脑海里挑选着。

她喜欢吃巧克力的。他想，就左边第二个吧。

少年握紧了胸口的项链，正要闭眼集中精神，忽然一个客人的声音响了起来：“老板，这个蛋糕怎么卖？这个巧克力的。”

“三百。今天不早了，给你打八折！”

不巧，他盯上的蛋糕好像要被人买走了。

小澳屏息凝神，小眼神飘过去。

那客人付了钱，正要伸手接蛋糕。可几乎是一瞬间，那蛋糕的重量猛地一轻，然后凭空消失了。

“噢？”他和老板几乎同时呆住了。

这时门口的人一个踉跄，发出的动静让两人奇怪地回过头去——明明上一秒还在他们手里交接的蛋糕怎么会突然之间……到了门口那个脏兮兮的小孩手里？

“有小偷！”老板大喊一声，然后追了出去。而那客人还愣在原地，呆呆地看着自己的手。刚才是幻觉吗？蛋糕是怎么在半秒之中跑到那小孩手里的？

小澳拎着蛋糕一路狂奔，他感觉自己喉咙口有什么东西辣辣地往上冒，整个人有种极其昏眩、想要呕吐的感觉，但本能让他拼了命地往前狂奔。

身后追赶的脚步声和谩骂声让他忍不住想起了他小时候的遭遇。

那次他饿惨了，偷了一个烧饼，被追了半条街。那时候他还太小，腿短，哪里跑得过大人，被追到的时候，他忍受着拳打脚踢，抱着那个烧饼狂啃……为了一个烧饼，那群大人差点儿把8岁的他打死。所以此时的他，哪怕脚下越来越轻，思绪越来越混乱，却只有一个念头——

“快跑，快跑……不能被抓住！”

“嘘！”

巷子口，一只瘦弱的手一把将逃窜的他拽进了巷子，然后在一个臭气熏天的垃圾桶边躲了起来。气喘吁吁的少年慢慢地缓过了呼吸，侧头看着身旁的小哑巴，她紧张得像一只小鹌鹑。

少年的意识有些游离，像是用尽了全部的力气，脑子里十分混乱。

“唔……唔……”小哑巴发出含糊不清的呼唤。

小澳缓慢地回过神，抬起头冲她一笑，扶着墙站起来。

她的视线看向他手里的蛋糕——蛋糕已经塌得不成形了，但打开后，巧克力的香气瞬间满溢出来。少女抬起头，想起电视上播放的那则新闻，但她无法抵御巧克力蛋糕的诱惑，忍不住笑了起来。

小澳从口袋里掏出一盒火柴，说：“我给你点个蜡烛，你准备许愿啊！”

火柴有些受潮，点了几次都点不着，小澳有些着急。小哑巴看着他狼狈的样子笑了。见她笑，小澳也笑了。

便在此时，火光亮了。

“快快快！”

火光映亮了黑暗中少女的脸，她双手合十，默默闭眼。

火柴很快就熄灭了，她抬起头来，似乎在用目光问他：“怎么办，我还没许完？”

“没关系。”小澳丢掉蜡烛，“反正管生日的神仙也忙不过来，你有什么愿望，跟我说吧。以后，我管你。”然后他拎着蛋糕，朝她示意道，“走，我带你去拿礼物！”

通往地下室的楼梯又窄又滑，眼前一片漆黑，少女扶着墙走，少年朝她伸出手来：“别怕，我拉着你。”

两只手拉在一起，同样的骨瘦如柴，同样的冰冷，却在紧紧相握的那个瞬间忽然暖了起来。

灯亮了，乱糟糟的屋子里，少女闻到了很多混杂在一块的味道，墙角和床上堆满了令她诧异的东西。

少年搬出小板凳，还细心地用袖子擦了擦，说：“你坐！快坐！”

她有些紧张地坐下，有些摸不透眼前的少年，目光追过去。

“哦。”少年会意，“那些东西……”他拍拍胸脯，颇为自豪地道，“电视上要找的那个人，就是我！”

少女脸色僵了一下。

小澳并不以为意，兴奋地跑到床边，将那个早已准备好的盒子端过来：“这是给你的生日礼物！快看看喜不喜欢。”

盒子被打开，里头满满当当装着金色薄衣的巧克力，粉色公主裙上的蕾丝如同白色蝴蝶，一根精致的仙女棒上还有一个公主的烫金皇冠。

她抬起头，脸上却没有小澳预料的开心。

她将礼物往前一推，摇摇头。

“不喜欢？”小澳不明白，“你不是很喜欢吃巧克力吗？”说罢，他又去打开那个蛋糕，“那你吃蛋糕！这次的不好看，下次……下次……”

少女拼命摇头，腾地站起来要走，脸上的表情局促又愤怒。小澳一把拽住她的胳膊，小哑巴吃痛地嗷了一声。

“是白天烫的吗？”小澳顾不上别的，一把拉开她的衣袖，紧接着，他骂了句脏话——少女手臂上是发红的烫伤，但更令小澳气愤的是那些斑驳的旧伤和瘀青，还有烟头烫过的痕迹。

见少女局促地将衣袖拉回去，小澳的脸都憋白了：“我知道她打你，但是……”他说不下去了，撇过头，强忍住眼泪。

小哑巴扯了扯他的袖子。

“小哑巴，我带你走吧。”少年回过头来看着她，目光如炬，“以后我来保护你。我可以养你了。”

少女缩回了手，她的眼神里满是回避。

尽管她不会说话，尽管他足够愚钝，但那样的表情，是在告诉他原因。

小澳的嗓音变了：“怎么，你觉得这些是我偷来的，所以不光彩，对吗？”

少女咬紧牙关。

“但我是靠我自己的实力偷来的！”小澳斩钉截铁道，“你嫌弃是吧，好啊，那你走啊！门在那里，你可以报警，让人把我抓走！”

少女正犹豫间，小澳脸色忽然一白，发出了欲呕的声音，他像是被抽走了所有力气，扶着墙蹲下去。少女瞪大眼睛，噔噔噔跑过去，一边拍着他的背，一边看向墙角他吐出来的……鲜红的血。

“唔唔唔！”她激动地发出含糊不清的声音，一双大眼睛瞪得老大，疯狂地要拉他出门。

“哎你别吵，小哑巴你别吵……”小澳颓丧地靠墙坐下。吐完血，他好像轻松多了，那因为太过用力显得更加突出的眼珠此时疲惫地镶在他的眼眶上，他整个人看起来很苍白。

小哑巴火急火燎地在一堆东西里准确找出了一支笔，然后在他身旁小心翼翼地写下两个字：“医院。”

“开什么玩笑！”

医院……他这辈子都不可能去医院的，那地方又贵又可怕，小时候他生病，奶奶从不带他去医院。奶奶说，她信命，命是用钱换不来的，能熬就熬，不能熬就算了。去年冬天就是这样，当时他问奶奶要不要去医院，奶奶说不用了，熬不过去就算了。然后，她就死了。

“你别怕。”他试图安抚少女的情绪，“不用去医院，我没事儿的，休息一下就好了！”孩子气的脸上露出大人的神色来，“真的，别怕！我死不了的，我命很大的！”

瞧见少女盯着他胸前，他低头看去，刚才俯身吐血的时候，没留神，项链垂了出来。

"陨石项链,酷不酷？"他笑着道,"街上假的都要卖好几百块一串呢。"然后又一脸认真道,"你放心,这个不是我偷的,这是我捡的！"他说得光明正大,义正词严,好像得到了巨大的殊荣。

少女继续写字，他看过去，有些字不认得，不过整体大致能读懂。

"电视上说，这个陨石有危险，对不对？"

"危险什么啊！"他接着笑，拉过少女的手，抓住陨石碎片，"来，你可以碰碰它。它热乎乎的，一点儿都不危险！"

少女的手却胆怯地缩回来。不知道为什么,在看到这陨石碎片的第一眼,她就觉得恐惧。

"跟你吐血有没有关系？"少女继续写道。

"真没有！"他有些不耐烦地说，"我说你们女孩子怎么这么多问题啊！我吐血是因为我发育不良，之前在孤儿院的时候那个医生就说了，我长期缺乏维生素还有什么钙什么碘的，但是我不是活到这么大了吗？我就是鬼门关里闯过来的！怕什么，不用怕！"

小哑巴忽然笑了。

小澳平静下来，低了低头："小哑巴，我知道偷东西不好。我以后不会了。我今年过完生日就 14 岁了，是个大人了。"

小哑巴笑了笑，写了一句话："18 岁才是大人呢。"

"哎哟，穷人的孩子早当家嘛。我规定我们就是 14 岁成年！"他道，"你相信我，我带你走，我可以保护你的。我不会让任何人欺负你。"

少女的眼睛里出现莹莹泪光，她伸出袖子抹了一下，然后坚定地点了点头。

"我们离开这座城市。明天晚上，我们连夜出发，你觉得怎么样？"

6

电话果然是叶明博士打来的，他邀请赵央他们去天体研究所聊一聊。

肥丁兴致勃勃地去开车。最近他终于攒够了钱买了辆代步车，这不，难得当回司机。

他去开车的当口，阿喜和赵央在门口等候。

夜色里，阿喜慢慢开口："喂。"

"我没有名字吗？"

"老大，他在哪儿？"

从发现黑影的存在到现在，阿喜其实已经习惯了这个家伙，抱着"既来之则安之，老大都不慌我慌什么”的心态，她一直在给他打掩护。从某种程度上来说，她完全信任老大，也不想给他任何压力。老大总是能把事情处理好的，做任何事都有他的道理。

可黑影到底是不是他分裂出来的人格，抑或是老大想出来的，她并没有办法下定论。何况，在这么长时间的相处中，她并没有感觉到黑影有伤害老大的意思，更甚者，有时候她发现黑影比老大……更像老大。这个家伙更加生动，偶尔不需要掩饰的时候，能看得见他那双发着光的眼睛闪烁着，让阿喜想起初次见老大的场景。

她也习惯了偶尔的时候，老大会让黑影去办事儿。可这两天，她完全没有看到老大，不免担忧。

“我没有名字吗？”赵央从墨镜底下露出笑意盈盈的眼睛，“小阿喜，你就只关心他。”

“他——在——哪——儿？”阿喜问道。

“放心。”

车子到了，肥丁挤在小小的驾驶座上，异常兴奋地招呼他们上车，赵央再次装作盲人，阿喜只能无奈地替他开了车门。

上车的时候，他轻声道：“我不会害他。因为他就是我，我就是他。”

天体研究所里，叶明博士已经在等他们了。

在赵央他们发现蹊跷的时候，叶明博士那边也已经知道了。他早就通知了相关部门去查这个男孩的基本信息，不过似乎通过人脸识别并没有直接读出数据，因此需要人工去查，得费点儿时间。

“你是说，你怀疑这个所谓的神偷，是通过特殊的能力偷了这些东西，而这个能力就是陨石碎片赋予的？”

叶明博士的话，不仅主持人和广大老百姓听不懂，阿喜也没明白。肥丁倒是叶明博士的粉丝，很认真地做了翻译。赵央则皱皱眉头。

叶明博士慢慢地解释道：“其实发生第一起玉器失窃案的时候，我们就推测过，这个人可能就是拥有了陨石碎片。”

“陨石碎片到底是怎么回事？”赵央问道，“我只知道，之前陨石发出的辐射会对人的心理产生一定的影响。”

叶明博士似乎也不太笃定：“或许不只是心理。”

“你接着说。”

“最开始的时候，我们只检测了磁场的变化，但事实上，个体的磁场变化并不在这个检测范围之内。而我们当时也只是收集了在场的碎片，对其中最完整的一片进行了研究和监测。但是……似乎所有的碎片都不仅仅是碎片。”叶明博士倒吸了一口气，继续道，“起码我认为它会对人体进行控制或者渗透，但需要一定时间。”

“什么意思？”三人皱眉。

“我用你们听得懂的方式说吧，不过那样可能显得有点儿荒诞，你们暂且一听。”叶明博士一顿，“你们知道玉养人的理论吗？”

“不是个谣言吗？”

“对。但我们就把这个碎片当成一个真的可以滋养人身体的东西，或者说，是用人身体来滋养它。它需要一定时间起作用，也就是说，并不是随时都能够使用它，或者简单来说，接收到它的能量。”叶明博士接着道。

赵央点点头：“简单来说，需要长时间贴身携带才会有作用。”

“之前我们研究所有个编外人员，对天体很感兴趣，当时研究所的人将所有的碎片收集起来的时候，统一进行了存放，而他偷走了其中一块。当然我如果早发现他戴着这串东西肯定会劝他，但是他很谨慎。有一次，我发现他进了实验室，因为非研究人员是不能进去的，我自然要进去阻止，可是当我进了实验室后，发现他并不在里面。然后，他在门口喊了我的名字。”

“听起来好像恐怖片。”

“当时我也以为是自己出现了幻觉，毕竟碎片是有辐射的，尽管被实验室的设备阻挡住了，但毕竟还是无法排除有少量的辐射，可能对我的认知和视觉系统产生了影响。不过前不久他的家人找到我们，说他凭空消失了。”

“什么叫凭空消失？”

“就像那样，进了屋再也没有出来。”他顿了顿，“而屋子里没有人。”

阿喜忍不住道：“所以，这是隐身术？”

叶明博士摇头：“你刚才不是说，你在现场感知到一种奇怪的凝滞感吗？”

阿喜点头。

叶明博士接着道：“我初步推断，我们所那个失踪的工作人员，他得到的能力是隐身。而他最后可能……真的消失了。”

众人倒吸一口气，细思极恐。

“警察跟我们说，今晚接到一起抢劫案的报警，说是一个小孩抢走了店里的一个巧克力蛋糕。”

“巧克力蛋糕？”

“嗯，和玉器失窃案，以及好几起失窃案的口供一样，都是忽然之间发生的，让人措手不及。”

倒不像是“隐身”能力。分析现有的细节，赵央想了想道：“他能让时间停止？这是操控时间？”

叶明博士皱皱眉：“不，是进入到时间缝隙。”

“时间缝隙？”

“对，时间和时间之间的间隔非常微小，所以我们只能感觉到时光流逝。其实分秒之间，甚至毫秒、微秒、纳秒、皮秒之间，都是有间隙的，只是我们正常人感觉不到。”叶明博士见众人有些难以理解，概括道，“总之，你们可以理解成他能够让时间暂停。”

这样就可以解释那些失窃的东西是怎么在倏忽之间从人眼皮子底下消失的了。

“但是我觉得好酷。”肥丁啧啧称奇，“操控时间……哎，你说这小孩，得到了这么大个宝贝，怎么就光想着用来偷东西了呢？”

“不然你觉得应该干吗？”阿喜白了他一眼。

“或许……拯救世界！”肥丁底气不足地道，“不过，这碎片有点儿厉害啊。”

“这个男孩很聪明。他可以感知到这块陨石对时间的影响，甚至操控它，说明他毅力很强，智商也很高。或许是他的生存环境导致的，让他只能用这个功能去偷东西。这串陨石落在别有用心的人手上，后果就不堪设想了。而且，这个东西对人体十分有害。我们还无法验证剩下的碎片能够对人甚至……对全人类产生多大的影响，所以当务之急是把人找到。”叶明博士认真而笃定地道，“还有，找回剩下的所有碎片。”

说着他看了眼收到新信息的手机：“已经有消息了，我们去警局看看。”

“我们能帮上什么忙？”

叶明博士组织了一下语言：“这件事一时没办法解释清楚，容易引起恐慌，所以我希望你们用心理学的方式来帮忙……解释。”

哦，是要他们来掩盖真相啊。

这可是个艰巨的任务。赵央撇撇嘴。

7

当铺老板戴着眼镜，小心翼翼地擦拭着刚收回来的一枚有点儿年代的铜钱。

这时，门帘被拉开，他看到了一个瘦弱的少年。少年的眼睛格外突出，像是生着一场大病。他忍不住吸了口凉气：“有事儿吗？”

少年有些拘谨地走到他面前，从口袋里摸出一串东西："老板，你出多少？"

老板的眼睛瞬间就亮了。他一面用手机发短信让报警，一面在柜台后稳住小澳："小朋友，你这块玉看起来成色不错，值大钱啊！不过我能问问这是哪儿来的吗？"

小澳是何等敏感的孩子，他的眼睛斜睨了一下，就嗅到了危险的味道。

"你可以把玉留在这里，我检测一下。你等一等啊，我找我朋友过来，他懂玉！"

"你给我十万块吧。"小澳道。

"啧啧，我得找个专业的人看看啊……"老板道，"你先到我会客室坐一下？"

"嗯。好。"小澳拿着玉，假装跟着老板进门，却在他转身的刹那疯狂地往外跑。

不知跑了多久，他几乎灌了一肚子的风，确定没人跟在身后，才停下将玉捧在手心。还真是个自投罗网的利器啊。看来玉是暂时卖不掉了。他决定先回去，找找之前的战利品里有没有什么值得卖的东西。

小澳回到家附近的时候，已经觉察出不对劲了——这条街上有很多生面孔。幸亏他回来的时候从摊位上顺了顶帽子，下意识地遮住了自己的脸。

这里是老房改造区，各个家之间都很熟悉，怎么可能会有那么多生面孔？少年的眉头皱起来，他攥紧了拳头，在路口掉转了头。

馄饨店是关着门的。小澳有些纳闷，但他知道小哑巴的家就在附近。他没敢走正门，抄了小道，爬到了后院的墙上。

老板娘正在打电话，小哑巴在厨房里煮饭，她脸上还挂着眼泪。

"我告诉你，姓姚的，你再不把钱寄回来，我就让你女儿出去要饭！"老板娘对着电话吼叫，然后将手机摔在墙上。

每当这个时候，老板娘就会拿小哑巴出气。果然，只见她冲进厨房，拿起旁边的藤条，一下抽在小哑巴的身上。

趴在墙上的少年心惊肉跳，只觉得愤怒像突然燃起的火苗，猛然蹿高。

"你住手！"少年跳下墙去，如同一头小兽冲过去，将女人撞翻。

"臭小子你找死！"老板娘挣扎着站起来，挥舞藤条朝着他们俩抽过去。

小澳一把捞过小哑巴，奋力一挡。藤条重重抽在少年的身上，那一刻，疼痛漫进心里。

他咬着牙，抓着她的手："不用等明天了，我们现在就走！"

鸡飞狗跳的后院被甩在身后，穿堂风袭来，他们的手握得紧紧的，脚步不敢停留。小澳的脊背很痛，但更痛的是心——她每天过的是什么日子啊。

在一个拐角，他忽然撞上一个人，后背的疼痛让少年松了手，小小的少女一个踉跄跌坐在地上。

而迎面撞上的这个人，正是跟阿喜一块儿赶来的叶明博士。他几乎一眼就认出了小澳，一把抓住他的肩膀，一旁的阿喜拦住了另一边的去路。

“周小澳！是你！”

小澳拼命挣扎，叶明博士摸到了他后背湿漉漉的液体——老板娘下手极狠，那根藤条抽破了他的棉T恤，骨瘦如柴的他顿时皮开肉绽。

“是谁打了你？”叶明博士问道，他紧紧盯着少年胸前的陨石碎片，心里恍惚了一下，果然如他所料。

少年做出防御的姿势，如同一头拼命的小兽，怒目圆瞪。

“我们不会伤害你。你相信我，我们可以帮你！”

少年握住陨石碎片，眼神如冰锥子。

“别……孩子！你听我说！这东西，不要再用它了……它很危险！你会出事儿的！你的身体承受不住这个力量！你相信我……”叶明博士伸出手，祈求道，“把它给我！”

几乎是倏忽之间，阿喜再次感觉到空气的凝滞，风骤停，耳边一片死寂。尽管短暂得如同幻觉，但那种孤寂和空白让她无法忽视，心生恐惧。

就在此时，原本在他们之间的少年已经拽着刚才还在地上的少女，踉跄着跑出去好远，跃进黑暗的层层深巷，顷刻就失去了踪迹。

阿喜还要去追，叶明博士一把拉住她：“不要去。”

“现在还来得及！”

叶明博士摇头：“不可以，他现在被逼急了，等下会再次用碎片逃脱！这样太危险了！”

“那怎么办？”阿喜道，“难不成让他走，他就不会冒险了？”

也是，阿喜说得对。但此时他已经逃之夭夭了。

叶明博士微微皱眉，周小澳是个聪明孩子，之所以之前未曾找到他，就是因为所有偷来的能查到他踪迹的贵重物品，他都没有出售……他应该深知那块玉的重要性，所以，他这是要逃跑?

“得立马通知各大车站还有高速路口，绝对不能让这个孩子离开这座城市。”叶明博士道。

“可是那样会引起恐慌吧？”

叶明博士想了想：“我们必须找到这个孩子，即使只能以通缉他的方式。”

阿喜看着他担忧的脸：“所以，如果他真的……再使用这个，会如何？”

“或许会像我那个同事一样消失不见。或许……我也不敢肯定。”

8

“我们先看看情况，得抓紧点儿走。”

他可能没有办法再用这串项链了。那是一种直觉，那个男人没有骗他。小澳觉得自己越来越虚弱，但是他犹豫了一下，还是没有把它扔掉。

见小哑巴也盯着他手里的碎片，小澳道：“等我们到了外地，我会把碎片寄回去，给那个叔叔做研究。”

小哑巴点点头。

“你身上有钱吗？”

小哑巴从口袋里扒拉出几枚硬币。她也知道这钱不够他们生活，现实总是很残酷的。

“没关系，我有一点儿。家里是暂时回不去了，但是咱们有这块玉。”他勉强笑了笑，又怕小哑巴觉得这是偷的，“我知道的，这不光彩，但是没办法，我们得活下去。在晏城肯定卖不出去了，但是我觉得，我们到了外地，到一个远一点儿的地方，就可以卖掉它了。这块玉很好的，够我们找个窝了。到时候我们就去打工，等我们稍微有点儿钱了，我们也去上学。”

小哑巴点点头。

“总之，我们再也不要让人欺负了。”小澳道，“你说，这个世界上像我们这样的人多不多啊？”

小哑巴摇摇头，她不知道。或许很多吧？她希望有一样遭遇的同伴，但又希望别人不用承受她的委屈和痛苦。

“小哑巴，以后碰到像我们这样的人，我们就把他带着一块儿，我们建一个属于我们自己的孤儿院。好不好？”

小哑巴坚定地点头。

“等我们有了钱，有了大钱，我带你去医院，说不定你就能说话了。”

小哑巴害羞地笑了一下。

外头开始下雨了。立冬过后，天气像是得了某个命令，气温骤降，一场雨拉开了残酷冬天的帷幕。两个孩子缩在废弃的烂尾楼里，没有玻璃的窗户呼呼地往里头灌着冷风。

小澳的身体很虚弱。他握着碎片，心中有种不祥的预感，刚才他操控时间的时候，感觉到自己的身体像是被狠狠地挤压了一下。那一瞬间，心脏像是被什么东西狠狠地压扁，他好像再一次体会到很多年前被暴打时候的感觉。

那种感觉像是死亡来临前的预感。

尽管这一次他并没有吐血，但恐惧却加倍而来。他知道，刚才那个叔叔没有骗人。

口袋里的饼干吃完了，渴了也只能喝雨水，他开始发烧，有些神志不清。小哑巴隔一会儿就拿手摸摸他的脑袋。

“抱歉。”他跟小哑巴说，“乘火车要身份证。”

小澳原本是想扒个火车，哪怕带上小哑巴，利用这个碎片，他也能突破层层关卡。可是他的身体好像不能再使用这个时间机器了。但他是个男子汉了，必须承担起责任。

“等天黑一点儿我们就走。”

他查过，抄附近的一个山道，快一点儿的话，走上六七个小时就能离开这个城市，那边没有人看守。

“我睡一觉。”他靠在小哑巴的腿上，闭上了有些睁不开的眼睛。

夜里十点多，关卡处多了很多黑衣人，他们盯着旅客们的脸，似乎随时准备出击。

小澳觉得自己在发烧，他强撑着，在小哑巴的搀扶下，在山林间蹒跚前行。

山间小路上过往的车辆不多，白色的灯光偶尔照亮他们前行的路，但只是偶尔而已。小澳短暂的一生，很少见到真正的光明。他感觉到胸口传来的压迫感，想起捡到陨石项链的第一天，他以为那是照亮他前路的光明，没想到，都是幻觉。

小哑巴很小心地扶着他，直到少年体力不支彻底栽倒下去。

他听到小哑巴发出的咿咿呀呀声，她很费劲地想要把他扛起来。尽管他很瘦，但她毕竟是个女孩子，根本扛不动，只能慌乱地将他放下，然后到路边拦车。

远处正有车灯朝着他们的方向照来，她跳起来，拼命地挥手。小澳意识飘忽，但他的意志试图将她拖回来。他说好……要保护她的。

“不要……小哑巴……”

他听不到自己发出的声音，思绪好乱。

奶奶死的时候，向来暴躁的老太太手都抬不起来，把他叫到床边，好像有事情要交代。他将耳朵凑近，却只听到艰难呼吸的声音。老太太什么都没交代。

不知为什么,小澳像是再次回到了那个场景,听见了老太太想说的话——“好好活下去。”

他相信奶奶说的是这个。

他可能不会死，或许真的到了医院，他会被救回来。他是未成年人，还没满 14 岁，那个叔叔说得对，他们会帮他的。尽管他不相信任何人，但不知为什么，那个叔叔像是个好人，像是他生命里收到的为数不多的善意……他挣扎着坐起来。

这时，白色的灯光照亮了小哑巴惊恐的脸，身体却来不及做出任何反应。

少年屏息凝神，微微闭眼，风雨停了下来，他使出最后一丝力气冲刺过去，一把推开了少女。

少年坐了下来，抬头看着天空中静谧的宇宙，不再能感受到一丝疼痛。

世界变得好安静。

三天后。

晏城市立医院，除了警方，儿童保护组织的人也到了。

负责救治小澳和小哑巴的医生连叹了好几口气："那个小姑娘不会说话，是写字告诉我们的，当时车子几乎要撞上她，但在下一秒，她已经被那男孩扑在地上了。包括那个司机，当时都吓坏了，他以为自己这次肯定完蛋了，但眨眼的工夫，小姑娘就不见了。他下车的时候才发现两个孩子躺在雨水里，男孩已经不省人事，于是就将他们送到了医院。"

"男孩的生命体征很微弱，但没有受过外伤，虽然长期营养不良，但应该不至于昏迷不醒。女孩我们也检查了，身上有不少伤痕，我们怀疑她遭受虐待……"医生惋惜地说，"那么可爱的小姑娘，怎么下得去手啊！"

玉追回来了，偷玉的贼此时就躺在重症监护室里，或许下一秒就能醒来，或许永远都不会醒来了。

叶明博士静静地坐在一旁，心里有一种难以言说的悲伤和孤寂。

少年脖子上的陨石碎片已经被带回天体研究所，进行进一步的研究。而等待叶明博士的，还有更大的使命。剩下的碎片……他必须找到，不能再让像小澳这样的孩子以身涉险了。

赵央敲了敲门，走了进来，透过墨镜，他看向这个孩子。

叶明博士抬起头来，看了他一眼："刚才跟他们吵架了？"

"嗯。"赵央点头。

本来这就是社工组织的人失职，这个孩子长期流浪在外，生死未卜，却无人问津。追责时，负责的人却以一句"我哪儿管得了那么多"来推诿，还有人替其开脱："这小孩偷东西啊，不是我们不管……是能力有限……"

是，小澳的确不是好孩子。但他在那样的环境中长大，也只能用自己的方式去获取光亮。

"这孩子……"赵央问，"他……会醒来吗？"

"这孩子此时仍有生命体征，但没有任何瞳孔反应，有可能变成植物人。"

赵央沉默了。

“从现实角度上来说，他受辐射过深，被能量反噬，毕竟是肉体凡胎，无法承受这么大的能量。从另外一个角度推测，他可能……”叶明博士低了低头，“永远被困在了那个时间缝隙里。”

永远被困在时间缝隙里。

那一瞬间，赵央感受到了巨大的孤寂。屋里的两个成年男人，在幽静的病房里沉默了良久。

“都怪我。”叶明博士忽然低声道，“是我没说清楚。”

“叶博士，不必太自责。我们能力有限，但该我们做的会尽力做，不会推诿。”

“嗯。”叶明博士抬头道，“那个和他一块儿的小女孩，是他拼命想要保护的人。”

赵央点头。

叶明博士笑起来：“我答应这个孩子，我会帮他，所以暂时由我来帮他保护她吧。”

至于这个孩子，或许在寂静无光的夜里，他感受不到时间无情的流逝，又或许，他能够在另外一个地方等来好久未见的黎明。叶明博士希望，当小澳醒来的那一刻，起码看到的是自己想要的黎明。

那段日子，媒体追踪报道了儿童保护中心之后的工作，对之前不作为的从业者进行了处理，小哑巴的继母被剥夺了监护权，并可能遭受法律的制裁。叶明博士第一次全程追踪了自己工作以外的事，并且负责了小哑巴的全部治疗。

等待着叶明博士的挑战还在继续，关于陨石碎片的研究和寻找将是一个漫长的、风险十足的冒险旅程。

附近的面馆，阿喜端坐在角落里。一碗热腾腾的汤面刚被端上来，透过层层热气，她看到一双盯着她的眼睛。她目光聚焦，盯着对方，眼睛的主人也起身来到她的面前。

“你是阿喜吧？”他点起一根雪茄，“我看过你的报道。”

阿喜冷静下来，等待着他的下一句。

他的话姗姗来迟，像是拿捏住了对方的命门，不疾不徐地吐着烟圈：“你能看到一些不一样的东西对不对？”然后他微微一眯眼，“巧了，我也可以。”

“那‘恭喜’你了。”阿喜淡淡地道。

“你们赵医生身边常常跟着一个黑影。”他笑着说，“那个家伙是谁啊？是人，是鬼，还是……”

阿喜放下筷子。

然后，他邪恶地笑起来：“你们赵医生，像他的病人一样，疯了？”

那一刻，阿喜知道，等待他们的冬日里的黑暗，正在慢慢苏醒。

第十一章

归家

楔子

昏暗的书房里，黑影正在埋怨："灯这么暗，你看不见，没事儿，可是我呢？"

赵央正拨弄着一个奇怪的银色摆件，将其倒置过来。然后他微微直起身子问道："准备好了吗？"

"还需要准备吗？习惯了。"黑影说。

随着"嚓"的一声，猩红的火苗燃起，案几上的一炷香袅袅升起青烟。密闭的空间里，散发出淡淡的檀香味。

赵央以一个舒缓的姿势坐在书桌前，而对面的黑影磨磨蹭蹭地靠过来，跟他的身影合二为一。两道影子交叠的刹那，似有火花迸出。

……

两道身影出现在山崖前，山崖间有他们用了好些时间搭建起来的桥梁，在云雾之中若隐若现。就是通过它，他们才能抵达这个地方。

这是他们的潜意识幻境。

白影对黑影道："走吧。"

木桥摇摇欲坠，两人费了好大的劲才终于抵达他们的目的地。

原来桥的另一端有一座老宅，宅子普通，门口种着绿油油的大白菜，菜叶上打了霜。

他们在门口等了一阵，只见大门微开，一个穿着白色西服的女子端着一个和她不太搭的锅出来，面容清秀——是母亲。

“母亲”似乎看不见他们，只是非常熟练地操作着手里的器具，抬起头，环顾四周，面上微有哀伤。

门口的雕花图案非常精细，两人走进屋去，屋子里蔓延着一阵柔光，光线里的灰尘颗粒微微荡漾。屋中挂着老人的黑白画像，是赵央的外婆。刚散的火炉发出星星火光，一对父子正在案几前下棋……这个“潜意识幻境”在无限的修补下，几乎以假乱真。

黑影侧身探向棋盘，十二岁的少年总是差最后一步，最终都会输给父亲。黑影恨不得替他来下。

“我们已经观察那么久了，灰尘都快数清楚了，还要继续观察吗？好像也没别的地方可以找了。”黑影对着白影道。

“再找找。”白影总觉得还有哪里不太对劲。

大半个月过去了，他们找到这个地方以后，四处查找，确保将幻境的细节都深记于心。赵央表示，这个孩子在十三年前封闭了自己内心的悲痛，把自己隔离在这里，像是电影《记忆碎片》一样，日日重复着同一日，不曾长大，便不需要面对他承受不了的伤痛。他怕万一唤醒，潜意识世界里的他会崩溃。

因此，他们得在这里施行治疗。得切换成别的身份，变成这个潜意识世界的“变数”，然后一点点地将他带出去。

浓浓的雾气突然涌进屋子里来。他听到远处传来的闹铃声，像是穿越层层山峦，袅袅传进这间与世隔绝的屋子。

“得走了。”白影说道。

敞开的屋门忽然被风缓缓带上，正要侧身出去的黑影忽然愣住：“桥……不见了。”

而此时，身后传来少年稚嫩而雀跃的声音：“耶！”

赵央的心突然紧了一下。

变数！

而这时，脚下的石板忽然开始出现裂痕，没一会儿，地面上出现了一个巨大的洞。

1

闹钟响了很久。书房外站着一只乌鸦，正瞪着一双冷冽的眼睛，望向里头。

门外响起了急促的敲门声。

躺在沙发上的人突然睁开了眼睛。窗帘被风吹起，光线对他来说似乎有些过于刺眼了。他起身时轻轻皱眉："吵死了……"

闹钟被狠狠地一拍，他暴躁地将它砸向了窗外。受惊的乌鸦扑棱着翅膀，散落一地的灰黑色羽毛。

起身的男人吁出一口长气，玻璃上倒映着他冷静的神色，他轻轻抚弄脸上的表情，对着镜子微微一笑。

钥匙转到底的瞬间，他开了门。门口的阿喜脸色苍白，抬头喊了句："老大！"

男人抬起的瞳孔依旧无神，无力地颓着手臂。

"没事儿吧？"阿喜问。

他摇摇头，沙哑着声音。他不确定这样是否能骗过眼前的少女，但是就算骗不过也无所谓了。

阿喜的声音像是松了口气："没事儿就好，吓我一跳！你饿不饿？饭马上就好了，煮了江鲫，你一直念叨着想喝鱼汤。"

鼻腔中涌进香气，是他熟悉的鲜美味道。他绷紧的神经松懈下来，有些僵硬地调整了一下姿势。

他需要做些准备。做一件本来就该做的事。

汤锅沸腾着。阿喜额上的一滴冷汗终于猝不及防地砸落下来，她的面部肌肉忍不住微微发抖。

她和赵央相处这么久，不至于连是不是他都不能分辨。可这个人是谁？是那个十二岁的少年？

老大说过，人格融合的过程中，唤醒初始人格，有可能让人格重回身躯，但也有可能会滋生出新的人格。

虽然他的计划很完整，向来都很小心谨慎，可他说过，这是万一。

如果有这样的万一，不需要太害怕，她只需要限制这副躯壳的行动，他会很快找回主导权。新人格不会过于强大，而且需要适应自己的躯体。她只需要反应敏捷，静候佳音。

汤洒出来了，紫红色的火焰几乎吞噬她的视线，阿喜定了定神，迅速关火。

那爬满毛孔的冷意，与其说是恐惧，不如说是担忧。

周振勇常常坐在门口的面馆吃面。这家店的面很合他口味。

他的眼神散漫地落在路人和食客身上。

他看起来只是个普通的中年男子，加上他桌上摆着的酒和花生米，越发显得落魄。

他不怎么和人说话，脸上因为一块疤而显得不太和善。

两天前，他和那个叫阿喜的小姑娘说起，赵央可能“有病”时，她的反应可真是生猛，别的女孩儿都怕他，可她非但不怕，还眼神充满杀气地警告他：“你若是胡说八道，我就杀了你。”

不愧是他看上的小丫头。

其实生病是很正常的一件事，人的一生那么长，经历那么多，会接受无数的悲欢离合，会有多次的痛彻心扉，也会有绵绵不绝的压力和无法忘却的痛。这人世间芸芸众生，又有几个是一生顺遂的？总有承受不了的时候。人人都可能生病，只是有些人浑然不觉，就这么熬过去了。

他也曾小心翼翼地怀揣着这个秘密，生怕被别人知道，生怕被当作异类、怪物、神经病。

这么说来，这个叫阿喜的女孩还挺幸运。

他不太清楚赵央到底在做什么，只能通过自己那异于常人的眼球，得知这个被邻居们喜爱、拥戴着的青年男人似乎在承受煎熬。

不过那个丫头似乎不太领情，而且还觉得他在冒犯赵央。其实周振勇不太关心赵央会怎样，他的任务就是带走阿喜。

打开一个人的心扉不容易，他得慢慢来，让她相信这世间的确有一个地方那般鲜甜和没有忧虑，有一个地方是异类们梦寐以求的故乡。

他得让她相信，他是来带她回家的。

此时正值年关，特殊人类研究所闭门休业。所有的业务都委托给了心理中心的祝医生。心理中心的人背后议论，说祝医生真是自甘堕落，居然和一个江湖郎中达成合作。对于他们来说，赵央自己无端失明，手下又用着一个来路不明、行为古怪的小丫头，也不知是用了什么幻术，让那些委托人拍手称好，就连向来讲究出身的祝医生都在心理大会的特别贡献奖上投了赵央一票。

心理中心的几个学院派在意的是治愈率，而不是什么治愈系。对于他们来说，能从心理中心走出去的，必须是正常人。

可什么是正常？又怎么区分伪装成正常的异类呢？他们被问及时，带着不可一世的表情，含糊其词，却给不出一个真正的答案。

对于许多人来说，正常不过是大多数而已。

总之，快过年了，特殊人类研究所里也呈现出一派喜气洋洋的景象。

门外贴着红艳艳的对联，是陆警官送过来的，对联自然不是他写的，是周语的丈夫陈康写的，字写得那叫一个漂亮。周语病逝后，他过得还算平静。

门口还堆着不少礼物，都是特殊人类研究所以前治愈过的一些人送来的。

有程小海寄来的签名唱片和复古唱片机,这个孩子刚在首都开了自己的第一场音乐会。程小海就是当年那个拥有天籁之音却产生自我怀疑的少年。阿喜看到他现在这么有出息深感欣慰。

还有许多晴天娃娃，是刘芊芊送来的，当年是她将小海委托给特殊人类研究所的，她如今是心理协会校园区的骨干。这些晴天娃娃是那批被辐射影响的孩子们做的，他们委托刘芊芊帮忙送来。这些孩子们也很有出息，如今做了一个互助会，互相帮助，特别正能量。

还有许多其他的礼物，阿喜都来不及拆。

厨房里炖着江鲴，是肥丁走之前叮嘱阿喜炖的。今年假放得早，肥丁闲来无事，恰好中学同学组织了一个旅行同学会，听说他学生时代的女神也会去，而且还单身，肥丁决定回去参加同学会。走之前他还唠唠叨叨老半天，一脸的不舍。阿喜表面一脸嫌弃，下午他去机场的时候，却还是别别扭扭把给他的新年礼物拿了出来。

是一顶潮牌帽子，是肥丁喜欢的偶像代言的，他好几次险些下单，又觉得不划算，偷偷关闭购物车，阿喜倒是记了下来。

那顶帽子戴在他的头上其实并不好看，显得脑袋更大了，但肥丁很高兴，还差点儿过来拥抱阿喜，不过最终被她的眼神逼退了。

“别矫情巴巴的。”阿喜道，“不过你这顶帽子不要在别的女生面前戴啦。”

“为什么？你不会连我的醋都吃吧？”

“是因为显得头大啦！”阿喜翻个白眼走开，嘴角却忍不住上扬。

无论她嘴上怎么说肥丁，但心里早已把他也当作一家人了。可以自由说话，可以没有任何戒备，但永远不会害怕失去的一家人。

下午走的时候，肥丁还做了好久的大扫除，又愁眉苦脸地说：“没了我，你们吃饭怎么办啊，万一你和老大想我怎么办啊，阿喜，你们孤男寡女相处，你可别欺负老大啊。”

阿喜红了脸，她已经是个大人了，这样的玩笑话戳中了她的软肋，又生气又羞恼地骂他：“你真的好烦，追你的女神去吧。”

肥丁嘻嘻哈哈：“你也要好好照顾我的男神！”

没了那个聒噪的家伙，研究所里有些过于安静了。

夜色里，赵央的背影在灯下半明半暗。她的口袋里还藏着给他的礼物，是一个领带夹。尽管老大很少有场合可以穿上正装，但是她就是想把那个领带夹买回来送给他做新年礼物。

若是今年能如愿被心理中心认可，评上特别贡献奖，她希望他穿的西装上有她送的东西。

领带夹上有低调的星河图纹，其中一颗星格外闪亮。当然，她买的时候也有别的寓意。

长大或许是一件好事，今年过了年，她就二十岁了，不再是那个不谙世事、毛躁的小丫头了，她最近开始细心地打扮自己，连肥丁都笑她，有了那么点儿大人的样子。

她知道他在做什么，并且为之祈祷。如果一切顺利，他说不定就能看见了。

她希望他第一眼看到的她，不再是他记忆里小丫头的样子，而是符合他期待的成年女孩的样子。

房间里放着程小海唱的歌。阿喜一边舀汤一边装作不以为意地问道：“老大你还记得程小海吧？他现在可出息了，拿了好几个奖呢。他声音特别，很多人都觉得惊艳。还说下次来晏城开音乐会，给我们留 VIP 票。”

即便里头是新的人格，但躯体保留着基本记忆，对方似乎想了想，“唔”了一声。

江鮰汤奶白色的汤汁上蒸汽氤氲，她盛上满满一碗，心头却像是爬满了蚂蚁，焦躁不安。不过面上仍旧是平静而期待的表情。

对方拿起碗，鼻翼耸动，正舀起一勺。几乎在汤勺快要碰到嘴的那一瞬间，忽然又放下，阿喜听到自己扑通扑通的心跳声，心中略有迟疑，她想再确认一次，于是喊道：“老大！”

闻声放下的勺子以及从鼻腔里发出的回应声，让她的心沉到谷底。

她微笑着道：“小心烫。”

鱼汤里其实放有安眠药，剂量足够一个成年男子睡上一天一夜。

老大说，若是他醒来依旧不对劲，势必要上报心理中心。

这件事，阿喜其实怀有私心，就像那个奇怪的陌生男人对她说赵央生病的时候，她感觉非常气恼，她不想让任何人知道赵央出问题的事。她坚信他可以把一切问题搞定。

在那之前，她不会轻举妄动。

阿喜看到几乎在汤勺快要碰到他嘴的那一瞬间，忽然又被放下，心脏快速跳动，顺着他的视线看过去。

角落里的电视音量很小。

好像是新闻在播报机场路上的一起重大车祸。

肥丁好像就在机场大巴上，阿喜心一紧，立马摸出手机。

“本台为您播报一起交通事故……该车与机场大巴相撞后撞向一辆小轿车，车中三人，均已死亡……”

电话尚未接通，她忽然听见“赵央”发出一声低吼，紧接着他疯了一般抄起旁边的板凳砸向椅子。

阿喜的心提到了嗓子眼。

眼前这个暴戾的男人，仿佛是一只野兽，他发出令人毛骨悚然的低低怒吼。

这怎么可能是老大！

她从口袋里掏出一支镇静剂，迅速地扯掉包装。这是赵央提前为她备好的。

她轻轻喊了声：“老大！”

“赵央”回过头来。

尽管早有防备，却还是被吓了一跳，握在手里的针头偏了一偏，一下擦着皮肉蹿了过去！

一股蛮力将她撞了出去，阿喜只觉得后背砸在厚重的水泥墙上，几乎呕血，眼前一黑的同时，抬头挣扎着想要站起来，只见“赵央”神情恐怖，眼睛充血，留声机被高举在头顶，眼瞧着就要砸下来！

“老大……”她满口的鲜血，急切地叫了一声。

只见那“怪物”忽然脊背一凛，手上的动作停了片刻，似乎在辨认她的身份，阿喜喜不自胜，正要再叫，只觉得脖颈处猛地一痛，便失去了知觉。

4

口腔里是血腥味，黑暗中焦灼的念头让阿喜醒来得很快，她发现自己被绑在了书房的椅子上，嘴里塞着一块手帕。

手机不在身边，就连贴身的防身刀都被搜了去。

那东西到底是什么？

研究所里显然没有人，陷入死一般的寂静，只听得时钟的嘀嗒嘀嗒声。

时光令人煎熬地缓慢游走着。

她强迫自己镇定下来，可是动弹不得的手脚让她重回焦灼。

那个家伙……会做什么？

她拖着沉重的金属椅子朝着门边爬行，可这样太费力了，手腕已经被勒出了血痕，好不容易到了门边，也依旧无法起身。她用力拖拽，可椅子纹丝不动，而这时什么东西从她胸前的口袋滑落，砸在地板发出脆响。

是她给赵央的生日礼物。

她突然发出一声怒吼，几乎是奇迹般地站了起来。

她的手颤抖着握上门把手。冰凉的金属质地，让她有了片刻的希望。可很快，她的心再次沉入了谷底——门被反锁了，把手纹丝不动。

5

潜意识幻境中。

赵央也醒了，太阳穴像是针扎一般疼痛，适应了微弱的光线，只见大量干枯的草皮铺陈在地，昏暗的屋子陈旧而肮脏，显然是在地下。

果然，他的不安不是毫无来由。

只是有些想不明白，地上的世界是十二岁的赵央用来麻痹自己的幻象，那地下是用来做什么的？他的治疗对象抑或对手会是个什么样的人？

恶臭里带着些血腥的味道，令人不免有些焦灼。赵央一步步地沿着深邃而黑暗的岩壁往前走。地下很昏暗，或许是因为在山里的缘故，偶有山泉滴答声，地上满是湿滑的藓类植物。四周的地板和墙壁都有被烧灼的痕迹。

他似乎听到暗暗的啜泣声，他脚步越走越快，终于看到一间屋子，走了进去。

昏暗的灯泡在头顶摇摇欲坠，墙角蜷缩着一个哭泣的少年。看不太清楚脸，赵央声音颤抖地叫了句："赵……赵央？"

那少年缓慢地抬起头，满脸的泪痕，声音却显得极其镇定："在。"

那一瞬间，赵央感觉心头涌现一股热流，他愣了片刻，问道："你知道我是谁？"

他点点头：“我知道，之前所经历的一切，都是我自己编造的梦。”少年倔强地咬着嘴唇，不让眼泪接着掉。

他比自己想象中要坚强太多，冷静太多了。但赵央来不及欣慰。

“既然你早就知道……”

“我必须得继续做那个梦。”少年道，稚嫩的声音在幽闭的空间里显得脆而冷，“不然我控制不住它。”

“它是谁？”

少年的身影缓慢显形，手举一盏煤油灯，脸上的泪痕已经干了，梦醒了，他显得虚弱，却又不得不强撑起意志。

从变数开始，他就以为是十二岁的初始人格掌握了主动权，可他若在这里，出去的又是谁？

“我叫它祸斗。”

祸斗？这是上古神话里的东西，形状如狗，与火为伴，落地成灾，是四大魔兽之一。

少年见他不明白，又道：“它应该代表着愤怒。一时半会儿出不去的。我们都被关在这儿了。先把另外那个家伙找到吧。”

“跟我来吧。”少年手掌煤油灯，引着赵央往深处走去。

“那是一种……我不知该怎么形容的东西。你放心，它生长于这里，杀不了我们任何一个。但是……它会狠下心来折磨我们的。它太痛苦太压抑了。”

所以，现在掌握主人格意识的是这个被称为祸斗的家伙。

“你觉得它会做什么？”

少年无奈笑了笑：“还能做什么？”他眼神一冷，“复仇。”

“你是说，找当年那个肇事司机，复仇？”

“它本身就是当年我无法排解的愤怒和悲伤汇集而成的，又在这个空间里化作了兽，说白了，我也搞不清楚它会做什么。”少年道，“但找曹永胜复仇是一定的！”他的眼睛亮晶晶的，瞬间盈满眼泪，“你说那个人只坐了十二年牢，就能抵消爸爸妈妈两条命。这样算真的很让人生气。”

赵央不知该怎么安慰他。

少年露出忧郁神色，却是一种不得不释然的状态：“你不用安慰我。是的，对于你们来说，十三年过去了。可是对于我和祸斗来说，就像发生在昨天一样。”

赵央有些心疼，他伸出手来，轻轻地拍了拍少年的肩膀。

却见少年笑着扭头：“这就是传说中的，心疼地想要抱抱自己？其实啊，这些年，虽然我一直在潜意识深处躲藏，但好像对你们在外头做的事也明白那么一点儿。否则，这个地方也不会存在。我可能会在潜意识里的某个角落，悲伤到自爆而亡。”

赵央回忆着他所观察的潜意识幻境的场景，如果黑影在场，他一定会很高兴地说:“我们居然是天才儿童！”

不只是天才，赵央也很高兴，他要寻找的迷失的那个灵魂，其实从来都没有迷失过。

只是，同时唤醒的却是另外一个噩梦。

“所以，是祸斗分走了你的悲伤和大多数愤怒，滋养成了心魔。”赵央越想越觉得不妥，这样的东西阿喜搞得定吗？

6

阿喜不知自己在绝望中待了多久，直到屋外传来了脚步声。

是那个家伙回来了吗？

紧接着，她听到了肥丁的声音：“哎，都去哪儿了？阿喜？老大？”

肥丁是在机场的路上发生了车祸，不过他运气还好，机场大巴的司机不愧是老司机，即便是受到了撞击，险些冲出高架桥坠进湖里，但在千钧一发之际刹住了车。

车上损失不算太惨重，但也有不少人受伤。只是可怜那小轿车里的人了。

肥丁的手机也摔碎了屏，帮着医护人员救助伤员到尾声，才想起给阿喜他们打个电话报平安。到处都在播报这个事故，老大他们知道了得多担心啊。

不过，很奇怪，手机没有人接，打家里的座机也一直是忙音。

眼瞧着飞机就要起飞了，他犹豫再三，在安检的催促下决定不去了。越想越不对劲，便往研究所赶。

结果回到屋里，一片漆黑，人也不知去哪儿了，客厅里一片狼藉，书房里发出阵阵响动，他打开门，才发现阿喜被五花大绑着。

他吓得够呛，立马替她松了绑，凛声问：“老大呢？”

阿喜表示自己也不知道，醒来就是这个样子了。

她不知该如何形容现在的“赵央”，与其说是赵央，不如说是有一个怪物占据了他的身体，而和他过招后的自己，深谙那个家伙现在就是个定时炸弹！

她试图让自己冷静下来，混乱的思绪缓慢地飘着，忽然她眼睛一亮：“肥丁，你知道十三年前，撞死老大父母的那个司机……出狱后住哪儿吗？”

十三年前？肥丁一怔，那时候阿喜还没上小学，他也不认识赵央。不过他在大学时听人提起过，那个司机好像姓曹，当时是因为酒驾，被判了十二年，去年出狱了。

肥丁不敢耽误，立马动手打开电脑，心急如焚，边查边回头问阿喜：“咱真不报警吗？不是啊，你说这个司机，怎么会绑架老大呢？”

曹永胜就住在花园小区。出狱后，他在一家超市里做收银员。曾经嗜酒的他，每天都需要吃大量的抗焦虑药来缓解症状。

十几年的牢狱生活让他患上了社交恐惧症，一点点动静就会把他吓到惊恐发作。更可怕的是噩梦。梦里，他无数次撞死那对夫妻。他总是记得他们孩子的脸，哭泣着问他为什么要喝酒。

妻子女儿也离开他了。没有人关心他的死活。他不是什么好人，是一个身上有血债的罪人。即便法律的审判已经结束，他知道，他或许会永远在那个炼狱的噩梦里活下去。

出狱后，他查到了那对夫妻的孩子，他叫赵央，十三年过去，他早已长成了一个大人，丧亲之痛并没有让他自暴自弃。

曹永胜真想走到他面前，跪倒在地，祈求他的原谅，可他没有勇气。

出狱后的一年，他就这样死气沉沉地日复一日地活着，不关心吃什么，也不关心明天会不会来到。

就如同此刻，他结束了一天工作的疲惫，在幽暗的巷子里拖着沉重的步伐走着，他总觉得自己身上戴着沉重的镣铐。

他自然也不知道，死亡的危险正在黑夜里等待着给他最终的审判。

花园小区内的一栋单元楼中，曹永胜已经上了楼，并不知道自己是那只脱壳的蝉，而黄雀已经暂时替他解决了麻烦。

家里到处都是佛龛，除此之外，算得上家徒四壁。除了打官司，本来就不剩下些什么。孩子跟着她妈改嫁，不再需要他这个背负着人命债的父亲。他在这个人世间已经没有什么眷恋了。

他脱鞋进去，坐在地上，一时忘记自己要做什么。楼下的汽车声音，让他的精神极度紧张。十三年了，他出事后，看到车就害怕。

曹永胜在冷静下来后，做了一个决定——他要把房子卖了。

这套房子是他唯一的财产了，花园小区不算什么很好的小区，但也能卖个几十万。

这几十万，他会捐掉，然后找一个地方了却残生。

花园小区门口，深夜一片死寂。一辆皮卡车停在门前，冲下来的少女顾不上司机喊着："阿喜，我们真不报警啊！"

单元门是关着的，她焦急地正想着办法，角落里一个声音冲破了寂静。

"喂。"站在那儿的周振勇，正抽着烟，脸上的刀疤在月光下更加明显，他歪着嘴笑了笑，指了指黑暗，"你找他吧？"

"我见他出门鬼鬼祟祟，行迹可疑，便跟上了。他藏在这儿，似乎在等人。"周振勇说得轻巧，过滤掉了他当时感受到的浓浓杀意。

手电的光照在昏迷的赵央脸上，他身旁是一把银色的匕首。

拿着匕首，满身杀气地等人，他想做什么一目了然。

他身上扎着两支镇静剂，周振勇没好到哪儿去，也挂了彩。阿喜扑过去探他的鼻息，发现呼吸平稳后，抬起头来看向周振勇："谢谢。"

"不过，这算什么？失心疯吗？他想杀谁？"

她扶起赵央，将匕首收好，抬头对周振勇道："赶紧的，帮我一把。"

瞧见周振勇一脸不满，也觉得自己是太没礼貌了些，沉了沉气，叫了声："周叔。"

周振勇如闻天籁，登时喜不自胜，刀疤脸上溢满笑容，雀跃地道："我来我来！"

8

研究所的客厅里满目狼藉。肥丁现在还有点儿蒙。一颗心提着放下又提起来。眼瞧着阿喜被绑架、老大失踪，又非不让报警，现在人倒是回来了，却昏迷不醒。还有，这跟着进来一脸殷勤的刀疤脸大叔又是谁啊？

"我朋友。"阿喜言简意赅地介绍道。

周振勇伸出手来和肥丁握了握，两人沉默地笑着。

周振勇想：朋友……这小丫头说我是她朋友！

肥丁想：朋友……阿喜什么时候交朋友这么随便了？他都没见过呢！不过阿喜的朋友自然就是他肥丁的朋友了。

“那，大叔，你饿了吗？我看之前桌上的东西都没动。老大肯定也没吃就被绑架了，我去给你们重新弄几个菜！他醒了一块儿吃！”

“好咧好咧。”周振勇看着肥丁进了厨房，问阿喜，“这你们招的厨子啊？”

阿喜没答，只眼神关切地看着赵央。

“阿喜……”这时肥丁又去而复返，小心翼翼问，“真不用报警？”

“不用，等老大醒了，听他安排吧。”

厨房里发出叮叮咚咚的忙碌声。

“真不打算告诉我？”周振勇见她还是不开口，便道，“小丫头，你叫我一声周叔，我才问的你，别人要找我问我都懒得听。你要是还把我当外人，或者信不过，那请自便。但是……”

他淡漠地看了赵央一眼：“他就只能自求多福了。”

阿喜轻轻地替赵央擦掉脸上的污渍，淡淡道：“那你怎么还在这儿？”

“我这不是等饭吃嘛！”

阿喜徐徐转头，看向周振勇：“周叔，我会把一切告诉你，但是你得帮我。”

周振勇正色：“那就得看我帮不帮得了。”

9

潜意识幻境中，赵央和少年正在寻找着出路。

无数条羊肠般的巷子，如同迷宫一般的地牢，像鬼打墙一般。

“你对这里熟吗？”

少年道:“这里每天似乎都在变化，根本不可能记得住。”又沉默了一下，皱眉道，“好像平息了。”

少年是潜意识的缔造者，他也是这具身体的初始人格，就像他刚才说的，即便是躲在角落里藏身，他对外界还是有一定的感知的。

“平息了？”

“可能是睡着了。”少年道，“也有可能，被警察抓住，然后一枪把我们崩了。”

他被12岁的自己跳脱的想象力折服。如果真的死了，意识也会飘零散去。

人的生命本就很脆弱。所谓的灵魂在肉身死亡之后存在的说法，其实是无稽之谈。活着，才有意识，才有烦恼。

只有活着、存在着，才能有无穷无尽的感受力。否则或许会进入到传说中的虚空之中。

当然，即便肉身不死，所谓的灵魂，也就是人格，也会消亡，在虚空之中，无止境地飘。

直到感受不到自己的存在。

他为自己此刻悲凉的想法感到可耻。

“如果我们有救的话。”少年问道，“你打算怎么弄？”

“我们先去把黑影找出来。”赵央道，“其他的我自有办法。你不用怕，在这里，虽然我们拿它没办法，可是它杀不死我们。”

少年犹豫了一下：“你确定吗？”

“当然。”赵央笃定地道，“相信我。”

少年看着他，笑着道：“你知道吗？爸妈死后，我常做一个梦，梦见他们对我说，你要相信自己，你会好起来的。那时候我很想不通，不过现在，我真的等来了自己跟自己说。”

赵央的大手，此时握住他的手，坚定有力。

“会有办法的。”

我相信你。因为你就是我。

10

研究所中。

周振勇听完阿喜的叙述，复述道：“你的意思是，赵央12岁时父母双亡。当时能够走出悲伤的原因，不是他够坚强，而是……分离出了第一个次人格。”

他只是将他的悲伤，用一种决绝的方式封闭起来了。

13年前的车祸，酒驾的曹永胜将赵央父母撞伤后，逃逸一小时才报警自首，导致受害者错过最佳的抢救时间而双双死亡。

小赵央的人生也因此发生了巨大的改变。被姑姑一家领养的赵央表现出反常的冷静，那时候大人们都以为他很坚强。却不知，他内心里早已煎熬到崩塌。

崩塌的心理世界，无法承受的丧亲之痛，和强大的“要好好活下去，不辜负父母”的信念，产生了巨大的冲突，导致精神解离的发生，也就是PTSD（创伤后应激障碍）。一部分永远成了12岁的少年，将所有的悲伤包揽，潜藏在意识的深处，半休眠，而另一部分，就是阿喜遇到的赵央，也就是后来说的黑影。

“然后。”周振勇继续提问，“赵央在 20 岁那年，跟着他的导师进监狱中心进行访问和治疗的时候，因为一场连环杀人案受到了冲击，对不对？”

“嗯。杀人案很残忍。”阿喜道，“而且，当时死者里就有老大的师姐。”

“是了。”周振勇点点头，“精神解离性病人，看似和常人无异，但事实上，潜意识里的创伤一直都在，并且难以消解巨大伤痛，真遇到了难以承受的事，会一直分解下去。”

阿喜点点头。

“于是，继续分离，黑影代表着一部分，像之前的人格一样选择‘休眠’，你的老大则作为另一部分，照常生活下来。

“而且你老大，似乎一开始也没有意识到自己是副人格吧。当然，其实所谓主人格，就是看谁占据这个身体时间长。但你老大非常小心，他在意识到自己的处境之后，打算寻找自己身体里的人格，想要进行人格融合。”

周振勇明白了。

“他是感受到了，如果有一天，他再次遇到这种事，他就会重蹈覆辙。所以，想要治好自己，对吧？

“不过，人格融合本来就是个艰难的事。稍有不慎，则满盘皆输。”

周振勇的话让阿喜的心慌乱起来，阿喜忙问：“所以，现在？”

“现在？”周振勇摇摇头，“我不太了解你老大，但是通过你的讲述，总之，现在在他躯壳里的东西，不像是一个融合过的人格，也不像是解离出了一个新人格，而像是……某种情绪驱使的……”

他想了想该用什么词汇来形容。

最后吐出两个字——“怪物。”

“那我们该怎么办？老大在哪儿？他说他有能力重新夺回主动权的。”

“那你未免太信任他了。他有没有被这个怪物吞噬都很难讲。”周振勇道。

阿喜握紧拳头，坚决地道：“不会的。”

周振勇觉得她这份自信有些盲目，接着道：“退一万步讲，现在这个人——暂且还不知道他算不算人，他根本不记得你。”

“他记得我的！”阿喜将之前在客厅发生的一幕告诉了周振勇，那“怪物”原本想要用留声机砸她，但在她喊了“老大”后，似乎心软，才换了一个方式弄晕她。

周振勇笑了笑：“小丫头，这可不是什么狗血言情剧。潜意识是不会心软的，它只会一条直线奔向目的地，心软的是这个身体的记忆。”

11

此时躺在床上的赵央像往常一样微微皱着眉头，即便是在睡梦中，也似乎有着重重的心事。

阿喜心里焦虑万分，如同被十万只白蚁啮噬，但她知道，这不是她该焦灼伤感的时候，还没到那个时候呢！

阿喜静静地看着他的眉眼，礼物都没来得及给他呢，她要亲手为他戴上这个领带夹的。

她回过头来，朝着周振勇坚定地道："你必须帮我。我知道你有办法。"

周振勇觉得这小丫头的"命令式求助"十分有趣，不过他更好奇的是另外一点："你怎么知道我有办法？"

"老大说的，你们奇幻疗养院可能是真的存在，你可能没有骗我。"阿喜一边扎起马尾，她知道，不管周振勇的办法是什么，都可能比过去经历的一切要危险得多。

周振勇问："你和他提起过？"

阿喜点头。

是，提起过，但只是旁敲侧击，这个奇幻疗养院在心理诊疗界被奉为世外桃源，神秘且强大。但连于博士都三缄其口。赵央说，那个地方的确存在，并且拥有许多心理学界的能人异士。若是有一日，哪怕能去参观一下，该有多好。他甚至谈到那儿有能够搭建潜意识治疗桥梁的仪器，只是非常珍贵和罕见。听起来，阿喜觉得那就像上古兵器一样神奇，又问赵央，那为何不大力推广呢？

赵央告诉阿喜，这世间许多事都需要被理解。当有些东西超过了人们认知的范围，就会被视为异类。心理世界，至今只是揭开了神秘的一角，里头的大千世界，如宇宙般浩渺，人们因为无法理解未知，而惧怕未知。但终有一日，心理世界的版图会逐渐扩大，像奇幻疗养院那样的圣土，也会越来越多吧。而他们能做的，只是保护之，爱护之，向往之，却不冒犯之。

"既然他都知道，那他是怎么说的？"周振勇追问道，不过紧接着，他看到阿喜的表情，便知道她是藏了一半。

是的，阿喜没说，她害怕赵央会让她去这个令人向往的地方，他此前就提过，阿喜的天分高，应当去进行更深度的学习。她同意，但是奇幻疗养院太遥远了。

最关键的是，那里没有他。

"那你再说说，我凭什么帮你？"周振勇问道。

"就凭你想要我成为你的同伴。"阿喜道，"这件事如果成功，我就跟你走。"

"哇，小姑娘你可没那么大的魅力。"周振勇道，"进入他人的潜意识，这件事可不容易，稍有不慎，轻则失忆，重则失智。”

阿喜淡淡地看了他一眼:“你不是怕这些人。而且,你不是对老大的情况也很感兴趣吗?否则，你不会观察、跟踪我们那么久。并且，你的表情也出卖了你。”

瞳孔微张，甚至带着些兴奋，她的眼睛本就不是普通的眼睛，如果这点都看不出来，也白在赵央身边那么久了。

“你老大也是没白教你。”周振勇会心一笑，“不过，你不怕吗？我查过你之前的履历，你多次进入过梦境，但潜意识和梦境是不一样的。”

阿喜想起之前梦境里的恐惧，不免还是一阵战栗。

“进入到他人的梦境是催眠就能办到的事，梦是发生在神经细胞里的东西，但潜意识比它要深得多。而且，在梦境中，你只需要坚定信念，不被幻境蛊惑就可以了，甚至能靠着自己的意念武装自己，只要不被侵蚀，就不会有太大问题。但潜意识……”周振勇的眼中，透露出一丝寒意，“比那要可怕得多。”

潜意识是他人头脑里既定的场景，不会被入侵者的意识所改变，而且在遭遇干扰后，甚至会产生排异反应。对本体的意识尚且如此排异，就更不要说外来入侵者了。而且，根据周振勇的理解，现在占据赵央身体的这个潜意识情绪，就是幻境滋生的怪物，它应该是和愤怒、复仇相关的东西，破坏性极强。

躯壳会限制它的恶和兽性，但潜意识幻境里，它就是那个幻境里的王。

他们则是单枪匹马进去的小小兵卒，要想战胜之，势必是蚍蜉撼大树。

但也只有这个办法可以一试。

周振勇倒不担心自己，他便是这台“仪器”，身体和心理都异于常人。但对阿喜来说，这样的入侵，却可能造成严重的后果。

“什么后果？”

“轻则失忆，重则失智。比起本体意识的入侵，外来入侵者显得更加脆弱，也就是你的意识，有可能会死在里面。”

“我会小心的。”

“即便是逃过一劫出来了，但潜意识会在这个过程中对入侵者产生很大的攻击性，你可能会产生心理创伤。”

阿喜微微一笑：“我不怕的。”

周振勇无语：“他值得你这么冒险？”

“之前我被困在梦境，也是老大毫不犹豫地来找我。”

“梦境和潜意识不一样。潜意识真的是刀架在脖子上。”周振勇比了个手势。

阿喜摇摇头：“不，对我来说一样。对他来说，也一样。”

周振勇无奈地笑笑：“傻瓜。”

“我们有可能杀死它吗？”

“你是说这个怪兽？”周振勇摇摇头，“它本就是潜意识的幻境的产物，也就是说，它的性命和潜意识幻境是共生的。要想杀死它，除非你成为潜意识的一部分。否则，我们就算能对它造成伤害，基本上也是隔靴搔痒。”

“那就只能跑了。”阿喜叹气。

周振勇点头，继续交代，入侵后，他会在入口做一个标记，这就是他的能力之一。只是，时间很重要，如果逾期，洞口就会关闭。周振勇会有一个计时的方法，不过为了保证能顺利到达洞口，会提前一些，以备不时之需。

在里面，不要以为对方伤不了自己，和任何的飞来横祸死磕。意识和意识对抗，就像肉身和肉身对抗，伤害，都是真实的。

“老大的眼睛，是不是因此……”

“应该是的。”周振勇道，“神经功能性障碍。所以查不出器质性变化。”

“那我可得好好保护他。”

周振勇笑道：“还是保护好你自己吧。门口那个胖子，他知道些什么？”

“他……”阿喜道，“他什么都不知道。少个人担心吧。”

这时，肥丁正好敲了门：“消夜做好了！”

话音刚落，周振勇便一掌拍在他的后脖颈处。

“你……”

“我们在进行这个的时候，不能有人打搅。否则可能迷失在里头。”周振勇一面拖着肥丁的身体，一面抬头，“你不过来帮忙？”

毕竟只是晕过去了，不太确定多久能醒，为了保证不出岔子，还是把他绑起来吧。

只是阿喜一边帮忙，一边感慨：肥丁刚给她松绑，可真是恩将仇报啊。

12

催眠开始了。

阿喜先是觉得自己轻飘飘的，像一个气球，往上飘浮。直到一旁的周振勇伸出手将她拽住："跟着我。"

她乖巧地点点头。

像是穿过了无数个迷宫，肉色的岩壁飞快地向后。他们像是在不断地变小，变轻，变得不复存在。

飒飒的声音在耳边啸叫，几乎擦破耳膜。

费了好大劲，周振勇似乎带着她停了下来。

她觉得自己像一只小小的蚊蝇，站在巨大的肉色岩壁一隅。

"这是什么地方？"

"大脑皮层。"

"好安静。"

"镇静剂的作用。让大脑皮层进入休息状态。"周振勇道。

再往里走，肉壁消失了，眼前出现的仿佛是深海一隅。偶有火星子炸开，像忽然燃尽的仙女棒。

"这是什么？"

"大脑神经。"

哦，是人类睡眠后仍在兴奋的大脑神经，也就是它们缔造了梦境。

周振勇叮嘱道："你躲着点儿，进了梦又得浪费时间出来。"

"怎么会有那么多？"阿喜倒是有些新奇。

"是的，其实人类在睡眠中，可能同时在做无数个梦，但能记住的只是小部分罢了。"

两人接着向前，这种感觉类似于漂在海上，不过，周振勇是一个很好的舵手。

他的目光一凝："找到了。"

毕竟是奇幻疗养院的中坚力量，周振勇对潜意识的研究，颇为深入，一般人可能需要费好长的时间才能找到潜意识的位置。

它就是人类大脑里蛰伏的蛇。而此时，显然没办法引蛇出洞，只能，进洞捉蛇。

周振勇带着她停在了并不起眼的一处。阿喜见他用手轻轻一拨。

幽蓝的水面上，立马涌出黑色的污渍。

如同海面上泄漏的石油。

她抬起头，看着周振勇的表情似乎不太乐观。

"什么意思？"

"可能是因为已经被入侵过，我能感觉到里面很不……"周振勇不知该怎么说。

"不安全？"阿喜道。

本来就不安全，但眼下看是比想象中要更严重。越是混乱的潜意识越代表着吞噬的可能性。但这些似乎不需要多说，反正就算里头再凶险，这丫头也会不顾一切不是吗？

果然，她已经摩拳擦掌。

“没事，你告诉我该怎么做，我来。”

周振勇无奈笑笑，忽然心生羡慕。真好，有那么个她愿意为之赴汤蹈火的人。

“来吧。”周振勇拽住她的胳膊，“我会用意志连接我们两人。”

紧接着，从他手中蹿出几根银丝，与阿喜的身体相连。

周振勇接着叮嘱：“但是它非常脆弱，洞口关闭时，我拉你，你必须顺着银丝跑。不管有没有帮到他。”

阿喜犹豫了两秒，点头。

黑暗的洞口开启，里头竟是别有洞天。云雾之中，一座山间二层石屋静静立于其中。

似乎还有炊烟，但四下无人，门口的花枝上停驻着蜜蜂，却纹丝不动。屋檐的露水滴到一半，凝在空中。

空气是凝滞的。她无法呼吸。

当然，她现在不过是一个意识状态，所谓的呼吸、疼痛、六识无感，都是大脑折射的效果。

这更像是一幅立体的画。

她觉得有些诡异，随着周振勇进了屋。

“做得真好。”周振勇不由得摸着雕花的门，惊叹着，“我倒是头一次看到虚像的细节做得这么精致的。”

“这就是他的潜意识幻境？”阿喜问道，“人都去哪儿了呢？”

“不。这只是潜意识幻境的外层。说白了，相当于包装。”

周振勇走进屋子，阿喜见到地面裂开的大口。

“在下面。”

糖衣下的毒药，就在这不可测的深渊里。

13

那被少年称为祸斗的猛兽，是情绪滋养多年酿出的恶果。它凶猛、暴戾，并且杀伤力十足。

地下是它赖以生存的地方。

此时，它正在暴走。身体剧烈地撞击着厚重的墙壁，竟如地震一般。

瓦片和泥土纷纷坠落。这不过是视觉带来的灾难，更难以抵御的是无法用言语形容的感觉。

额上有汗，幻觉轮番上阵，像是走马灯一般，撩拨着他们的情绪。这是潜意识的愤怒、悲伤以及无处宣泄的委屈。转换成了进攻模式，对他们发起攻击。

赵央、黑影与少年三人像是经历了一场漫长的熬煮，均已是筋疲力尽。为了护住少年，黑影的胳膊更是被咬得鲜血淋漓。

疼痛是真实的，他表情难掩痛苦，骂了句："这算什么？"

猛兽发出撕裂耳膜的嘶吼。

逃到了一个死角。隐匿在黑暗里的少年脸色发白，眼看就快要支撑不住。

"这东西在发什么疯！"黑影骂道。

赵央沉默着。它已经被激怒了，是啊，在这样的幻象中存在了这么多年，压抑了那么多年的怒火，它是少年悲伤情绪的收纳和变质。它在狂怒之中，势必会伤到他们，甚至杀了他们。

他脑子里浮现了一个念头。

"你们俩，找到出口，不用等我。"赵央道，"我会想办法出来的。"

黑影骂了句："你发什么疯！这种时候了还搞个人英雄主义！"

手抓了个空，怀里的少年，已经有些虚脱。

这个孩子本身就比他们背负了更多的东西。

至于那个家伙，仗着自己比他们大几岁，真以为自己是哥哥了！比起来，他还比他早"出生"呢！

尽管这样不甘地想着，但还是抱着怀里的少年往外冲。黑影是理智的，疼痛让他知道，保存实力才是该做的选择。只是他忍不住想，人的感情真奇怪。从前，他还想干掉那个家伙呢。

他一路狂奔，但他几乎快抱不住这个孩子了，受伤的手臂疼痛不已，黑影前行的速度越来越慢。

气氛仍旧压抑，尽管祸斗是这个潜意识里最大的怪物，可暗处仍旧有很多迸射的火星子朝着他们射来。四处蛰伏的危机，让他不得不做出一个抉择，将少年找了个安全的角落放下，他得先找到出口。否则这样跑下去，大家都要完蛋。

14

周振勇的叮嘱，阿喜都听到了，无非是一些“小心”“不要死磕”之类的话，她根本没办法跟人家形成对抗，就是一个字，跑。关键时刻，松掉自己的力量，他会用银丝将她拖上去。

周振勇必须待在洞口，以观察它的变化，在洞口完全关闭前出去。

阿喜顺着银丝下滑，光线越来越暗。紧接着，一股腐烂的血腥气差点儿呛得她吐出来。

她之前觉得无人的山间空楼已经足够诡异，可跟这里一比，简直是天堂和地狱的差别。

不是可以形容的目之所见，而是一种未知的恐惧，和非常明显的危险提示，如同丝线缠绕，裹住她的心脏。

她能感觉到自己已经浑身冷汗。

在潜意识的空间，恐惧是自发的，像是感受到死亡的极寒一般，令人腿脚麻木，有些站不稳。

迷宫一样，从深处传来怪物的嘶吼，却分不清方向。

空气像是压抑地沉在她的四周，越往深处走，压抑感更强，而四处开始蔓延的火星子也朝着她射来。

躲避不及，身上感觉到骨肉烧焦的疼痛，鼻子更是闻到一阵恶臭，她几乎力不能支，抬头看到一把带火的利剑朝着她的眼眶射来。

紧接着，身后的一双手，狠狠地将她往旁边一拖。

角落里，是一个狭小的安全区域，少年苍白着脸，看向她。

“你是阿喜吗？”

那熟悉又陌生的脸，阿喜几乎看呆了。

这就是……当年的赵央？12岁的，她未曾谋面的赵央，却在相册里，见过千百次。

“是我。”

但这不是一个最好的见面场景，阿喜按捺住激动，问道：“他们呢？”

“你问哪个？”少年虚弱地笑笑，手微微抬起，“一个去找出路碰运气了，还有一个，个人英雄主义，把祸斗引走了，在那边。怎么？你想过去救他？我们打不过那东西的。尤其是你，你一个小丫头片子……”

即便是12岁的赵央，也拿她当小丫头片子看待吗？

"多一个人，总是多一分力量的。"阿喜拍拍他的肩膀，"你在这儿，小心点儿。"

"喂……"少年抓了个空，心里焦灼，却也只能看到那红衣少女快速地穿越火线，冲向他指的方向。

15

祸斗红着眼，喉咙发出令人毛骨悚然的吼叫。

赵央可谓是赤手空拳，他刚将它引进来时，将门死死抵住。祸斗杀不死他们，但可能会将他们困在这个地方。

所以，不管多难，也得让他们逃出去。

这地牢温度开始升高，满地的焰火四蹿，赵央只觉得灼热感愈来愈强，皮肉开始卷缩。

它烧不死他们，但是这样会让他们在烈火烹油中饱受煎熬！

那是一种噬心之痛。赵央眼前出现了幻觉，那是祸斗的心魔，也是12岁小赵央的心魔。

他看到车祸现场的惨状，只觉得头痛欲裂，血腥味从鼻孔冲进来，那是他至亲的血！是他们的性命！

他不忍再看，转过头去，身后断壁残垣间的烈火熊熊燃烧！

他真恨不得能晕过去，可是一切却那么真实，一切是他不能承受也得承受的痛！

他不能撒手，他就这样抓住祸斗的脖颈，死死抱着，怪兽发出一声呜咽，似乎将承受的痛苦分出了一些而不再暴躁。

"老大！老大！"

赵央似乎听到屋外的吼叫，直到身下的怪兽再次发力，冲向墙面！

只听"轰"的一声，他只觉得耳膜撕裂，到处都是嗡嗡声。身下的兽却未曾减速，急急冲向站在地牢远处的女孩！

他能感受到它对入侵者的杀气！

阿喜……

赵央只觉得心脏一阵刺痛，几乎是一瞬间，做出了决定。他将手紧紧勒住了那兽的脖颈，然后咬牙发力！

阿喜的脑子里一片空白。

死亡要来的感觉如此真实，比她曾经在现实世界里经历的所有危机都更甚。

起码，她死的时候有老大陪着。

那便是死而无憾。

那兽原来那样可怖，朝她奔来时脚步重到世界都在震荡，它的头颅如此坚硬，她一定会被开膛破肚吧。

那样死……真的有点儿难看。

她以为自己不会怕，可还是不由自主地闭上了眼睛。

空白了不知多久，耳边的嗡嗡声逐渐消逝。

她重新有了听觉，睁开眼睛的时候，她看到巨大的兽躺在腌臜的地上奄奄一息，手捧鲜血的高大男人，气喘吁吁地站在那，扭过头来，朝着她会心一笑。

是幻觉吗？是死亡给她的临终礼物，还是真的？

毕竟这是意识空间，她还是忍不住掐了自己一下。

直到他走过来，牢牢将她抱在怀里。阿喜终于克制不住，大哭了起来："老大，我差点儿以为……"

"不会的。有我在。"他的声音听起来嘶哑而疲惫，他太累了。

阿喜感觉到银丝在振动，是周振勇在提醒她时间不多了。她抬起头："老大，我们得赶紧走。"

她牵住他的手，顾不上那上头有浓浓的血迹。

奇怪的是，怪物倒塌的瞬间，地牢像是真的在酝酿一场地震。

四处横飞的瓦片取代了大火。

这里，好像要塌了。

16

地面。

光倾向这片黑压压的土地。地面上的周振勇，焦急地握着银丝。

先出来的是黑影，怀里抱着的少年苍白着脸，已经晕了过去，周振勇自然来不及自我介绍，黑影也只顾着大口喘气。

因为洞口已经开始收缩。周振勇道：“你们赶紧先出去！”

黑影扶起少年，却不动，直到两个脑袋从地面出来。

周振勇的心也不免有些激动，这场景，他也没有经历过。当看到少年、黑影，还有在阿喜的搀扶下出来的那个满身血污的男人，他们有着相似的面孔，他仿佛看到岁月奇怪的拼凑。

出去后，他可得好好跟这个哥们聊一聊！

“快走！”洞口迅速地收缩着。黑影顾不上跟赵央打招呼，扶着少年往外走，只给了他一个“有你的”的钦佩眼神。

不管怎样，逃出去再说。

阿喜正兴奋地朝着周振勇气喘吁吁道：“周叔，你知道吗，刚才在地下，我险些……老大一下就解决了那个怪物。”

黑影正扶着少年翻出洞外，这时，猛地回过头来：“你说什么？”

周振勇也身体一颤：“阿喜……”他抬起头来，看向身后的男人。

赵央就站在那儿，微微笑着。

身后大厦将倾，地底下似乎无法支撑了，土地正在迅速枯萎，没有风，却似乎是什么力量在地下疯狂地要往上涌。

阿喜愣住了。

她忽然想起周振勇的话。

“你要记住，这个潜意识幻境，就是祸斗赖以存在的东西，但是你干不掉它，因为它的存在就是潜意识本身。要想对祸斗或者潜意识幻境起作用，你必须和它成为一体，同生共死。”

她只觉得喉口腥甜，巨大的震惊冲上心头，眼前一黑。

“快走吧。”背后狂风乱作，潜意识幻境已经开始坍塌了，洞口变得越来越小。

“这算什么？个人英雄主义？”周振勇笑着道。

赵央看着他：“刚才上来的时候，阿喜说你是奇幻疗养院的人。”

他平静地站在那儿，似乎身后的一切都和他没有关系。

他道：“就这么把她交给我？你放心？”

赵央不言语。

“为什么这么做？”

“情急之下做的决定。”赵央平静地笑着，“她是我的家人，我必须保护她。”

周振勇咂摸着这两个字。家人……这对于他来说略有些生疏的称呼，让他不太能理解对方。

“麻烦您了，快走吧，再不走，就来不及了！”赵央用力地将他们推了出去。

飞沙走石，世界昏天黑地，像是巨大的黑色鬼影扑上来吞掉了男人的身影。

洞口合上时，那个世界的声音顿时烟消云散。

黑影冲上前去，他早在听到阿喜说那句话的时候，就明白了那个家伙的用意。

他将和那个潜意识幻境共同被黑暗吞噬。黑影有些恍惚，甚至来不及心痛，他一脸麻木颓丧地坐在那儿，嘴角挤出两个字：“傻子！”

周振勇看向怀里的女孩，嘴角露出了一个无奈的笑。

这世间还真有傻子，愿意为了另一个人豁出性命啊。

而此时的赵央微微闭上眼睛，裂缝处涌进大量的碎石尘土，潜意识世界，完全倒塌。

他没法思考别的，直到坠入一片苍茫之中。

结束了。关于他的一生，就这样结束了。他的念头变得轻飘飘的，他终于可以松一口气了。他想要好好休息。所有的意难平都逐渐在不得不平中化为虚无。

他不再感受到有人在为他伤心。但他似乎能感觉到，一切似乎都朝着更好的方向而去。

他越来越轻……

周振勇看到黑暗里出现了一道银色的光芒，紧接着，眼前的黑影和少年的身影变得透明，逐渐靠近，然后绽放出无尽的光芒！

漫天的碎片中，周振勇抬起头来。

即便是他，也是第一次在潜意识里见到人格融合的场景。

无数个赵央，从婴儿，到孩童，到少年，又成为高大的男人，无数个场景，痛着的，笑着的，沮丧着的，悲伤着的……

他看到了阿喜，那是赵央记忆中的阿喜吗？

那么小小的一个，眼神里对世界充满着敌意，犹如刺猬一般。

……

然后一切汇聚成光点，朝下撒去。暗灰色的天空呈现出一派蟹青色的祥和。周振勇觉得自己的内心，平静得如同暴风过后无一丝波纹的海面。

17

几天后。

机场到处都是归家的人。阿喜正抱着一本书，低头看着。

“真不看了你老大拿奖再走？”周振勇见她不理他，又问，“或者在晏城过个年再走也行啊。你那个小胖子哥哥哭哭啼啼的，表情像你被我拐跑了似的。”

“你怎么啰啰唆唆的。”她的眼神，变了许多。

周振勇脑子里浮现出那天从潜意识里醒来后，她沉默地坐在那儿，一言不发。

这个孩子什么都懂。她知道一切已经结束了。他知道她很难过，这种难过或许不是他能理解的，也不是所谓的大多数人能理解的。

“我还没有和他道别。”她的声音很轻很轻，很绝望很绝望，“我的新年礼物都没有给他。”

“周叔，我是不是，再也见不到他了？

“周叔，都说一个完整的人格就是一条性命。那他是不是就是死了？

“周叔，为什么……为什么上天要这么对我，马上要过年了，我要去接他回家……我……”

这个即便是在潜意识幻境里都能坚强熬下来的孩子，变得脆弱不已。不过几日过后，她终于平静下来了，只是那双眼睛没了光。

周振勇递过来的手机正是直播的界面，台上的赵央和过去看起来差别不大，依旧儒雅、温柔、绅士、讨人喜欢，甚至比过去多了几分灿烂和俏皮。

可是……终究缺了一部分。

尽管她知道，那一部分记忆，会永久地保存在他的躯壳记忆里，被继承，被反复翻阅，被他认定为真相。

但是那个陪她经历一切的人，好像……真的不在了。

“为什么不把礼物给他？”周振勇指的是她揣在怀里的领带夹。

阿喜没有回答，她侧过头，继续盯着书。

“书都拿倒了。”周振勇提醒她。

阿喜恍惚了一下，将书迅速倒过来，才发现上当了。

但她并不觉得生气，她提不起任何的劲儿。

“走了。”他催促她。

她跟在周振勇身后，如同行尸走肉，机械地行走，落座。去哪里，坐在什么地方，看到什么人，她都提不起太大的兴趣。

飞机马上就要起飞了。

“小阿喜，如果我告诉你，还是有可能再见到他，还是会有办法，你会怎么样？”

女孩从座位上直起腰背，一双杏仁眼瞪着他：“你要是敢开玩笑，我就把你从飞机上丢下去。”

她的眼神里好像又有光芒了。周振勇喜欢这道光芒，他微微笑起来：“你猜。”

尾声

飞机起飞了。阿喜低头看向逐渐变得渺小的土地。

在这个叫晏城的地方，有一间小小的房屋，叫特殊人类研究所。在她心里，却有一个不一样的名字——叫家。

终有一日，她会回到那个地方的，和记忆里的那个人重新相遇。

而在另外一个像是虚无大漠一般的地方，一个身影踽踽而行，他感受不到疲惫，也感受不到饥饿，他不知道要走向哪里，要走多久，他觉得，再走下去，他会忘掉自己的姓名。

他是谁？他来自哪里？

直到一点微弱的光线，像是一只萤火虫一般绕到他的身畔。

他停下脚步，伸出手来。

那只萤火虫落在他的手臂上。

他试探地叫了一声："阿喜，是你吗？"

后记

又是一年过去。这 11 个故事，我写得有些吃力。

这个关于心理学和幻想的故事，我最初写出来，是想要让痛苦变得有那么点儿意思，让那些不被相信的异类，有那么一刻能得到善意和理解。

这一年，我始终与焦虑作战，偶尔的时候，会陷入一种人生虚妄的境界，不太明白自己为之奋斗、为之拼搏的生活意义。庆幸有文字这样的表达方式，容我用一个个虚构的故事，聊以慰藉自己内心的踌躇、恐惧和不安。

如果恰巧也慰藉了你，我很荣幸。

文字中，因为个人的笔力、阅历，以及心灵承受能力等等缘由，会有粗糙和纰漏，也难免有些急躁，请谅解。

原本想要写出更漂亮的故事的我，也只能选择跟自己妥协。笔下的世界和我们的人生一样，总有不太如意的时候。

我就不苛责自己了。

这部小说里，其实从一开始的时候就设置了这些在替他人解决心理问题、守护心理健康的人也有自己的心灵缺陷，阿喜和赵央都一样。我们生活中也是一样，或许大家都有想要守护的弱点、保守的秘密，只不过在生活轨迹里，像个所谓的正常人一样生活。但崩溃，有时会让你卸下伪装，直面内心。包括那些看起来什么都很强大的人，他们或许面临着生活中更加艰难的怪兽袭击，遍体鳞伤，却终将治愈。

在某种意义上，我好像也不再对自己的焦虑和偶有的奇怪情绪太过较真。

这本书里的故事，纯属虚构，却难免有人有类似的煎熬。

我希望那些人快乐一点儿。

祝好。

祝快乐。

即便不快乐，也请深呼吸，等一等。

天亮时，或许会有不一样的感受。情绪是一件很有张力的事，在失控的时候不要害怕，它始终是你的一部分，终究会回到你的掌控之中。

也永远记得，情绪有时候只是为了替你宣泄身体里的困顿、不满、疑惑和疲惫。

活下去，纵使像故事里的人一样，曾遇到痛苦的、黑暗的、不堪的事，也一定会过去。

如果自己无法承受，一定要寻求帮助。一定会有人理解你，包容你，并且拉你一把。

请相信我。

我们的秘密 2

作者
王巧琳

封面绘图
九千坊

彩色插图&内文插图
七空

封面设计
杨小娟

内文版式
周沫

图片总监
杨小娟

责任编辑
罗长敏

出版
中国致公出版社

总出品
湖北知音动漫有限公司

制作出品
知音动漫图书·漫客小说绘

官方微博
https://weibo.com/xiaoshuohui

平台支持

图书在版编目（CIP）数据

我们的秘密. 2 / 王巧琳著. -- 北京 : 中国致公出版社,

2022

ISBN 978-7-5145-1785-9

Ⅰ. ①我… Ⅱ. ①王… Ⅲ. ①长篇小说－中国－当代

Ⅳ. ①I247.5

中国版本图书馆CIP数据核字(2021)第026317号

我们的秘密 .2 / 王巧琳 著

WOMEN DE MIMI

出　　版	中国致公出版社 （北京市朝阳区八里庄西里 100 号住邦 2000 大厦 1 号楼西区 21 层）
出　　品	湖北知音动漫有限公司 （武汉市东湖路 179 号）
发　　行	中国致公出版社（010-66121708）
作品企划	知音动漫图书 • 漫客小说绘
责任编辑	罗长敏
责任校对	魏志军
装帧设计	杨小娟　周　沫
责任印制	翟锡麟
印　　刷	武汉市新华印刷有限责任公司
版　　次	2022 年 3 月第 1 版
印　　次	2022 年 3 月第 1 次印刷
开　　本	16 开
印　　张	17.5
字　　数	390 千字
书　　号	ISBN 978-7-5145-1785-9
定　　价	46.80 元

非卖品 · 随《我们的秘密 2》赠送
《漫客小说绘》荣誉出品